Un bébé à protéger

*

Perdus dans les grottes

MARIE FERRARELLA

Un bébé à protéger

Traduction française de
CHRISTINE BOYER

BLACK ROSE

HARLEQUIN

Collection : BLACK ROSE

Titre original :
THE PREGNANT COLTON BRIDE

HARPERCOLLINS FRANCE
83-85, boulevard Vincent-Auriol, 75646 PARIS CEDEX 13
Service Lectrices — Tél. : 01 45 82 47 47 - www.harlequin.fr
ISBN 978-2-2804-9817-3 — ISSN 1950-2753

Composé et édité par HarperCollins France.
Imprimé en décembre 2023 par CPI Black Print (Barcelone)
en utilisant 100% d'électricité renouvelable.
Dépôt légal : janvier 2024.

MIXTE
Papier issu de sources responsables
FSC® C159065

Pour limiter l'empreinte environnementale de ses livres, HarperCollins France s'engage à n'utiliser que du papier fabriqué à partir de bois provenant de forêts gérées durablement et de manière responsable.

Prologue

Zane refusait d'y croire.

Voilà près d'un mois qu'Eldridge Colton, l'homme qui l'avait adopté, élevé, et qu'il considérait comme son père, avait été enlevé. Et à présent, tout le monde présumait que le P-DG de la S.A. Colton était mort.

Mais pas Zane.

Certes, il n'y avait eu aucune demande de rançon, aucun appel de ravisseur masquant sa voix pour exiger une somme folle en échange de la libération du riche Texan.

Mais son corps n'avait pas été retrouvé. Si de nombreuses raisons pouvaient l'expliquer, Zane y voyait la preuve que son beau-père était toujours en vie.

Et il ne se contentait pas de le croire. Il s'efforçait de découvrir ce qui lui était arrivé. Il n'oublierait jamais le hurlement de Moira, la gouvernante de la famille, lorsqu'elle était entrée dans la chambre d'Eldridge, ce matin-là. Whitney l'avait envoyée chercher son mari afin qu'il l'accompagne à un petit déjeuner mondain.

Il se souvenait aussi de la réaction de cette dernière. Whitney, sa mère, s'était d'abord indignée du comportement de la gouvernante. Mais à la vue du sang dans la chambre, sur le sol et le rebord de la fenêtre, elle avait vite sombré dans un numéro mélodramatique, digne d'une tragédienne.

L'homme avec qui elle était mariée depuis près de trente ans avait été enlevé et était peut-être mort.

Sa mère le pensait peut-être mais pas Zane.

D'accord, son beau-père avait disparu depuis un mois et il n'avait toujours pas été retrouvé, malgré les efforts de Troy Watkins, le shérif, et de ses deux adjoints. D'accord, les analyses effectuées par le laboratoire criminel avaient confirmé que le sang découvert dans la chambre était bien celui de son beau-père. Eldridge Colton était donc blessé.

Mais mort ? Non, il n'était pas mort. Malgré ses soixante-quinze ans et son petit gabarit, Eldridge Colton était un dur à cuire. Il l'avait toujours été. Et surtout, Zane était certain que si son beau-père ne faisait plus partie des vivants, il le saurait. Son instinct, son intuition, le lui auraient dit.

Pour lui, Eldridge était forcément en vie parce que lui, Zane, n'avait pas encore atteint son objectif : être à la hauteur des attentes de son beau-père le concernant.

Eldridge avait épousé la mère de Zane alors qu'elle et lui étaient veufs avec de très jeunes enfants. À l'époque, il élevait seul son fils et sa fille, Fowler et Alanna, et rien ne l'obligeait à adopter Zane et Marceline, sa sœur. Il aurait pu les ignorer.

Au lieu de quoi, il les avait intégrés à sa vie et, le jour venu, à son entreprise – ou du moins le leur avait-il proposé. Marceline avait refusé, ne voulant rien lui devoir de plus.

Eldridge avait bien traité Zane. Il ne s'était jamais comporté en despote avec lui mais en parent compréhensif. Lorsque Zane lui avait expliqué qu'il se sentait mal à l'aise en costume-cravate et ne se voyait pas occuper un poste de cadre, son beau-père n'avait exprimé aucune colère ou déception. Au lieu de quoi, il lui avait confié la sécurité de la société Colton.

Eldridge était un homme bon, généreux et correct. Et Zane avait l'intention de découvrir ce qui lui était arrivé. Il lui devait bien ça. Avec de la chance – et Eldridge lui avait un jour appris qu'un homme avait la faculté par ses actes de provoquer la chance –, il le retrouverait et le ramènerait dans sa famille.

En vie.

1

Rien ne se devinait encore.

Si Mirabella Freeman avait l'impression d'avoir pris du poids et que tout le monde s'interrogeait sur ses nouvelles rondeurs, en réalité, sa grossesse n'était pas encore visible.

Mais elle le serait bientôt. Ce n'était qu'une question de temps.

Voilà pourquoi, chaque matin, après s'être douchée et habillée, elle examinait avec attention son reflet dans le miroir mural de sa salle de bains. Pour s'assurer que son ventre était toujours plat.

Et en même temps, elle se préparait à l'inévitable. Si elle n'avait jamais été riche, elle avait toujours su tirer le meilleur parti de sa garde-robe. D'instinct, elle réussissait à s'habiller de façon à détourner l'attention de ses défauts. Par exemple, quand elle était adolescente, elle détestait ses cheveux roux. Elle s'était donc efforcée de mettre ses traits fins et harmonieux en valeur. De même, comme elle avait eu de la poitrine plus tôt que les autres filles de sa classe, elle avait longtemps porté de longs chemisiers froncés aux hanches pour dissimuler ses seins.

À présent, elle veillait à se vêtir de façon que personne ne soupçonne qu'elle attendait un enfant.

Les mœurs avaient évolué et en principe, une mère célibataire n'était plus traitée en paria. Mais les gens qui dirigeaient la société Colton étaient un peu vieux jeu. Voilà pourquoi, pour ne pas risquer de perdre sa place, elle préférait cacher son état le plus longtemps possible.

De plus, le bouleversement hormonal de son début de grossesse la fatiguait et la rendait susceptible. Elle n'était pas d'humeur à supporter des commérages à son sujet.

Alors qu'elle se contorsionnait devant son miroir pour s'inspecter sous tous les angles, elle ricana doucement. Comment aurait-elle pu avoir l'air enceinte alors qu'elle avait *maigri* le mois dernier ?

Si beaucoup de femmes souffraient de nausées matinales au cours des premières semaines de leur grossesse, Mirabella, elle, était malade *toute la journée*. Elle avait beau faire, son estomac ne gardait rien, pas même de l'eau.

Le plus difficile, pensait-elle en enfilant ses chaussures et en prenant son sac à main, était de cacher à son patron, Zane Colton, ses fréquents allers et retours aux toilettes. Heureusement, il ne les avait toujours pas remarqués.

Chef de la sécurité de la société Colton, il n'était pas souvent dans son bureau. Très actif, il aimait bouger et tous les prétextes étaient bons pour se rendre sur le terrain. Il semblait toujours plus nerveux lorsque la « paperasse » l'obligeait à se poster devant l'écran de son ordinateur.

Mais s'il passait l'essentiel de ses journées à l'extérieur, son bureau était en face de celui de Mirabella et, tôt ou tard, il s'apercevrait qu'elle s'éclipsait un peu trop souvent.

Certes, Zane était son supérieur hiérarchique, se disait-elle en verrouillant sa porte d'entrée, mais ce n'était pas pour autant un patron comme les autres. Non seulement il était beau comme un dieu – d'ailleurs, la plupart des employées du groupe étaient folles de lui –, mais il était facile à vivre et d'une extrême simplicité. Contrairement à bien d'autres dirigeants, il effectuait son travail au mieux sans chercher à se faire mousser.

Mirabella était très heureuse d'être son assistante

administrative et il n'était pas question pour elle de mettre sa situation en péril. Si elle ne pensait pas qu'il la renverrait en apprenant sa grossesse, elle préférait ne pas prendre le risque de se tromper.

Pas avant d'y être absolument obligée, décida-t-elle avec un gros soupir.

De plus, ces temps-ci, il avait des soucis plus pressants et plus importants à gérer qu'une employée enceinte qui pourrait ne plus être en mesure d'exercer correctement son travail. Bien sûr, malgré ses nausées permanentes, elle était tout à fait capable de s'acquitter de ses fonctions. Mais elle n'était pas sûre qu'il la croirait.

De toute façon, le drame qui frappait la société Colton était infiniment plus grave que sa petite situation personnelle. Tout le monde – et pas uniquement Zane – était encore sous le choc. Eldridge Colton, le père de Zane et le fondateur du groupe dont il détenait l'essentiel du capital, avait été enlevé, un mois plus tôt. Et personne, pas même le shérif, n'avait retrouvé sa trace.

En songeant au triste sort du vieil homme, Mirabella ne put réprimer un frisson.

De nombreuses personnes de l'entreprise pensaient qu'il était mort, que son meurtrier l'avait assassiné dans son lit et qu'il avait emporté son cadavre. D'autres prétendaient que son ravisseur l'avait tué au cours des deux dernières semaines.

Mais tout le monde n'était pas convaincu de sa mort.

D'après ce qu'elle avait entendu dire, Zane, par exemple, était absolument certain que son père était toujours en vie.

Ou plutôt que son *beau-père* était toujours en vie, corrigea-t-elle.

Mais quelle que soit la nature officielle des liens qui les unissaient, son patron avait beaucoup d'affection pour Eldridge Colton, elle le savait. Et il n'avait pas l'intention d'attendre, les bras croisés, que quelqu'un le retrouve, enfermé quelque part, peut-être dans des mois. Il mettait tout en œuvre pour découvrir au plus vite ce qu'il lui était arrivé.

Il n'avait donc pas de temps à perdre à écouter son assistante administrative lui annoncer qu'elle était enceinte mais qu'elle se débrouillait pour que ses visites fréquentes aux toilettes n'affectent pas son travail.

Lorsqu'elle était enfant, sa grand-mère lui répétait souvent que « tout finissait toujours par s'arranger ». Pourtant, si elle ne remettait pas en cause la sagesse de son aïeule, elle ne voyait pas très bien comment la situation allait s'améliorer. La réaction du père du bébé en apprenant sa grossesse ne contribuait pas à lui rendre son optimisme. Il lui avait juste lancé avec colère : « Débarrasse-t'en. »

Quand elle avait fermement refusé, il l'avait mal pris.

Se sentant aussi énergique qu'une batterie à plat, Mirabella se glissa au volant de sa voiture et attacha sa ceinture. Elle ne put s'empêcher de se demander dans combien de temps il lui faudrait l'ajuster pour l'adapter à sa nouvelle taille.

Peut-être n'aurait-elle pas à le faire. Certaines femmes ne prenaient presque pas de poids pendant leur grossesse et n'avaient jamais l'air d'être enceintes, elle l'avait lu quelque part. Certes, ces cas étaient très rares mais ils existaient.

Ils signifiaient cependant que le bébé qu'elles portaient ne grossissait pas assez, ce qui ne pouvait qu'entraîner des conséquences désastreuses pour sa santé. Il faudrait être un monstre d'égoïsme pour le souhaiter.

Elle était une adulte qui avait joué à des jeux d'adultes et maintenant, elle devait en supporter les conséquences. Le petit être qui grandissait en elle n'allait pas faire les frais d'un moment d'égarement et d'irresponsabilité.

C'était à elle d'assumer.

Mais pas tout de suite, pensa-t-elle en démarrant.

Lâche, railla une petite voix dans sa tête.

Mirabella l'ignora. Dernièrement, elle était devenue très douée pour ne pas entendre ce qui la contrariait.

Quand il avait commencé à travailler pour la société Colton, Zane avait souvent eu l'impression que, chaque fois qu'il entrait dans le bâtiment, tous les yeux étaient rivés sur lui. Il était certain que tout le monde, du plus modeste employé jusqu'aux membres du conseil d'administration, attendait qu'il échoue.

La plupart des salariés étaient convaincus qu'il avait bénéficié de nombreux passe-droits, surtout lorsque Eldridge l'avait promu à la tête de la sécurité de l'entreprise. Ils le considéraient comme un pistonné et ne se doutaient pas qu'il avait dû faire ses preuves pour obtenir ce poste. Vis-à-vis d'Eldridge et surtout, de lui-même.

Finalement, il avait démontré qu'il était à la hauteur de ses fonctions et de ses responsabilités. Qu'il était capable d'effectuer le travail, d'écouter les intéressés et de résoudre les problèmes en prenant les bonnes décisions. Cela n'avait pas été facile mais il y était parvenu.

Avec le temps, il avait été amené à s'occuper de tous les sujets affectant la sécurité, des conflits avec les employés aux détournements de fonds en passant par la question toujours plus complexe de la sécurité sur Internet. Il aimait sentir qu'il effectuait son travail et le faisait bien. Et maintenant, il en avait la preuve. Les gens commençaient à lui faire confiance, à lui demander conseil et à le traiter avec respect.

Mais tout avait changé le mois dernier.

Brusquement, il était revenu à la case départ.

Pire, il avait régressé. Parce que maintenant, il le devinait, certains des employés se demandaient s'il était d'une manière ou d'une autre impliqué dans la disparition de son beau-père.

D'une certaine façon, il comprenait leurs soupçons. Lui-même nourrissait les mêmes doutes chaque fois qu'il retrouvait sa famille pour partager un repas autour de la table de la salle à manger.

En public, les frères et sœurs Colton, ainsi que la femme qui se considérait comme leur mère, s'efforçaient de présenter un front uni, de donner l'impression de se serrer les coudes dans l'adversité. En privé, c'était une autre histoire. Ils avaient toujours été en désaccord. Tout était prétexte à conflits et ils se divisaient en factions.

Si Zane avait toujours été proche de sa sœur cadette, Marceline, cette dernière et le fils aîné d'Eldridge, Fowler, faisaient tout pour gâcher la vie des trois plus jeunes Colton, Thomas, Piper et Reid. Parfois, ils se liguaient tous contre Piper, la fille d'une domestique, qu'Eldridge et Whitney avaient adoptée à la mort de sa mère.

Quant à lui, il s'efforçait de ne pas prendre parti, de rester en dehors de leurs histoires. Seule lui importait sa volonté de faire ses preuves aux yeux du seul homme qui comptait pour lui.

Mais se démarquer de sa fratrie n'avait sans doute servi à rien et maintenant, il était probablement sur la liste des suspects, pensa-t-il en s'installant devant son ordinateur. Dans ce genre d'affaires, les membres de la famille étaient toujours les premiers soupçonnés.

Jusqu'à présent, personne ne l'avait accusé de quoi que ce soit mais il devinait que cette tranquillité ne durerait pas. Ce n'était sans doute qu'une question de temps. La seule façon de s'assurer qu'il ne serait pas accusé d'un crime aussi odieux était de retrouver lui-même Eldridge.

Pour lui, l'enjeu était bien plus important que pour le shérif Watkins. Pour lui, cette histoire était personnelle.

Pas pour Watkins.

Mais comment allait-il s'y prendre ?

Depuis le départ, il avait l'impression de tourner en rond.

Si son père était mort, pourquoi son meurtrier ne l'avait-il pas tué tout de suite ? Pourquoi l'aurait-il enlevé pour l'assassiner ensuite ? Cela n'avait aucun sens.

Et si son ravisseur l'avait kidnappé pour les raisons habituelles, pourquoi n'y avait-il pas eu de demande de rançon ?

S'il avait été enlevé pour une autre raison : pour l'utiliser comme moyen de pression, par exemple, ou l'échanger contre quelque chose ou quelqu'un, pourquoi n'avaient-ils reçu aucun courrier à ce sujet ?

Rien ne collait. Eldridge n'avait pourtant pas disparu sans raison.

En proie à une nervosité croissante, il se leva et commença à faire les cent pas dans son bureau.

Il avait du mal à garder son sang-froid. Mais perdre son calme n'allait pas l'aider.

Tout ce qu'il pouvait faire pour Eldridge – à part le retrouver – était de maintenir l'entreprise à flot en l'absence de son P-DG. Colton S.A. était tout aux yeux du patriarche. Quand il reviendrait, il la trouverait en plein essor et non en plein chaos.

Zane s'y efforçait depuis un mois mais cela devenait de plus en plus difficile.

Avec un soupir, il se rassit devant son ordinateur. Il avait besoin de faire quelque chose de productif.

Alors qu'il examinait quel service avait le plus besoin de son attention ce matin, il crut entendre un bruit. Il l'ignora…

Jusqu'à ce qu'il se répète.

Il lui fallut un moment pour se rendre compte que quelqu'un frappait à la porte. Il prit une profonde inspiration, puis expira lentement. Il n'était pas question de paraître nerveux devant les employés. Un tel comportement inspirerait la méfiance et pousserait les meilleurs éléments à chercher un autre emploi ou pire, à attendre comme des requins qu'il commette une erreur pour prendre sa place.

— Entrez, cria-t-il.

La porte s'ouvrit et Mirabella apparut. Une main sur la poignée, elle s'adossa à la porte. Il eut l'impression qu'elle essayait de se fondre dans les boiseries.

Pendant une fraction de seconde, il se surprit à s'interroger sur elle, à se demander ce qui pouvait l'amener à se comporter ainsi. À un autre moment ou dans un autre lieu, il l'aurait peut-être questionnée afin de comprendre la raison de son comportement inhabituel.

Mais pas cette fois-ci. Il n'en avait ni le temps ni l'énergie. Il était à l'aube d'une période de grandes turbulences si son beau-père ne revenait pas très vite.

Pour la énième fois, il se fit la promesse solennelle de le retrouver.

L'échec n'était pas une option.

— Le shérif Watkins est ici et souhaiterait s'entretenir avec vous, monsieur Colton, l'informa Mirabella.

Instantanément en alerte, Zane redressa les épaules.

— Faites-le entrer, Mirabella.

Le shérif, un homme imposant et bien bâti d'une cinquantaine d'années, prit son temps pour pénétrer dans le bureau. Ses yeux gris scrutèrent la pièce avec attention. Poli, il s'exprimait toujours avec une extrême amabilité mais il ne fallait pas pour autant lui manquer de respect.

Il avait retiré son stetson usé et le serrait dans sa main.

Son épaisse chevelure brune était bien peignée et malgré son travail et son âge, il n'avait pas un seul cheveu gris.

L'expression sur son visage buriné par le soleil était grave mais il n'avait jamais été du genre à sourire beaucoup.

— Asseyez-vous, shérif, lança Zane en lui désignant la chaise la plus proche de son bureau.

Watkins obtempéra mais n'avait pas l'air très à l'aise. Il détestait être entre quatre murs. Les grands espaces étaient son élément. À ses yeux, les villes surpeuplées n'étaient que des maux nécessaires, pas une existence à laquelle un individu sain aspirerait.

— Qu'est-ce qui vous amène, shérif ? demanda Zane.

Une autre question s'imposa aussitôt à son esprit et il la posa d'un ton plus anxieux.

— Avez-vous retrouvé mon père ?

— Votre beau-père, vous voulez dire, corrigea Watkins. Il

faut être précis, vous savez. Si quelqu'un se montre approximatif sur les détails, il a toutes les chances d'être aussi flou quand il s'agit de sujets importants.

Zane n'était pas vraiment d'humeur à supporter un sermon. Il voulait des réponses. Mais faire taire le shérif d'une remarque cinglante ne le mènerait nulle part.

Il réprima donc son impatience et reformula sa question.

— Avez-vous retrouvé mon beau-père, shérif ?

— Non, répondit Watkins.

Il fit courir ses doigts à l'intérieur de son stetson, y dessinant un cercle.

Enfin, il leva ses yeux gris pour les planter dans ceux, plus sombres, de Zane.

— Mais j'ai découvert quelque chose d'intéressant.

2

Zane attendit la suite mais manifestement, le shérif avait envie de se faire prier.

— Et quel est donc ce « quelque chose d'intéressant », shérif ? demanda-t-il.

Les coudes sur les accoudoirs, Watkins croisa les doigts devant lui comme s'il s'apprêtait à raconter une histoire autour d'un feu de camp et riva ses petits yeux gris sur lui.

— Il semble que votre beau-père effectuait des virements réguliers de l'un de ses comptes personnels au profit d'un compte bancaire situé Dieu sait où – nous n'avons pas encore été en mesure de l'identifier, dit-il.

Tout en parlant, il observait le visage de Zane comme s'il guettait une réaction révélatrice.

— Des virements d'un montant mensuel de 9 999 dollars. C'est le plus gros qu'on puisse faire sans attirer automatiquement l'attention du gouvernement, ajouta Watkins comme s'il parlait à quelqu'un qui l'ignorait.

Tout le monde connaissait ce détail. Ou du moins toutes les personnes travaillant dans la finance ou dans la sécurité, pensa Zane avec agacement.

Le shérif espérait-il une réaction de sa part ? En ce cas, il allait en obtenir une : une indignation à peine contenue. Il n'aimait pas ce genre d'insinuation destinée à le piéger.

— Depuis combien de temps le savez-vous ?

— Je l'ai appris aujourd'hui.

Watkins continuait à le regarder comme un chat fixant un trou de souris, prêt à bondir.

Zane mourait d'envie de lui dire le fond de sa pensée mais il préféra s'en abstenir. Lancer au shérif qu'il trouvait honteux qu'il vienne ici dans l'espoir de le piéger au lieu d'être sur le terrain, à la recherche d'Eldridge, ne servirait à rien.

Il commençait surtout à en avoir assez de jouer au chat et à la souris.

— Des virements réguliers ? répéta-t-il.

— Comme une horloge.

Il ne livrait des informations qu'au compte-gouttes et Zane avait l'impression de devoir lui arracher les mots de la bouche.

— Depuis combien de temps ?

— Trois mois. Pourquoi cette question ? À quoi pensez-vous ? demanda le shérif en plissant les yeux.

— À la même chose que vous.

C'était un mensonge. Vu la façon dont il l'examinait, Watkins n'avait pas en tête les hypothèses qui s'étaient immédiatement imposées à Zane. Mais d'autres, bien plus fourbes. Il aimait se donner l'air d'un shérif de campagne, simple et candide. Mais sous cette apparence naïve se cachait un homme rusé, qui n'aimait pas passer pour un imbécile. Et son incapacité à élucider un crime de cette ampleur, visant un citoyen aussi connu qu'Eldridge Colton, le rangeait dans cette catégorie.

Il pencha la tête, regarda Zane en face et demanda d'un ton faussement ingénu :

— C'est-à-dire ?

— Je pense que quelqu'un fait chanter mon beau-père, dit Zane en prenant soin d'utiliser le mot approuvé par le shérif. Peut-être la personne qui l'a enlevé.

Watkins se gratta la tête.

— Pourquoi un maître chanteur aurait-il kidnappé votre

beau-père alors que ce dernier effectuait régulièrement les virements ?

Il connaissait la réponse aussi bien que lui mais Zane joua le jeu et répondit à la question tout en se demandant si le shérif essayait de prouver son innocence ou sa culpabilité.

Mais peut-être tournait-il simplement autour du pot en espérant que Zane – ou n'importe quel autre suspect qu'il interrogerait ensuite – allait s'emmêler les pinceaux et se trahir.

Quel que soit son objectif, cet interrogatoire plutôt maladroit le mettait mal à l'aise.

Zane faisait de son mieux pour répondre avec naturel, mais il commençait à s'énerver. Depuis la disparition d'Eldridge, il vivait sur les nerfs et le regard suspicieux du shérif n'arrangeait rien.

— Mon beau-père en a peut-être eu assez de payer le maître chanteur. Ou ce dernier a peut-être décidé d'augmenter la somme et Eldridge a refusé. Ou peut-être, spécula-t-il en avançant une troisième explication, celui qui le faisait chanter lui en voulait tellement que l'argent ne lui suffisait plus et qu'il a finalement préféré s'attaquer à lui. Je ne sais pas. C'est à vous d'enquêter pour répondre à cette question, non ? C'est votre travail.

— Vous devenez irritable, fiston, je me trompe ?

Le shérif avait peut-être vingt ans de plus que lui mais Zane ne supportait pas qu'il lui parle sur ce ton.

— Peut-être. Et alors ? Dans quel état seriez-vous si c'était votre père qui avait été kidnappé ?

— Beau-père, corrigea Watkins, perdant un peu de sa candeur campagnarde.

Zane en avait assez.

— Et si nous l'appelions simplement Eldridge ? proposa-t-il d'un ton exaspéré. Cela vous conviendrait-il ?

— Peu importe ce qui me convient, monsieur Colton. Je

ne suis qu'un modeste élu du comté qui essaie d'effectuer son travail du mieux possible.

Il plissa les yeux.

— Par hasard, vous ne sauriez pas qui était le bénéficiaire de ses virements ? ajouta-t-il d'un ton mi-déférent, mi-amical.

— Je n'en ai aucune idée. Et vous ? lança Zane en lui renvoyant la balle.

— Pas encore, répondit Watkins avec honnêteté. Mais je cherche. Si vous entendez parler de quelque chose, merci de m'en informer, ajouta-t-il en se levant.

Il s'agissait d'un avertissement mais Zane s'efforça de conserver un ton cordial.

— Suis-je en droit d'espérer la même chose de vous ?

Watkins inclina la tête.

— Si je peux, répondit-il.

Ce qui signifiait « non ».

Le shérif n'avait pas l'intention de lui communiquer quoi que ce soit. Il n'était venu lui parler de cette affaire de virements que pour voir sa réaction.

Il était parti à la pêche en espérant attraper un gros poisson dont le nom de famille était Colton. Il croyait manifestement que le ravisseur d'Eldridge était un membre du clan, l'un de ses proches.

Mais pourquoi ?

L'hypothèse était d'autant plus absurde qu'Eldridge s'était fait beaucoup d'ennemis dans sa jeunesse.

Veillant à garder un visage impénétrable, Zane se leva à son tour et raccompagna le shérif jusqu'à la porte de son bureau.

— Merci d'être passé, shérif, dit-il d'une voix amicale. Et de me tenir au courant de vos avancées.

Watkins esquissa un sourire superficiel.

— Comptez là-dessus.

Zane avait l'impression d'être à nouveau mis en garde. Ce n'était pas la première conversation qu'il avait avec le shérif, ni la première fois qu'il avait l'impression que Watkins aurait été aux anges de prouver sa culpabilité ou du moins celle d'un membre de la famille Colton.

Tout en le regardant s'éloigner, Zane décida de mener de son côté des investigations plus poussées.

Comme le shérif, il tenait à élucider le mystère de la disparition d'Eldridge mais contrairement à lui, il savait qu'il n'était pas responsable de la disparition de son père.

Il était peut-être au manoir familial le matin de l'enlèvement – ils y étaient tous ce matin-là, comme tous les lundis. Mais il ne s'était pas approché de la chambre de son père avant que Moira ne se mette à crier.

Il l'avait dit au shérif mais Watkins n'avait manifestement pas été convaincu de son innocence. Il ne le serait pas tant que le véritable ravisseur n'aurait pas été arrêté et n'aurait pas avoué le crime.

Se sentant un peu dépassé, Zane poussa un soupir.

— Tout va bien, monsieur Colton ?

Perdu dans ses pensées, il n'avait pas pris conscience qu'il se tenait toujours devant sa porte ouverte au lieu de retourner à son bureau.

— Pas encore, reconnut-il d'un ton vague. Mais ça ira.

Il lança un rapide sourire à son assistante pour la remercier de manifester de l'intérêt pour son bien-être.

Ces jours-ci, beaucoup de gens s'efforçaient de l'éviter. Rares étaient ceux qui tentaient de lui prodiguer un peu de réconfort et d'encouragement.

Mirabella serra les lèvres. Son estomac se rebellait soudain et elle s'efforça de réprimer son malaise. Il lui était difficile de se précipiter vers les toilettes en plein milieu d'une phrase. De plus, Zane avait l'air si perdu que son cœur se serra pour lui.

— S'agit-il de M. Eldridge ? demanda-t-elle.

— Oui.

Comme elle écarquillait les yeux, il se surprit à remarquer, malgré le bourbier dans lequel il se débattait, que ses prunelles chocolat étaient magnifiques.

Ce n'est pas le moment. De plus, elle travaille pour toi et tu n'es pas censé penser à elle de cette façon.

Une lueur de peur figea soudain le joli visage de son assistante.

— Le shérif n'était pas venu vous annoncer...

Elle ne put se résoudre à terminer sa phrase mais en devinant qu'elle imaginait le pire, il répondit aussitôt :

— Non, pas du tout. Une autre pièce du puzzle est apparue mais elle ne révèle encore rien de concluant.

— Oh.

Elle ne lui posa aucune question et, en temps normal, il lui en aurait été reconnaissant et en serait resté là. Mais soudain, il ressentait le besoin de parler à quelqu'un. Le sort de son beau-père le rongeait et il ne savait pas auprès de qui s'épancher.

Or il sentait une profonde bonté et une indéniable honnêteté chez cette femme qui réglait au quotidien d'innombrables détails pour lui faciliter sa tâche.

Depuis des années qu'ils travaillaient ensemble, il n'avait jamais eu à se plaindre d'elle. Mirabella était excellente dans son domaine. Et là, en un clin d'œil, il la fit passer du rôle d'assistante administrative à celui de confidente.

— Il a été porté à l'attention du shérif que quelqu'un aurait pu faire chanter mon père, lui dit-il sobrement.

À ces mots, elle n'exprima aucun jugement et s'abstint de lui signaler qu'Eldridge Colton était son « beau-père », pas son « père ». Mais une réelle inquiétude se peignit sur son visage délicat en forme de cœur.

Zane n'était pas d'un tempérament très bavard mais il trouvait extrêmement facile de parler à Mirabella. Tout coulait de source avec elle et lui confier son fardeau l'allégeait.

— M. Eldridge victime d'un chantage ? répéta-t-elle d'une petite voix qui vibrait d'incrédulité horrifiée. En êtes-vous sûr ?

Zane soupira et se frotta le visage.

— En ce moment, je ne suis sûr de rien. Mais le shérif a constaté des transferts d'argent réguliers émanant de l'un des comptes bancaires de mon père.

— À qui étaient destinés ces virements ? voulut-elle savoir. Qui pouvait faire une chose aussi horrible, faire chanter un vieil homme aussi gentil ?

— C'est ce que j'ai l'intention de découvrir. Bella, pourriez-vous me...

Il s'interrompit et la regarda comme s'il ne l'avait pas vraiment vue aujourd'hui.

— Vous vous sentez bien, Bella ? demanda-t-il.

Non, j'ai l'impression que je vais être malade, pensa-t-elle en s'efforçant de se ressaisir.

Elle ne pouvait s'en prendre qu'à elle-même. Elle lui posait des questions, le retenait. Pourquoi ne s'était-elle pas contentée de hocher la tête et de se retirer en faisant semblant de retourner à son bureau ? Elle aurait alors pu se précipiter vers les toilettes en priant pour qu'elles soient inoccupées. Elle n'avait aucune envie que quelqu'un l'entende vomir et lui propose de l'emmener à l'infirmerie de l'entreprise.

— Très bien, monsieur, assura-t-elle d'un ton qu'elle espérait convaincant.

Non, pensa Zane qui l'observait. Elle n'allait pas bien. Elle était toute pâle. Il se mit à culpabiliser. Sans doute était-elle préoccupée par le sort de son père et réagissait-elle à ce qu'il venait de lui annoncer. Peut-être imaginait-elle la façon dont des maîtres chanteurs risquaient de gérer une telle situation.

Il n'aurait pas dû lui en parler.

Se sentant responsable de son malaise, il lui prit la main dans un geste de réconfort.

— Ne vous inquiétez pas, lui dit-il, tout ira bien.

Mirabella regarda son patron, à la fois confuse et surprise de la douceur avec laquelle il lui tenait la main.

Il n'y avait jamais eu le moindre contact physique entre eux auparavant. Au-delà des nausées qui l'assaillaient, elle sentit quelque chose passer entre eux, quelque chose d'infime mais d'irrésistible. Elle ne savait pas d'où il venait ou pourquoi ce petit quelque chose parvenait à balayer le reste.

Le bouleversement hormonal provoqué par sa grossesse la chamboulait vraiment sur tous les plans. Elle s'attendait à tout et à n'importe quoi.

À cet instant, par exemple, elle mourait d'envie de dire à Zane à quel point il l'attirait. Il lui était très difficile de résister à la tentation. Bien sûr, il n'en était pas question.

Alors elle se força à sourire et dit :

— Tout ira bien parce que vous retrouverez M. Eldridge, je le sais.

Il lâcha sa main et se tourna vers son bureau.

— Je dois d'abord et avant tout découvrir où et à qui étaient destinés ces virements mensuels, dit-il.

Alors que des haut-le-cœur recommençaient à tourmenter Mirabella et qu'elle devait gagner au plus vite les toilettes, elle ne put s'empêcher de demander :

— Le shérif ne vous l'a pas dit ?

— Il m'a assuré qu'il ne le savait pas. Il m'a parlé d'un compte bancaire intraçable.

Ce qui était peut-être vrai. Tout le monde n'était pas un expert en cybersécurité. Pourtant, Zane avait le sentiment que Watkins n'était pas le brave shérif de campagne qu'il prétendait être. Son côté bonhomme n'était qu'un masque destiné à mettre les gens en confiance pour les pousser à l'erreur.

Quoi qu'il en soit, pour le moment, il n'avait pas de temps à perdre à essayer de comprendre la psychologie du shérif. Il avait besoin de découvrir où étaient transférées ces sommes d'argent d'Eldridge et qui en était le bénéficiaire.

Et tout aussi important, de comprendre pourquoi son beau-père avait effectué ces virements.

— Y aura-t-il autre chose, monsieur Colton ? demanda Mirabella, luttant contre les nausées.

— Non, pas maintenant, répondit-il en détournant la tête. Merci.

Et puis il leva de nouveau les yeux sur elle.

— Attendez, lui cria-t-il.

Mirabella, qui gagnait déjà la porte, ne se retourna pas. Elle craignait à tout instant d'être malade.

Elle parvint à peine à murmurer un « oui ? » essoufflé.

— Appelez Meyer Stanley au téléphone, demanda-t-il en s'adressant à son dos.

Meyer était son expert en informatique, un homme capable de retrouver absolument n'importe quoi sur Internet. Si Meyer ne parvenait pas à découvrir quelque chose, c'est que ce quelque chose n'existait pas.

Sans se retourner, Mirabella se contenta de hocher la tête, puis leva une main en l'air, pour confirmer qu'elle l'avait entendu et qu'elle s'en occupait immédiatement.

Puis, sans lui laisser la possibilité d'ajouter quoi que ce soit – ou de s'enquérir à nouveau de sa santé –, elle s'enfuit presque de la pièce et referma la porte derrière elle.

Zane fronça les sourcils, en proie à une profonde perplexité.

Mais très vite, son esprit se focalisa de nouveau sur son beau-père et les mystérieux virements mensuels. Les choses se compliquaient.

Que se passait-il ?

3

Son expert en informatique ne l'avait toujours pas rappelé. Cela dit, il n'avait reçu sa nouvelle mission que vingt-quatre heures auparavant. Meyer Stanley était le meilleur mais il n'en était pas encore à faire des miracles.

Même les génies avaient besoin de temps.

Savoir que sur Internet, rien ne s'effaçait jamais totalement le réconfortait. Traquer un hacker dans le cyberespace était une entreprise longue et délicate qui demandait beaucoup de patience, surtout s'ils avaient affaire à un spécialiste.

Mais ce n'était pas impossible.

Il sentait poindre une nervosité croissante qui risquait de l'anéantir s'il ne sortait pas du bureau un petit moment. Il avait besoin de prendre l'air, de se dégourdir les jambes et donc de se rendre sur le terrain. Si, entre-temps, Meyer avait une idée, une piste, n'importe quoi, il pourrait toujours le joindre via son smartphone. Zane ne se séparait jamais de son téléphone portable, ces derniers temps.

Chaque fois qu'il quittait son bureau, il avait l'habitude de jeter un coup d'œil dans celui de Mirabella.

Elle n'était pas là.

Dernièrement, il avait remarqué que lorsqu'il passait devant le bureau de son assistante, une fois sur deux, elle n'y était pas. Il s'en étonna. Était-elle malade comme il l'avait supposé hier ?

Il essaya de se rappeler s'il avait entendu parler d'un virus saisonnier qui affecterait le personnel actuellement mais il devait avouer que depuis la disparition d'Eldridge, il négligeait les événements courants au sein de la société. L'enlèvement de son beau-père était au centre de ses préoccupations et le reste... loin derrière.

Il se promit de parler à Mirabella à la première occasion et cette fois il ne la laisserait pas se dérober. Il appréciait son dévouement mais il ne voulait pas qu'elle vienne travailler si elle était malade. Poussée trop loin, l'abnégation était malsaine.

Peut-être devrait-il d'ailleurs suivre lui aussi cette ligne de conduite. Peut-être avait-il tort de vouloir mener lui-même des investigations sur l'enlèvement d'Eldridge. Les enquêtes étaient du ressort des forces de l'ordre et pas des proches trop impliqués pour être impartiaux.

D'un autre côté, qui avait le plus intérêt à retrouver son père ? Un shérif désabusé ou quelqu'un qui se souciait vraiment du sort d'Eldridge, quelqu'un qui tenait vraiment à savoir ce qui lui était arrivé et à le sauver ?

Comme il sortait dans le couloir pour se diriger vers l'ascenseur, il vit Mirabella sortir des toilettes. Elle lui parut encore plus livide que le matin même.

Alors qu'elle s'approchait, il la vit s'essuyer le front avec son mouchoir.

Un bref instant, il hésita à la laisser tranquille et à se contenter de la saluer d'un hochement de tête avant de lui dire qu'il s'absentait du bureau pour une petite heure.

Mais, s'il était respectueux de l'intimité de ses salariés, il estimait qu'il fallait savoir parfois affronter les situations, y compris les plus gênantes, pour régler les problèmes.

Voilà pourquoi, au lieu de continuer son chemin, il s'arrêta devant son assistante et lui bloqua le passage, déterminé à l'empêcher de retourner à son bureau tant qu'il n'aurait pas obtenu quelques réponses.

Les yeux dans les siens, il exprima son inquiétude sans tourner autour du pot.

— Dites-moi la vérité, Bella. Étiez-vous aux toilettes parce que vous êtes… malade ?

Pendant une fraction de seconde, Mirabella cessa de respirer. Avait-il deviné son état ? Elle avait fait attention à vomir le plus silencieusement possible, de peur que quelqu'un ne l'entende et ne comprenne tout. Il n'était pas question d'alimenter les potins du bureau.

Elle s'efforça de faire comme si elle ignorait ce dont il lui parlait.

— Que voulez-vous dire par « malade » ? répliqua-t-elle d'un air étonné.

— Malade, répéta Zane, comme si prononcer le mot avec force le rendait plus compréhensible. Pas dans votre assiette, nauséeuse…

Elle écarquilla les yeux.

— Pas du tout.

— D'accord, je vous crois, dit-il d'une voix apaisante.

Même si, pour être honnête, il ne la croyait vraiment pas.

— Vous savez, Mirabella, j'apprécie beaucoup d'avoir quelqu'un sur qui je peux compter. Mais si vous finissez dans un lit d'hôpital ou pire, vous ne pourrez m'aider en rien. Suis-je clair ? ajouta-t-il, les yeux rivés aux siens.

Elle serra les lèvres pour donner l'impression que tout allait bien.

— Oui, monsieur.

Elle n'allait visiblement pas bien et il ne comprenait pas pourquoi elle soutenait le contraire.

— Si vous avez besoin de rentrer chez vous et de vous coucher pour aller mieux demain, j'aimerais que vous y alliez.

— C'est très gentil de votre part de le proposer, monsieur Colton, mais je vais très bien.

— Bella, commença Zane.

Il hésita un instant avant de poursuivre :

— Pardonnez-moi d'être franc mais vous n'avez vraiment pas l'air en forme.

Elle détourna le regard et haussa les épaules.

— Nous avons tous nos mauvais jours, répondit-elle.

— Votre pâleur me semble inquiétante, insista-t-il.

— Tous les roux ont la peau blanche, répliqua-t-elle, sur la défensive.

Maintenant, elle avait envie qu'il cesse d'être gentil et qu'il retourne à ses affaires comme n'importe quel patron normal le ferait.

Mais Zane Colton n'était pas un patron normal et voilà sans doute pourquoi, malgré tous ses efforts, elle était tombée sous son charme.

— J'en suis conscient, répondit-il patiemment. Mais vous êtes plus pâle que d'habitude.

Elle ne cacha pas sa surprise.

— Vous l'avez remarqué ? demanda-t-elle, ne sachant pas si elle devait être contente que Zane fasse attention à elle, ou insultée parce que son appréciation n'était pas très flatteuse, même si elle était exacte.

Peut-être ne l'avait-il pas bien formulé...

— Vous êtes difficile à ignorer, Bella, lui dit-il, d'un ton aussi formel que possible. Maintenant, si vous vous sentez malade, dites-le et rentrez chez vous. Il n'y a rien ici qui ne puisse attendre quelques jours.

Son état n'allait pas disparaître en quelques jours. Ses malaises n'allaient sans doute pas s'améliorer non plus avant six mois.

Obstinément, elle secoua la tête.

— Je n'ai pas besoin de rentrer chez moi. J'ai dû manger quelque chose qui n'est pas bien passé, voilà tout, lui assura-t-elle. J'ai surmonté le pire. Maintenant, si vous voulez bien m'excuser, je dois retourner à mon bureau. J'ai besoin de transcrire vos notes.

Il la regarda s'éloigner, l'air dubitatif. Il savait qu'elle mentait mais à moins de la jeter par-dessus son épaule, de la porter jusqu'à sa voiture et de la ramener de force chez elle, il ne pouvait rien faire. S'il essayait de l'obliger à rentrer chez elle et à se reposer alors qu'elle ne le souhaitait pas, son insistance pourrait être considérée comme du harcèlement. Il n'avait vraiment pas besoin en ce moment de se retrouver mêlé à une affaire de ce genre.

Il se contenta donc de hocher la tête.

— Je reviens dans une heure.

Il se détourna pour gagner les ascenseurs.

Il n'avait pas fait trois pas dans le couloir qu'il vit la cabine du fond s'ouvrir et le shérif en sortir avec l'un de ses adjoints, Charlie Kidwell. Les deux hommes semblaient plutôt sombres – et le regardaient, les sourcils froncés.

Zane se figea.

Que le shérif vienne le voir deux fois en l'espace de vingt-quatre heures n'était pas bon signe. Venait-il lui apprendre la nouvelle qu'il redoutait plus que tout d'entendre ?

Il retint son souffle et s'efforça de se préparer mentalement au pire. Il ne pouvait qu'espérer qu'il se trompait sur la raison de cette visite.

— Vous voilà de retour, shérif, dit-il en guise de salutation.

— On dirait, répondit Watkins, le visage impénétrable.

— Vous étiez ici hier. Ça vous ennuie de me dire pourquoi vous revenez si vite ?

— Ça ne m'ennuie pas.

Zane avait la nette impression que Watkins jouait avec lui et en prendre conscience le réconforta. Il ne se comporterait pas ainsi avec lui s'il avait de terribles nouvelles à lui annoncer.

Il espérait ne pas se tromper

— Je vais vous expliquer ce qui m'a fait revenir si tôt, dit le shérif d'une voix traînante. En parcourant l'extérieur de la scène de crime plus tôt, ce matin, j'ai trouvé quelque chose dans les buissons… Quelque chose qui avait sans doute échappé à la vigilance de l'équipe chargée des investigations, la première fois.

— Et de quoi s'agit-il ?

Zane avait l'impression étrange et nauséabonde qu'il n'allait pas aimer la réponse mais il devait poser la question.

Watkins afficha un grand sourire satisfait.

— D'un bouton de manchette. Je n'en porte pas. Je ne suis qu'un type ordinaire qui ferme les manches de ses chemises avec de simples boutons. Mais vous, les riches, vous aimez ces jolies choses, déclara Watkins en jetant un coup d'œil à son adjoint comme pour recueillir son approbation.

Mais avant que Kidwell ne puisse émettre le moindre commentaire, il poursuivit :

— Le problème avec les boutons de manchette, c'est que parfois vous les perdez sans même vous en rendre compte. Sans doute n'aviez-vous pas remarqué que vous aviez égaré celui-ci. Sinon, vous l'auriez cherché, conclut Watkins en brandissant le sac de scellé transparent contenant ledit bouton.

Zane fronça les sourcils.

— Êtes-vous en train de dire que vous avez trouvé mon bouton de manchette près de la scène de crime ?

Watkins sourit à nouveau.

— C'est exactement ce que je dis, oui.

Laissant tomber son ton faussement amical, il ajouta :

— J'aimerais que vous m'accompagniez au poste afin que nous puissions avoir une petite conversation. Je voudrais comprendre comment ce bouton de manchette est arrivé là où je l'ai trouvé.

Abasourdi, Zane regarda le shérif. Du coin de l'œil, il vit que Mirabella réagissait comme lui aux sous-entendus de Watkins.

— Vous êtes venu m'arrêter, shérif ? demanda-t-il incrédule.

— Non. Pas encore, dit-il doucement. Mais peut-être le devrais-je ? ajouta-t-il d'un ton moins candide.

— Certainement pas, répondit Zane. Je n'ai pas enlevé mon pèr... Eldridge, corrigea-t-il, ne voulant pas entendre le shérif le faire. Et vous le savez.

— Pour le moment, je ne sais pas grand-chose, monsieur Colton, répliqua Watkins. Sauf qu'Eldridge Colton a disparu et que personne n'a retrouvé sa trace. Ce qui m'oblige à réfléchir et à tenter de réunir les différentes pièces du puzzle.

Il fixa Zane.

— J'apprécierais que vous me suiviez au poste de police pour m'éclairer sur la façon dont votre bouton de manchette a atterri sous la fenêtre de votre beau-père. Il n'a pas pu s'y rendre tout seul, ajouta-t-il avec un sourire fourbe.

— Il y a une explication simple à cette situation, commença Zane.

Avec une politesse exagérée, le shérif l'interrompit.

— Et j'ai hâte de l'entendre... au poste de police. Maintenant, vous pouvez me suivre librement ou, si vous préférez, je vous passe les menottes et je vous embarque devant tous les employés. Cela m'est égal, monsieur Colton. Alors, à vous de choisir.

— Je vous suis, répondit Zane en serrant les mâchoires.

Watkins repoussa son stetson du bout du pouce.

— Vous avez fait le bon choix, dit-il avec une approbation exagérée.

Pendant cet échange, Mirabella était restée silencieuse. Mais en voyant le shérif poser sa main sur le bras de Zane comme s'il s'apprêtait à le pousser dans l'ascenseur, elle reprit soudain vie.

Elle se précipita aussi vite que possible pour se placer devant la porte de la cabine.

— Vous feriez mieux de me laisser passer, lui conseilla Watkins.

Son ton aurait pu sembler amical mais son regard était menaçant.

Mirabella ne le remarqua même pas. Son attention était entièrement focalisée sur Zane.

— Voulez-vous que j'appelle les avocats de la société, monsieur Colton ? demanda-t-elle, ignorant délibérément le shérif et son adjoint. Ou votre avocat personnel ?

C'était peut-être la meilleure chose à faire, vu la manière dont le shérif se comportait avec Zane.

— Non, pas encore, Bella, répondit-il. Je n'ai pas besoin d'avocat.

Elle ne partageait pas son avis. Elle le regarda avec inquiétude. Dans son cœur, elle savait que Zane n'aurait jamais fait le moindre mal à Eldridge. Alors qu'elle n'aurait pas pu en dire autant d'autres membres de la famille Colton. Mais ce qu'elle pensait n'avait pas d'importance. Et il était évident qu'il avait vraiment besoin d'un avocat.

Son point de vue se renforça quand le shérif demanda d'une voix qui annonçait une catastrophe imminente :

— En êtes-vous sûr, monsieur Colton ? Avoir votre avocat là-bas pourrait s'avérer très... pratique.

— Je n'ai rien à prouver et rien à cacher, asséna Zane d'un ton catégorique. Donc, non, je n'ai pas besoin d'avocat. Mais merci pour votre sollicitude, shérif, ajouta-t-il froidement.

Watkins haussa les épaules avec indifférence.

— Comme vous voulez, monsieur Colton, mais je pense que vous commettez une grave erreur en ne demandant pas à cette petite dame de vous trouver votre avocat.

Ses yeux gris se reportèrent vers Mirabella.

— Et vous pourrez en témoigner, dit-il d'un ton appuyé.

Elle serra les poings, mais les garda contre elle. Il attendait d'elle qu'elle se taise, qu'elle fasse partie du décor, mais elle ne pouvait pas rester sans rien dire.

— Je suis surtout témoin de l'une de vos plus grosses erreurs *à vous*, shérif. M. Colton n'a pas kidnappé ni blessé M. Eldridge, lui dit-elle d'un ton féroce. Il ne ferait jamais du mal à un homme qu'il aime et respecte.

En temps normal, Watkins l'aurait ignorée comme il ignorait les moustiques. Mais amusé par sa bravade, il s'arrêta et la dévisagea.

— Et vous le savez parce que...

Elle se redressa de toute sa taille.

— Parce que contrairement à vous, j'ai deux sous de jugeote, shérif.

Zane ne savait pas de quoi était capable Watkins s'il était poussé à bout. Et il ne voulait pas que Mirabella soit entraînée là-dedans. Elle fit ressortir en lui ses instincts protecteurs.

— Bella, non, ordonna-t-il fermement. Veillez sur l'entreprise jusqu'à mon retour et tout ira bien.

Mirabella redressa les épaules, résignée, mais pas vaincue.

— D'accord, mais je pense toujours que vous devriez me laisser appeler l'avocat.

Un petit carillon tinta, annonçant l'arrivée de l'ascenseur.

— Vous devriez écouter votre assistante, répéta Watkins en faisant entrer Zane dans la cabine.

L'adjoint monta derrière eux.

— Peut-être plus tard, rétorqua Zane.

— Comme vous voudrez. Mais plus tard, il sera peut-être trop tard.

Le cœur de Mirabella se serra alors qu'elle regardait les portes de l'ascenseur se refermer sur son patron.

Elle était en proie à un mauvais pressentiment.

4

Watkins entra sans bruit dans la petite salle d'interrogatoire qui servait aussi de salle de repos à ses adjoints. Zane l'y attendait depuis près d'une heure. Lorsqu'il l'y avait installé, le shérif lui avait dit qu'il reviendrait vite.

De toute évidence, ils n'avaient pas la même définition du mot « vite ». Il était conscient que Watkins jouait avec ses nerfs.

Le shérif laissa tomber un petit sac de scellé devant lui.

Le contenu du sachet fit un léger bruit en heurtant la table métallique.

— Je crois qu'il s'agit de votre bouton de manchette, monsieur Colton, déclara Watkins en s'asseyant en face de lui. Vous n'allez pas le nier, j'espère ? Il porte vos initiales Z.C., ce qui laisse peu de place au doute, n'est-ce pas ?

Zane se pencha vers l'objet en question. Même coincé dans le sac en plastique, le bouton de manchette réussissait à capter la lumière du plafond et brillait.

L'expression suffisante sur le visage du shérif était éloquente. Il avait hâte de l'entendre nier en être propriétaire, cela crevait les yeux. Il aimait provoquer et gagner.

Zane n'allait pas lui donner cette satisfaction.

— C'est bien le mien, répondit-il.

Il avait remarqué sa disparition dans la soirée, le jour où

son père avait été enlevé. Dans ce contexte, il n'avait même pas essayé de le chercher.

Apparemment, Watkins l'avait retrouvé.

— Eh bien, je suis content que nous ayons réglé ce point, déclara ce dernier, satisfait de l'aveu de son suspect. Maintenant, expliquez-moi ce qu'il faisait dans les buissons sous la fenêtre de votre beau-père ? poursuivit-il d'une voix faussement amicale.

Watkins exaspérait Zane mais il savait qu'exploser lui coûterait cher. Il s'efforça donc de maîtriser sa colère et parvint à adopter un ton qui n'était que légèrement sarcastique pour répondre à la question.

— Je ne sais pas. J'ai dû le perdre pendant que j'étais dans le parc, à la recherche d'Eldridge, après avoir découvert qu'il n'était pas dans sa chambre.

Watkins restait sceptique.

— Ou peut-être l'avez-vous perdu en traînant le corps de votre beau-père par la fenêtre. Cela semblerait plus logique, conclut-il.

Zane ravala de justesse quelques répliques cinglantes. Au lieu de cela, il répliqua d'un ton posé :

— Je me trouvais dans une autre aile de la maison quand mon beau-père a été enlevé.

Watkins s'enquit d'un air dubitatif :

— Vous avez des témoins ?

— J'étais avec ma mère.

— Votre mère, répéta le shérif avec un sourire narquois. Vous êtes sûr de ce témoignage ?

— Pourquoi pas ? C'est la vérité.

Le petit rire du shérif lui révéla ce qu'il pensait de son alibi.

— Depuis la nuit des temps, les mères mentent pour protéger leurs fils. En particulier, les épouses d'hommes riches et puissants. Elles préfèrent regarder ailleurs lorsque leurs fils les débarrassent de leurs maris.

Il se pencha au-dessus de la table pour ajouter d'un ton de confidence :

— Saviez-vous que la mère de Néron avait empoisonné son mari pour permettre à son fils de devenir empereur ? demanda-t-il en riant.

Il tentait de pousser Zane à bout mais celui-ci refusait de perdre son sang-froid.

— Votre démonstration comme votre culture sont fascinantes, shérif. Mais j'ai un autre témoin.

L'autre ne le crut évidemment pas.

— Et ce témoin vous revient en mémoire tout à coup ? Comme c'est commode !

Zane ignora son ton moqueur et répondit :

— La gouvernante de la famille, Moira, était là, elle aussi. Vous vous souvenez peut-être de son nom, shérif. Moira a été la première à découvrir que mon père avait disparu après que ma mère l'a envoyée le réveiller. Ce sont ses cris qui ont alerté toute la famille.

Puis il répéta l'élément essentiel de son argumentation.

— Je n'étais pas dans cette aile de la maison quand mon père a été enlevé.

Imperturbable, le shérif poursuivit son raisonnement.

— Vous auriez pu l'enlever plus tôt dans la matinée.

Zane était maintenant convaincu que Watkins essayait juste de l'énerver.

— Beaucoup d'éléments prouvent que mon beau-père s'est battu avec son assaillant. Sa chambre était sens dessus dessous.

Puis il se focalisa sur le détail déterminant qui étayait ses dires.

— Dans cette lutte, une horloge est tombée et s'est cassée. Elle s'est arrêtée à 7 h 30.

Sa sœur l'avait souligné à l'époque, il s'en souvenait.

— À 7 h 30, j'étais assis dans la salle à manger et je prenais un café avec ma mère.

— C'est une jolie petite histoire.

Zane avait été poli. Il avait été patient. *Maintenant, ça suffit.* Watkins ne l'impressionnait pas.

Le shérif aurait dû mettre son énergie à rechercher le véritable ravisseur au lieu de monter des scénarios absurdes pour satisfaire son ego.

— Avez-vous des preuves réelles me liant à la disparition de mon beau-père, autre qu'un bouton de manchette que j'ai pu perdre à n'importe quel moment ? demanda-t-il.

Comme Watkins ne répondait pas, il hocha la tête, l'air satisfait.

— Manifestement pas.

Il se leva et déclara :

— Nous en avons terminé, shérif.

— Pour l'instant, répliqua ce dernier en se redressant à son tour. Mais je resterai en contact.

— J'en suis sûr.

— Charlie, cria Watkins à son adjoint. Reconduisez M. Colton à son bureau.

Zane avait eu sa dose des forces de l'ordre.

— Inutile, Charlie, dit-il. Ne vous inquiétez pas, je me débrouillerai pour rentrer par mes propres moyens.

Pour ne pas perdre la face, le shérif haussa les épaules avec indifférence.

— À votre guise, monsieur Colton. Passez une bonne journée.

Zane ne prit pas la peine de se retourner ni même de faire mine de l'avoir entendu.

Il réprima un soupir. Il se doutait que tôt ou tard, Watkins trouverait un autre prétexte pour accuser l'un des Colton.

Certaines personnes, par simple jalousie, étaient prêtes à tout pour les abattre.

Le shérif était également déterminé à montrer à tous que la fortune des Colton ne l'intimidait pas et qu'il ferait ce qu'il fallait pour les traduire en justice. Apparemment, qu'ils soient coupables ou non était un détail sans importance.

Zane poussa un soupir. Inutile de s'énerver à cause de ce genre de comportement. Il y avait une autre façon d'y faire face.

Une fois dehors, il sortit son smartphone et appela son bureau.

— Ici l'assistante de M. Colton, répondit Mirabella. En quoi puis-je vous être utile ?

— Vous pourriez venir me chercher ? demanda Zane.

Mirabella sentit un tel sentiment de soulagement la parcourir qu'elle n'eut pas la présence d'esprit de le dissimuler.

— Zane ? cria-t-elle d'une voix joyeuse.

Un peu tard, elle se rendit compte qu'elle s'adressait à lui d'un ton beaucoup trop familier.

Elle s'éclaircit la gorge et reprit :

— Je veux dire, monsieur Colton, c'est bien vous ?

— Oui, Bella, c'est moi.

Il regarda par-dessus son épaule, s'attendant à moitié à ce que le shérif sorte du bureau et lui demande de revenir pour une raison ou pour une autre.

— J'aimerais que vous veniez me chercher.

En un dixième de seconde, toutes sortes d'hypothèses traversèrent l'esprit de Mirabella. Plus de la moitié d'entre elles concernaient des fugitifs essayant d'échapper à la justice. Son souffle devenait haletant au fur et à mesure que son inquiétude grandissait.

— Où êtes-vous, monsieur ?

— Devant le bureau du shérif. Et j'ai vraiment hâte de m'éloigner de lui. Ce type est un fou furieux.

— Ils vous ont laissé partir ?

— Ils n'avaient rien pour me retenir, l'informa-t-il, touché par l'angoisse qu'il entendait dans sa voix. Je vous avais dit de ne pas vous inquiéter. Vous voyez bien que je n'avais pas besoin d'un avocat.

— J'aurais dû comprendre que vous leur feriez entendre raison, monsieur Colton.

Il n'avait pas besoin d'être flatté. Il voulait juste rentrer au plus vite au bureau.

— Dans combien de temps pensez-vous pouvoir être ici ?

— Je suis déjà en route pour l'ascenseur, dit-elle – ce qui était faux puisqu'il l'avait appelée sur la ligne fixe. Je serai là dès que possible.

— Ne commettez aucune infraction au code de la route. Je ne veux pas que vous soyez arrêtée pour excès de vitesse ou pour avoir brûlé un feu rouge. Je ne suis pas dans les meilleurs termes avec le shérif, vous l'avez compris.

— Très bien. Je respecterai les limitations de vitesse. À tout de suite.

— Cela dit, j'ai hâte de vous voir.

Le cœur battant, Mirabella bondit vers l'ascenseur. Elle savait que Zane faisait référence au fait qu'il voulait s'éloigner du shérif mais l'espace d'un instant, elle avait imaginé une autre signification à ses paroles.

Si seulement...

Fidèle à sa parole, Mirabella arriva aussi vite que possible tout en respectant les limites de vitesse. La façon dont le visage de Zane s'illumina quand elle apparut lui réchauffa le cœur.

Elle se gara le long du trottoir. Son soulagement de le voir libre était tel qu'elle eut du mal à ne pas lui sauter au cou pour l'embrasser.

Consciente qu'elle n'en avait pas le droit, elle fit de son mieux pour paraître calme et sereine.

Elle attendit qu'il ouvre la portière pour demander :

— Alors tout va bien ?

— Oh ! c'est loin d'être le cas, répondit Zane en se laissant tomber sur le siège passager. Mon père est toujours porté disparu et présumé mort par certains. Et même si Watkins a été forcé de me laisser partir, faute de preuves, il ne tardera pas à revenir pour essayer d'accuser quelqu'un de la famille Colton, moi ou un autre.

Elle savait que tout ce qui lui était demandé était de le reconduire au bureau en silence. Mais elle ne pouvait pas se taire, pas quand elle devinait ce qu'il traversait.

— Qu'allez-vous faire ? lui lança-t-elle finalement à la vue de la myriade d'émotions qui défilaient sur son visage.

— Ce que j'avais l'intention de faire avant que le shérif ne décide de m'accuser d'enlèvement et de me mener dans une salle d'interrogatoire. Je vais découvrir ce qu'il est arrivé à mon père et qui en est responsable.

Il repensa à la mission qu'il avait confiée à son expert en informatique.

— J'ai mis Meyer Stanley sur une piste. J'espère qu'il a progressé et qu'il me recontactera bientôt.

Elle hocha la tête.

— Et en attendant ?

Il soupira, résigné.

— Et en attendant, nous devons faire en sorte que l'entreprise de mon père continue à tourner aussi bien que lorsqu'il était aux commandes. Quand il reviendra, je ne veux pas qu'il trouve une société au bord de la faillite. Ni qu'une enquête inventée de toutes pièces par un shérif incompétent lui cause des ennuis. Je veux qu'il revienne dans une entreprise qui se porte encore mieux que lorsqu'il a disparu.

Mirabella lui sourit en s'arrêtant à un feu rouge.

— M. Eldridge a beaucoup de chance de vous avoir.

— Ça marche dans les deux sens, Bella, lui dit-il. Ma sœur et moi avons beaucoup de chance de l'avoir, lui. Beaucoup d'hommes dans la position d'Eldridge Colton se seraient désintéressés des enfants de leur femme et les auraient envoyés dans un pensionnat jusqu'à leur majorité. Mais il ne l'a pas fait. Eldridge s'est comporté comme un père aimant avec Marceline et moi. Le moins que je puisse faire est de lui rendre justice. Cela signifie assurer le bon fonctionnement de son entreprise en son absence, mais aussi ne pas rester assis, les bras croisés, pendant que le shérif et ses adjoints pataugent en détruisant les indices. En clair, cela signifie participer activement à sa recherche en enquêtant de mon côté, conclut-il.

Sa passion et son dévouement touchèrent Mirabella.

— Que puis-je faire pour vous aider, monsieur Colton ?

Il sourit à son offre. Elle était vraiment gentille.

— Je vous le dirai, dit-il, même s'il doutait qu'elle puisse lui être d'une aide quelconque.

Ils regagnèrent l'immeuble de bureaux et montèrent ensemble au vingt-troisième étage. S'il était préoccupé, Zane ne put s'empêcher de remarquer à nouveau la pâleur de son assistante, qui sembla s'accentuer alors que l'ascenseur montait à leur étage en un temps record.

Au moment où les portes de la cabine s'ouvrirent, Mirabella en sortit. Livide, elle semblait sur le point de s'écrouler.

— Je reviens tout de suite, dit-elle en se dirigeant vers les toilettes.

Il la regarda disparaître au bout du couloir.

Il hésita à la suivre et à se poster à côté de la porte des toilettes. S'il entendait qu'elle était malade, il insisterait pour qu'elle se fasse examiner par un médecin.

Mais il sentit alors son téléphone portable vibrer dans la poche de sa veste.

De quoi s'agit-il encore ?

— Monsieur Colton, dit la voix à l'autre bout du fil. C'est Meyer.

Zane se raidit.

— Avez-vous un nom pour moi, Meyer ?

— Pas encore, monsieur, dit l'homme en s'excusant.

Malheureusement, il y a beaucoup de décryptage à effectuer. Cela prend plus de temps que prévu mais je me rapproche. J'ai déjà découvert que les paiements avaient cessé quelques jours *avant* la disparition de votre beau-père.

Cette cessation de paiement aurait pu donner au maître chanteur une raison de l'enlever.

Espérons qu'elle n'a pas été un mobile suffisant pour le tuer...

5

Zane venait de remettre son smartphone dans la poche de sa veste quand il vit Mirabella sortir des toilettes. Son teint était maintenant verdâtre.

Profondément inquiet, il en oublia l'appel qu'il venait de recevoir. Il se dirigea vers elle et posa une main sur son bras. Sa peau était moite.

Comme jusqu'alors, elle avait ignoré ses conseils, il répéta avec fermeté :

— Mirabella, j'insiste pour que vous alliez consulter un médecin. Vous devez absolument vous faire examiner. Vous ne pouvez pas continuer ainsi.

Incapable de répondre, elle lui décocha un faible sourire. Elle se sentait vidée. Ses forces l'avaient abandonnée. Ses nausées semblaient s'aggraver ces temps-ci mais il n'y avait rien à y faire, elle le savait. Il lui fallait subir la situation jusqu'à ce que ses malaises s'estompent et, du moins l'espérait-elle, disparaissent.

— Je vais bien, monsieur Colton. Vraiment. Je souffre d'une petite indigestion passagère sans gravité, inutile de s'inquiéter.

Mais soudain, le couloir se mit à tanguer autour d'elle et parut se rétrécir. Alors que l'étage était habituellement bien éclairé, il commença à s'assombrir jusqu'à ce que tout devienne complètement noir autour d'elle. Elle sentit ses jambes se dérober et elle s'écroula.

Alors qu'il s'entretenait avec son assistante et s'efforçait en vain de lui faire entendre raison, Zane la vit soudain s'effondrer littéralement devant lui.

Stupéfait, il eut à peine le temps de réagir.

Il s'élança pour la rattraper au vol avant qu'elle ne tombe sur le sol.

— Mirabella ? Ça va ? Non, bien sûr que ça ne va pas, lança-t-il avec colère, traversé par un sentiment d'impuissance.

— Avez-vous besoin d'aide, monsieur Colton ? demanda Nancy, une employée embauchée depuis peu.

Il n'hésita pas longtemps. Moins il aurait de personnes mêlées à cet incident, mieux cela vaudrait. Mirabella n'apprécierait sans doute pas d'être le centre d'attention de ses collègues.

— Non, merci, je gère, répondit-il en la portant dans son bureau.

Il ne remarqua pas les regards entendus échangés entre Nancy et une autre salariée venue aux nouvelles.

Il ferma la porte de son bureau du pied et étendit doucement Mirabella sur son canapé.

Elle était toujours inconsciente.

Ne sachant pas quoi faire, il se demanda pourquoi elle s'était évanouie.

Son bureau bénéficiait d'une salle de bains attenante ultramoderne, équipée d'un lavabo et d'une douche. Il alla mouiller une serviette et la posa sur son front en espérant l'aider ainsi à recouvrer ses esprits.

Si cela ne fonctionnait pas, il appellerait une ambulance.

Il retint son souffle tout en l'observant avec attention.

Après quelques instants, elle ouvrit les yeux.

Dieu merci.

Comme elle commençait à s'agiter pour se redresser, il la repoussa doucement de la main pour la maintenir en position allongée.

— N'essayez pas de vous lever, pas tout de suite.

Désorientée, elle prit une profonde inspiration en s'efforçant de se repérer. Elle avait l'impression que son cerveau était plongé dans le brouillard.

— Où suis-je ?

— Je vous ai installée dans mon bureau. Vous vous êtes évanouie.

Honteuse, Mirabella essaya de s'asseoir.

— Ce n'est pas possible ! protesta-t-elle.

— Vous avez perdu connaissance et vous seriez tombée par terre si je ne vous avais pas rattrapée.

Elle avait encore le tournis, le cœur au bord des lèvres, mais elle ne pouvait pas rester allongée ici. Elle se trouvait dans le bureau de son patron. Une telle situation n'avait rien de professionnel.

Déterminée à se lever, elle voulut se mettre sur pied mais ses jambes ne la portaient plus et, très vite, elle dut se rasseoir. Affolée, elle luttait de toutes ses forces pour se ressaisir.

— Désolée, murmura-t-elle.

Zane ne répondit pas. En la dévisageant, il comprit brusquement ce qui se passait. Alors qu'elle tentait une nouvelle fois de se redresser, il posa une main sur son épaule pour la forcer à rester assise et il s'installa à côté d'elle.

Il secoua la tête. Comment n'avait-il pas vu plus tôt ce qui était évident ?

— Je suis parfois le dernier des imbéciles, vous savez.

— Que voulez-vous dire ? s'entendit-elle demander.

Sa voix était lointaine à ses propres oreilles. Elle serra les mains sur ses genoux. Tout en s'efforçant de reprendre ses esprits, elle cherchait frénétiquement une excuse pour justifier son malaise. Elle ne voulait pas que lui – ou qui que ce soit d'autre – sache la vérité, du moins pas pour le moment.

— Je veux dire, répondit-il avec patience, que je ne vois pas toujours ce qui est sous mon nez et qui devrait pourtant me crever les yeux.

Le souffle court, elle sentit son cœur s'arrêter un instant de battre.

Zane avait-il deviné le béguin qu'elle nourrissait pour lui depuis des années et qui devenait beaucoup plus fort ces derniers temps ? Avait-il compris que toutes ses marques de gentillesse lui avaient réchauffé le cœur et qu'elle commençait à le voir autrement que comme son patron ? Se doutait-il qu'il venait lui rendre visite dans ses rêves presque chaque nuit ?

Elle se creusa la tête en tentant de trouver quelque chose pour détourner ses soupçons, s'il n'était pas déjà trop tard.

Mais avant qu'elle n'y parvienne, Zane la laissa sans voix en lui lançant :

— Vous êtes enceinte, n'est-ce pas ?

Sa bouche s'ouvrit mais aucun son n'en sortit. L'esprit vide, elle n'avait plus les mots et resta à le dévisager comme une idiote dans un silence total.

— J'en déduis que oui, dit-il.

Il se sentit extrêmement déçu et il aurait été incapable d'expliquer pourquoi.

Il avait toujours pensé qu'il fallait « vivre et laisser vivre », une philosophie qui donnait à chacun le droit de mener sa vie comme il l'entendait, tant que personne d'autre n'avait à en souffrir.

Mais là, curieusement, apprendre cette grossesse lui faisait mal. Très mal.

Découvrir que Mirabella était enceinte, qu'elle avait un homme dans sa vie, quelqu'un qu'elle aimait puisqu'elle attendait un enfant de lui, l'accablait. Elle n'était pas du genre à avoir des relations sexuelles avec n'importe qui, il le devinait.

Merde, Colton, ressaisis-toi. Ce n'est quand même pas la fin du monde. Elle est ton assistante, pas ton âme sœur, insista une petite voix dans sa tête.

Habituellement, cette petite voix faisait preuve de beaucoup de sagesse. Mais cette fois-ci, il en douta.

Mirabella comprit qu'elle ne pouvait pas rester sans rien dire pendant que Zane se perdait en conjectures. Il ne se perdait pas, d'ailleurs. Bien au contraire, il avait vu juste et mis dans le mille. Et maintenant, elle devait dire quelque chose, se justifier. En restant muette, elle passerait pour une idiote, inconsciente de la gravité des événements. Ou pire, pour une femme aux mœurs légères.

Elle n'était rien de tout cela et ne l'avait jamais été. En réalité, elle était complètement bouleversée, dépassée. Jamais, même en poussant très loin l'imagination, elle n'aurait envisagé de se retrouver dans cette situation. Elle avait toujours cru que si elle tombait un jour enceinte, il s'agirait d'un choix, d'une décision prise à deux, avec son mari.

Au lieu de quoi, tout s'était enchaîné sans qu'elle l'ait vraiment prémédité. Ce n'était pas ainsi qu'elle concevait sa vie.

Elle serra les poings. D'accord, au départ, sa grossesse l'avait surprise, déstabilisée et peut-être ennuyée. Mais elle refusait de se considérer comme une victime. Elle avait décidé d'assumer. Elle prendrait en charge cet enfant et poursuivrait avec lui – et du mieux possible – le reste de sa vie. Sa fierté l'exigeait.

— Oui, répondit-elle avec calme. Je suis enceinte.

De nouveau, il eut l'impression qu'elle le frappait en pleine figure.

Savoir qu'il n'avait aucune raison d'éprouver cette sensation n'y changea rien.

— Les félicitations sont-elles de mise ? demanda-t-il d'une voix sourde.

Comme elle venait de lui annoncer sa grossesse, sans doute avait-elle l'intention de garder le bébé. Mais il ne voulait pas prendre quoi que ce soit pour acquis. Il attendit qu'elle le lui confirme.

— Pour le moment, répondit-elle, je ne sais pas ce qui est de mise. Je vous le dirai quand je cesserai d'être malade.

Il se déplaça légèrement sur le canapé pour s'éloigner d'elle. Il ne voulait pas la bousculer.

— Êtes-vous allée voir un médecin ? demanda-t-il.

Son bien-être était toujours sa principale préoccupation.

— Oh ! oui, répondit-elle. Ça oui.

Son généraliste lui avait appris son état.

Zane se méprit.

— Il n'était pas rassurant ?

— Non, ce n'est pas ça. Il m'a parlé de mes options. Pour reprendre ses mots, il m'a dit que je pouvais « le garder ou pas » mais que je devais me décider avant qu'il ne soit trop tard. Sinon, il me resterait toujours la possibilité de le « confier à l'adoption ».

La conversation qu'elle avait eue avec le médecin l'avait tellement bouleversée qu'elle avait passé le reste de la journée et une partie de la nuit suivante à pleurer.

— Qu'allez-vous faire ? demanda Zane.

Il avait oublié qu'un patron n'avait pas le droit de poser des questions de cette nature à une employée.

Elle prit une profonde inspiration et redressa les épaules.

— Je vous le dirai dès que je cesserai d'être malade et que je serai capable de réfléchir.

Elle sentit une autre vague de nausées monter et lutta pour l'empêcher de la submerger. Elle pressa les mains contre son ventre comme pour tenter de les réprimer.

Zane s'efforçait de maintenir une distance professionnelle mais il ne pouvait s'empêcher de ressentir de la sympathie pour ce qu'elle traversait.

— Je n'ai rien d'un expert en la matière, loin de là, dit-il. Mais d'après ce que j'ai entendu dire, beaucoup de femmes endurent des moments désagréables en début de grossesse...

mais elles jurent que cela en valait vraiment la peine, une fois qu'elles ont leur bébé dans leurs bras.

Il s'interrompit en se demandant s'il fallait ou non lui poser la question suivante.

— Qu'en pense le père de l'enfant ?

Elle se raidit, alors que les mots d'adieu de cet homme lui revenaient en mémoire. Des mots qu'elle n'avait aucune envie de répéter. Elle ne voulait pas non plus se souvenir de quoi que ce soit à son sujet.

Comment avait-elle pu être assez naïve pour ne pas comprendre que certains hommes étaient capables de promettre monts et merveilles à une femme, uniquement pour parvenir à leurs fins ? Elle n'avait pas grandi dans un couvent. Elle savait que beaucoup d'hommes mentaient s'ils y voyaient leur intérêt.

Mais elle n'avait jamais imaginé que cela lui arriverait *à elle*. Lorsqu'elle l'avait compris, elle s'était sentie manipulée, trahie, salie.

Elle tourna la tête pour regarder Zane.

— Je préfère ne pas en parler si ça ne vous dérange pas, répondit-elle un peu formellement.

Elle lui indiquait ainsi que ce n'étaient pas ses affaires, comprit-il.

Mais parce que Mirabella était son assistante et qu'il comptait sur elle pour être aussi efficace dans son travail qu'elle l'avait été jusqu'à présent, il se souciait de son bien-être.

— Mais il est au courant, non ? insista-t-il en scrutant son visage à la recherche d'un indice révélateur. Le père du bébé est informé de son existence ? Vous le lui avez dit, n'est-ce pas ?

Mal à l'aise, Mirabella hésita. Il lui semblait étrange de penser à Kyle maintenant qu'il était mort. Mais cela ne changeait rien, en réalité. Elle n'avait pas envie de reconnaître qu'elle avait couché avec lui, ce qui revenait à admettre qu'il s'était servi d'elle.

À ses yeux, l'expliquer la ferait passer pour une pauvre idiote – ou pire.

— Oui, je le lui ai dit, lâcha-t-elle enfin. Maintenant, excusez-moi mais je préfère laisser tomber le sujet.

Elle commença à se lever mais se sentit soudain très mal alors qu'une autre vague de nausées, bien plus intense que la précédente, la submergeait soudain. Elle enfonça les ongles dans l'accoudoir du canapé comme si cela pouvait canaliser son malaise.

Et à son regard paniqué, il devina qu'elle n'allait pas réussir à gagner les toilettes à temps.

Il comprit tout de suite que si elle était malade dans le couloir, devant des tiers, elle en serait mortifiée. Certes, la plupart des employés étaient de bonnes personnes. Mais cela ne les empêchait pas d'aimer les ragots et les commérages. Comme Zane en avait souvent fait les frais, il était bien placé pour le savoir.

Il se leva rapidement et s'écarta de son chemin.

— Utilisez ma salle de bains, proposa-t-il.

La sentant prête à refuser, il insista.

— Vous n'allez pas réussir à atteindre le bout du couloir à temps. Cessez dont d'être si têtue, ordonna-t-il en poussant la porte de ses toilettes.

Elle voulut protester. Mais elle n'en eut pas la possibilité.

Elle allait être malade. Là, maintenant, tout de suite.

Elle comprit qu'elle n'avait plus le choix et se précipita dans la salle de bains. Sachant qu'elle apprécierait un peu d'intimité et n'ayant pas particulièrement envie de l'entendre, Zane ferma derrière elle.

Juste à temps.

Au même instant, quelqu'un frappa à la porte de son bureau.

6

Zane prit conscience de l'urgence de se débarrasser de son visiteur inattendu avant que Mirabella ne sorte de sa salle de bains. La présence de son assistante dans son bureau risquait de déclencher des rumeurs. Et il n'avait vraiment pas besoin que des ragots supplémentaires viennent compliquer un peu plus la situation. Il savait d'expérience que les gens étaient capables de faire tout un roman du peu qu'ils percevaient – lorsqu'il ne s'agissait pas des œuvres complètes de William Shakespeare.

Rapidement, il traversa la pièce pour ouvrir la porte.

L'idée d'envoyer promener son visiteur importun s'évanouit dès qu'il vit de qui il s'agissait.

Âgé d'une trentaine d'années et chauve, Meyer Stanley se tenait toujours droit comme un I dans le but de paraître un peu plus grand. Mais ses efforts ne parvenaient qu'à lui donner l'air d'avoir avalé un parapluie.

À cause de ses grosses lunettes à monture noire, ses yeux semblaient énormes.

Dire que Zane fut surpris de le voir serait un euphémisme.

— Nous venons de nous parler.

Son expert en informatique avait-il oublié de lui dire quelque chose ?

Meyer hocha la tête. Dans le mouvement, ses lunettes glissèrent sur son nez et il les remonta de son index.

— Oui, je sais.

Il tenta de deviner pourquoi Meyer s'était senti obligé de venir si vite le voir.

— Avez-vous découvert où l'argent de mon père avait été viré ?

De nouveau, Meyer acquiesça. Une main contre la bouche, il s'apprêta à baisser la voix et, avant de répondre, promena un regard furtif autour de lui, comme s'il voulait s'assurer que personne ne risquait de l'entendre.

— Et j'ai pensé qu'il valait mieux vous le dire en personne.

Zane connaissait Meyer depuis des années, même si ce dernier avait longtemps travaillé dans une section différente du service informatique. Il savait donc qu'il avait un côté théâtral. Mais il ne l'avait jamais vu comme ça, auparavant.

Un certain malaise commença à l'envahir bien qu'il garde un visage impassible.

— Poursuivez.

— Les virements réguliers émanant de l'un des comptes bancaires de votre père étaient envoyés sur un compte crypté au nom de...

Meyer s'interrompit, non pas pour provoquer un quelconque effet dramatique mais, manifestement, parce que la révélation qu'il s'apprêtait à faire le rendait nerveux.

— Allez-y, Meyer, ordonna Zane. Je vous écoute. Qui était le bénéficiaire de ces transferts d'argent ? À qui appartenait le compte ?

Son expert déglutit avec difficulté.

— Il appartenait à...

Un bruit provenant du côté du bureau attira son attention. Meyer se retourna au moment précis où la porte de la salle de bains s'ouvrait et où quelqu'un en sortait.

Quand il vit de qui il s'agissait, il parut stupéfait et resta bouche bée.

— Merde, Meyer, de qui s'agit-il ? répéta Zane. Allez,

crachez le morceau. Donnez-moi un nom. À qui le compte crypté appartient-il ?

Comme s'il avait soudain perdu l'usage de la parole, Meyer pointa le doigt.

Vers Mirabella.

— À elle, finit-il par balbutier. Le compte crypté bénéficiaire des transferts d'argent de votre père est au nom de votre assistante administrative. Mirabella Freeman.

Il tendit une feuille de papier à Zane qui la déplia et la parcourut rapidement des yeux. Son expression se durcit. Tout était là : Mirabella était bien celle qui recevait les virements bancaires réguliers d'Eldridge Colton.

En entendant son nom, Mirabella s'arrêta net dans son élan. Son regard alla de Zane au petit chauve à qui il faisait appel chaque fois qu'il était confronté à des cyber-énigmes.

À la façon dont les deux hommes la dévisageaient, les traits fermés, elle comprit qu'il y avait un problème.

— Que se passe-t-il ? demanda-t-elle, décidant qu'il valait mieux l'affronter de front, quel qu'il soit.

Zane ne lui répondit pas.

Ce silence qui se prolongeait devint plus inquiétant.

Pourquoi ne lui disait-il rien sur ce qui se passait, ni sur la raison de la présence de Meyer dans son bureau ? En un instant, à cause d'une information qu'il avait manifestement obtenue de l'expert en informatique, tout avait changé.

Zane leva les yeux vers Meyer, les sourcils froncés.

— Vous en êtes sûr ?

Le visage de l'homme était l'incarnation de la gravité.

— C'est ici que la piste se termine, monsieur, répondit-il.

D'ordinaire, Mirabella savait quand s'abstenir de dire quoi que ce soit. Elle n'était que l'assistante administrative de Zane et n'avait pas à intervenir dans ses conversations. S'il voulait l'impliquer, il l'aurait indiqué.

Mais elle avait ce sentiment dérangeant que tout ce qui se

déroulait entre eux la concernait. Et comme elle ne saisissait pas le problème, elle n'avait pas la possibilité de s'expliquer.

Elle avait besoin de réponses.

— Que se passe-t-il ? répéta-t-elle.

La question s'adressait à Zane mais comme il ne lui répondait pas, elle se tourna vers Meyer. Elle crut déceler une lueur de pitié dans les yeux bruns de l'informaticien avant qu'il ne baisse la tête sans répondre.

— Ce sera tout, merci, déclara Zane. Si ces virements reprenaient, mettez-moi aussitôt au courant.

— Bien sûr, assura Meyer, visiblement soulagé de quitter le bureau.

Il sortit le plus discrètement possible.

— De quels virements parliez-vous ? demanda Mirabella.

Zane la laissait délibérément dans l'incertitude et plus cela durait, plus elle se sentait mal à l'aise.

Pensait-il qu'elle était impliquée dans l'enlèvement d'Eldridge ? Avait-il demandé à son fidèle expert en informatique de découvrir l'identité du père du bébé parce qu'il pensait que ce dernier était lié à la disparition du P-DG de l'entreprise ?

Cesse de délirer ! s'ordonna-t-elle. *Zane se moque de savoir avec qui tu as couché, tant que cela ne nuit pas à ton travail. Grandis !*

Mais quand il se retourna pour lui faire face, son expression figée comme son regard sombre la glacèrent.

Quelles qu'elles soient, les informations que Zane venait d'obtenir de Meyer l'avaient mis très en colère.

Elle n'eut pas à attendre longtemps pour obtenir des éclaircissements.

— Pourquoi mon père virait-il près de dix mille dollars chaque mois sur un compte bancaire crypté à votre nom ? lança-t-il d'une voix dure.

Sidérée, elle le dévisagea. Elle ne reconnaissait pas l'homme qu'elle considérait comme son patron et bien plus encore. Et les mots qu'il venait de prononcer rebondissaient dans sa tête comme s'ils avaient été exprimés dans une langue étrangère.

— Sur mon quoi ? répéta-t-elle, incapable de comprendre ce qu'il demandait.

Son visage s'assombrit. Il n'était pas d'humeur à jouer aux devinettes avec quelqu'un qui, selon lui, l'avait trahi.

— Vous m'avez très bien entendu, rétorqua-t-il.

Comme elle continuait à le regarder sans comprendre, il répéta :

— Sur votre compte bancaire crypté.

La pièce recommençait à tourner autour d'elle et elle sentit de nouveau ses jambes fléchir. Elle tendit les mains en cherchant quelque chose contre quoi s'appuyer et trébucha jusqu'au canapé.

Elle s'y effondra.

Elle jouait encore avec lui !

Ça ne marchera pas cette fois, chérie.

— Je vous en prie, épargnez-moi cette petite comédie, lui dit-il froidement. Elle a fonctionné tout à l'heure mais vous ne m'aurez pas deux fois.

Au bord du malaise, elle ne tenta pas de protester. Elle prit une profonde inspiration en essayant de donner un sens à ce que son patron lui disait.

— De quoi parlez-vous ? demanda-t-elle avec indignation. Je n'ai pas de compte bancaire crypté et mon seul compte bancaire – classique – ne contient certainement pas des milliers de dollars...

— Il est créditeur de près de trente mille dollars, contra Zane.

Il fallait lui soutirer la vérité, à tout prix, se jura-t-il.

Elle lui lança un regard à la fois stupéfait et furieux.

— Ce que vous dites est absurde. Pourquoi M. Eldridge aurait-il versé autant d'argent sur un compte à mon nom ?

— C'est ce que j'aimerais savoir, dit-il.

Elle en avait assez. Et comme il l'avait déjà condamnée, elle n'avait vraiment plus rien à perdre.

— Eh bien, laissez-moi vous faciliter la tâche, rétorqua-t-elle. Il ne l'a jamais fait. Je ne sais pas d'où vous vient cette idée folle mais elle est fausse, dit-elle avec véhémence.

Meyer avait identifié les coordonnées du compte bancaire bénéficiaire des virements ainsi que son emplacement et le nom de son propriétaire. L'expert en informatique lui avait remis ces informations à l'instant. Et il ne les avait pas inventées.

— À l'origine, le shérif a découvert des virements réguliers émanant du compte de mon père au profit d'un compte intraçable. J'ai donné cette information à Meyer qui l'a suivie et qui a retrouvé le nom du coupable. Cela répond à vos questions ?

Son ton était si froid qu'elle en frissonna.

Mais plutôt que de se recroqueviller ou d'accepter la condamnation, elle répliqua avec défi :

— À aucune de mes questions et surtout pas au « pourquoi ».

— Pourquoi quoi ? dit Zane avec colère.

Elle leva le menton, telle une guerrière qui n'avait pas l'intention d'accepter la défaite sans se battre.

— Pourquoi quelqu'un a-t-il voulu me piéger ?

Il la regarda un long moment, en prenant conscience qu'il avait très envie de la croire. Mais il faisait confiance à Meyer. L'expert en informatique lui avait apporté la preuve et il ne savait pas mentir.

— Quelqu'un vous aurait piégée, répéta Zane avec un mépris à peine dissimulé. Vous n'avez rien trouvé de mieux pour tenter de vous justifier ?

— C'est la vérité, rétorqua-t-elle avec colère, craignant de fondre en larmes. Quelqu'un m'a piégée.

— Eh bien, voici comment je vois les choses, riposta-t-il. Vous et mon père, vous avez eu une liaison. Et vous n'avez pris aucune précaution, dans l'espoir de tomber enceinte afin de pouvoir le faire chanter et lui soutirer de l'argent en échange de votre silence.

Il la dévisagea, les mâchoires serrées. Il repoussa les sentiments de trahison qui l'assaillaient et qu'il ne savait pas comment gérer.

Elle secoua la tête.

— N'importe quoi ! Comment osez-vous penser quelque chose d'aussi honteux à propos de moi ou de votre père !

À bout de patience, elle livra à Zane le fond de sa pensée – elle ne voyait aucune raison de le lui cacher plus longtemps.

— Je respecte profondément M. Colton et j'ai beaucoup d'affection pour lui mais je l'aime comme un père, pas comme quelqu'un avec qui je... Jamais, jamais, je n'aurais...

Exaspérée, elle n'arrivait même pas à finir sa phrase. Au lieu de quoi, elle émit un petit son reflétant sa frustration à propos de la théorie absurde qu'il venait d'esquisser.

Comment une telle idée avait-elle pu le traverser ? Cela témoignait du peu de considération qu'il avait pour elle.

Mais dans l'immédiat, sa propre indignation l'empêchait de dire quoi que ce soit qui semble cohérent.

Elle prit une autre inspiration, puis, mesurant chaque mot, lança à Zane :

— Si c'est vraiment ce que vous pensez à mon sujet, alors je vous donne ma démission. Je refuse de travailler pour quelqu'un qui me perçoit comme une intrigante et une criminelle.

Elle se releva trop vite et en subit aussitôt les conséquences. La pièce recommença à tourner et pendant un moment gênant, elle crut qu'elle allait s'évanouir pour la deuxième fois de la journée.

Saisissant le haut de l'étagère, elle s'y retint jusqu'à ce que la pièce cesse de bouger.

Zane, par réflexe, tendit la main pour la soutenir mais elle l'écarta avec colère.

— Laissez-moi, je n'ai pas besoin de votre aide, lui dit-elle en serrant les dents. Et vous ne voulez pas être vu en train d'aider la poule de votre père, ajouta-t-elle d'une voix mordante. Je préfère ne pas imaginer les ragots qui en découleraient.

Sa réaction n'était peut-être qu'une performance d'actrice. Après tout, si elle avait fait ce dont il venait de l'accuser, elle était certainement capable de feindre cette indignation pour jouer le rôle d'une femme injustement traitée.

Il se sentait perdu.

Tant de choses s'étaient passées au cours de ce dernier mois qu'il ne savait plus ce qui était vrai, ce qui était louche, ce qui était faux. La vérité était devenue insaisissable et changeait si souvent d'apparence qu'il ne parvenait plus à la reconnaître.

Tel un caméléon, elle prenait des formes étranges.

Et puis, il crut entendre une petite voix dans sa tête qui lui conseillait : *Fais confiance à ton instinct.*

Il n'avait pas gravi les échelons dans l'entreprise en se tournant vers les autres pour obtenir des conseils ou en s'appuyant sur les rapports et les opinions d'autres personnes pour dicter ses actions.

Il l'avait fait en suivant ses antennes.

En faisant confiance à son instinct.

Et son instinct lui soufflait que la femme sur laquelle il avait toujours compté, qui avait toujours travaillé sans relâche à ses côtés sans attendre d'éloges ni aucune sorte de compensation supplémentaire, ces dernières années, lui disait la vérité.

Qu'elle était victime d'un coup monté.

Avant que Mirabella n'atteigne la porte, avec l'intention de la claquer comme une dernière manifestation de protestation et de colère, Zane lui demanda :

— Alors vous ne portez pas le bébé de mon père ?

Une partie d'elle refusait même de s'abaisser à répondre. Mais quelque chose dans son ton la poussa à se retourner.

— Non, dit-elle fermement en plaçant une main protectrice sur son ventre. Certainement pas.

7

Mirabella s'efforçait de lui dissimuler à quel point il la blessait. Qu'il puisse penser de telles horreurs à son sujet, qu'il ait oublié toutes les fois où ils avaient travaillé ensemble, toutes les fois où elle l'avait aidé avec dévouement sans jamais compter ses heures, l'accablait. Elle espérait que sa réponse sans équivoque mettrait un terme définitif à l'ignoble accusation qu'il lui avait lancée.

— Et pour mettre fin une fois pour toutes à cette accusation absurde, ajouta-t-elle sèchement, dès que le bébé sera né, j'accepterai de le soumettre à un test de paternité.

Zane ne répondit pas tout de suite. Il resta silencieux pendant ce qui lui parut un très long moment.

— Je vous crois, dit-il enfin.

Pourtant, la douleur qu'elle avait ressentie refusait de refluer. Son manque de confiance, même temporaire, l'avait heurtée au cœur. Il avait détruit quelque chose qui mettrait du temps à se reconstruire. Elle n'était pas sûre d'y parvenir, ni même de le vouloir.

— Je me moque de savoir si vous me croyez ou non, lui dit-elle. Je ne veux simplement pas avoir à subir les conséquences d'un mensonge.

Il hocha la tête. S'il était conscient de franchir les limites d'une relation patron-employée, il se sentit pourtant obligé de demander :

— Qui est le père de votre enfant ?

Elle le regarda avec stupéfaction.

— Cela ne vous regarde pas, répondit-elle froidement. Mais je vais pourtant vous répondre. Il ne s'agit pas de votre père ni de personne dont vous ayez à vous inquiéter.

Jusqu'ici, Zane et Mirabella entretenaient de bonnes relations de travail et en comprenant que, par sa faute, ce ne serait plus le cas à l'avenir, il se sentit mal. Les révélations de Meyer l'avaient bouleversé mais ce n'était pas une excuse pour se retourner contre elle et imaginer pire. Elle ne lui avait jamais donné la moindre raison de douter de son honnêteté.

Il avait eu tort. Il comprit qu'il devait lui présenter des excuses. Mais il n'en avait pas l'habitude.

— Mirabella. Si je vous ai offensée, j'en suis désolé.

— *Si* ? répéta-t-elle d'un ton incrédule. *Si* ?

Il n'était vraiment pas doué pour ce genre d'exercice.

— Vous avez raison. Je suis désolé de vous avoir offensée. Mais je suis sous pression, ces derniers temps. Depuis la disparition d'Eldridge, je subis un stress qui finit par m'ébranler, dit-il, espérant ainsi justifier son comportement.

Qu'il essaye de se racheter la toucha mais il lui faudrait bien davantage pour lui pardonner.

— Vous est-il déjà arrivé de penser que vous n'étiez pas le seul dans ce cas ? rétorqua-t-elle.

Il poussa un soupir.

Il avait été tellement en colère que l'éventualité de se tromper, de l'accuser à tort, ne l'avait même pas effleuré. Sans réfléchir, il avait sauté sur une conclusion hâtive sous prétexte qu'elle lui semblait logique. Il avait eu tort.

À en juger par l'expression de son visage, il n'était pas sûr qu'elle lui pardonnerait un jour. Et en toute honnêteté, il ne pouvait pas le lui reprocher.

— Encore une fois, je suis désolé, répéta-t-il.

Plutôt que de lui dire qu'elle acceptait ses excuses, elle hocha simplement la tête.

Nourrir de la rancune n'était pas dans sa nature.

— J'en prends bonne note, répondit-elle, empruntant une expression qu'il utilisait souvent.

La phrase le fit sourire.

— Je vous en remercie.

Il la raccompagna à la porte, la lui ouvrit, puis s'écarta pour la laisser passer, en parfait gentleman. Mais dès qu'elle quitta la pièce, il se jeta sur son téléphone pour rappeler Meyer. Sa mission était loin d'être terminée.

L'expert en informatique décrocha à la troisième sonnerie.

— Stanley.

— Je veux que vous découvriez qui a créé ce compte bancaire crypté.

Il fallut un moment à Meyer pour identifier son correspondant. Et quand il y parvint, la requête de Zane lui parut incompréhensible.

— Je crois vous avoir déjà donné la réponse à cette question...

— Non. Nous savons de quel compte sortait l'argent et dans quel compte les fonds atterrissaient. Nous avons émis certaines hypothèses sur ce qui s'est passé mais nous ne les avons pas vérifiées.

Son expert en informatique aurait dû le faire.

— Cela semblait aller de soi, argumenta faiblement Meyer.

Zane ne pouvait pas l'en blâmer. Après tout, lui-même s'était rendu coupable de la même légèreté.

— Et la personne qui a monté cette machination espérait sans doute que nous réagirions ainsi.

— Je suis vraiment désolé, monsieur Colton...

— Ne le soyez pas, Meyer. Soyez rigoureux. Et pour mémoire, nous avons tous les deux commis la même erreur. Maintenant, à vous de découvrir qui a autorisé ces transferts. Et pendant que vous y êtes, cherchez si une partie de l'argent a été retirée de ce compte crypté. Si c'est le cas – et il l'espérait –, je veux savoir par qui.

— Oui, monsieur, répondit Meyer. Si je comprends bien, cette histoire n'est pas encore terminée.

Zane émit un rire bref. Quelqu'un l'avait sciemment induit en erreur et il voulait savoir pourquoi.

— Loin de là. Meyer...

— Oui, monsieur ?

— Je n'ai pas besoin de vous dire que tout cela doit rester strictement confidentiel.

— Bien sûr, monsieur.

— Parfait. J'attends vos résultats

Mettant fin à l'appel, Zane replaça le récepteur dans son socle, puis bascula en arrière dans son fauteuil. Sa vie devenait de plus en plus compliquée.

Il y a un peu plus d'un mois, il n'avait à gérer que des horaires chargés et des rendez-vous qui se chevauchaient. Et les plus grands défis auxquels il avait à faire face étaient des employés mécontents et des pirates informatiques cherchant à percer les défenses du système sécurisé de l'entreprise.

Maintenant, il était confronté à une possible situation de vie ou de mort. *Pas de mort*, corrigea-t-il aussitôt.

Pour continuer, il devait rester convaincu que son père était toujours en vie. Sinon, son chagrin l'anéantirait – sans parler de Watkins qui le reconvoquerait pour lui faire subir un autre interrogatoire concernant le meurtre de son père.

Il n'était certainement pas le seul suspect de Watkins mais il finissait par en avoir l'impression.

Avec un soupir, il jeta un coup d'œil par la fenêtre vers le ciel sans nuages. Il avait vraiment envie de sortir, de prendre l'air, de se dégourdir les jambes et l'esprit. Mais dans l'immédiat, il valait mieux rester ici et jouer au bon petit chef de la sécurité.

Avec effort, il se força à traiter certains des documents

qu'il avait remis à plus tard. Le travail n'allait pas se faire tout seul et le chaos ambiant ne devait pas lui servir d'excuse.

Préoccupé, Zane sursauta lorsque la sonnerie de son téléphone fixe retentit. Avant de décrocher, il regarda le nom de l'appelant qui s'affichait.

Meyer.

Voilà à peine vingt-quatre heures qu'il lui avait donné ses instructions pour identifier la personne qui avait autorisé les virements mensuels du compte de son père vers un compte au nom de Mirabella. Il ne s'attendait pas à un retour aussi rapide.

Il était évident que la personne à qui ils avaient affaire était douée dans ce domaine. Leur hacker connaissait les rouages bancaires et la façon de surfer en toute discrétion sur Internet.

— Vous avez quelque chose pour moi, Meyer ? demanda-t-il sans attendre que l'expert en informatique prenne la parole.

— Vous aviez raison, patron, ces virements émanent bien du compte de votre père mais ce dernier ne les a jamais autorisés.

À ce stade, Meyer ne lui apprenait rien.

— Qui l'a fait ? demanda-t-il.

— Je ne peux pas encore vous le dire, reconnut Meyer, gêné. Tout ce que je sais, c'est que celui qui l'a fait savait ce qu'il faisait. Mais je continue à creuser, ajouta-t-il.

— Je l'espère bien, dit Zane avant de raccrocher.

Il s'interrogeait sur l'objectif de ce piratage. La société Colton était-elle ciblée spécifiquement ? S'agissait-il d'une vengeance personnelle visant son père ? Ou d'une attaque au hasard ?

Tant qu'il n'avait pas de réponse, il n'avait aucune idée de ce qu'il combattait, ce qui lui interdisait de se défendre.

Un mouvement sur l'écran de son ordinateur attira son

attention. Apparemment, il venait de recevoir un courrier électronique destiné à tous les membres du personnel.

Le logo de Colton S.A. apparaissait en haut du message, pourtant si le mail avait été adressé à « tous les employés de la société Colton », l'expéditeur ne portait le nom d'aucun des chefs de service.

Mais celui – forcément faux – de « Anonymous ».

Le pire était à venir. L'objet du mail déclarait en effet :

Zane Colton est le père de l'enfant qu'attend Mirabella Freeman.

Zane sentit un frisson glacé lui parcourir l'échine alors qu'il lisait le contenu du message.

Mirabella Freeman, l'assistante administrative de Zane Colton, donne un nouveau sens à l'expression « avantages en nature ».

Visiblement, lorsqu'elle s'est retrouvée (délibérément ?) enceinte de Zane Colton, Mirabella Freeman a remporté le jackpot.

Certains d'entre vous seront sans doute surpris d'apprendre qu'une partie importante de l'argent de la société d'Eldridge Colton – notre fondateur prétendument « enlevé » – a été transférée sur un compte au nom de la future mère. Il s'agit évidemment de subsides versés à son assistante par Zane Colton, qui n'est même pas un véritable Colton !

Comment tolérer de tels comportements ? Des dirigeants décadents s'approprient la richesse créée par d'honnêtes travailleurs. Ils spolient l'entreprise et ses salariés au profit de leurs intérêts personnels.

Honte à eux !

Abasourdi, Zane relut le mail. Une fois, deux fois, trois fois.

Il lui fallut faire appel à toute sa volonté pour réprimer la rage qu'il sentait bouillir en lui.

Et puis il crut entendre un cri de douleur, d'angoisse et de détresse mêlées émanant du bureau voisin.

Celui de Mirabella.

Il sauta sur ses pieds et alla ouvrir la porte.

— Bella, tout va bien ?

Lorsqu'elle se retourna pour lui faire face, il vit son visage dévasté.

— Non, répondit-elle d'une voix étrangement calme, je ne vais pas bien. Qui a rédigé ce mail abominable ? ajouta-t-elle d'un ton horrifié.

Elle avait évidemment reçu le même message que lui.

— Je ne sais pas, lui dit-il, mais si je trouve son auteur, je lui souhaite d'être bien assuré. Appelez Meyer Stanley et passez-le-moi, ajouta-t-il.

Avant que Mirabella ne puisse s'exécuter, son téléphone se mit à sonner avec insistance.

Celui de Zane aussi.

Comme si leurs téléphones avaient brusquement déclenché une cacophonie, d'autres sonneries retentirent dans tout l'étage.

D'une main tremblante, Mirabella décrocha le récepteur de sa ligne fixe.

— Société Colton, bonjour, dit-elle d'une petite voix, comme si elle craignait d'entendre son correspondant.

Elle n'avait pas tort.

— Félicitations. La promotion canapé marche à fond et tu as trouvé le moyen de gravir les échelons de la hiérarchie sans trop te fatiguer, salope, gronda une voix à l'autre bout du fil.

Mirabella ne prit pas la peine de répondre. Elle raccrocha. Son souffle court répondait à toutes les questions que Zane aurait pu poser concernant la nature de l'appel téléphonique.

— Ne les laissez pas vous atteindre, conseilla-t-il gentiment.

Elle leva le menton avec défi.

— Facile à dire pour vous. Vous êtes un Colton. Vous ne risquez pas d'être soupçonné de bénéficier d'une « promotion canapé », rétorqua-t-elle, les larmes aux yeux malgré sa colère.

Il jeta un coup d'œil à son écran d'ordinateur. Les mails arrivaient à un rythme effréné.

Le premier ne contenait qu'un seul mot, écrit en lettres majuscules et en caractères gras.

Comme elle s'apprêtait à retourner vers son bureau, il lui attrapa la main et l'arrêta.

— Pourquoi ne sortirions-nous pas d'ici ?

Elle entendait les mails tomber, se succéder à une vitesse vertigineuse. Il n'y avait pas moyen de leur échapper.

— Pour aller où ?

— Dans un restaurant, un café. N'importe où mais loin d'ici. Allons dîner quelque part, suggéra-t-il en la regardant.

Lui tenant toujours la main, il ajouta :

— Je vous invite.

Elle commença à jeter un coup d'œil par-dessus son épaule, mais encore une fois, il l'arrêta, l'obligeant ainsi à se tourner vers lui.

Mirabella lui offrit un faible sourire. Les mails malveillants lui tordaient l'estomac et la rendaient encore plus malade qu'elle ne l'était déjà.

Elle plaça sa main sur son ventre et tenta de le calmer. En vain.

— Je ne sais pas si je serai capable de manger quelque chose.

— Au contraire, cela vous fera du bien. Maintenant, prenez votre sac et partons, dit-il d'un ton sans réplique. Ensuite, je vous reconduirai chez vous.

Elle voyait les mails envahir un peu plus son écran à chaque seconde qui passait. Tout le monde la détestait, apparemment.

— Je dois éteindre mon ordinateur, dit-elle à Zane en reportant son attention sur le clavier.

Il leva la main pour l'en empêcher et s'en chargea lui-même.

— Voilà, c'est fait, ajouta-t-il. Allons-y.

8

Abasourdie, Mirabella regarda l'écran noir.

— Vous ne pouvez pas faire ça ! cria-t-elle.

— Je viens de le faire, répliqua-t-il.

— Mais si vous n'éteignez pas un ordinateur correctement, vous risquez de perdre des données, protesta-t-elle.

Il resta imperturbable.

— Nous avons les meilleurs informaticiens du pays. Si des données importantes venaient à être perdues, ils sauraient les récupérer. Et s'ils n'y parvenaient pas, Meyer Stanley y arriverait, lui. S'il s'y mettait, il serait capable de retrouver la cité perdue de l'Atlantide. Alors cessez de vous faire du souci pour l'entreprise et souciez-vous un peu de vous, pour changer. Maintenant allons-y, ajouta-t-il avec un sourire.

Les dossiers contenus sur son ordinateur importaient à Mirabella. Ils représentaient des heures de travail. Mais elle n'était pas bien placée pour discuter avec Zane, alors elle céda.

— Vous avez raison, murmura-t-elle.

La main sur la poignée de porte, il s'arrêta pour la regarder.

— Bien sûr que j'ai raison. J'ai toujours raison, je suis le patron, ajouta-t-il dans l'espoir de la faire rire un peu.

S'il ne le montrait pas, il bouillait de colère. Il n'en voulait pas à Mirabella mais il mesurait l'impact et la gravité des conséquences que provoqueraient ces commérages malveillants et sans aucun fondement. Il n'y avait pas une once de vérité dans ce mail.

Pire, rien ne permettait à quiconque de soupçonner le contraire. Mirabella et lui n'avaient encore jamais pris de repas ni même assisté à un cocktail professionnel ensemble. En revanche, ils avaient passé de longues heures à travailler ensemble. Mais ils n'avaient rien fait d'autre que travailler.

Il mentirait s'il prétendait ne pas la trouver attirante. Elle lui plaisait beaucoup. Avec sa chevelure de feu, ses yeux chocolat et son teint de porcelaine, Mirabella Freeman était une très belle femme.

Mais il n'était pas du genre à mélanger travail et plaisir. Il veillait à garder une réputation irréprochable. Pour ne pas risquer d'ébranler la confiance que son père avait en lui.

Et pour finir, où ce comportement irréprochable l'avait-il mené ? Il était publiquement accusé d'avoir engendré un enfant dont il ignorait hier encore l'existence. Et pire encore, de détourner de l'argent appartenant à son père et à l'entreprise au profit de la mère du bébé - sa propre assistante administrative.

Le mail n'était qu'un tissu d'inepties mais comment le prouver ?

Qualifier de mensongères ces accusations ne ferait que convaincre un peu plus les gens de leur réalité.

Et s'il trouvait la situation irritante et difficile à supporter, il n'en souffrait pas autant que Mirabella.

Quand il était entré dans son bureau, elle lui avait paru dévastée. Personne n'aurait dû avoir à subir ce qu'elle endurait.

Il tint la porte de son bureau ouverte.

Elle passa le seuil jusqu'au couloir sans un mot, mais très vite elle reprit la parole.

— En partant ainsi, ne donnons-nous pas l'impression de nous enfuir ? lui demanda-t-elle alors qu'ils arrivaient près des ascenseurs.

— Non. Nous permettons juste à tous ceux qui viennent de

lire ce mail ridicule de se calmer, de reprendre leurs esprits. Et de comprendre que ce texte n'est qu'une suite de mensonges sans aucun fondement, ajouta-t-il avec véhémence.

Il était trop optimiste. Les gens adoraient les ragots et s'imaginaient grandis en écrasant les autres.

— Mais..., commença-t-elle.

— Il n'y a pas lieu d'en discuter, la coupa-t-il. Après tout, je suis le patron.

Gloria Winters, l'une des responsables d'une division de son service de sécurité, les croisa à ce moment-là. Elle entendit sa dernière phrase et fronça les sourcils.

Zane lui lança :

— Un problème, Gloria ?

Embarrassée, la dénommée Gloria secoua vigoureusement la tête et balbutia :

— Pas du tout. Tout va bien, monsieur Colton.

— Vous en êtes sûre ? insista-t-il en l'observant avec attention.

— Oui, monsieur, j'en suis sûre, dit-elle avant de poursuivre son chemin.

Zane vit le visage de Mirabella se décomposer au moment où l'ascenseur arrivait.

Il la fit monter dans la cabine puis la suivit à l'intérieur. Sans avoir commis aucune faute, elle subissait le mépris et la méchanceté de ses collègues.

Il voulait la protéger.

— Ne les laissez pas vous atteindre, conseilla-t-il à mi-voix.

Elle leva les yeux vers lui au moment où la porte de l'ascenseur se fermait.

— Comment le pourrais-je ? Gloria m'a condamnée sans appel, je l'ai vu dans ses yeux. Je la connais depuis deux ans. Comment peut-elle croire quelque chose d'aussi horrible à mon sujet ? Ou à propos de nous ? ajouta-t-elle, de plus en plus agitée. Je veux dire, il n'y a pas de « nous », mais... vous comprenez ce que je veux dire, monsieur Colton.

Plutôt que d'en rire ou de l'ignorer, il hocha la tête.

— Je comprends très bien ce que vous voulez dire et ce que vous ressentez, lui assura-t-il. Mais tout ça finira par se tasser.

Elle laissa échapper un soupir.

— Je sais. Les gens trouveront d'autres sujets de racontars. Mais les dégâts que ce mail va causer sont… incommensurables.

Comme ils atteignaient sa voiture, il déverrouilla toutes les portières, puis lui ouvrit la sienne.

— Il faut tenir quelques jours, Mirabella. Cela va passer.

— Et si ça continue ou si ça s'aggrave ? Que devrai-je faire ?

— Je trouverai une solution, promit-il en démarrant.

Elle hocha la tête et regarda droit devant elle alors qu'il sortait du parking.

— J'ai essayé d'être discrète, murmura-t-elle comme si elle réfléchissait à haute voix. Je veux dire, je ne pouvais pas m'empêcher d'être tout le temps malade mais je m'assurais toujours qu'il n'y avait personne à proximité. Et je n'ai parlé du bébé à personne, dit-elle en baissant la voix. Le seul au courant est mon médecin.

Zane lui lança un regard interrogateur. Elle avait oublié quelqu'un, n'est-ce pas ?

— Et le père du bébé ? Vous ne le lui avez pas dit ?

Le rire qu'il entendit ne semblait pas venir d'elle.

— Si, mais il ne l'a dit à personne. Il n'avait aucune envie d'en parler, ajouta-t-elle avec amertume. Et de toute façon, s'il l'avait voulu, il n'aurait pas eu la possibilité de le faire.

— Pourquoi ? Il est marié ?

Elle prit une inspiration.

— Je vous en prie, je n'ai vraiment pas envie d'en parler. Le père de mon bébé n'est pas votre beau-père, soyez-en certain. Le reste me regarde, sans vouloir vous manquer de respect.

— Je comprends, répondit-il, préférant lui cacher à quel point sa réponse l'affectait.

Mirabella passa la main sur son visage comme si cela l'aidait à se ressaisir. Elle n'avait pas l'habitude de s'adresser ainsi à son patron.

— Je suis désolée, monsieur, mais la journée a été difficile.

Elle se tourna vers lui, le regard hanté.

— Pourquoi celui qui a écrit cet affreux mail pense-t-il que vous, que je... que nous couchons ensemble ? Vous n'avez jamais fait attention à moi et je ne vous ai jamais fait d'avances. Comment quelqu'un a-t-il pu monter un scénario pareil à partir de rien ? demanda-t-elle, se sentant totalement déconcertée.

— Qui sait ce qui se passe dans la tête des gens ? répondit Zane avec un haussement d'épaules. Vous deviendrez folle si vous essayez de le comprendre. Si vous commencez à vous sentir responsable de la situation, vous serez un jouet entre les mains de ce type. La personne qui a envoyé ce mail essayait de se venger ou de salir notre réputation pour une raison obscure qu'elle seule connaît. La meilleure façon de l'empêcher de nuire est de l'ignorer.

Elle ne partageait pas son optimisme. Ce qu'il proposait n'était pas facile.

— Et si ça ne s'arrêtait pas ? Et si ça ne faisait qu'empirer ?

— Alors je m'en occuperai, répéta-t-il. Personne ne vous fera de mal, Bella. Je ne le permettrai pas.

Elle serra les lèvres, souhaitant pouvoir le croire.

Mais elle n'y arrivait pas.

Elle n'était pas du genre à jouer les autruches pendant que les gens lui jetaient des pierres. Elle mourait d'envie de ramasser ces pierres et de les renvoyer d'où elles venaient.

Une fois l'orage passé, elle s'autoriserait à fondre en larmes. Mais elle le ferait en privé, quand personne ne pourrait la voir pleurer.

Zane se gara devant Chez Diego, un petit restaurant

mexicain familial où il avait ses habitudes. L'établissement avait ouvert ses portes il y a vingt-trois ans et le bâtiment aurait eu besoin d'un bon ravalement. Mais les plats servis étaient toujours excellents et le service impeccable.

Situé un peu à l'écart, l'endroit n'était pas très fréquenté mais sa clientèle était fidèle. Zane en faisait partie depuis de nombreuses années.

Il était certain que Mirabella apprécierait l'intimité des lieux et surtout, la qualité de la cuisine.

Il coupa le moteur, sauta de la voiture et vint lui ouvrir sa portière. Mais au lieu de sortir, elle resta assise sur le siège passager, à observer le restaurant. Elle remarqua qu'une partie des lumières du fond étaient éteintes.

Aux yeux de certains, l'établissement pouvait passer pour un lieu de rendez-vous.

Elle regarda Zane. Il était trop intelligent pour ne pas s'en rendre compte.

— Ne risquons-nous pas d'apporter de l'eau au moulin de nos détracteurs ?

— Quoi ? En dînant au restaurant ?

Peut-être ne s'en rendait-il pas compte. Étant lui-même sain d'esprit, peut-être n'imaginait-il pas le fonctionnement d'un individu tordu.

— Les gens pourraient penser qu'il s'agit d'un rendez-vous galant.

— Chez Diego n'est pas un hôtel de passe mais un restaurant. Ne vous inquiétez pas. Après ce que vous avez traversé aujourd'hui, vous méritez de savourer un bon repas au calme dans un cadre chaleureux. Si quelqu'un trouve à y redire, je le plains. Il n'est pas question que des médisances gratuites vous empêchent de vivre.

Peut-être était-elle trop sensible, se reprocha-t-elle. Zane était seulement prévenant.

Ce n'était pas sa faute si les gens du bureau aimaient inventer des horreurs pour le seul plaisir de faire des commérages.

— Merci, c'est très gentil de votre part. Mais vous savez, je ne suis pas sûre de pouvoir manger quoi que ce soit, mis à part peut-être des crackers.

— Ils n'ont pas de crackers au menu mais Diego acceptera certainement de vous servir un taco sans les ingrédients habituels. Il a six enfants. Si quelqu'un connaît les nausées des femmes enceintes, c'est lui, assura-t-il.

Zane lui tendit la main. Il attendit qu'elle la prenne pour l'aider à sortir de la voiture si elle en ressentait le besoin. Mais il ne voulait pas qu'elle se sente sous pression, aussi attendit-il en silence.

Après un moment, elle la prit et descendit du véhicule.

— Pourquoi êtes-vous si gentil ?

Il dut se forcer à la lâcher. Le geste était si naturel pour lui que, pendant un moment, il avait oublié qu'il lui tenait la main.

— Je suis toujours gentil, répondit-il sur le ton de la plaisanterie.

— Je veux dire *avec moi*.

Alors qu'il s'apprêtait à franchir le seuil du restaurant, il s'immobilisa et se tourna vers elle. Elle semblait penser que ce comportement de sa part était rare, peut-être nouveau.

— Je ne me rappelle pas vous avoir battue dernièrement.

— Vous auriez pu vous contenter de me dire de ne pas m'inquiéter de ces mails ignobles et de rentrer chez moi. Rien ne vous obligeait à me conduire ici.

— J'ai lancé contre vous des accusations aussi odieuses qu'injustifiées et à peine avions-nous clarifié la situation que ce mail abject vous a anéantie. Vous méritiez une petite pause, non ?

Il lui offrit son bras. Après un moment d'hésitation, elle le prit.

Et son cœur fondit pour lui.

Elle doutait qu'il s'en soit rendu compte. Elle s'efforça de paraître totalement indifférente à sa galanterie. Mais la gentillesse n'était pas quelque chose qu'elle prenait pour acquis.

Certes, elle préférait voir le meilleur chez les gens, mais elle était assez réaliste – surtout après avoir été abandonnée sans ménagement par Kyle quand il avait appris sa grossesse – pour savoir que le mal existait.

Et si elle l'oubliait un jour, il lui suffirait de se remémorer ce mail horrible pour s'en souvenir.

Même si son plus grand souhait eût été de l'effacer à jamais de sa mémoire.

9

En entrant dans le restaurant, Mirabella eut l'impression de se blottir dans les bras d'une grand-mère bien-aimée. Sans pouvoir expliquer pourquoi, elle sentit aussitôt toutes ses tensions s'envoler.

Une Mexicaine d'âge moyen au visage rond – la femme du propriétaire, sans doute – s'avança, un sourire chaleureux aux lèvres. Ses yeux sombres brillaient alors qu'elle s'approchait d'eux.

Elle prit la main de Zane entre les siennes.

— Bienvenue, monsieur Colton. C'est toujours une joie de vous voir ici. Votre table habituelle vous attend.

Toujours souriante, elle posa le regard sur Mirabella.

— Vous avez de la compagnie, aujourd'hui. Soyez la bienvenue, madame, lui dit-elle.

Elle les entraîna vers le fond de la salle, mit deux menus sur la table et les invita à s'asseoir.

— Dolores sera là dans un instant pour prendre vos commandes, à moins que vous n'ayez besoin de davantage de temps, dit-elle à Mirabella. M. Colton connaît le menu par cœur, ajouta-t-elle fièrement.

— Merci, Rita. Nous aurons peut-être besoin d'un petit moment, répondit-il.

— Très bien. Je dirai à Dolores de ne pas se presser.

Elle regarda Zane et ajouta :

— Ils le retrouveront, monsieur Colton. Ayez confiance.

Et avec un sourire encourageant à l'adresse de Mirabella, elle se retira.

— Je suppose que vous venez souvent ici, dit cette dernière.

— C'est vrai. J'ai tendance à être fidèle aux endroits et aux gens que j'aime.

Ouvrant la carte, Mirabella la parcourut des yeux. Mais avec un soupir, elle la referma presque aussitôt et la reposa sur la table.

Zane leva un sourcil interrogateur.

— Qu'est-ce qui ne va pas ?

— Je suis sûre que la cuisine est excellente mais mon estomac est incapable de supporter quoi que ce soit d'épicé.

— Rien ne vous oblige à commander des plats qui ne vous conviennent pas. Diego et Rita ne veulent que le bien-être de leurs clients.

Il consulta à son tour la carte et proposa :

— Que diriez-vous d'un burrito au poulet grillé – sans le fromage ni la sauce piquante ?

— Le chef va se sentir insulté si je demande à modifier un plat, non ?

Zane la regarda avec un étonnement amusé. Elle craignait de blesser quelqu'un qu'elle ne reverrait probablement jamais. Cela la plaçait à mille lieues au-dessus de l'auteur de ce mail malveillant. Elle était dotée d'une grande bonté et méritait d'être mieux traitée qu'elle ne l'avait été aujourd'hui.

En se remémorant les accusations calomnieuses qu'il lui avait lancées, il eut honte de lui. Il avait laissé les événements lui faire perdre son bon sens et il avait eu tort.

Il tenait à se faire pardonner d'une manière ou d'une autre.

— Non, bien sûr que non, lui assura-t-il.

À en juger par son expression, elle avait encore des doutes, aussi ajouta-t-il :

— Ne vous en faites pas, je vais m'en occuper.

Elle continuait pourtant à s'inquiéter.

— Cela m'ennuie beaucoup de le dire mais je ne suis même pas certaine que mon estomac accepte de garder une cuisse de poulet sans sauce et sans fromage...

Il comprit qu'il pourrait devenir embarrassant pour elle d'avoir à traverser la salle pour se précipiter vers les toilettes.

Pourtant, elle avait sans doute tort de se priver d'un bon repas – d'autant que son bébé à naître avait, lui aussi, besoin d'être nourri.

— Nous ne le saurons pas à moins d'essayer, n'est-ce pas ? lança-t-il alors que Dolores s'approchait de leur table.

— Vous avez choisi ? s'enquit-elle d'une voix amicale. Ou avez-vous besoin d'un peu plus de temps ?

En jetant un coup d'œil à Mirabella pour s'assurer qu'elle était d'accord, Zane répondit :

— Nous sommes prêts.

Fidèle à sa parole, il demanda que soient retirés quelques ingrédients du burrito au poulet. Mirabella s'attendait à des protestations de la part de la serveuse. Ou au moins, à ce qu'elle lève les yeux au ciel avec agacement. Mais rien de tel ne se produisit. La jeune Dolores réagit comme si modifier les plats du menu était la norme et non l'exception.

Après avoir noté leurs commandes, elle sourit.

— Je reviendrai avec vos plats dès qu'ils seront prêts, promit-elle. En attendant, aimeriez-vous quelque chose à boire ?

Elle les regarda tour à tour pour noter leur réponse.

Sans doute leur proposait-elle de l'alcool et Mirabella s'apprêtait à refuser lorsqu'elle entendit Zane dire :

— Un thé chaud nature avec du citron pour madame. Et pour moi, un soda.

Dolores sourit, ce qui transforma son visage en une version plus jeune de celui de Rita.

— Très bien, monsieur Colton, dit-elle avant de récupérer les menus et de se retirer.

Il vit Mirabella le dévisager d'un air interrogateur. Sans

doute s'étonnait-elle qu'il ait pris la liberté de commander pour elle.

— Je pensais que le thé apaiserait votre estomac, expliqua-t-il.

— Comment le saviez-vous ? La grossesse modifie tout.

Il rit doucement de son scepticisme.

— Vous n'êtes pas la première personne au bureau à tomber enceinte, lui dit-il. J'observe.

— Apparemment, murmura-t-elle. Merci, en tout cas.

— De rien.

La gratitude avait toujours mis Zane mal à l'aise. Il ne faisait pas les choses pour obtenir la reconnaissance de qui que ce soit, mais parce qu'il pensait devoir les faire.

La serveuse revint avec leurs boissons et, sur une planche à découper, une miche de pain tranchée et une motte de beurre.

— Alors, commença Zane sur le ton de la conversation dès que Dolores les eut laissés, qu'allez-vous faire ?

Elle crut qu'il faisait allusion à la situation immédiate.

— Essayer de me régaler de mon repas en espérant que mon estomac l'acceptera.

Il secoua la tête et lui sourit.

— Non, je voulais dire à propos du bébé.

Le sourire de Mirabella s'envola instantanément alors qu'une lueur d'inquiétude traversait son regard.

La question qu'il venait de lui poser était-elle celle à laquelle elle pensait ? Voulait-il savoir si elle envisageait de balayer cet enfant de sa vie avant même de l'avoir vu ? Peut-être se trompait-elle sur lui depuis le début.

— Je vais garder cet enfant, répondit-elle.

— Je sais, répondit-il avec calme. Loin de moi l'idée de sous-entendre le contraire. Je vous demandais seulement ce que vous aviez prévu de faire quand il serait né.

Mirabella poussa un soupir de soulagement. Qu'est-ce qui ne tournait pas rond chez elle ? Zane n'était que gentillesse avec elle et elle était en permanence sur la défensive. Il allait finir par la prendre pour une psychopathe.

— En ce moment, répondit-elle avec honnêteté, je vis au jour le jour. Je ne me projette pas.

Il s'efforça d'être plus clair.

— Avez-vous quelqu'un qui pourrait vous aider ?

— Comment cela ?

Elle ne pouvait pas empêcher la suspicion et la méfiance de s'insinuer dans son esprit et donc dans sa voix.

Plutôt que de s'offusquer de son ton agressif, Zane expliqua patiemment :

— Avez-vous quelqu'un dont vous êtes proche, quelqu'un à qui vous confier ? De la famille, par exemple ?

— Mes parents sont divorcés et vivent loin, l'un et l'autre, dans différentes parties du pays. Nous n'avons jamais été proches de toute façon, ajouta-t-elle avec un haussement d'épaules.

Elle avait une grand-mère qu'elle adorait et qui l'avait élevée mais elle ne lui avait pas encore annoncé sa grossesse. Son aïeule était très vieux jeu.

Levant les yeux vers lui, elle répondit d'un ton presque mordant :

— Je vais me débrouiller. Ne vous inquiétez pas. Je ne laisserai pas ma grossesse affecter mon travail.

— Je ne m'inquiétais pas pour ça, lui dit-il en lui offrant une tranche de pain. C'est du pain blanc. Il apaisera peut-être votre estomac.

Mirabella jeta un coup d'œil à la tasse à côté d'elle.

— Comme le thé ?

Il sourit.

— Comme le thé.

— J'apprécie votre sollicitude, dit-elle. Mais pourquoi vous souciez-vous autant de moi ?

Elle pensa à son beau-père disparu.

— N'avez-vous pas d'autres problèmes plus importants à gérer, en ce moment ? ajouta-t-elle.

— C'est vrai, j'ai beaucoup de sujets d'inquiétude, dit-il en gardant délibérément ses émotions sous contrôle. Mais, vous et moi sommes apparemment liés dans l'esprit des gens. Au moins, dans ce cas.

Il faisait référence à ce mail haineux.

— Je pensais que l'opinion des gens ne vous intéressait pas, dit-elle, surprise.

— En effet, je m'en moque. Mais je ne suis pas le seul impliqué dans cette triste histoire, dit-il en la regardant d'un air grave. Je ne sais pas grand-chose sur vous, reconnut-il, mais si vous avez besoin de quelqu'un à qui parler, vous pouvez toujours venir me trouver. N'hésitez pas. Se sentir seule dans ces circonstances n'est pas l'idéal.

Il fallait vraiment qu'elle arrête de se méfier de tout et de tout le monde, se reprocha Mirabella.

— Merci, j'apprécie votre sollicitude, lui dit-elle en souriant. Et si je me comporte parfois avec... disons... une certaine nervosité, j'en suis désolée. J'ai l'impression de prendre facilement la mouche, ces derniers temps.

— Vous travaillez beaucoup. Trop, sans doute.

Elle savait qu'elle devait hocher la tête pour clore le sujet. Après tout, il était étonnamment gentil, elle aurait dû s'en féliciter et en rester là.

Si elle avait eu un peu de jugeote, elle l'aurait fait.

Mais l'honnêteté était quelque chose qu'elle appréciait par-dessus tout et elle sentait qu'elle devait expliquer à Zane pourquoi elle se comportait de manière si étrange.

— En vérité, je me sens un peu comme un yo-yo, lui dit-elle.

Elle vit Zane froncer les sourcils en cherchant le lien entre cette image et la situation présente.

— Je ne comprends pas.

— Mes émotions sont débordantes et anarchiques. Elles partent dans tous les sens et passent en permanence d'un extrême à l'autre. J'ai envie de rire et l'instant d'après, de fondre en larmes. Je suis à la fois exténuée et sur les nerfs. Et je ne parle pas de mon estomac.

— En effet, cela ne doit pas être simple à vivre, dit-il en s'efforçant de ne pas rire.

— Ce que j'essaie de dire est que je ne sais plus très bien où j'en suis. J'ai toujours pensé que le jour où je tomberais enceinte, je serais ravie, heureuse et excitée. Pas de mauvaise humeur, nauséeuse et angoissée, lui dit-elle avec un soupir.

— Et j'imagine que le mail malveillant n'a pas aidé les choses, conclut-il alors que la serveuse revenait avec leurs assiettes.

Mirabella ne fit aucun commentaire sur ce qu'il venait de dire, mais il interpréta son froncement de sourcils comme une confirmation.

— Bon appétit, leur dit Dolores avant de s'éloigner.

Quand elle fut loin, il baissa la voix et ajouta :

— Je vais demander à Meyer d'identifier la personne qui a envoyé ce mail. Son auteur devra reconnaître publiquement qu'il a menti et sera sanctionné.

Elle lui offrit un bref sourire reconnaissant. Il la trouvait probablement trop obsédée par cette affaire et voulait faire quelque chose pour l'apaiser.

— S'il vous plaît, ne vous inquiétez pas pour moi. Je vais m'en sortir. Je suis plus solide que je n'en ai l'air.

— Je n'en ai jamais douté.

Elle aurait été incapable de dire s'il le pensait réellement.

Mais elle devait admettre que parler ainsi, être avec lui dans ce restaurant chaleureux, dans une atmosphère aussi accueillante et détendue, lui faisait du bien.

Voilà peut-être pourquoi quand il proposa qu'ils se tutoient, elle n'en fut pas surprise et accepta immédiatement. Ils devenaient plus proches. Certaines de ses collègues verraient peut-être dans ce tutoiement la preuve que les accusations de « Anonymous » étaient fondées. Mais dans l'immédiat, elle s'en moquait.

Demain, elle retournerait au bureau et devrait affronter les conséquences de ces horribles rumeurs.

Pour l'instant, elle refusait de les laisser la dévaster. Elle n'était peut-être pas capable de tout contrôler, mais elle pouvait décider de sa propre réaction face aux événements qui affectaient sa vie. Elle pouvait soit les laisser la détruire, soit tenir bon et en tirer le meilleur parti.

Elle choisit cette dernière option.

Il vit le changement chez Mirabella.

Elle parut s'éclairer sous ses yeux.

Quelle que soit la raison de sa métamorphose, celle-ci lui allait bien. Elle avait un très joli sourire. Le genre de sourire qui illuminait l'existence de ceux à qui elle l'adressait et qui touchait leur âme.

Il fut heureux de voir qu'elle avait fini sa tranche de pain sans s'en rendre compte.

— Ça va mieux ? demanda-t-il sur le ton de la conversation.

Un instant, elle se demanda à quoi Zane faisait référence, puis elle baissa les yeux vers son assiette. Pendant qu'ils parlaient, elle avait commencé à se régaler de son poulet.

Elle attendit que son estomac fasse une embardée en signe de protestation et fut ravie que ce ne soit pas le cas.

— En fait, oui, lui dit-elle avec un large sourire, je pense que oui.

— Je savais que le thé chaud aurait un effet magique.

Non. Ce n'est pas le thé. C'est toi qui es à l'origine de cette magie.

Mais elle ne pouvait pas le dire. Il ne le comprendrait pas. Alors elle hocha la tête et répondit avec calme :

— Oui, tu as raison.

10

Zane pensait que la tempête au sein de l'entreprise s'était calmée.

Depuis quelques semaines, plus aucun mail émanant de « Anonymous » n'apparaissait sur sa boîte de réception ni sur celles de ses employés.

Désormais, lorsqu'il traversait les couloirs, il n'avait plus à supporter les regards empreints de curiosité malsaine, de reproche ou de suspicion des personnes qui travaillaient pour lui. Une partie des salariés se demandait sans doute encore s'il fallait croire ou non les accusations haineuses contenues dans le mail malveillant. Mais Zane étant un Colton et occupant des fonctions de dirigeant, personne ne se permettait d'émettre la moindre critique sur sa vie personnelle ni de soupçonner à voix haute des malversations dans sa gestion du service.

Plus révélateur encore, les conversations ne s'interrompaient plus quand il entrait dans une pièce. Plus personne ne se taisait brusquement en le voyant s'approcher.

En bref, le mail de « Anonymous » ne préoccupait manifestement plus beaucoup les salariés. Comme il l'avait annoncé à Mirabella : avec le temps, les rumeurs s'étaient tassées et la situation était revenue à la normale. Il en était très soulagé, surtout pour elle.

Mais en réalité, rien n'était terminé.

Cette évidence s'imposa à son esprit alors qu'il entrait dans la salle de repos de l'étage.

Saisi d'une envie de sucre, soudaine et plutôt inattendue, il avait décidé de s'acheter des biscuits au distributeur automatique. Il était presque 15 heures et à cette heure-ci, il s'attendait à trouver la pièce vide.

Il se trompait.

Mirabella était assise à l'une des tables et lui tournait le dos, un gobelet entre les mains.

Il avait remarqué son absence à son bureau avant de se rendre à la salle de repos.

— Je craignais que tu ne sois dans les toilettes, dit-il avec humour en mettant une pièce dans le distributeur automatique.

Visiblement surprise d'entendre sa voix, elle resserra les mains sur son thé.

— Je suis désolée, s'excusa-t-elle, je ne savais pas que tu me cherchais.

Sa voix, en général joyeuse et animée, semblait étrangement sourde et lasse. Il attribua ce changement à la fatigue. Être enceinte n'arrangeait rien, évidemment.

— Il n'y a pas de mal, assura-t-il.

Un petit paquet de biscuits tomba et il le récupéra.

— Quand tu reviendras au bureau, j'aimerais que tu vérifies que nous avons bien reçu le rapport concernant les enregistrements des caméras de surveillance le long du périmètre extérieur.

Comme elle ne répondait pas, il s'immobilisa et fronça les sourcils. Elle ne s'était toujours pas tournée vers lui, ce qu'il commençait à trouver étrange.

— Bella ? As-tu entendu ce que je viens de dire ?

— Oui, oui, répondit-elle, le regard perdu dans son thé. Tu veux que je m'assure de la réception du rapport McCay, dit-elle.

Elle l'avait bien entendu. Mais manifestement, quelque chose n'allait pas.

Comme elle ne se retournait toujours pas pour le regarder, il contourna la petite table pour lui faire face. Elle baissa aussitôt la tête mais trop tard.

Il eut le temps de voir ce qu'elle essayait de lui cacher et comprit pourquoi elle cherchait à l'éviter.

Son paquet de biscuits à la main, il s'assit en face d'elle et scruta son visage.

— Bella, demanda-t-il doucement. Tu as pleuré ?

— Non, marmonna-t-elle en gardant la tête baissée.

Zane posa son index sous son menton et le leva doucement.

— Alors pourquoi tes joues sont-elles couvertes de larmes ?

— Je souffre d'allergie, répondit-elle d'un ton évasif.

Il la dévisagea un long moment avant de soupirer.

— Que se passe-t-il ? Parle-moi, Bella.

D'un revers de main, elle s'essuya les yeux et redressa la tête.

— Pourquoi m'appelles-tu ainsi ? demanda-t-elle dans l'espoir de changer de sujet de conversation. Tout le monde m'appelle par mon prénom complet.

Cela dit, elle devait avouer qu'elle aimait beaucoup le surnom qu'il lui avait donné.

— Il est trop long, répondit-il. Maintenant, dis-moi ce qui ne va pas.

Il s'exprimait avec gentillesse mais en même temps, il lui faisait comprendre qu'il voulait la vérité.

Elle se sentait stupide de devoir s'expliquer. Zane avait déjà beaucoup à gérer. Il avait mieux à faire que de l'écouter lui raconter ses petits problèmes sans intérêt.

Mais il attendait qu'elle réponde, aussi finit-elle par dire d'une petite voix :

— J'ai été radiée.

— Radiée ? répéta-t-il en se demandant ce qu'elle voulait dire.

Elle soupira. Il voulait toute l'histoire, alors elle allait la lui donner. Levant la tête, elle le regarda en face et n'essaya plus de cacher sa détresse.

— Puisque tu tiens à le savoir, j'ai été virée.

Il ne comprenait toujours pas.

— Pas du tout. Tu travailles pour moi. Personne ne peut te virer, à part moi – et je ne l'ai pas fait.

— Je n'ai pas été virée de la société, lui dit-elle en luttant pour ne pas se remettre à pleurer. J'ai été exclue de la liste des invités du gala de charité annuel de la Clothe the Children Foundation. Je faisais partie du comité d'organisation, expliqua-t-elle en s'efforçant de réprimer ses larmes. La présidente m'a appelée pour me dire qu'elle avait été « informée de certains événements me concernant » et que son association n'avait pas besoin de ce genre de publicité. Elle m'a annoncé qu'elle se passerait désormais de mes services.

Elle planta de nouveau les yeux dans les siens.

— Je faisais partie de cette association depuis près de cinq ans maintenant. Y travailler signifiait beaucoup pour moi. Et elle m'a jetée comme un kleenex usagé, ajouta-t-elle, accablée.

Zane n'avait jamais vu quelqu'un d'aussi bouleversé que Mirabella en ce moment. Son cœur fondit et il décida d'arranger les choses.

— Comment s'appelle cette présidente ? Je vais lui passer un coup de fil.

Mais elle secoua la tête.

— Merci de le proposer mais cela ne ferait qu'aggraver la situation, dit-elle en tentant en vain de lui sourire.

— Et moi qui pensais que toute cette histoire s'était calmée, dit-il.

Ses lèvres se tordirent non pas d'amertume mais de chagrin.

— Oh ! c'est loin d'être le cas, lui assura-t-elle. En tout cas, pas pour moi.

Quelle que soit la personne derrière tout ça, qu'a-t-elle à gagner à me voir si malheureuse ? se demanda-t-elle pour la énième fois.

— Tu ne devrais pas en être affectée à ce point, lui dit-il. Tu es toujours la femme que tu étais avant qu'un sale type ne commence à répandre ces mensonges sur ton compte.

Mais elle secoua la tête. Il se trompait. Ce mail l'avait marquée au fer rouge.

— La façon dont les autres employés me regardent à présent est éloquente, dit-elle. La plupart me prennent pour une intrigante. Ils sont persuadés que je suis tombée enceinte par calcul, que je t'ai fait un enfant dans le dos pour te piéger. Et ils pensent que je travaille encore pour sauver les apparences jusqu'à la naissance du bébé.

Elle serra les mâchoires et regarda un moment son gobelet. Elle finit par laisser échapper un long soupir.

— Je n'ai pas envie de donner ma démission.

Zane la dévisagea, abasourdi.

— Qui t'a demandé de démissionner ?

Elle sentit de nouvelles larmes monter à ses yeux mais elle s'efforça de les refouler.

— C'est la seule façon d'arrêter ces commérages, dit-elle. Le seul moyen de faire cesser ces mensonges sur moi. Et sur toi, ajouta-t-elle d'une petite voix.

— Ne t'inquiète pas pour moi.

Une idée vint soudain à l'esprit de Zane. Pendant un moment, il hésita à lui en parler. Peut-être allait-elle le prendre pour un fou mais il décida pourtant de se lancer :

— Il y a un autre moyen, de faire taire les mauvaises langues, dit-il.

— Lequel ? demanda-t-elle en posant une main protectrice sur son ventre.

Allait-il lui conseiller de se débarrasser du bébé ? Non, elle refusait de l'imaginer aussi insensible.

Cela dit, elle n'aurait jamais pensé que tant de gens dans

l'entreprise puissent colporter de telles horreurs sur son compte. C'est pourquoi elle s'attendait à tout, maintenant.

Mais il la surprit en répondant :

— Tu pourrais m'épouser.

Elle ouvrit la bouche mais, incapable de dire un mot, elle se contenta de le fixer en silence. Elle finit par secouer la tête, certaine d'avoir mal entendu.

— Je commence vraiment à délirer, dit-elle en riant à moitié. Pendant un instant, j'ai cru t'entendre dire que je pouvais t'épouser.

Il se rapprocha d'elle. Maintenant qu'il l'avait dit à voix haute, l'idée lui semblait la meilleure solution. *La solution.* Il se demandait pourquoi il lui avait fallu tant de temps pour y penser.

— Tu ne l'as pas imaginé. Je l'ai dit. Nous pourrions nous marier. Cela ferait taire les ragots.

Elle le dévisagea, l'air incrédule.

— Tu n'es pas sérieux.

Il ne voyait pas où était le problème. Pourquoi n'adhérait-elle pas à sa proposition ? S'était-il trompé sur l'attirance qu'il pensait avoir sentie entre eux ?

— Pourquoi ne serais-je pas sérieux ?

— Eh bien, d'une part, c'est complètement fou. D'autre part, tu ne m'aimes pas.

Trop tard, elle se rendit compte qu'elle aurait dû dire qu'*ils* ne s'aimaient pas. Avait-il remarqué qu'elle venait d'avouer sans le vouloir ce qu'elle ressentait pour lui ?

Elle retint son souffle, observa son visage avec attention mais n'y vit aucune réaction. Ouf !

Au lieu de quoi, il répondit calmement :

— Cela n'a aucune importance.

Le croyait-il vraiment ? Sa réponse lui fit mal au cœur.

— L'amour compte, répliqua-t-elle.

Il essaya encore. Il détestait la voir souffrir.

— Je ne dis pas le contraire, insista-t-il, mais regarde la

situation en face. Tout le monde pense que tu es enceinte de moi. Si tu ne m'épouses pas, tu finiras mère célibataire avec une réputation ruinée et un enfant malheureux. Est-ce ce que tu veux pour lui ? Pour toi ?

La façon dont il disait cela donnait à Mirabella l'impression d'être égoïste.

— Non, mais...

Il interrompit d'un geste sa protestation et exposa son plan.

— Nous allons nous marier et lorsque le bébé sera né et portera mon nom, nous laisserons passer un laps de temps convenable avant de divorcer. Après quoi, je vous offrirai, à toi et au bébé, une allocation mensuelle confortable et chacun poursuivra sa route. Problème réglé.

Elle semblait déstabilisée, presque perdue.

Il ne voulait pas donner l'impression de faire pression sur elle mais pour lui, l'épouser semblait la solution parfaite.

— Réfléchis-y, insista-t-il. C'est le mieux pour tout le monde. Ton enfant aura un père, les rumeurs et les insultes cesseront...

— Et toi, qu'auras-tu à y gagner ? demanda-t-elle.

Personne, à sa connaissance, n'aurait fait une telle proposition sans y voir un intérêt.

— Moi ?

Zane lui décocha un sourire, une réaction qu'il n'avait pas souvent.

— Moi, je récupère une assistante entièrement opérationnelle. Sans elle, je ne peux pas travailler de façon efficace. Je dépends sans doute beaucoup trop d'elle mais il est trop tard pour y changer quoi que ce soit. Alors, qu'en dis-tu ?

Elle savait déjà ce qu'elle allait répondre, même si cela lui brisait le cœur.

— Non.

Abasourdi, il la dévisagea sans comprendre. Il était considéré comme l'un des célibataires les plus convoités de l'État. Toutes les femmes rêvaient de l'épouser. Depuis l'adolescence, les tenir à distance avait été un problème. Et pourtant, Mirabella venait de refuser sa proposition. Pourquoi ?

— Non ?

— Non, répéta-t-elle.

Elle chercha les mots justes. Il n'y en avait pas vraiment, mais elle devait essayer.

— Monsieur Colton...

Zane se permit un sourire.

— Je ne l'avais pas explicitement précisé mais lorsque j'ai proposé qu'on se tutoie, il allait sans dire que tu allais également cesser de me servir du « monsieur Colton ». Et m'appeler Zane.

Elle inclina la tête.

— Très bien, Zane. J'apprécie tout ce que tu fais pour moi, vraiment, dit-elle. Mais je ne vais pas me marier juste pour faire taire des employés malintentionnés ou jaloux. Je sais que tu es bien intentionné, Zane, et c'est très gentil de ta part. Mais pour moi, les gens se marient pour une seule et unique raison : parce qu'ils s'aiment.

— Beaucoup de monarques ont contredit cette théorie par le passé, souligna-t-il.

Un petit sourire triste apparut sur les lèvres de Mirabella.

— Il n'y a pas de royaume, Zane. Un empire, peut-être, mais il n'est pas à mon nom.

Il ne comprit pas où elle voulait en venir.

— C'est-à-dire ? Il y en aurait un à mon nom ?

— Le mot Colton signifie pouvoir, lui rappela-t-elle. Ton père a construit un empire à partir de rien.

Zane se remémora certains des récits qu'il avait entendus depuis l'enfance. Sa mère lui en avait raconté plusieurs quand elle avait épousé Eldridge, et son père les avait complétés plus tard en lui donnant sa propre version de l'histoire du groupe. Pour bâtir ce prétendu empire, il avait souvent dû emprunter des chemins de traverse, employer des moyens qui n'avaient pas toujours été strictement honnêtes. Eldridge avait évoqué certaines sombres affaires avec regrets et remords.

Mais le sujet n'était pas là.

— Cela s'appelle un mariage de convenance. Et dans le cas présent, comme il nous conviendrait à l'un et à l'autre, il porterait bien son nom, tu ne crois pas ?

— Pour moi, il ne serait rien d'autre qu'un mensonge.

Il lui vint à l'esprit qu'il n'avait jamais rencontré quelqu'un comme Mirabella auparavant. Habituellement, les gens ne pensaient qu'à eux-mêmes. Elle semblait se soucier de tout le monde sauf d'elle-même.

— Pense à ton bébé, lui rappela-t-il.

— Je pense au bébé, lui dit-elle. Et je ne veux pas qu'il naisse sous le signe du mensonge.

Surpris par son raisonnement, Zane la regarda.

— Alors c'est non ? demanda-t-il pour lui donner une dernière chance de changer d'avis.

— C'est non, confirma-t-elle. Maintenant, si tu veux bien m'excuser, mon patron compte sur moi pour retrouver un rapport et je n'aime pas le décevoir.

Il se leva et sortit avec elle de la salle de repos. Il la voyait sous un tout nouveau jour et ce jour était très flatteur.

Mirabella était une battante. Cela lui plaisait.

— Tu ne m'as jamais déçu, Bella, lui dit-il doucement. Et l'éventualité que cela se produise un jour me semble très peu envisageable.

11

Mirabella tentait de se convaincre que les rumeurs dont elle faisait l'objet n'avaient pas d'importance. Qu'elle était solide et que sa force intérieure lui permettrait de supporter n'importe quoi. Pour se réconforter, elle se répétait que Zane avait raison. Bientôt, les gens se lasseraient et oublieraient cette sombre affaire...

Il lui suffisait d'attendre la fin de la tempête.

Si elle avait été seule au monde, peut-être aurait-elle pu ignorer les ragots, les remarques désobligeantes et les insultes à peine voilées qui continuaient de lui parvenir.

Mais elle ne l'était pas. Certes, ses deux parents avaient refait leur vie ailleurs, loin d'elle. Mais il y avait quelqu'un qui comptait pour elle, qui comptait beaucoup. Quelqu'un pour qui elle ferait n'importe quoi.

Sa grand-mère bien-aimée.

Sofia Sanchez, la mère de sa mère, avait toujours été là pour elle. Pendant toute son enfance, elle l'avait protégée.

Comme elle habitait à proximité, elle l'accueillait chez elle quand les tensions montaient à la maison et que les discussions s'envenimaient. Elle avait été son refuge et lui avait apporté la stabilité qui manquait à la vie qu'elle menait avec ses parents.

Ces derniers étaient tellement occupés à se déchirer qu'ils ne faisaient plus attention à elle. Dans les rares moments où ils se souvenaient de son existence, ils se servaient d'elle pour attaquer l'autre en la manipulant pour parvenir à leurs fins.

Sa grand-mère, elle, n'avait jamais pris parti. Elle lui avait toujours assuré que ses parents l'aimaient, qu'ils n'étaient que deux personnes mal assorties et malheureuses. Elle lui conseillait d'être patiente, certaine que « tout finirait par s'arranger ».

Sofia lui répétait aussi qu'elle l'aimait et serait toujours là pour elle.

Que penserais-tu de moi maintenant, Nana ? s'interrogeait Mirabella en se regardant dans le miroir avant de s'habiller.

Rien ne se devinait encore.

Si tu savais que j'attends un bébé, me pardonnerais-tu ou cesserais-tu de m'aimer ?

Cette éventualité lui était tellement insupportable qu'elle repoussait sans cesse l'inévitable. Elle trouvait toujours un prétexte pour retarder le moment d'annoncer sa grossesse à sa grand-mère adorée. De lui avouer qu'elle était tombée enceinte parce qu'un soir, elle avait trop bu et avait oublié de se protéger.

Si tu savais, me renierais-tu ? Me tournerais-tu le dos ?

Sofia Sanchez était une femme merveilleuse, généreuse et profondément aimante. Elle lui avait appris à partager et à donner sans compter. Elle avait un cœur d'or.

Mais elle avait aussi des valeurs d'une autre époque. Elle estimait qu'une jeune femme devait être mariée pour connaître les plaisirs de la chair.

« Les filles bien attendent », lui avait-elle répété plus d'une fois. « Ce n'est pas toujours facile, reconnaissait-elle. Mais elles attendent. Se donner tout entière à l'homme de sa vie, à son véritable amour, est tellement précieux. »

Cette option n'est plus valable, Nana, pensa Mirabella avec un soupir.

Chaque fois qu'elle prenait le téléphone pour l'appeler, elle l'entendait lui dire à quel point il était important de se préserver, de garder sa virginité pour son mari. Et chaque fois, elle reposait le récepteur en se promettant de lui téléphoner plus tard.

Sa grand-mère devait se douter que quelque chose n'allait pas. Voilà près de deux mois qu'elle n'était pas allée la voir. Et plus le temps passait, plus le mensonge devenait lourd à porter. Et plus elle craignait sa réaction quand elle lui avouerait sa grossesse.

Et voilà pourquoi elle continuait à reporter ce face-à-face. Sofia l'appelait régulièrement, l'invitait à passer la voir, se plaignait de ne pas l'avoir embrassée depuis une éternité. Mais chaque fois, Mirabella prétendait avoir beaucoup de travail et ne pas être en mesure de venir dans un avenir proche.

Tu te comportes en lâche, se reprocha-t-elle avec colère. *Tu devrais avoir honte.*

Sa grand-mère méritait mieux.

Aussi le dimanche suivant, elle prit son courage à deux mains et se rendit chez elle. Dix fois, elle faillit renoncer et faire demi-tour mais elle arriva finalement à destination.

Devant la maison de Sofia, elle pressa la sonnette, le cœur battant. Comme elle n'obtenait pas de réponse, elle réessaya en se demandant si elle n'aurait pas dû téléphoner pour s'assurer qu'elle était à la maison.

Personne ne venant lui ouvrir, elle sonna une nouvelle fois et finit par tambouriner contre la porte. Toujours rien. Elle en conclut que sa grand-mère n'était pas là.

Soulagée, elle était sur le point de tourner les talons et de rentrer chez elle lorsque la porte s'ouvrit.

Sofia apparut alors et la considéra avec surprise.

— Mirabella, pourquoi n'as-tu pas utilisé ta clé ?

— Je ne voulais pas débarquer à l'improviste et risquer de te déranger.

Sofia la dévisagea comme si elle ne comprenait pas.

— Tu es ma petite-fille. Les petites-filles ne dérangent

jamais leur grand-mère, dit-elle. Entre, entre. J'étais au téléphone et je ne voulais pas être impolie avec l'amie qui m'appelait, dit-elle.

— Je suis désolée de t'avoir interrompue.

Sofia balaya ses excuses d'un grand sourire.

— Laisse-moi te regarder, dit-elle en lui prenant les mains et en les écartant pour mieux la voir. Tu sembles fatiguée et bien pâle…

Mirabella s'attendait à ce que sa grand-mère l'interroge sur son régime alimentaire. Au lieu de quoi, elle tourna les talons et reprit le chemin de sa cuisine.

Avant même d'y entrer à sa suite, Mirabella reconnut l'arôme alléchant d'une tarte aux pommes en train de cuire.

Ces délicieuses fragrances la catapultèrent immédiatement dans son enfance. Elle se revit à l'heure du goûter dans cette maison, attendant avec impatience de se régaler des pâtisseries confectionnées par son aïeule.

Pendant un instant, elle eut l'impression que rien n'avait changé. Mais bien sûr, ce n'était qu'une illusion. En réalité, tout était différent.

Après l'avoir invitée à s'asseoir, Sofia sortit la tarte du four et la posa sur la cuisinière pour qu'elle refroidisse.

— Cela fait combien de temps ? lança-t-elle soudain en tournant toujours le dos à Mirabella.

— Combien de temps que quoi ? répéta-t-elle, mal à l'aise.

Sa grand-mère lui demandait-elle depuis combien de temps elle était enceinte ? Mais comment l'aurait-elle su ?

— Que je ne t'ai pas vue, répondit Sofia en se retournant. J'ai l'impression que ça fait des mois.

Mirabella lui sourit.

— Ça ne fait pas si longtemps, Nana.

Sofia s'assit à table, face à sa petite-fille.

— Parle-moi, dit-elle avec gentillesse.

Sa mauvaise conscience brouillait sans doute ses perceptions, et la poussait à imaginer des scénarios qui n'existaient pas.

— J'aurais dû venir plus tôt, commença-t-elle.

— Oui. Tu aurais dû. Veux-tu une part de tarte ?

Aussi tentants que soient les gâteaux de sa grand-mère, Mirabella estima plus prudent de s'abstenir d'y goûter. Elle ne voulait pas risquer d'être malade devant elle.

— Peut-être plus tard.

Sofia n'insista pas et se rassit. Elle observa sa petite-fille pendant un long moment d'un air songeur.

Enfin, elle prit ses mains dans les siennes.

— Tu sais que tu peux tout me dire, n'est-ce pas ? demanda-t-elle en scrutant son visage avec attention.

Mirabella retint son souffle.

— Je le sais, oui.

Sofia secoua tristement la tête.

— Et pourtant, tu ne l'as pas fait.

Une brusque angoisse submergea Mirabella et lui serra le cœur.

Pendant un instant, elle ne répondit pas, l'esprit complètement vide. Mais très vite, elle s'entendit protester de manière peu convaincante :

— Ce n'est pas vrai.

Sofia la dévisagea d'un regard pénétrant.

— Nous ne nous sommes jamais menti, Mirabella. Je t'en prie, ne commence pas maintenant.

Le chagrin dans les yeux de sa grand-mère l'emplit de tristesse.

— Nana ? balbutia-t-elle d'un ton incertain, attendant que son aïeule explique pourquoi elle pensait qu'elle mentait.

— Quand tu as sonné, j'étais au téléphone avec Maria Montez.

Elle lui donna ce nom comme si elle la connaissait mais Mirabella secoua la tête.

— Je suis désolée, Nana. Je ne vois pas de qui il s'agit.

— Cela n'a pas d'importance. Maria n'est qu'une simple connaissance. Une femme qui aime être la première à annoncer aux gens des informations susceptibles de les intéresser. Bref, cette Maria a une amie qui a un cousin dont la fille travaille dans la même entreprise que toi.

Elle s'interrompit pour laisser les mots faire leur effet.

Le silence se prolongea et, la gorge serrée, Mirabella voulut s'excuser, lui dire qu'elle regrettait de l'avoir déçue.

Mais elle ne parvint qu'à balbutier d'une voix pitoyable :

— J'attendais d'être sûre.

— Pensais-tu que je cesserais de t'aimer ? demanda Sofia avec calme.

Des larmes brillaient dans les yeux de sa grand-mère, et Mirabella sentit la culpabilité l'envahir.

— Peu importe ce que tu as fait, tu seras toujours ma petite-fille chérie, poursuivit Sofia en lui reprenant la main. Je t'aimerai toujours et serai toujours là pour toi. Comprends-tu ?

Mirabella sentit les larmes brûler ses propres yeux.

— Oh ! Nana, je suis vraiment désolée.

— Je sais, chérie.

Sofia se leva, la prit dans ses bras et la serra contre elle. Pour une petite femme, elle était étonnamment forte.

Après un moment, elle demanda :

— Le père de ton enfant ne veut pas t'épouser ?

Mirabella hésita à lui déballer toute l'histoire, comment Kyle l'avait rejetée et avait, peu de temps après, trouvé la mort dans un accident de voiture.

Mais à quoi cela servirait-il ? Cela ne ferait que rendre sa grand-mère plus triste encore et elle ne voulait pas l'accabler davantage.

La douleur qu'elle voyait dans ses yeux lui était déjà insupportable.

Aussi, au lieu de se décharger de son fardeau sur elle comme elle l'avait si souvent fait lorsqu'elle était enfant, elle lui dit ce que Sofia avait besoin d'entendre pour sa tranquillité d'esprit.

— Il me l'a proposé, Nana, mais je ne voulais pas qu'il s'y sente obligé parce que j'étais enceinte, alors j'ai refusé.

Ce qui était vrai, même si ce n'était pas le père du bébé qui lui avait demandé sa main.

Sofia la regarda avec surprise.

— Mirabella, à notre époque, les hommes ne font rien qu'ils n'aient envie de faire. Si le père de ton bébé souhaite t'épouser, laisse-le t'épouser. Ne sois pas têtue, chérie. Tu le dois au bébé que tu portes, ajouta-t-elle. Cet enfant a le droit d'avoir un père.

Au bout d'un moment, Mirabella capitula.

— Tu as raison.

Sofia se leva pour venir l'embrasser.

— Bien sûr que j'ai raison. Veux-tu un morceau de cette tarte, à présent ?

— Oui, s'il te plaît, dit-elle avec un sourire.

Elle sentit les battements de son cœur s'accélérer dans sa poitrine.

Maintenant, sa grand-mère s'attendait à ce qu'elle se marie.

Mais Zane serait-il toujours d'accord pour l'épouser ?

Après tout, elle l'avait déjà éconduit. Et deux fois de suite.

Se marier avec quelqu'un comme Zane serait une chance pour elle, elle en était consciente. Elle connaissait peu de gens capables de tant de bonté, de générosité et d'altruisme.

Mais rien ne lui garantissait qu'il serait toujours prêt à lui passer la bague au doigt si elle lui annonçait qu'elle avait changé d'avis. Sa proposition remontait à un certain temps. Peut-être avait-il recouvré son bon sens dans l'intervalle.

Elle leva les yeux vers sa grand-mère qui posait une part de tarte aux pommes devant elle.

L'idée de blesser une nouvelle fois cette femme qui l'avait élevée et qu'elle aimait tant lui était insupportable.

Elle allait donc devoir expliquer à Zane qu'elle était, malgré ses réticences, prête à accepter son offre généreuse et à consentir à un mariage sans amour…

Plusieurs heures plus tard, tout en roulant vers chez elle, Mirabella réfléchissait à ce qu'elle allait dire à Zane.

En arrivant, elle laissa tomber son sac près de la porte d'entrée et se dirigea tout droit vers le combiné de sa ligne fixe. Elle préférait ne pas utiliser son smartphone pour l'appeler. Elle ne voulait pas risquer d'être interrompue au milieu de son petit laïus à cause d'une batterie à plat.

Pour la même raison, elle lui téléphona sur sa ligne directe, au bureau.

Ses paumes étaient moites alors qu'elle composait le numéro.

Elle était si nerveuse qu'elle commença par se tromper et se connecta par erreur au télécopieur. Elle se ressaisit et essaya à nouveau.

Tu le fais pour Nana, pas pour toi, se dit-elle en réprimant l'envie de raccrocher.

Cette fois, elle composa les bons chiffres.

Elle entendit la voix profonde de Zane. Son intonation chaleureuse lui envoya des petites ondes qui la firent frissonner.

— Allô ?

Elle ne parvenait plus à articuler un son. Il lui fallut faire appel à toute sa volonté pour réussir à parler. Mais il y avait bien plus que sa réputation en jeu. Il s'agissait de sa grand-mère.

Elle ne pouvait pas se permettre de laisser tomber cette femme merveilleuse qu'elle aimait et qu'elle avait déjà déçue.

— C'est oui ! dit-elle dans un souffle.

12

Zane était à peu près certain de reconnaître cette voix et de savoir qui était au bout du fil. Mais conscient de l'éventualité d'un piège, soit du shérif, soit de l'un de ses employés cherchant à lui nuire, il décida de ne prendre aucun risque et demanda :

— Bella ?

Idiote. Tu aurais dû te présenter.

La conversation qui l'attendait rendait Mirabella tellement nerveuse qu'elle en oubliait les règles de politesse les plus élémentaires.

— Oui, c'est moi.

— À quoi disais-tu « oui » ?

Mirabella se sentit bête à l'idée de la réponse qu'elle s'apprêtait à lui donner. Mais comme elle avait appelé Zane, elle devait lui expliquer de quoi elle parlait et pourquoi elle le dérangeait un dimanche soir.

Il lui vint soudain à l'esprit qu'il avait peut-être des projets pour la soirée. Et s'il était avec quelqu'un ? Avec une autre femme ? Dans ce cas, il allait mal prendre cet appel, cela semblait évident. Et lui annoncer qu'elle avait changé d'avis et voulait bien l'épouser finalement tomberait sans doute comme un cheveu sur la soupe. Peut-être avait-il, lui aussi, réfléchi de son côté et décidé que, tout compte fait, il n'avait aucune envie de lui passer la bague au doigt.

Elle n'aurait pas dû l'appeler, pensa-t-elle, assaillie par le doute.

— Je n'interromps rien, j'espère ? s'enquit-elle brusquement.

— Ça va, Bella ? lui demanda-t-il avec inquiétude. Tu sembles un peu... confuse, dit-il finalement faute d'un mot plus juste.

Dans le passé, il n'aurait jamais utilisé ce terme pour la décrire. Mirabella avait toujours eu d'impressionnantes capacités de concentration. Même au début de sa grossesse, alors qu'elle n'arrêtait pas de courir vers les toilettes, elle parvenait à rester cohérente, fiable et focalisée sur son travail.

— Désolée, s'excusa-t-elle.

— Ne sois pas désolée. Dis-moi simplement ce qui se passe. Il n'y a rien de grave ni d'urgent, n'est-ce pas ?

Il ignorait comment formuler ce qu'il demandait en réalité sans se montrer intrusif. S'ils travaillaient ensemble depuis des années, il n'avait pas l'habitude d'aborder les sujets personnels.

Mirabella pensa à sa grand-mère et à ce qu'elle s'apprêtait à faire pour que cette dernière puisse garder la tête haute. Il ne s'agissait pas exactement d'une urgence. Cela dit, elle ne devait pas tarder à régulariser sa situation pour espérer sauvegarder sa réputation.

— Ni grave ni urgent mais important, dit-elle, retrouvant ses réflexes de classement. Il y a quelques jours, tu m'as fait une offre généreuse et depuis tu as peut-être changé d'avis. Ce qui serait, bien sûr, ton droit. Mais si ta proposition de m'épouser tient toujours, alors je l'accepte.

Elle retint son souffle et attendit la réponse de Zane. Elle espérait ne pas avoir perdu toutes ses chances en voulant s'en tenir à ses principes, la première fois.

Après ce qui lui parut être une éternité, elle l'entendit demander :

— Qu'est-ce qui t'a fait changer d'avis ?

Son cœur se serra. Il n'avait plus envie de l'épouser. Il

posait la question par curiosité ou peut-être pour se donner le temps de lui signifier son refus avec gentillesse. En tout cas, il ne lui avait pas dit que l'offre était encore valable et que oui, il était toujours d'accord pour convoler en justes noces avec elle.

Mais à quoi t'attendais-tu ?

Sa proposition était trop belle pour être vraie, elle le savait depuis le début. Elle n'aurait jamais imaginé que quelqu'un se donne tant de mal pour l'aider. Et au lieu de l'accepter tout de suite avec joie comme l'aurait fait n'importe quelle femme normale, elle avait refusé. Maintenant, elle ne pouvait s'en prendre qu'à elle-même.

Mais il lui avait posé une question et il méritait une réponse.

— Ma grand-mère.

Il prit son temps, comme s'il essayait de trouver un sens à ses mots.

— Elle t'a demandé de m'épouser ?

— Non. Jusqu'à aujourd'hui, elle ignorait que j'étais enceinte. Je ne lui avais rien dit et je n'étais pas allée la voir depuis deux mois, ajouta-t-elle très vite.

À la façon dont Mirabella en avait parlé, Zane avait eu l'impression qu'à part des parents divorcés, elle n'avait aucune famille.

— Je n'avais pas compris que tu avais encore une grand-mère. Je suppose que vous n'êtes pas très proches toutes les deux.

Si elles l'avaient été, elle n'aurait pas attendu si longtemps pour lui rendre visite.

— Au contraire, nous sommes très proches, répliqua-t-elle. Elle m'a élevée et je l'adore. Je n'étais pas allée la voir plus tôt parce que je ne savais pas comment lui annoncer que j'étais enceinte.

— La plupart des grands-mères rêvent de devenir arrière-grands-mères. Pourquoi pas la tienne ? lança-t-il, étonné mais certain qu'il devait y avoir une raison.

— Oh ! elle en a très envie, dit Mirabella avec un soupir. Mais avoir une petite-fille enceinte sans être mariée lui pose un problème.

— Je vois.

Rien dans la voix de Zane n'indiquait ce qu'il pensait du sujet. Mais puisqu'il n'avait pas encore raccroché, Mirabella continua de parler en espérant qu'à la fin, il serait toujours d'accord pour l'épouser.

— Quand j'étais petite et que le mariage de mes parents a commencé à battre de l'aile, ma grand-mère a été mon point d'ancrage. Elle était aimante, chaleureuse et grâce à elle, je me sentais en sécurité.

Elle s'interrompit un instant pour chercher la meilleure façon de formuler la suite. Elle ne voulait pas qu'il prenne Sofia pour une vieille dame aigrie.

— Elle est adorable mais aussi un peu démodée par rapport aux normes d'aujourd'hui.

— Pas de bébés avant le mariage, devina-t-il.

— *Rien* avant le mariage, corrigea-t-elle.

Il se surprit à se sentir désolé pour Mirabella.

— Alors, comment a-t-elle pris la nouvelle ? À propos de ta grossesse ?

Elle sentit de nouveau les larmes brûler ses paupières mais elle les refoula. Il était inutile de pleurer pour cela.

— Elle m'a dit qu'elle m'aimait toujours. Mais je sais qu'elle était déçue.

— Par toi ?

— Par la situation. Et puis elle m'a demandé si le père du bébé ne voulait pas m'épouser.

Les pièces du puzzle commençaient à se mettre en place.

— Et tu lui as dit qu'il était prêt à le faire mais pas toi.

Voilà pourquoi elle appelait. Non pas parce qu'elle avait changé d'avis et avait envie de se marier avec lui, mais pour faire plaisir à sa grand-mère. Cela changeait tout.

Elle hocha la tête avant de prendre conscience qu'il n'avait aucun moyen de la voir.

— J'ai ajouté que j'avais refusé parce que je ne voulais pas que tu t'y sentes obligé à cause du bébé.

Elle soupira de nouveau. Elle détestait la mascarade à laquelle elle était forcée de se plier mais en même temps, elle était reconnaissante à Zane de vouloir l'aider... s'il était toujours disposé à le faire.

— Elle m'a dit alors que l'enfant que je portais avait droit à un père et que je ne devais pas laisser mon propre entêtement l'en priver.

— Elle connaît donc ton côté têtu, dit-il en riant.

Pendant un moment, elle laissa ce rire l'envelopper, la réconforter. Et puis elle l'entendit demander d'une voix plus grave :

— Sait-elle que ce n'est pas le mien ?

— Non. Elle pense que le père de mon bébé est l'homme qui m'a demandé de l'épouser.

— Et voilà pourquoi tu m'appelles, conclut-il.

— Et voilà pourquoi je t'appelle.

Il y eut un silence à l'autre bout du fil. À chaque instant qui passait, elle se sentait de plus en plus mal à l'aise et regrettait de plus en plus de l'avoir appelé.

Finalement, elle laissa échapper :

— Écoute, c'était une mauvaise idée. Oublie. Je suis désolée de t'avoir dérangé.

— Que diras-tu à ta grand-mère ? demanda-t-il en l'empêchant de raccrocher.

— Je trouverai quelque chose, marmonna-t-elle. Ce n'est pas votre problème.

— Il va falloir arrêter ça, tu sais, dit-il.

Elle ne comprenait pas.

— Arrêter quoi ?

— Eh bien, si nous nous marions, tu vas devoir cesser de me vouvoyer.

Prise de vertige, elle se demanda si elle avait bien compris. Tout allait soudain trop vite pour elle. Ses pensées s'entrechoquaient dans sa tête.

— Attends, es-tu en train de me dire que tu as toujours l'intention de m'épouser ?

— Nous avons déjà réglé cette question, je crois, non ? dit-il. Tu m'as appelé pour m'annoncer que tu avais changé d'avis et que tu voulais bien te marier, je me trompe ?

— Je... euh... Oui.

Elle prit une inspiration.

— Mais comme tu ne m'as pas dit que ton offre tenait toujours...

Rien ne se passait bien, pensa-t-elle, frustrée.

Elle ferma les yeux, s'efforça de se ressaisir.

Au bout d'un moment, elle réessaya.

— Quand ?

— Donne-moi un instant, répondit Zane.

Elle l'entendit consulter son agenda électronique.

— J'ai des réunions prévues lundi et mardi.

Elle le savait, elle connaissait mieux son emploi du temps que lui.

— Que dirais-tu de mercredi ? proposa-t-il.

— Mercredi ? répéta-t-elle en écho.

Elle eut soudain l'impression d'avoir été propulsée dans un univers parallèle.

Lui demandait-il de considérer mercredi comme le jour de leurs noces ?

Rien que de l'imaginer semblait étrange.

— Pour le mariage, souligna-t-il, au cas où elle aurait manqué le début de la discussion. Sauf si tu as des impératifs, ce jour-là.

— Je me débrouillerai, répondit-elle très vite avant qu'il ne puisse changer d'avis.

Et puis la réalité la frappa avec une force écrasante.

— Tu es sûr de vouloir te marier si vite ? demanda-t-elle d'un ton incrédule.

Cette perspective lui donnait soudain le tournis.

— Pourquoi pas ? Il n'y a aucune raison d'attendre si nous sommes tous les deux d'accord, n'est-ce pas ?

Tout allait presque trop vite, elle se sentait happée dans un tourbillon.

— N'y a-t-il pas des dispositions à prendre ? interrogea-t-elle.

— Comme pour un grand mariage, tu veux dire ? demanda-t-il. C'est ce dont tu as envie ?

Ce dont elle avait envie, c'est que Zane ait envie de l'épouser, non pour sauver la situation, mais parce qu'il l'aimait.

Prends ce qu'il t'offre et arrête de pleurnicher, ordonna une petite voix dans sa tête. *Tu as de la chance qu'il te propose le mariage. Cesse de te plaindre.*

— Non, dit Mirabella à haute voix en s'efforçant de bloquer la voix intérieure qui la rendait folle. Je pensais à des analyses sanguines, à des publications de bans, ce genre de choses... qui prennent du temps.

— Tu aurais raison, si nous nous mariions ici, dit Zane. Mais nous allons prendre le jet de la société pour nous marier à Las Vegas.

L'avion était à sa disposition, comme il l'était pour son père et pour les cadres dirigeants de l'entreprise.

— Tout peut être plié en moins de quatre heures, ajouta-t-il.

Un sourire ironique passa sur les lèvres de Mirabella. Cela ne ressemblait pas à un mariage mais à un voyage d'affaires.

— Cela donne un nouveau sens à l'expression « mariage de rêve », dit-elle. Fermez les yeux, nous nous occupons de tout, ajouta-t-elle sur le ton de la plaisanterie.

Elle préférerait sans doute être entourée le jour de son mariage, se dit-il soudain. *Que ses amis, des gens à qui elle tient, assistent à la cérémonie.*

— Nous pourrions proposer à quelques personnes de se

joindre à nous, les faire venir par avion... Ta grand-mère, par exemple, suggéra-t-il. Pour rendre l'événement plus festif.

— Non, ta solution est la meilleure, lui dit-elle.

Mentir à Sofia l'ennuyait déjà beaucoup et continuer de mentir jusqu'à ce qu'elle divorce aussi. Elle n'avait pas envie que son aïeule participe, en prime, à cette mascarade.

— Bella, commença-t-il, devinant que derrière sa désinvolture joyeuse, elle était blessée.

Ne comprenait-elle pas qu'il essayait de la protéger du mieux qu'il pouvait ? Qu'il avait proposé ce mariage pour elle, pas pour lui ? Il avait vécu dans l'infamie toute sa vie, depuis le moment où sa mère avait posé les yeux sur Eldridge Colton. Dès lors, des rumeurs, des insinuations et des relents de scandale supplémentaires ne lui faisaient pas peur. Il était immunisé contre la petitesse des gens. C'était pour elle qu'il s'inquiétait.

— Vraiment, ça me va très bien, lui assura Mirabella. J'apprécie beaucoup ta gentillesse et tout ce que tu fais pour moi, ajouta-t-elle avec émotion.

— Tu ne veux pas que ta grand-mère soit là ?

Il ne comprenait pas. Elle venait de lui affirmer que cette femme comptait beaucoup pour elle.

— Non, répondit-elle, même si empêcher cette dernière d'assister à la cérémonie lui faisait mal au cœur. Elle voudrait que ce soit plus... comme un vrai mariage, expliqua-t-elle après un moment. Si elle n'est pas là, je pourrai embellir la réalité, la faire rêver. De toute façon, l'important pour elle est que ce bébé ait un père, porte son nom et grâce à nos noces, son vœu sera accompli.

— D'accord, dit-il. Alors c'est réglé. Mercredi matin, nous nous envolerons pour Las Vegas et rendrons notre union officielle.

Elle le surprit à nouveau en disant :

— Ne te sens pas obligé de faire ça, Zane. Personne ne t'y force.

— Tu changes encore d'avis ? lança-t-il, se demandant ce qui n'allait pas cette fois.

— Non, pas du tout. C'est seulement que...

Il l'entendit hésiter et se méprit.

— Ne t'inquiète pas, Bella, cette cérémonie ne changera rien entre nous. Il s'agira d'un mariage blanc. Tu devras emménager chez moi pour sauver les apparences mais c'est tout, lui assura-t-il. Tu auras ta propre chambre. Ce sera une sorte de cohabitation platonique.

Elle devait arrêter de chercher des arrière-pensées et des sens cachés partout. Et accepter son aide avec simplicité.

— Je ne sais pas comment te remercier.

— Alors ne le fais pas. Mais j'espère que tu viendras travailler demain, ajouta-t-il pour la taquiner.

— Bien sûr. Compte sur moi. Je n'ai jamais pensé qu'il en serait autrement.

En fait, pensa-t-il en replaçant le récepteur sur le combiné quelques instants plus tard, rien ni personne ne l'obligeait à venir au bureau le lendemain.

Son intention de continuer à travailler malgré son changement imminent de statut la plaçait dans une catégorie à part.

Au cours de son existence, il avait connu bon nombre de femmes qui, après quelques semaines de relations, exigeaient beaucoup de lui. Qui prenaient tout pour acquis et le reste comme un dû.

Mirabella n'avait rien en commun avec ce genre de personnes. Elle serait bientôt son épouse aux yeux du monde mais pour elle, devenir sa femme ne lui donnait pas davantage de droits ni de privilèges.

Construire une vie avec une femme comme ça n'était pas une épreuve. Et qu'elle soit en prime ravissante, intelligente et adorable ne lui retirait rien, bien au contraire.

Cela dit, se dit-il en reconsidérant son élan initial, toutes les qualités dont était dotée Mirabella risquaient de compliquer sa situation dans un avenir immédiat. Ils allaient se marier et pourtant, il ne pourrait pas profiter des avantages qui découlaient en principe d'une union. Il lui avait donné sa parole que ce serait un mariage blanc et il n'était pas du genre à contraindre une femme.

Il avait le sentiment qu'il ne lui déplaisait pas et qu'il parviendrait facilement à la charmer, à la séduire pour lui donner envie de le rejoindre dans son lit. Mais ce ne serait pas la bonne chose à faire. Ni honorable de sa part. Il ne tirerait aucune satisfaction s'il lui fallait abuser d'elle pour savoir si l'alchimie qu'il ressentait entre eux existait réellement ou s'il l'avait imaginée.

Le fruit défendu avait un certain attrait, ne put-il s'empêcher de penser alors qu'il montait dans sa chambre.

Aurais-tu été aussi disposé à intervenir et à l'aider de cette façon si elle n'avait pas été ravissante ?

En toute honnêteté, il n'avait pas la réponse à cette question. Il supposait qu'il avait seulement de la chance que personne ne l'interroge à ce sujet.

Comme Mirabella était belle comme le jour, personne ne douterait du fait qu'il l'épousait par amour.

S'ils savaient…

13

Le mercredi suivant, en voyant Zane se garer devant son appartement pour la conduire à l'aéroport, Mirabella ferma un instant les paupières. Elle avait l'impression qu'une nuée de papillons dansaient dans son ventre, autour du bébé qui y avait élu domicile trois mois auparavant.

Elle laissait une chambre en désordre. En effet, elle avait retiré du placard tous ses vêtements pour les étaler sur son lit et depuis des heures, elle s'efforçait de choisir une tenue convenable à porter à ce mariage sans invités.

— Tu as fait le bon choix, tu as fait le bon choix, se répétait-elle inlassablement comme s'il s'agissait d'un mantra magique qui deviendrait réalité à force d'être psalmodié.

Elle prit son sac, claqua la porte derrière elle et s'avança vers Zane avant de s'arrêter soudain pour revenir en vitesse sur ses pas. Elle avait oublié de donner un tour de clé.

— Désolée, s'excusa-t-elle en se précipitant enfin vers la voiture de Zane et en s'asseyant sur le siège passager.

— Ne t'inquiète pas. L'avion ne risque pas de décoller sans nous vu que nous serons les seuls passagers à bord. En revanche, as-tu pensé à prendre une pièce d'identité ?

Il lui avait rappelé ce détail la veille, au moment où ils s'apprêtaient à quitter le bureau pour la soirée. Il avait demandé à un ami de faire jouer ses relations au bureau du comté de Clark au Nevada, pour s'assurer que la licence de mariage les attendrait à leur arrivée. Il avait tout planifié, tout organisé. Et maintenant, plus rien ne les empêchait de se marier.

— J'ai mon permis de conduire dans mon sac, lui dit-elle.

— Très bien.

Avant de redémarrer, il lui jeta un bref coup d'œil pour s'assurer qu'elle avait bouclé sa ceinture.

— Tu seras habillée comme ça pour le mariage ? lança-t-il en sortant du parking.

Mirabella posa les yeux sur le tailleur bleu clair qu'elle avait finalement choisi. Elle le trouvait élégant et le portait rarement pour qu'il reste impeccable.

— Pourquoi ? Il n'est pas bien ? Cela ne va pas ? demanda-t-elle, sentant s'envoler le peu d'assurance qu'il lui restait encore.

— Ce tailleur serait parfait si tu te rendais à une réunion professionnelle. Mais là, il s'agit de ton mariage. Je pensais que tu mettrais quelque chose d'un peu plus…

Il n'était pas doué pour les descriptions, il savait seulement ce qui lui plaisait quand il le voyait…

— Quelque chose d'un peu plus… euh… festif.

Il était sans aucun doute habitué aux femmes qui évoluaient dans les cercles de la haute société dans des tenues somptueuses… Lui-même avait les moyens de s'habiller comme il en avait envie et n'imaginait pas les sacrifices nécessaires pour économiser de quoi s'offrir une nouvelle robe.

— Désolée, répondit-elle. Je n'avais rien de mieux.

— Ce n'est pas grave, nous pourrons arranger ça sur place, lui dit Zane. Et arrête de t'excuser. Tes choix t'appartiennent et tu as le droit de te tromper.

Il considérait évidemment son tailleur comme l'une des « erreurs » auxquelles elle avait droit.

— Qu'est-ce que tu veux dire par « nous pourrons arranger ça sur place » ? demanda-t-elle en s'efforçant de ne pas se vexer.

L'aérodrome privé n'était plus très loin.

— Dès que nous aurons atterri à Las Vegas, lui dit-il, je t'emmènerai faire du shopping.

Il avait pris des dispositions pour qu'une voiture les attende à l'aéroport.

— Il y a des boutiques le long de la Via Bellagio, l'une des galeries commerçantes de la ville, dit-il avec un sourire amusé. Je suis sûr que tu y trouveras ton bonheur.

— Je n'ai pas pris mes cartes de crédit, avoua-t-elle alors qu'ils sortaient de sa berline pour se diriger vers le jet privé.

— Ne t'inquiète pas pour ça, dit-il en lui ouvrant sa portière.

Il devina qu'elle était sur le point de protester. Sa grand-mère avait raison : à plus d'un titre, Mirabella était très têtue.

— Considère-le comme mon cadeau de mariage.

Elle saisit la rampe pour monter les marches jusqu'au jet. Une hôtesse de l'air se tenait à l'entrée de la cabine, un sourire accueillant sur les lèvres.

— Mais il ne s'agit pas d'un vrai mariage, lui rappela Mirabella.

Zane entra dans l'avion derrière elle. À part le pilote, le commandant et l'hôtesse, ils étaient les seuls passagers à bord.

— Sauf lorsqu'ils ont pour but de donner la nationalité américaine à des immigrants, les mariages de complaisance sont valables aux yeux de la loi, dit-il. Ils sont contractés pour d'autres raisons que l'amour. Vu celles peu avouables pour lesquelles certaines personnes convolent en justes noces – intérêts financiers, nom de famille, quête de pouvoir ou simple égoïsme –, ce mariage ne se classe pas si mal.

Il lui désigna un fauteuil près du hublot.

— Assieds-toi, détends-toi, dit-il en s'installant à côté d'elle. Tout ira bien.

Malgré l'assurance décontractée de Zane, Mirabella ne parvint pas à se calmer.

Fidèle à sa parole, il l'emmena faire des courses dès qu'ils arrivèrent en ville. Ils se rendraient ensuite dans une chapelle pour y échanger leurs vœux. Sans doute se contenteraient-ils d'ailleurs de répéter les mots que leur dicterait un pasteur pressé, habitué à marier les couples à la chaîne et surtout soucieux de finir la cérémonie à l'heure.

Lorsqu'elle entra dans la galerie marchande, Mirabella sentit un frisson la parcourir. Elle n'avait jamais vu des boutiques de ce genre et les vêtements qui y étaient exposés n'existaient pour elle que dans des pages de magazines. Elle savait que ces robes magnifiques, ces tailleurs extraordinaires, appartenaient à un monde qui ne serait jamais le sien.

Et pourtant, elle était là, à contempler des tenues d'une rare élégance alors que Zane passait les rayons en revue.

Il faisait défiler si vite les robes sur leurs cintres qu'elle avait à peine la possibilité de les apercevoir. Mais de toute façon, elle avait le sentiment que son opinion n'avait pas d'importance.

Elle devait attendre et le laisser décider. Elle n'aurait pas à donner son avis, même s'il lui avait assuré le contraire.

— Que dis-tu de celle-ci ? demanda-t-il après avoir passé un moment à parcourir les tenues de la boutique comme un croupier un jeu de cartes.

En se tournant pour lui faire face, il brandit une robe de mariée en dentelle blanche avant de la plaquer contre elle. Le bas de la jupe frôlait ses genoux. Cintrée à la taille, avec des manches trois quarts et une jupe trapèze, elle était confectionnée dans un satin blanc aérien.

— Elle est magnifique, murmura Mirabella avec sincérité.

Elle n'avait jamais rien porté d'aussi beau de sa vie.

— L'objectif d'une robe n'est pas d'être magnifique mais de rendre sublime la femme qui la porte, corrigea-t-il.

D'un regard appréciateur, il évalua l'effet qu'elle avait sur elle et hocha la tête.

— On la prend, annonça-t-il à la vendeuse.

Alors que cette dernière s'approchait, Zane ajouta :

— Nous aurons également besoin de chaussures assorties et d'un accessoire pour cheveux.

Il se tourna vers Mirabella.

— Sauf si tu préfères un voile ?

— Non, non, un accessoire sera très bien.

Elle était d'accord avec tout ce qu'il décidait.

Mais lorsqu'elle aperçut l'étiquette apposée sur la robe qu'il avait choisie pour elle, elle écarquilla les yeux.

— Le prix est pour la robe ou pour tout le magasin ? demanda-t-elle, sidérée.

Il rit.

— C'est une Vera Wang.

— Mademoiselle aimerait l'essayer ? proposa la vendeuse.

Tous deux regardèrent Mirabella et attendirent sa réponse.

— Elle est à ma taille, ça ira, dit-elle. D'ailleurs, en principe, le marié ne doit pas voir sa promise dans sa robe avant la cérémonie, ajouta-t-elle.

Au moment où les mots franchissaient ses lèvres, elle se sentit idiote. Ces superstitions s'adressaient aux personnes qui se mariaient réellement. Dans leur cas, comme il s'agissait d'une mascarade, que Zane la voie ou non en mariée avant de se rendre à la chapelle n'avait aucune importance.

— Mademoiselle a tout à fait raison, approuva la vendeuse avec un sourire.

Mirabella avait le sentiment que, compte tenu de ce que Zane dépensait dans le magasin, elle aurait approuvé n'importe quoi.

— Je te rembourserai, Zane, lui dit-elle alors qu'ils sortaient de la boutique. Il me faudra peut-être un an ou deux, ajouta-t-elle avec sincérité, mais je te rembourserai.

— Je te l'ai déjà dit, Bella, considère cette tenue comme un cadeau de mariage. Et ne commence pas à chicaner avec moi le jour de nos noces, ajouta-t-il alors qu'elle ouvrait la bouche pour protester. Si j'en crois le dicton, cela nous porterait malheur.

— Je n'ai jamais entendu parler de celui-là, répliqua-t-elle en ouvrant sa portière.

Après avoir rangé les sacs dans le coffre du SUV, il s'installa au volant du véhicule.

— C'est parce que je viens de l'inventer.

La réponse la fit rire. Il se surprit à aimer son rire, à l'aimer de plus en plus.

— Prochain arrêt, le bureau du greffier du comté, annonça-t-il en s'éloignant du trottoir. Et si je nous louais une chambre à l'hôtel ? proposa-t-il après un moment. De cette façon, tu pourras mettre ta robe de mariée là-bas plutôt que dans la chapelle. Tu y serais plus à l'aise, non ?

— Non, ça va, tu as déjà fait beaucoup de dépenses. Il y a certainement un endroit dans la chapelle prévu pour permettre aux mariés de s'habiller.

— Et si ce n'est pas le cas ? répliqua-t-il avec défi.

— Je me changerai dans les toilettes, dit-elle. Je m'adapterai, je n'ai pas besoin de grand-chose.

— Je m'en rends bien compte, reconnut-il avec un soupir.

Comme Zane avait tout préparé à l'avance, tout alla très vite. Récupérer la licence, présenter à l'employé leurs pièces d'identité avec photo, signer le registre avant de s'acquitter du timbre fiscal leur prit à peine plus de temps qu'il n'en aurait fallu pour commander un repas dans un fast-food.

Las Vegas était connue pour son efficacité et sa rapidité dans le domaine des mariages et manifestement, cette réputation n'était pas usurpée.

La dernière partie de leur aventure consistait à trouver une chapelle.

Mirabella découvrit vite que la ville offrait une myriade

de choix aux candidats au mariage. Il y en avait de toutes les couleurs. Des bleues surtout mais aussi d'autres peintes en rouge, en jaune citron, en vert, en arc-en-ciel, etc.

Comme Zane les dépassait toutes, Mirabella finit par se demander si, à son tour, il éprouvait des doutes ou des regrets.

Elle rassembla son courage pour lui lancer :

— Écoute, ce n'est pas grave si tu as changé d'avis...

Il lui adressa un bref coup d'œil.

— Pourquoi penses-tu que j'ai changé d'avis ? demanda-t-il alors qu'elle remarquait une chapelle appelée « Jusqu'à ce que la mort nous sépare ou plus tôt ».

— Nous sommes passés devant bon nombre de chapelles – un nombre incalculable, en fait – et tu ne t'es arrêté devant aucune. Alors je me disais que tu n'avais peut-être plus très envie de m'épouser, finalement. Et ça n'est pas grave, ajouta-t-elle très vite. Je comprends...

— Non, tu ne comprends pas. Je ne me suis pas arrêté devant les autres parce que je me rendais à celle-ci.

Elle leva les yeux et se rendit compte qu'ils étaient arrivés devant une petite chapelle qui ressemblait à une église de campagne.

— Elle te plaît ? demanda Zane.

— Elle est charmante, répondit-elle, surprise et touchée qu'il se soit donné la peine de trouver un endroit aussi beau.

— Oui, je pensais bien qu'elle te plairait, dit-il.

Derrière l'édifice se trouvait un petit cottage, de l'autre côté d'un minuscule parking.

— La maison est celle du révérend Applegate, et de sa femme. Je suis sûr que si nous lui demandons gentiment, Mme Applegate ne verra aucune objection à ce que tu mettes ta robe de mariée à l'intérieur.

Au moment où il garait sa voiture, l'épouse du révérend, une femme d'une soixantaine d'années à l'allure maternelle, sortit de la maisonnette.

La main en visière pour protéger ses yeux du soleil, elle regarda dans leur direction.

— Monsieur Colton ? demanda-t-elle.

Mirabella se tourna vers Zane d'un air surpris.

— Elle te connaît ?

— Je l'ai appelée avant de venir. Je ne voulais pas laisser trop de choses au hasard.

Cette explication lui plut davantage que celle à laquelle elle avait immédiatement pensé.

— Oh ! Je me disais que tu t'étais peut-être déjà marié ici.

À cette idée, il éclata de rire. Vu tout ce qu'il avait dû affronter au fil des ans, il n'avait jamais songé à se marier.

— Non, c'est mon premier mariage.

Mais pas le dernier, ne put-elle s'empêcher de se dire.

Elle savait qu'elle devait être reconnaissante qu'il en fasse autant pour elle et pour son enfant à naître mais une partie d'elle – une partie égoïste, reconnut-elle tristement – regrettait que tout ne soit pas « pour de vrai ». Elle n'oubliait pas qu'il s'agissait d'une mascarade qui n'était pas destinée à durer.

— Vous êtes en avance, dit Mme Applegate à Zane. Le révérend est dans la chapelle, en train de se préparer pour la cérémonie.

Puis, se tournant vers Mirabella, elle ajouta :

— Venez avec moi, ma chère. Allons vous préparer, vous aussi. Votre bouquet est arrivé il y a peu de temps. Votre promis a très bon goût. Et vous allez faire une ravissante mariée, ajouta-t-elle.

Elle lui prit les sacs et l'entraîna vers le cottage.

— À plus tard, nous ne serons pas longues, lança-t-elle à Zane avant d'entraîner Mirabella dans la maisonnette.

Mirabella ne parvenait pas à détacher les yeux de son propre reflet.

Elle n'avait jamais pensé qu'elle pouvait être aussi belle.

C'est la robe, pas toi, se dit-elle. *Maintenant vas-y, avant que Zane ne reprenne ses esprits et ne change d'avis.*

Mme Applegate recula et admira Mirabella dans sa belle robe blanche.

— Vous êtes magnifique, ma chère. Vous ressemblez à une apparition.

Elle prit le bouquet qu'elle avait laissé sur la table et le lui fourra dans les mains.

— Maintenant, allons vous marier.

— Allons-y, murmura Mirabella.

Dès qu'elle franchit le seuil de la petite chapelle, les accords de la marche nuptiale se firent entendre.

Debout devant l'autel, Zane se tourna vers elle. Il ne s'attendait pas à la voir ainsi, aussi magnifique, aussi ravissante. Ébloui, des étoiles plein les yeux, il la regarda s'avancer vers lui.

Mirabella était encore plus belle qu'il ne l'avait imaginé.

Comme dans un rêve, elle remonta l'allée dans un état second en serrant le bouquet de toutes ses forces. Elle se retrouva à côté de Zane sans bien savoir comment elle était arrivée jusque-là.

Mme Applegate s'approcha discrètement pour lui prendre le bouquet et lui libérer les mains.

Le révérend Applegate ressemblait au père de sa grand-mère, sur le portrait pris le jour de son mariage, pensa Mirabella qui en fut aussitôt réconfortée.

Elle ne s'attendait pas du tout à rencontrer un couple comme les Applegate dans une ville qui organisait des mariages à la chaîne.

Le révérend commença à parler.

Elle avait beau savoir qu'il s'agissait d'un mariage fictif, elle l'écouta avec attention prononcer les mots qui, aux yeux du monde, la lieraient à Zane.

Au moins pour quelque temps.

Il n'y avait qu'eux quatre dans la chapelle, personne d'autre. Pourtant, le pasteur annonça :

— Si quelqu'un a une raison de s'opposer à ce mariage, qu'il le dise maintenant ou se taise à jamais.

Mirabella s'aperçut qu'elle retenait son souffle et s'attendait à moitié à ce que quelqu'un surgisse de nulle part et interdise leur union.

Mais personne ne le fit.

Le reste de la cérémonie se déroula sans incident. Et avant même qu'elle n'ait eu le temps de reprendre ses esprits, le révérend les déclara unis par les liens sacrés du mariage.

Son cœur battit plus fort.

— Vous pouvez embrasser la mariée, ajouta le révérend.

Elle pensait que Zane l'embrasserait sur la joue. Ou lui effleurerait rapidement les lèvres. Elle ne s'attendait pas à ce qu'il la prenne dans ses bras et capture sa bouche.

Elle s'attendait encore moins à ce que ce baiser déclenche en elle un séisme d'une telle ampleur.

14

Ce n'était pourtant pas la première fois qu'elle embrassait un homme. Par le passé, elle s'était même déjà crue amoureuse. À l'époque, elle était étudiante et tous ses camarades étaient en couple. Elle avait alors voulu suivre leur exemple et avoir, elle aussi, un amoureux.

Mais elle s'était vite rendu compte que de près, le garçon sur lequel elle avait jeté son dévolu la laissait indifférente. Elle avait dû se forcer à l'embrasser. Et s'avouer qu'elle n'avait rien ressenti de l'exaltation amoureuse dont lui avaient parlé ses amies. À les entendre, un baiser, un vrai baiser, était une expérience unique et bouleversante qui menaçait d'éclipser le soleil, la lune et toutes les étoiles de la galaxie.

Pour sa part, elle n'avait jamais éprouvé la moindre émotion à cause d'un baiser.

Jusqu'à maintenant.

Soudain, tout ce qu'elle avait entendu – et pris pour des inventions nées de l'imagination débordante de ses amies –, comme le cœur qui bat la chamade, les frissons, la pièce qui se met à tanguer, tout devenait réalité.

Son cœur s'affolait dans sa poitrine, la chapelle tournait autour d'elle comme un manège fou et tout son environnement disparaissait dans le lointain.

Il n'y avait plus que l'homme qui l'embrassait et le baiser

lui-même, un baiser qui provoquait chez elle un véritable tsunami.

En entrant dans la chapelle, elle avait cru se plier à une formalité nécessaire pour rendre crédible une comédie. Mais soudain, elle avait l'impression que chaque cellule de son corps prenait vie.

Emportée par un ouragan, elle s'accrocha à Zane. Elle voulait qu'il l'embrasse encore et encore. Elle n'était pas rassasiée de ses baisers.

Zane ne s'attendait pas à être ébranlé à ce point par ce baiser. Il avait la sensation d'une chute libre dans l'espace, une sensation à la fois exaltante et un peu effrayante.

Les lèvres de Mirabella avaient une douceur qui le surprit, sa bouche une saveur incomparable. L'embrasser lui plut, lui plut beaucoup. Il en voulait davantage.

Il l'étreignit plus fort pour approfondir ce baiser. Bouleversé, un peu dérouté, il tenta de comprendre sa réaction, aussi intense qu'inattendue.

Mais il n'y parvint pas. L'ivresse, la folie, le vertige dont il était la proie n'avaient aucun sens.

Il prit soudain conscience que respecter les limites d'un mariage blanc allait être très compliqué pour lui.

Certes, il l'avait toujours trouvée attirante, mais il croyait alors que garder ses distances avec elle serait facile. Il lui suffirait d'exercer son self-control légendaire.

Mais il n'avait pas anticipé la violence, l'impétuosité du désir qu'il éprouvait à présent pour elle.

Y résister serait un vrai défi, ne put-il s'empêcher de penser.

Un bruit lointain se fit entendre. Il finit par comprendre que le révérend Applegate se raclait la gorge pour tenter d'attirer leur attention et de mettre fin au baiser qu'il avait pourtant lui-même initié.

— Maintenant, leur dit-il avec un petit rire, sortez et

commencez votre nouvelle vie. Et attendez d'être revenus dans votre chambre d'hôtel pour cela, ajouta-t-il avec un clin d'œil complice.

Zane lui serra la main.

— Merci de nous avoir mariés si rapidement, révérend, lui dit-il.

— Tout le plaisir était pour moi, monsieur Colton. J'ai été ravi de bénir l'union de deux personnes qui prononçaient des vœux mûrement réfléchis. Cela me change agréablement des couples que je vois trop souvent défiler dans cette chapelle. La plupart ont décidé sur un coup de tête de se passer la bague au doigt au cours d'une fête trop alcoolisée. Et ils sont encore à moitié ivres lorsqu'ils se présentent devant moi.

Il leur adressa un sourire radieux.

— Je vous souhaite une longue et heureuse vie conjugale, dit-il avec sincérité.

— Attendez, intervint Mme Applegate. Regardez-moi et souriez !

Sans même leur laisser le temps de reprendre leurs esprits, la femme du pasteur prit trois photos d'eux.

— L'une d'elles au moins devrait être réussie, dit-elle. Laissez-moi une adresse mail et je vous les enverrai.

Toujours un peu sonnée, Mirabella lui donna les renseignements demandés.

— Parfait, déclara Mme Applegate en les notant. Vous les aurez dans l'heure. Venez, je vais vous raccompagner. Un autre couple attend le révérend, expliqua-t-elle.

— Bien sûr, dit Zane en faisant sortir Mirabella derrière Mme Applegate.

La femme du pasteur les conduisit à la porte d'entrée.

— Soyez gentils l'un avec l'autre, leur conseilla-t-elle. Et ne vous couchez jamais fâchés. Cette façon de faire a fonctionné pour le révérend et moi au cours des quarante dernières années, leur confia-t-elle avec un clin d'œil. N'oubliez pas que les mots d'amour sont toujours plus agréables à dire et à entendre que les mots de colère.

— Merci pour tout, lui dit Mirabella.

— De rien ! C'est le révérend qui a fait tout le travail.

Elle les embrassa avec chaleur avant de reporter son attention vers le couple qui attendait dans les coulisses.

— Je ferais sans doute mieux de me changer et de remettre mes vêtements habituels, dit Mirabella.

Elle passa amoureusement les mains sur sa magnifique robe de mariée.

— Je les ai laissés dans le cottage, ajouta-t-elle.

— Veux-tu que je t'attende dans la voiture ? lui demanda Zane, devinant que Mirabella avait besoin d'un petit moment de solitude pour assimiler ce qui venait de se passer.

Son premier réflexe fut d'accepter. Elle avait en effet besoin de se ressaisir après ce baiser.

Mais elle se souvint soudain que la femme du pasteur avait dû l'aider avec la fermeture Eclair de la robe.

— Attends ! Je vais avoir besoin de toi pour me déshabiller.

À l'instant où elle prononça ces mots, elle comprit l'autre sens qu'on pouvait leur donner et elle rougit comme une pivoine.

— Je veux dire avec la fermeture Eclair, c'est...

— J'avais compris, dit-il en s'efforçant de ne pas rire.

Il émanait d'elle quelque chose d'incroyablement vulnérable et une fois de plus, il se surprit à vouloir la protéger.

Il entra dans le cottage derrière elle et demanda :

— Où as-tu laissé tes affaires ?

— Par ici.

Elle l'entraîna dans le petit couloir puis ouvrit une pièce sur la droite. Son tailleur était sur le lit où Mme Applegate l'avait étendu pour elle.

— J'ai seulement besoin que tu descendes le zip jusqu'au milieu du dos.

Elle ne lui faisait pas confiance. Sinon, ses instructions ne seraient pas si précises.

— Bien sûr, lui dit-il.

Elle se retourna pour lui présenter l'arrière de sa robe et attendit en retenant son souffle. Lorsque Zane fit lentement glisser la fermeture Eclair, elle sentit son pouls s'accélérer comme lorsqu'il l'avait prise dans ses bras dans la chapelle.

Peut-être était-elle victime de son imagination mais il lui semblait qu'il s'acquittait de sa tâche très lentement, qu'il lui ouvrait sa robe au ralenti. Et à chaque fraction de seconde qui passait, elle se sentait un peu plus excitée. Elle luttait de toutes ses forces pour ne pas se retourner et découvrir si un deuxième baiser lui procurerait le même émoi que le premier.

Ressaisis-toi, Mirabella. Ne te comporte pas comme si tu avais quinze ans. Et pour l'amour du ciel, ne gâche pas tout.

Avec une profonde inspiration, elle s'ordonna de rester face au mur.

— Merci. Je peux me débrouiller toute seule maintenant.

Était-ce un effet de son imagination ou sa voix avait-elle tremblé ?

— Je vais t'attendre dans la voiture, murmura Zane en quittant la pièce.

Il doutait que Mirabella mesure un jour la force de caractère qu'il avait dû déployer pour réussir à s'éloigner d'elle. Il avait eu besoin de faire preuve d'un rare self-control pour ne pas la retourner et la reprendre dans ses bras tout en faisant glisser la robe de ses épaules avant de la laisser tomber sur le sol.

L'évidence le frappa soudain comme un coup de tonnerre. Il comprit qu'il avait envie de faire l'amour avec elle. De faire l'amour avec la femme qu'il venait d'épouser.

Mesurer l'ironie de la situation ne parvint pas à le calmer. Il sortit en vitesse de la maison sans se retourner.

Mirabella enleva rapidement sa robe de mariée.

Avant de remettre son tailleur, elle la ramassa et la plia avec soin. Elle caressa le tissu du bout des doigts.

Mariée. Je suis mariée. Je suis Mme Zane Colton. Qui l'aurait cru... ?

Elle enfila sa jupe et sa veste en vitesse. Elle ne voulait pas faire attendre Zane. Pas après qu'il s'était mis en quatre pour elle.

Plutôt que de regagner la voiture, Zane avait préféré l'attendre devant le cottage. Il se redressa à l'instant où elle arrivait.

— Nous ferions mieux d'y aller, dit-il en lui prenant le bras pour l'entraîner vers le véhicule de location.

Mirabella emboîta le pas de celui qui était, de fait, son tout nouveau mari. Elle avait l'impression de planer sur un petit nuage.

Au cas où elle aurait changé d'avis, il lui proposa une dernière fois :

— Si tu veux, nous pourrions rester à Las Vegas pour la nuit. Je suis sûr qu'en cherchant un peu, nous trouverions une suite pour lune de miel.

Le cœur battant, il attendit sa réponse.

Elle s'humecta les lèvres. Elles avaient gardé la saveur de leur baiser. Avec un peu de chance, celle-ci ne s'estomperait pas avant quelques heures, espéra-t-elle, sentant un frisson lui parcourir l'échine.

Ne t'emballe pas. D'accord, il t'a embrassée. Mais c'était pour la forme, tu ne crois pas ? Qu'aurait-il pu faire d'autre quand le révérend lui a dit d'embrasser la mariée ? Refuser ? Impensable. Ce baiser ne signifiait rien pour lui. Ne l'oublie pas.

— Non, nous ferions mieux de rentrer. Tu as de nombreuses réunions prévues demain matin, lui rappela-t-elle.

Il secoua la tête en riant. N'importe quelle autre femme aurait sauté sur sa proposition et oublié le reste.

— Tu fais toujours attention à moi, n'est-ce pas, Bella ?

— C'est pour ça que tu me payes, n'est-ce pas ?

— En effet, reconnut-il.

Mais il n'avait pas vraiment l'air heureux en le disant.

Elle se demanda si elle l'avait offensé d'une manière ou d'une autre ou s'il avait soudain des doutes pour la suite.

S'il en avait, elle ne pouvait pas vraiment lui en vouloir...

— Je peux envoyer quelqu'un chez toi pour empaqueter tes affaires, proposa Zane avec désinvolture une fois qu'ils eurent de nouveau pris place dans le jet.

Mirabella le dévisagea d'un air interrogateur et il se rendit compte alors qu'elle avait oublié leur conversation concernant l'organisation post-mariage.

— Souviens-toi, nous allons devoir vivre ensemble pour sauver les apparences, et le plus simple est que tu t'installes chez moi.

— Oui bien sûr mais je n'ai pas besoin d'aide. Je suis capable de m'occuper de mes affaires toute seule. Il n'y a d'ailleurs pas grand-chose à empaqueter.

Il secoua la tête.

— Tu es vraiment la femme la plus modeste que j'aie jamais rencontrée, Bella.

Elle lui offrit un demi-sourire.

Il l'observa sans en avoir l'air. Elle semblait bouleversée. Pourquoi ? Il pensait bien faire.

De toute évidence, il était passé à côté de quelque chose.

— Qu'est-ce qui ne va pas ? lui demanda-t-il.

Elle hésita mais finit par avouer avec franchise :

— Je déteste l'idée d'abandonner mon appartement. J'adore cette résidence et je doute de pouvoir retrouver un logement équivalent lorsque tout sera terminé. Je suis désolée de le dire, ajouta-t-elle en rougissant.

D'un geste, il écarta ses excuses. Il n'avait pas besoin de les entendre.

— Ne t'en fais pas. Je m'occuperai du bail, promit-il. Tu pourras retourner chez toi quand tu voudras. Laisse également tes meubles là-bas. Nous en avons plus qu'il n'en faut au manoir. Apporte seulement ce que tu ne veux pas laisser derrière toi. Des vêtements, des souvenirs, ce genre de choses.

— Ça ne te dérange pas que je garde mon appartement ? demanda-t-elle, surprise.

— Non. Pourquoi cela devrait-il m'ennuyer ?

Il ne comprenait pas son raisonnement.

— Je n'ai pas plus de droits sur toi que tu n'en as sur moi, ajouta-t-il. Quand deux êtres se marient de nos jours, ils restent libres et égaux.

L'avion traversait des turbulences et il la vit planter ses ongles dans les accoudoirs.

— Je pensais que je t'étais redevable pour m'avoir rendu service en m'épousant, expliqua-t-elle.

— Peut-être que je te demanderai de m'offrir ton premier-né quand tout sera fini ! Je plaisante, Bella, ajouta-t-il devant son air horrifié.

Il passa la main le long de son bras pour la réconforter.

— Je le savais, murmura-t-elle.

Elle regarda l'alliance à son doigt. Les diamants qui l'ornaient brillaient de mille feux.

— Que veux-tu que j'en fasse ?

Il fit semblant de considérer la question.

— Je te dirais bien de la porter.

Elle le dévisagea avec inquiétude.

— Mais il s'agit de véritables pierres, non ?

— Bien sûr. À moins que le bijoutier ne m'ait menti.

Elle ressentait une énorme responsabilité à garder cette bague sur elle.

— Tu ne préfères pas la mettre dans un coffre-fort ou quelque chose comme ça ?

— Cela ne sert à rien d'avoir quelque chose de beau s'il dort dans un coffre, lui dit-il.

Pendant un instant grisant, Mirabella eut l'impression qu'il ne parlait pas de la bague à son doigt.

Mais d'elle.

15

Alors qu'ils roulaient vers la résidence de Mirabella, plus tard dans la soirée, Zane finit par briser le silence qui avait envahi l'habitacle.

— Je dois admettre que quand je pensais finir par me marier un jour, ce n'est pas ainsi que j'imaginais ma nuit de noces. Aller déposer ma femme à son appartement après lui avoir passé la bague au doigt avant de rentrer seul à la maison ne fait pas vraiment rêver…

Il lui jeta un regard de biais. Elle était restée silencieuse pendant le court trajet depuis le bureau.

— C'est sans doute pareil pour toi, ajouta-t-il.

Sa voix était teintée de gentillesse. Il avait laissé tomber la distance professionnelle à laquelle elle était habituée.

Pourtant, rien de cette histoire ne rentre dans un cadre professionnel…

En toute honnêteté, elle ne parvenait pas à analyser ce qu'elle ressentait. Ce qui s'était passé aujourd'hui était vraiment déroutant. Elle se sentait un peu perdue.

— Oui, répondit-elle enfin dans un murmure.

En réalité, lorsqu'elle considérait les différents aspects de la journée, elle éprouvait des sentiments ambivalents. Parfois, comme maintenant, cette ambiguïté s'éclipsait, balayée par une profonde culpabilité. Elle savait qu'elle avait une dette envers Zane, une dette dont elle ne pourrait jamais s'acquitter. Elle n'avait rien à lui donner en échange de ce qu'il avait fait pour elle.

— Et rien ne t'obligeait à me reconduire, ajouta-t-elle alors qu'il se dirigeait vers l'une des places de stationnement réservées aux visiteurs. Tu as tant à faire…

— Je devais évidemment te reconduire puisque tu n'avais pas ta voiture pour retourner à ton appartement. Et qui d'autre que ton mari pouvait te ramener ? lui demanda-t-il, un petit sourire aux lèvres.

Un sourire que Mirabella ne parvint pas à décrypter.

— Tu n'as de mari que le nom, lui rappela-t-elle pour qu'il comprenne qu'elle n'attendait rien de lui, pas même qu'il joue les chauffeurs.

Il avait déjà tant fait pour elle.

— Peut-être mais je suis quand même ton mari. Ça ne me dérange pas, Bella, lui assura-t-il. J'adore conduire.

Ne sachant pas quoi faire d'autre, elle hocha la tête. Ce tournant dans sa vie était tellement inattendu qu'elle ignorait tout de ce qu'elle était censée dire ou ressentir, mis à part une infinie gratitude.

Mais sentimentalement, elle était perdue. La violente attirance qu'elle éprouvait pour Zane prenait toute la place. Elle tentait de toutes ses forces de la réprimer mais elle n'y parvenait pas. Avec le recul, elle devait admettre qu'il incarnait à ses yeux l'homme parfait. Il lui plaisait beaucoup et l'avait toujours attirée. Mais depuis ce baiser devant l'autel, elle ne maîtrisait plus rien. Maintenant, elle ne pensait qu'à lui. Et d'une manière qui n'avait absolument rien de professionnel.

Elle aurait la nuit pour reprendre ses esprits, se dit-elle.

Comme elle ouvrait sa portière et s'apprêtait à poser le pied par terre, Zane fut plus rapide qu'elle. Il bondit de la voiture et la contourna pour l'aider.

Galamment, il lui prit la main et la fit sortir de l'habitacle.

— Tu es sûre que je ne peux pas t'inviter à dîner quelque part ? proposa-t-il à nouveau.

En vérité, il se sentait étrangement coupable envers Mirabella. Depuis le départ, elle payait les pots cassés dans cette histoire. Victime de commérages insensés au sein de l'entreprise, elle avait également subi la cruauté d'un ex qui l'avait abandonnée seule et enceinte. Il ne comprenait toujours pas comment cet homme avait pu la quitter. Non seulement elle avait toutes les qualités mais elle était de surcroît ravissante.

— Nous marier puis te ramener chez toi sans rien faire pour fêter l'événement ne me satisfait pas vraiment, insista-t-il.

— Tu en as déjà fait beaucoup, répliqua Mirabella.

Mais alors qu'elle sortait sa clé de son sac, elle prit soudain conscience qu'il avait raison. Il l'avait emmenée à Las Vegas, lui avait offert une robe sublime puis l'avait épousée. Ce n'était pas rien. Après une journée si riche en événements, se séparer si brusquement paraissait, en effet, étrange.

Peut-être avait-il envie de parler un peu, à présent.

Elle le regarda par-dessus son épaule et demanda :

— Tu veux entrer prendre un café ?

Il faillit refuser poliment. Il n'avait pas envie qu'elle se sente obligée de lui proposer de boire quelque chose. Sans doute était-elle fatiguée et d'ailleurs, tous deux avaient beaucoup à assimiler. Mais d'un autre côté, il refusait de la laisser seule si elle ne le souhaitait pas. Et sans doute devrait-il essayer de se comporter de façon sociable. Après tout, dès que leur prétendu mariage deviendrait officiel, ils allaient être forcés de s'afficher ensemble. Sinon, des questions surgiraient – y compris au sein de sa propre famille.

— Pourquoi pas ?

En franchissant le seuil, Mirabella actionna l'interrupteur. Lorsque la lumière jaillit, elle fut frappée par le côté surréaliste de la situation. Ce matin, quand elle avait quitté son appartement, elle était célibataire. Célibataire et enceinte mais célibataire. Et voilà qu'elle revenait chez elle mariée.

Certes, il s'agissait d'un mariage blanc mais aux yeux des gens, elle était désormais l'épouse de Zane Colton.

Aussi loin qu'elle se souvienne, elle ne s'était jamais sentie aussi peu sûre d'elle qu'en ce moment précis. Comme elle se tournait pour refermer la porte, son sac à main lui échappa des mains. Zane se pencha pour le ramasser en même temps qu'elle et dans le mouvement, ils se heurtèrent.

Elle se redressa et se frotta la tête.

— Désolée, s'excusa-t-elle.

— Pour avoir laissé tomber ton sac ou t'être cognée contre moi ?

— Les deux.

— Tu dois arrêter de t'excuser pour tout. Rien n'est ta faute, Bella. Et même si c'était le cas, tu es une Colton maintenant. Les Colton ne s'excusent pas.

— C'est faux, répliqua-t-elle. Je t'ai déjà entendu t'excuser, je m'en souviens.

Peut-être l'avait-il fait, une fois ou deux mais certainement pas aussi souvent qu'elle. Elle passait son temps à se répandre en plates excuses.

— Pas en permanence, dit-il.

Elle s'efforça de réprimer un soupir. Il avait raison. Comme d'habitude.

— D'accord. Un point pour toi.

À sa grande surprise, il lui souleva le menton pour planter ses yeux dans les siens.

— Je ne l'ai pas encore gagné, ce point, répliqua-t-il. Mais j'y travaille.

— Oui, monsieur... euh, Zane, balbutia-t-elle.

Il éclata de rire.

— Oublier le prénom de son mari n'est pas de très bon augure pour une vie conjugale, dit-il.

— Non, en effet, reconnut-elle, un sourire d'autodérision sur les lèvres.

— Dis-le avec plus de conviction.

— Non, en effet, répéta-t-elle d'une voix plus forte.

— Toujours pas. Dis-le comme si je le niais et que tu étais furieuse de ma mauvaise foi.

Cette fois, elle lui cria au visage :

— Non !

— Eh bien, voilà ! dit-il en la prenant dans ses bras.

Au départ, le geste était destiné à la féliciter mais il provoqua une proximité qui déclencha aussitôt une réaction censée rester secrète.

L'odeur du parfum de Mirabella enivrait Zane. Sans qu'il s'en rende compte, ses fragrances avaient imprégné son subconscient de façon délicieuse. Et le remuaient profondément.

Il prit trop tard conscience du danger.

Le rire mourut sur ses lèvres alors que d'autres émotions plus impérieuses remontaient à la surface. À cause de la disparition de son beau-père et des remous qui en avaient découlé, il avait fini par oublier qu'il était un homme de chair et de sang avec des besoins simples, ordinaires mais intenses.

Et cette femme qu'il venait d'épouser sans bien en mesurer les conséquences, cette femme à la fois passionnée et vulnérable, avait la capacité d'apaiser et d'assouvir ces besoins.

Sans réfléchir, il captura ses lèvres et l'embrassa.

Il l'embrassa parce qu'il avait adoré le faire la première fois. Et qu'il avait envie de recommencer encore et encore.

Pour être honnête, Mirabella devait avouer qu'en proposant à Zane d'entrer chez elle prendre un café, elle se doutait qu'ils finiraient par s'embrasser. Mais ce qui l'étonnait, c'était que ses hésitations habituelles, ses incertitudes, ses réticences s'étaient envolées.

Le baiser passionné de Zane avait tout balayé.

Elle le désirait.

S'il n'avait pas pris l'initiative, elle l'aurait embrassé, elle.

Elle n'avait cessé de lui rappeler qu'il s'agissait d'un mariage blanc, mais elle avait tenté ainsi de le rassurer, lui, pas elle. De le convaincre qu'elle ne lui demanderait rien de plus. Il lui avait déjà tant donné. Un nom, un père pour son enfant et la fin des rumeurs qui couraient sur son compte. Elle lui en était infiniment reconnaissante. Et n'avait pas envie qu'il l'imagine intéressée, vénale ou pire encore.

Qu'il pense qu'elle essayait de le piéger.

Ils étaient deux adultes libres et consentants. Ce qui se passait entre eux était gratuit, c'était un cadeau de la vie...

Et alors qu'un puissant désir la soulevait, elle devina qu'ils allaient partager un moment de pure extase.

Le souffle court, elle avait l'impression que son corps s'embrasait.

Elle ne pouvait pas attendre.

Quelque part, tout au fond de sa conscience, Zane sentait qu'il devait s'écarter, tout arrêter.

Mais il en était incapable.

S'éloigner d'elle maintenant était au-dessus de ses forces. Il n'y serait pas parvenu si sa vie même en dépendait. Il n'aurait reculé que si elle avait voulu qu'il arrête.

Mais chaque fois qu'il essayait d'interrompre leur baiser pour recouvrer son souffle, elle prenait son visage entre ses mains pour le retenir.

Il ne pensait qu'à faire l'amour avec elle.

La faire sienne.

Se perdre en elle.

Les lèvres collées aux siennes, il commença à lui ôter le tailleur qu'elle portait quand il était venu la chercher ce matin.

Enivré, il glissa les mains le long de son corps de femme, impressionné par la façon dont elle se donnait à lui en même temps qu'elle l'emprisonnait en elle.

Il avait côtoyé Mirabella pendant cinq ans sans jamais se douter des profondeurs qui se dissimulaient sous son apparence calme et maîtrisée, du feu qui couvait sous la glace.

Mirabella était émerveillée par les sensations qui la traversaient, étonnée de la façon dont elle répondait naturellement, spontanément, à Zane. Elle était peut-être enceinte, mais elle était loin d'avoir de l'expérience. Et avec cet homme, elle ressentait une faim qu'elle n'avait encore jamais ressentie, osait des gestes qu'elle n'avait jamais osés, éprouvait des désirs qu'elle n'avait jamais eus auparavant.

Elle avait l'impression que son corps avait pris les commandes et qu'elle suivait le mouvement en s'accrochant à la vie qui l'emportait. Ce délicieux tourbillon l'enivrait.

Son cœur battait de plus en plus fort au fur et à mesure que leurs vêtements tombaient au sol.

Et bientôt, il n'y eut plus qu'eux deux. Peau contre peau. Et rien d'autre qu'un désir brut et exigeant.

Elle ne s'était encore jamais sentie ainsi, capable de tout et de n'importe quoi. De lâcher prise en sachant qu'elle allait s'envoler vers le ciel. Avec lui.

Son corps palpitait de plaisir anticipé. Elle n'avait jamais emprunté cette voie, n'avait jamais senti son corps de femme s'affoler à ce point. Mais elle devinait que ce qui l'attendait était énorme, bouleversant, magique.

Lorsqu'il la pénétra, Zane la sentit se cambrer contre lui, vit l'expression émerveillée sur son visage.

Il se mit à aller et venir entre ses cuisses, tout en la regardant s'abandonner au plaisir qu'il lui donnait.

Il augmenta le tempo jusqu'à ce qu'il n'y ait plus de retour en arrière possible. Un dernier coup de reins et les étoiles explosèrent au-dessus d'eux.

Son cri d'extase résonna dans sa tête et dans son cœur.

16

Un bruit réveilla Mirabella.

Il ne s'agissait pourtant pas d'un gros bruit. Mais d'un bruit étouffé. Celui de quelqu'un qui essayait de ne pas en faire.

Et plus précisément, comprit Mirabella en ouvrant les yeux, le bruit de quelqu'un qui tentait de s'habiller et de s'en aller sur la pointe des pieds, sans déranger personne.

Mais dans le silence ambiant, le moindre mouvement s'entendait.

Elle n'avait aucune idée de l'heure qu'il était. Elle comprenait seulement que Zane partait.

— Il est l'heure de se lever ? demanda-t-elle.

Son oreiller était encore imprégné de son odeur. Elle le prit contre elle et y plongea le nez, réconfortée par ces fragrances.

Merde, pensa Zane. Il avait ramassé ses affaires au ralenti pour ne pas heurter quoi que ce soit par inadvertance et ne pas risquer de la réveiller.

Comment avait-elle réussi à l'entendre ?

Pris en flagrant délit, habillé mais pas encore chaussé, il s'assit sur le bord du lit et enfila ses chaussures.

— Pour moi, oui.

— Mais pas pour moi ? reprit-elle, un peu perdue.

Ils travaillaient ensemble, leurs bureaux n'étaient séparés que par quelques mètres. Pourquoi ne voulait-il pas qu'elle se rende au travail ? Ce qui s'était passé entre eux la nuit dernière avait-il donc tout changé ?

Zane décida de s'adresser au mur. La regarder risquait d'ébranler sa résolution.

— J'ai pensé que tu aurais peut-être envie de prendre un jour de congé pour préparer ce que tu aimerais emporter.

Tournant la tête, il la surprit en train de l'observer d'un air interrogateur. Avec ses yeux embués de sommeil et ses cheveux ébouriffés, elle était charmante et il sentit un puissant désir naître au creux de ses reins.

— Tu dois emporter des affaires chez moi, tu te souviens ? insista-t-il.

Elle s'assit et tira le drap sur elle.

— Oui mais ça ne me prendra pas longtemps. Je peux être prête dans quinze, vingt minutes, tout au plus, si tu veux que nous y allions ensemble.

— Impossible, lui dit-il.

Dieu sait pourtant qu'il en avait envie. Il rêvait surtout de se recoucher et de la reprendre dans ses bras.

Mais céder à la tentation ne ferait que compliquer davantage une situation qui l'était déjà trop. Les raisons pour lesquelles il l'avait épousée étaient simples et pratiques. Y mêler des émotions ne ferait que brouiller les cartes.

Cela dit, il devenait de plus en plus difficile de tenir ses sentiments à distance.

— J'ai rendez-vous avec Meyer.

— À propos de la personne qui nous a piégés ? devina-t-elle.

— Entre autres, répondit-il d'un ton vague. Je dois y aller.

Il n'avait pas de comptes à lui rendre, pensa-t-elle.

— D'accord, répondit-elle avec calme.

Elle ne le croyait pas, devina-t-il. Comment le lui reprocher ? À sa place, il n'y aurait pas cru non plus.

Il songea à la veille au soir. Il aurait dû la laisser tranquille et rentrer chez lui.

— Je suis désolé pour hier soir, lui dit-il.

— C'était nul, hein ? plaisanta-t-elle, s'efforçant de lui cacher à quel point elle se sentait dévastée, à quel point son envie de s'en aller la heurtait.

Il la dévisagea un moment sans d'abord comprendre ce qu'elle voulait dire.

— Quoi ?

Et puis, tout devint clair.

— Non, non, ce n'était pas nul du tout.

— Alors pourquoi es-tu désolé ?

— Parce que j'ai profité de la situation, et de toi.

Elle le regardait comme s'il s'exprimait dans une langue étrangère qu'elle tentait en vain de décrypter.

— Tu en as vraiment eu l'impression ?

— Eh bien, oui.

Mais il ne voulait pas qu'elle pense que tout avait été calculé. En vérité, il avait été dépassé par les événements.

— Enfin, non.

Zane soupira. Ses excuses ne sonnaient pas bien. Depuis le jour où son beau-père avait disparu, pensa-t-il avec lassitude, rien n'allait.

— Je n'avais pas l'intention d'abuser de la situation, dit-il finalement. Bon, je te laisse. À plus tard.

— À plus tard, murmura-t-elle.

Mais il avait déjà quitté sa chambre.

La joie qui avait enveloppé Mirabella, la veille au soir alors qu'elle s'endormait dans ses bras, s'envola. Et un froid mordant la saisit.

Zane ne s'attendait pas à la voir débarquer au bureau ce jour-là et encore moins, si peu de temps après l'avoir quittée.

D'un coup d'œil à sa montre, il s'aperçut qu'elle était arrivée moins d'une heure après lui. Il songea soudain à Marceline. Il aurait fallu plusieurs heures à sa sœur pour se doucher, se maquiller, s'habiller et plus de temps encore pour empaqueter des affaires. Cela lui aurait pris une bonne partie de la matinée, sinon plus.

Peut-être Mirabella n'avait-elle pas fait ses bagages.

— Où est ta valise ? demanda-t-il.

— Dans ma voiture, répondit-elle. Je me suis dit que la monter ici susciterait des interrogations.

— Il est sans doute déjà trop tard. Quatre personnes sont venues me féliciter. Tu en as parlé à quelqu'un ?

— À personne, assura-t-elle avec gravité.

— Moi non plus. Alors comment l'ont-elles appris ?

Pour Mirabella, la réponse tombait sous le sens.

— Nous sommes allés à Las Vegas à bord d'un jet privé. Le pilote a dû enregistrer le plan de vol. Tout cela a laissé des traces et il a suffi d'une indiscrétion pour que nombre de gens en aient vent, dit-elle en allumant son ordinateur. Ensuite, l'information s'est répandue à tous les étages.

— Tu as raison. J'aurais dû penser au jet.

Sur ces mots, il la laissa. Avant d'aller voir Meyer, il avait des notes à récupérer dans son bureau.

— En fait, non, ce n'est pas le jet, entendit-il Mirabella crier alors qu'il s'apprêtait à sortir de la pièce.

Il s'arrêta sur le seuil.

— Tu disais ?

Les yeux rivés sur son ordinateur, elle semblait bouleversée. Il devina sa colère et son désarroi.

— Je sais comment le personnel a appris notre mariage, dit-elle.

Elle tourna l'écran vers lui. « Anonymous » était manifestement de retour. Il avait envoyé un mail à tous les salariés de l'entreprise, tôt ce matin. Elle l'avait découvert lorsqu'elle avait ouvert sa boîte de réception.

Non content de s'en être tiré sans être inquiété, le meurtrier s'est marié. Méfiez-vous, Mirabella. Vous pourriez être la prochaine sur sa liste...

Zane sentit une rage folle s'emparer de lui mais il réprima

les jurons qui lui brûlaient les lèvres. Insulter l'expéditeur ou un ordinateur ne servirait à rien. Il avait besoin d'être efficace, pas de pester contre des ombres.

Il posa sa main sur l'épaule de Mirabella dans un geste protecteur.

— N'aie pas peur, Bella. Je vais le traquer. Je ne le laisserai pas t'atteindre.

— Il m'a déjà atteinte mais je n'ai pas peur, dit Mirabella. Je suis furieuse. Ce type n'a pas le droit de te calomnier et d'essayer de monter les gens contre nous. À quoi joue-t-il ? Que cherche-t-il ?

Ses joues étaient rouges de colère contenue. Il ne l'avait jamais vue aussi enragée – ni aussi désirable. Au lieu d'avoir envie de tout casser – l'objectif recherché par cette vermine de « Anonymous », il en était certain –, Zane se sentait excité. Par Mirabella.

Ce n'est pas le moment, se reprocha-t-il. *Ce ne sera jamais le moment d'ailleurs, ne l'oublie pas.*

Il l'avait épousée pour donner un nom à son bébé, sauver sa réputation et la protéger en coupant l'herbe sous le pied aux propagateurs de rumeurs blessantes.

— Je vais le faire taire, lui dit-elle en posant les doigts sur les touches, décidée à effacer ces mots sordides en quelques pressions.

Comprenant ce qu'elle s'apprêtait à faire, il mit rapidement sa main sur la sienne pour lui bloquer l'accès au clavier.

— Non, non, ordonna-t-il.

Confuse, Mirabella le regarda d'un air interrogateur.

— Tu préfères que je conserve cette horreur ?

Avait-il perdu la tête ?

— Meyer va avoir besoin des mails de « Anonymous » pour les retracer. Leur expéditeur est sans doute l'un de nos employés. Comme la personne qui a conçu ces fausses autorisations pour virer l'argent d'Eldridge sur ce compte factice à ton nom. La société Colton regorge d'experts informatiques pointus.

Il s'interrompit pour regarder Mirabella en se demandant comment lui poser la question suivante. Il avait toujours été direct. Aussi lui lança-t-il sans détour :

— As-tu des ennemis, Bella ?

— J'en ai maintenant que je t'ai épousé, répondit-elle.

— Le premier mail a été adressé à tous les salariés de l'entreprise avant-hier. Mais le compte factice avait été créé bien avant notre mariage, lui rappela-t-il. Alors, te connais-tu des ennemis que tu aurais depuis plusieurs mois ?

Elle secoua la tête.

— Personne. Je ne fréquente que les gens du bureau. Et au cas où tu ne l'aurais pas remarqué, je suis trop occupée pour avoir le temps de me disputer avec quelqu'un.

Elle le regarda et s'enquit en toute innocence :

— Et toi ? As-tu des ennemis ?

À l'expression qui passa sur son visage, elle eut la réponse.

— Qui ?

Il ne pouvait penser à aucun nom en particulier. Il s'agissait plutôt d'un ensemble de personnes.

— Je suis sûr qu'un certain nombre d'anciens employés m'en veulent pour différentes raisons.

— Des anciens employés ? Pourquoi ?

— Parce que j'ai dû les licencier, soit pour incompétence, soit pour violation des règles de déontologie. Pour certains, le départ s'est opéré en douceur mais j'ai dû porter plainte contre plusieurs d'entre eux.

Et ils lui en avaient certainement gardé rancune...

— Tu devrais dresser une liste et..., suggéra Bella.

— Ce serait un bon début, convint-il.

Peut-être qu'une fois qu'il aurait commencé à y réfléchir, d'autres noms lui viendraient à l'esprit. Elle espérait qu'ils parviendraient à identifier et à arrêter l'auteur de ces mails malveillants avant que la situation ne dégénère.

Elle est de bon conseil, pensa Zane.

Mais il le savait déjà. Ce n'était pas la première fois qu'il lui demandait son avis avant de décider d'un plan d'action. Mais depuis la veille, il en était davantage conscient, comprit-il.

Depuis la veille, il était plus conscient de tout ce qui la concernait. À cause de leur folle nuit de noces.

Bon sang, il devait se ressaisir et se concentrer sur ce qui était important. Et sur les urgences.

Il s'occuperait plus tard des sujets personnels. Cela dit, ces mails anonymes constituaient peut-être une menace immédiate et pas seulement pour lui.

Qui sait, ce « Anonymous » était peut-être également lié à l'enlèvement de son père.

Il l'espérait. Cela l'aiderait à élucider plus rapidement l'affaire.

Il sentit ses doigts le démanger.

Dans l'immédiat, il devait aller parler de tout cela à son expert en informatique. Pourtant, il avait d'abord un autre sujet à aborder avec Mirabella. Il devait la préparer à ce qui l'attendait.

— Tu n'as jamais rencontré ma famille, n'est-ce pas ?

Il connaissait la réponse. Elle n'avait aucune raison d'avoir croisé le clan. Elle faisait partie d'un autre monde, un monde qui traitait de la réalité et des gens ordinaires, un monde dont son clan ignorait tout. Les Colton étaient déconnectés du monde réel.

Mirabella y réfléchit.

— Eh bien, j'ai aperçu certains membres de ta famille de loin, en passant. Ton père et tes frères, Fowler et Thomas, ainsi que ta sœur Piper, ont tous des bureaux dans l'entreprise, dit-elle en faisant référence au dernier étage de la tour en verre qui en comptait vingt-cinq. Et j'ai également vu ta mère à différentes occasions, ajouta-t-elle.

— Mon père mis à part, ils sont tous un peu… particuliers, dit Zane.

Elle avait l'impression qu'il essayait de la prévenir d'un danger.

— J'aime bien ton père, dit-elle.

Il était le seul avec qui elle avait vraiment eu affaire. Les autres, elle ne les connaissait que de vue et uniquement en raison de leurs liens avec Zane.

— Oui, mais il n'est pas là en ce moment.

Il en parlait comme si Eldridge Colton s'était volontairement absenté pour quelques jours. Pas comme s'il avait été enlevé. Ou pire.

Le cœur de Mirabella se serra. Zane aimait vraiment son beau-père, pensa-t-elle en se demandant si le vieux patriarche le savait.

Sans réfléchir, elle posa sa main sur la sienne. Quand il la regarda, les sourcils levés en une question silencieuse, elle dit :

— Il reviendra. Tu le retrouveras.

Elle l'affirma comme si elle en était certaine.

Zane lui sourit. Il savait que rien n'était plus incertain mais il fut néanmoins heureux qu'elle tente de le rassurer.

— Merci. Permets-moi à présent d'aller parler à Meyer de ces anciens employés mécontents afin qu'il puisse commencer à les localiser. Cela nous donnera quelque chose à faire pour le moment.

Si ses recherches via les moyens légaux n'aboutissaient pas, peut-être ferait-il appel à des personnes plus douteuses mais très efficaces. Meyer connaissait des hommes et des femmes capables de pirater des systèmes de sécurité pourtant réputés hermétiques. Réussir à percer leurs défenses, représentait un défi très excitant pour ces hackers de haut vol.

S'il le fallait, il autoriserait Meyer à contacter l'un d'eux pour identifier celui qui lui causait tant d'ennuis – et qui accablait Mirabella.

Il ne savait pas encore très bien comment il se vengerait, ce qu'il ferait subir à l'auteur de ce faux compte et de ces mails malveillants. Il n'avait pas poussé la réflexion aussi loin. D'abord, le coupable devait être retrouvé. Ensuite seulement Zane se permettrait de songer à une punition appropriée.

Bouge-toi, s'exhorta-t-il en silence. Il lui fallait avancer et rapidement. Non seulement parce qu'il tenait à mettre un terme à ces agissements mais aussi parce qu'il avait hâte de préparer Mirabella à rencontrer sa famille.

L'avertissement qu'il lui avait donné ne suffisait pas et il le savait. Il était habitué au clan Colton et à ses particularités mais pour quelqu'un qui n'avait jamais été jeté dans la fosse aux lions, le choc allait s'avérer violent.

Mirabella méritait mieux.

— Je reviens dès que possible, lui dit-il. En attendant, ne lis plus les mails.

— Est-ce un ordre ? demanda-t-elle, touchée qu'il soit si préoccupé par l'impact de ces messages sur elle.

— C'est une demande pressante mais respectueuse, corrigea-t-il.

17

L'éclairage de l'étage qui abritait le service informatique était délibérément tamisé pour aider les employés à se concentrer sur les logiciels qui défilaient sur leurs ordinateurs. Recrutés avec soin parmi les meilleurs, les programmateurs et les codeurs étaient focalisés sur leurs cibles. Dans cet univers, il était difficile de distinguer un expert d'un autre… à l'exception de Meyer Stanley.

Il bénéficiait d'un bureau personnel. Cela dit, il ne devait guère s'en soucier car il était tout autant – si ce n'est plus – absorbé par son travail que ses collaborateurs rassemblés dans l'open space.

Les yeux rivés sur son écran, l'expert en informatique ne s'aperçut de la présence de Zane que lorsque ce dernier posa une main sur son épaule. Surpris, il sursauta.

— Désolé, s'excusa Zane. Ça avance ? demanda-t-il en désignant le moniteur d'un mouvement de menton.

— Beaucoup moins vite que nous le souhaiterions, reconnut Meyer.

Il n'avait jamais cherché à travestir la vérité. Il l'énonçait sans fioritures. Il avait toujours été trop occupé pour prendre le temps d'apprendre à mentir.

— Vous n'avez donc rien découvert de nouveau sur les mails malveillants et les virements bancaires ? insista Zane en essayant de lui cacher sa déception.

Meyer s'interrompit pour regarder son patron.

— Pas vraiment. Sauf une chose qui va peut-être vous contrarier. Quand nous l'aurons identifié et si vous ne le réduisez pas immédiatement en bouillie, je vous suggérerais bien de recruter ce type. J'aimerais beaucoup l'avoir dans l'équipe. Chaque fois que je crois me rapprocher de lui, je comprends soudain qu'il n'est pas là où je l'attendais. Sa façon de crypter est originale et totalement déconcertante. Cela m'ennuie de le dire, mais qui que soit ce hacker, il est doué, vraiment très doué.

Zane fronça les sourcils en regardant l'écran par-dessus l'épaule de son expert en informatique. S'il savait coder, il était loin d'être du niveau de Meyer.

— Sans doute est-il doté de quelques neurones mais son esprit est sombre et tordu.

— C'est vrai, reconnut Meyer, se remémorant les méfaits du pirate informatique. Mais ne vous inquiétez pas, patron. Attraper ce salaud est ma principale priorité.

— Dans l'immédiat, je veux que ce soit votre *seule et unique* priorité.

Comme il sentait l'expert en informatique le dévisager avec une pointe de curiosité, il ajouta :

— Sans être capable d'expliquer pourquoi ou comment, j'ai l'impression que ce type est impliqué dans la disparition d'Eldridge.

— Et pourquoi pas dans le kidnapping du gosse de Lindbergh, pendant que vous y êtes ?

La plaisanterie de Meyer n'était pas drôle et tomba à plat. Comme Zane le fusillait d'un regard noir, il bredouilla de vagues excuses accompagnées d'une explication :

— Désolé, patron, mais peut-être accordez-vous trop d'importance à cet homme.

Si seulement...

— Et peut-être ne lui en accordez-vous pas assez, vous.

Il sortit de sa poche une liste qu'il avait rédigée, sur la suggestion de Mirabella.

— Voici les noms de suspects que je vous demande de localiser, dit-il en posant la feuille de papier sur le bureau de l'expert.

Meyer la parcourut rapidement des yeux avant de reporter son attention sur Zane.

— Ces personnes ne sont plus dans l'entreprise.

Étant chargé de surveiller les communications officielles de tous les employés et de protéger leurs ordinateurs, il savait qui travaillait actuellement pour la société Colton et qui l'avait quittée.

— Exactement. Un ancien salarié peut avoir une bonne connaissance du réseau informatique interne et s'y infiltrer sans être physiquement dans l'immeuble, poursuivit-il, réfléchissant à haute voix.

Meyer regarda d'un air songeur l'écran de son ordinateur.

— Cela pourrait en effet expliquer certaines choses, murmura-t-il en se parlant à lui-même.

Inutile de rester là à le regarder travailler.

— Je vous laisse, lui dit-il.

Absorbé, Meyer l'entendit à peine s'en aller.

À cinquante-cinq ans, Whitney Colton était encore considérée par beaucoup comme une très belle femme. Mais comme elle avait vingt ans de moins que son mari, d'autres la voyaient surtout comme une intrigante.

Personne, cela dit, ne pouvait nier qu'elle faisait plus jeune que son âge, un constat dont elle était extrêmement fière. Elle consacrait beaucoup de temps et d'efforts – sans parler de l'argent d'Eldridge – à tenter de limiter les ravages des ans sur son visage.

Certaines rumeurs prétendaient que pour s'assurer une apparence juvénile, elle entretenait une liaison avec un jeune amant. Cela dit, dans ce domaine, rien n'avait jamais été prouvé.

Quant à Zane, qui la voyait telle qu'elle était, il connaissait bien ses défauts. Voilà pourquoi il savait que c'était la vanité de sa mère, et non un amant, qui la poussait à se donner tant de mal pour tirer le meilleur parti de ce que la nature lui avait donné.

Il était bien conscient du fait que Whitney Colton était une femme superficielle mais elle lui avait donné la vie et, à sa manière, elle avait pris soin de sa sœur et de lui, autrefois. Il ne pouvait donc pas la détester.

Il lui arrivait même, à l'occasion, de se surprendre à éprouver une certaine tendresse pour elle.

Mais il ne se leurrait pas sur sa personnalité. Pour une femme apparemment simple, son processus de pensée était plutôt complexe. Par exemple, si elle protégeait farouchement le nom des Colton, elle ne voyait pas l'intérêt de défendre un membre du clan, quel qu'il soit.

De plus, si elle prétendait adorer son mari, elle ne nourrissait aucune affection pour les deux enfants d'Eldridge, Fowler et Alanna, nés de l'union de celui-ci avec sa première épouse, Darla. Et elle en avait encore moins pour Piper, la fille qu'il l'avait forcée à adopter.

Quel que soit l'amour maternel qu'elle avait à offrir, Whitney le réservait aux seuls enfants qu'elle avait portés et elle ne le leur accordait qu'avec parcimonie. Elle régnait sur la tribu comme une reine. Une reine qui avait réussi à se faire une place dans un royaume et qui avait l'intention de s'y accrocher, coûte que coûte.

Au cours des six dernières semaines, Zane l'avait souvent vue friser l'hystérie alors qu'elle guettait le retour de son mari. Mais il ne parvenait pas à décider si elle était vraiment inquiète ou si elle jouait la comédie pour écarter les soupçons.

Après sa visite décevante à Meyer, il décida d'aller informer sa mère qu'il allait lui présenter sa jeune épouse au dîner, ce soir-là. Il aurait pu lui en parler par téléphone mais il voulait lui donner la possibilité de jouer l'une des grandes scènes théâtrales dont elle avait le secret... dans l'espoir de l'épargner à Mirabella.

Il avait délibérément « oublié » de parler à cette dernière du saut impromptu qu'il faisait au manoir. Se rendre là-bas pour s'expliquer avec Whitney l'ennuyait déjà beaucoup. Il ne voulait pas avoir en plus à se justifier.

Lorsqu'il arriva, il traversa le hall d'entrée, qui ressemblait à une salle de bal, pour gagner le salon. Il y trouva sa mère faisant les cent pas, sa robe de chambre de créateur coulant derrière elle comme une tenue royale. Elle semblait très agitée.

Quand elle le vit entrer dans la pièce, elle s'arrêta net.

— Que fais-tu à la maison à cette heure-ci ? demanda-t-elle d'une voix anxieuse.

— Je voulais te parler, commença-t-il.

— Je le savais ! Il a été retrouvé, balbutia Whitney.

Elle porta son poing à ses lèvres comme pour réprimer le cri qui pourrait lui échapper.

— *Tu* l'as retrouvé, précisa-t-elle.

À peine les mots avaient-ils été prononcés que Whitney s'effondra... sur l'un des deux canapés de la pièce.

Une main posée sur sa poitrine, elle poursuivit en gémissant :

— Il est mort, n'est-ce pas ? Il a été tué, tu as retrouvé son cadavre. Mon Dridgey-pooh chéri n'est plus. Oh ! pourquoi le sort s'acharne-t-il ainsi sur moi ? Pourquoi n'ai-je pas le droit d'être heureuse ?

Elle saisit le bras de Zane – elle avait une poigne remarquablement forte pour une femme aussi menue – et continua :

— Où l'as-tu découvert ? Vais-je le reconnaître ? A-t-il subi des horreurs qui l'ont défiguré ? Pourquoi ont-ils...

— Eldridge n'a pas été retrouvé, Mère, coupa Zane, élevant la voix pour interrompre ce flot de paroles.

Il se libéra de son emprise aussi doucement qu'il le put.

Elle battit des paupières comme si elle se réveillait d'un mauvais rêve.

— Tu ne l'as pas retrouvé ? finit-elle par crier avec stupéfaction. Mais alors que fais-tu au manoir à cette heure-ci ? Pourquoi n'es-tu pas au bureau en plein milieu de la journée ?

Il aurait mille fois préféré être au travail...

— Je suis venu te parler.

Une lueur suspicieuse assombrit immédiatement les yeux de Whitney.

— À quel sujet ?

Pourquoi cette défiance dans son regard ? Maintenant qu'elle savait qu'il n'avait aucune nouvelle de son beau-père à lui communiquer, que croyait-elle qu'il allait lui dire ? Il aurait vraiment voulu ne pas suspecter sa propre mère mais il n'y arrivait pas.

— J'aimerais que tu te comportes de façon exemplaire au dîner ce soir, Mère.

— Je me comporte toujours de façon exemplaire, répliqua-t-elle d'un ton hautain, manifestement insultée par ses insinuations.

— Encore plus que d'habitude, alors, précisa-t-il en sachant de quoi elle était capable.

Whitney pouvait se montrer odieuse et anéantir quelqu'un avec des remarques d'une indicible méchanceté. Il l'avait souvent vue à l'œuvre.

Elle plissa les yeux et les posa sur son fils aîné.

— Qu'es-tu venu me dire, Zane ?

Il n'y avait pas d'autre moyen de lui annoncer la nouvelle que de l'asséner sans tourner autour du pot. S'il s'était contenté de débarquer au dîner avec Mirabella à son bras, sa mère n'en aurait fait qu'une bouchée. Sans parler du reste du clan. Autant la jeter aux lions. Voilà pourquoi il voulait en parler avec sa mère pour désamorcer sa hargne avant qu'elle ne se répande.

Whitney adorait impressionner ses semblables, leur montrer qu'elle avait le pouvoir et que les autres devaient se soumettre à son autorité. Il n'était pas question que Mirabella en fasse les frais.

Pour éviter le pire, il devait informer sa mère la première avant de l'apprendre aux autres pour qu'elle se sente importante.

Il prit une profonde inspiration, croisa mentalement les doigts et lança :

— Je me suis marié hier.

— Tu as fait quoi ?

Elle pâlit un instant mais très vite, elle se ressaisit.

— Ce n'est pas le moment de faire de l'humour, Zane. Je ne suis pas d'humeur. Ton beau-père a été enlevé, ajouta-t-elle d'un ton tragique comme s'il l'ignorait.

— Ce n'est pas une blague, Mère. Mirabella et moi avons pris l'avion hier pour convoler en justes noces à Las Vegas...

— Mirabella ? répéta-t-elle avec dédain comme si elle prononçait le nom d'un insecte.

— Mirabella, oui, dit-il en serrant les poings, blessé pour elle.

La façon qu'avait sa mère de rabaisser en permanence les gens était insupportable.

La colère rougit les joues parfaitement maquillées de Whitney.

— Elle t'a piégé, c'est ça ? lança-t-elle avec brusquerie. C'est une intrigante ? Je parie qu'elle s'est arrangée pour tomber enceinte afin de se faire passer la bague au doigt. J'en étais sûre, dit-elle d'un ton indigné qui ne manquait pas de sel dans sa bouche.

— Non, Mère, répliqua Zane en s'efforçant de garder une voix posée. Ne projette pas sur elle ta propre façon d'agir. Elle ne m'a pas piégé. En fait, si tu veux tout savoir, il n'a pas été simple de la convaincre de m'épouser.

— Tu as dû la convaincre ? répéta-t-elle avec incrédulité.

Pourquoi ? Quel est son problème ? Ignore-t-elle que tu es un bon parti ? Le célibataire le plus convoité du Texas ? Que cherche cette fille exactement ? voulut-elle savoir, ses soupçons engendrant manifestement d'autres soupçons.

Zane jeta un coup d'œil à sa montre. Il n'avait pas le temps.

— Tu as cinq heures devant toi pour éliminer toute réaction négative de ton cerveau, Mère. Quand j'amènerai Mirabella ici ce soir, je veux que tu l'accueilles chaleureusement, pas que tu lui fasses peur. Suis-je clair ? ajouta-t-il, les yeux rivés sur elle.

Elle se redressa comme une reine outragée dans son propre palais.

— Depuis quand me parles-tu sur ce ton, Zane ?

Il la connaissait par cœur. Elle tentait de le culpabiliser. Il refusait de s'excuser. Il n'était plus un petit garçon qui subissait son pouvoir.

— Depuis qu'il m'importe que tu te comportes bien avec la femme que je viens d'épouser.

Elle soupira d'un air dramatique et leva les yeux au ciel.

— Si c'est tellement important pour toi, Zane, c'est d'accord. Amène cette jeune personne. Je serai gentille avec elle, ajouta-t-elle d'un air résigné. Même si je la considère comme une intrigante...

— Mère !

— Désolée, je serai gentille avec la nouvelle Mme Colton, corrigea-t-elle.

Elle ne fit aucun effort pour effacer la grimace méprisante qui accompagnait ses paroles ni le dédain dans sa voix.

— Souviens-toi, avertit Zane. Je veux que tu te comportes avec elle de manière exemplaire.

Il n'y avait aucun humour dans le sourire de sa mère. Aucune affection non plus.

— Mais bien sûr.

En réprimant un soupir agacé, Zane quitta la pièce.

Peut-être devrait-il envisager de déménager. Vivre loin du clan et plus près de son travail n'aurait que des avantages…

Il s'apprêtait à quitter le manoir quand il décida de faire un petit détour par la chambre de son beau-père, la pièce où le vieil homme avait été vu pour la dernière fois.

Il savait que le shérif y était passé – et qu'il avait également fouillé les alentours, en particulier les parterres sous ses fenêtres – non pas une mais deux fois. Et à la deuxième inspection, il y avait découvert son bouton de manchette.

Mais comme justement, il ne l'avait remarqué qu'à son second passage, Zane décida que cela ne lui ferait pas de mal d'y retourner, lui aussi.

Qui sait, peut-être aurait-il de la chance.

Lorsqu'il entra dans la chambre d'Eldridge, il fut surpris d'y trouver son demi-frère, Fowler. Plus déstabilisant encore, le président de la société Colton avait quelque chose dans la main. Quelque chose qu'il était en train de glisser sous un coussin du canapé.

Dans quel but ? Et de quoi s'agissait-il ? Que manigançait donc Fowler ?

Zane lança la première hypothèse qui lui vint à l'esprit, même s'il n'arrivait pas à y croire.

— Ne me dis pas que tu es en train de planquer des indices dans cette chambre, Fowler !

Surpris, son demi-frère se retourna pour lui faire face et, dans sa précipitation, laissa tomber ce qu'il tenait.

Zane écarquilla les yeux en reconnaissant l'objet.

— C'est mon couteau de chasse ! s'exclama-t-il, stupéfait.

Il avait disparu quelques semaines auparavant. Que faisait-il ici, entre les mains de Fowler ?

Il bondit pour le ramasser avant que son frère n'en ait la possibilité.

Il l'examina avec incrédulité.

— Je pensais l'avoir perdu. Que fais-tu avec ?

— Je l'ai trouvé ici, prétendit Fowler.

Grand et imposant, l'aîné d'Eldridge Colton, âgé de trente-cinq ans, n'avait pas l'habitude de se laisser intimider.

Ni de se justifier.

En tout cas, il cherchait à tromper Zane, ce que ce dernier n'appréciait pas.

— Non, tu le cachais dans cette chambre. Dans quel but ? Pour m'incriminer ? Pourquoi essaies-tu de me piéger ?

Fowler se rembrunit.

— Je ne sais pas de quoi tu parles.

Il le savait très bien, au contraire, pensa Zane.

— C'est toi qui as enlevé Eldridge ? poursuivit-il avec colère.

— Tu perds la tête ! Pourquoi m'attaquerais-je à mon propre père ?

Zane n'avait pas encore réfléchi aux raisons qui pouvaient avoir poussé Fowler à s'en prendre à son père – et pour être honnête, il n'y croyait pas vraiment, mais quelle autre explication y avait-il à ce qu'il avait surpris ?

— Je l'ignore, reconnut-il à voix haute. En tout cas, tu essaies manifestement de diriger les soupçons sur moi.

— Tu dérailles, contra Fowler. Écoute, mon « frère », commença-t-il en mimant des guillemets avec les doigts autour du mot frère. Au cas où tu l'aurais oublié, j'ai un solide alibi. Au moment de la disparition de mon père, j'étais attablé pour le petit déjeuner avec ta mère, dit-il en ricanant. Tu t'en souviens ?

Zane détestait être traité avec dédain. Il avait passé la moitié de son enfance à se faire dominer par Fowler et il n'avait pas l'intention de passer ses années d'adulte à supporter, les bras croisés, le mépris de cette famille.

— Fais attention à toi, grommela-t-il en repoussant son demi-frère. Je pourrais être tenté de te casser la figure.

Fowler se redressa et ajusta sa cravate pour se donner l'air nonchalant.

— Fais attention à toi ou je pourrais être tenté de te virer.

C'était une menace vide de sens et ils le savaient tous les deux.

— Ton père ne te laissera pas faire, répliqua Zane.

Le sourire de Fowler devint plus glacial encore.

— Mais il n'est pas là en ce moment, n'est-ce pas ? Alors méfie-toi.

Il sortit de la pièce, son avertissement restant suspendu dans son sillage.

Zane fit courir ses doigts sur le couteau qu'il avait ramassé sur le sol en s'efforçant de contenir sa colère.

En toute honnêteté, même s'il ne l'aimait pas, il ne parvenait pas à croire que Fowler puisse être impliqué dans l'enlèvement de son père, et encore moins dans un éventuel assassinat. Mais son demi-frère voulait manifestement lui faire porter le chapeau du crime.

Pourquoi ?

Qui protégeait-il ?

Fowler était un minable au cœur froid qui ne se souciait de personne – à l'exception de Tiffany, corrigea Zane.

Tiffany Ankler était la petite amie de Fowler et faisait partie intégrante de la maisonnée depuis cinq ans. Il n'était un secret pour personne que la blonde sculpturale espérait se faire passer la bague au doigt.

Fowler avait-il tenté de le piéger pour protéger cette fille ?

Tiffany était-elle derrière l'enlèvement d'Eldridge ?

Zane secoua la tête. Loin de diminuer, la liste des suspects ne cessait de s'allonger.

Rien de tout cela n'avait de sens, et il avait vraiment besoin de retourner au bureau. Il était déjà parti depuis trop longtemps.

Peut-être devrait-il proposer à Mirabella de rester dans une chambre d'hôtel en ville au lieu de venir vivre au manoir.

Dans son esprit, l'idée d'un dîner avec sa mère devenait de plus en plus une épreuve.

Pourtant il allait devoir affronter cet épisode. Il le fallait. Mirabella était son épouse, à présent.

Pour le meilleur ou pour le pire.

Tous les frères et sœurs Colton considéraient le manoir tentaculaire de Colton Valley Ranch comme « leur maison ». Chacune des ailes qu'ils occupaient était plus grande que l'appartement entier de la plupart des gens. Les deux aînés d'Eldridge, Fowler et Alanna, vivaient dans l'aile gauche tandis que sa mère et son beau-père habitaient la maison principale. Le premier étage leur était réservé. Tous les autres, y compris lui, bénéficiaient d'une suite au deuxième étage.

Il allait amener Mirabella dans cette ménagerie. Alors qu'il retournait au bureau, il lui vint soudain à l'esprit qu'il était heureux que leur mariage soit « de complaisance ». En effet, après avoir rencontré sa famille dysfonctionnelle, Mirabella aurait certainement été tentée de demander le divorce sur-le-champ.

Et il n'aurait vraiment pas pu lui en vouloir.

Sa mère avec son côté théâtral et la plupart de ses frères et sœurs étaient insupportables.

C'était une chance pour lui que Mirabella et lui – malgré l'indéniable alchimie qui s'était établie entre eux la nuit dernière – se soient mariés pour des raisons qui n'avaient rien de sentimental. Sinon, s'ils avaient eu des sentiments réels l'un pour l'autre, il craindrait sérieusement de la perdre une fois qu'elle aurait vu les membres du clan dans leur milieu naturel.

Tu as des choses plus importantes à gérer que Mirabella, se réprimanda-t-il.

Pourtant, il ne cessait de penser à elle.

18

— Sommes-nous toujours au Texas ? s'enquit Mirabella sur le ton de la plaisanterie. Nous roulons depuis si longtemps que je finis par me demander si nous ne sommes pas passés dans un autre État.

Ils avaient quitté la ville depuis ce qui semblait une éternité. Elle n'avait jamais eu conscience auparavant que Zane habitait si loin de son lieu de travail.

— Nous arrivons.

Il franchit un portail en fer forgé qui s'ouvrit à leur approche. Les mots « Colton Valley Ranch » y étaient écrits en lettres d'or.

Il remonta alors une longue allée pavée qui menait à un manoir de deux étages, flanqué de chaque côté d'une annexe. L'ensemble semblait sorti tout droit d'un plateau de cinéma.

Depuis quatre ans qu'elle était salariée de la société, Mirabella avait entendu plusieurs descriptions de la demeure de la famille Colton mais aucune ne lui rendait justice. L'endroit lui parut si magnifique qu'elle en resta bouche bée.

— Tu vis ici ? s'exclama-t-elle d'une voix émerveillée.

— Oui, dit-il avant de lui jeter un coup d'œil. Et toi aussi, maintenant. En tout cas, tant que tu es Mme Zane Colton.

Il se gara, pas trop loin de l'imposante porte d'entrée, sauta de la voiture et vint lui ouvrir sa portière.

De son côté, elle essayait toujours d'assimiler ce qu'elle

voyait. Le manoir paraissait plus grand que la résidence dans laquelle elle avait son appartement.

Prenant la main que Zane lui offrait, elle sortit de l'habitacle et se tourna vers lui. Elle tenta de mettre ses pensées en mots.

— Il faut un plan pour ne pas se perdre à l'intérieur, non ? demanda-t-elle d'un ton ingénu.

Il lui sourit.

— Ne t'inquiète pas. Tu apprendras vite à t'y retrouver.

Elle fit un rapide calcul mental. Elle était enceinte d'un peu plus de trois mois. Ce qui signifiait que son bébé naîtrait dans six mois ou moins. Combien de temps après la naissance Zane entamerait-il la procédure de divorce ? La réponse l'amena à une conclusion évidente.

— Je doute que je reste assez longtemps dans ce manoir pour avoir le temps d'en faire le tour, dit-elle.

— Nous verrons.

Mêlant leurs doigts, il l'entraîna vers la porte d'entrée.

— Dans l'immédiat, commençons par aller dîner.

Dans sa bouche, le mot sonnait comme une punition.

— Ils vont me détester, n'est-ce pas ?

Il s'arrêta pour la regarder.

— Je ne dirais pas « détester », nuança Zane en se sentant désolé pour elle.

Elle avait déjà enduré bon nombre d'épreuves, ces derniers temps. Dans ce contexte, être en plus obligée d'affronter sa mère et d'autres membres de sa famille semblait aussi cruel qu'injuste.

— Disons plutôt que certains d'entre eux ne seront sans doute pas ravis de voir un nouveau visage à la table familiale. Ne le prends surtout pas pour toi. Ils sont incapables d'éprouver des émotions positives face à quelqu'un qui n'est pas issu de leur petit cercle restreint. Le mieux est de les ignorer, ajouta-t-il avant de reprendre sa marche.

Mal à l'aise, elle hésita à franchir la porte d'entrée.

— Y a-t-il quelque chose à savoir avant de les rencontrer ?

— Oui, répondit-il honnêtement. Et cela remplirait un livre entier. Il est donc trop tard pour te dire quoi que ce soit maintenant.

Il lui sourit d'un air encourageant.

— Tout va bien se passer. Sois toi-même et essaye de ne pas te formaliser quand ils seront eux-mêmes, conseilla-t-il.

Loin de la rassurer, sa remarque l'inquiéta un peu plus.

— Tu ne vas pas me laisser seule avec eux, n'est-ce pas ? lui demanda-t-elle, submergée par une brusque vague de panique.

Il se surprit à rire.

— Ne t'en fais pas. Même moi, je ne suis pas aussi cruel.

— Je ne te trouve pas du tout cruel.

Elle ne cherchait pas à le flatter – cela ne servirait à rien. Elle était sincère.

S'il s'apprêtait à la contredire, Zane n'en eut pas le temps. L'immense porte d'entrée s'ouvrit et une petite femme au doux visage – la gouvernante de la famille – apparut.

— Le dîner est servi, monsieur Zane. Vous savez combien Mme Whitney déteste qu'on la fasse attendre. Mais ne vous inquiétez pas, il y a une place pour votre amie, ajouta-t-elle avec un sourire.

— Moira, voici Mirabella, ma femme, précisa-t-il en la présentant à la gouvernante.

Cette dernière parut abasourdie. Mais très vite, elle reprit ses esprits et la serra dans ses bras pour une étreinte rapide et chaleureuse.

— Bonne chance, ma chère. Vous en aurez besoin.

Elle croisa brièvement les doigts pour lui transmettre son soutien avant de s'écarter.

Zane planta un baiser sur la joue de la domestique.

— Vous êtes la meilleure.

— Ce n'est pas difficile. La concurrence n'est pas très rude dans cette maison, grommela la gouvernante.

Mais il était évident que le compliment lui avait fait plaisir.

Elle referma la porte derrière eux.

— Allez dans la salle à manger. Ils sont tous à table maintenant, à l'exception de M. Eldridge, bien sûr.

Mirabella remarqua qu'au moment où elle mentionnait le beau-père de Zane, Moira avait les yeux brillants de larmes.

Elle semble vraiment l'aimer.

Elle se pencha pour lui chuchoter à l'oreille.

— Il va revenir, dit-elle avec conviction.

Moira eut l'air surprise de la gentillesse de la nouvelle venue. Un peu perdue, ne sachant pas quoi répondre, elle se contenta de hocher la tête et de murmurer :

— Bien sûr.

— Nous ferions mieux d'entrer, conseilla Zane.

Il ne voulait pas donner à sa mère la moindre raison de se plaindre et, en effet, elle détestait qu'on la fasse attendre.

Des angoisses de dernière minute assaillirent de nouveau Mirabella alors qu'ils s'apprêtaient à pénétrer dans la salle à manger. Zane le sentit et lui reprit la main. S'il en était le premier étonné, elle éveillait en lui tous ses instincts protecteurs.

Et une bonne dose de culpabilité aussi.

Une image s'imposa soudain à son esprit. Il chercha ses yeux.

— Es-tu prête pour cette épreuve, Mirabella ?

Était-elle prête ? Non. Pour tout dire, elle se sentait au bord de la crise de nerfs. Mais elle devinait qu'il fallait l'endurer. Après tout, il s'agissait de la famille de Zane et aux yeux de la loi, elle était sa femme. Les rencontrer était une étape logique de cette comédie à laquelle elle avait accepté de participer.

De plus, une partie d'elle désirait appartenir à une famille, même provisoirement.

Même à cette famille particulière.

Ils la considéreraient sans aucun doute comme une

étrangère. Elle ne pouvait pas le leur reprocher parce qu'elle ne faisait en effet pas partie de leur cercle, de leur milieu.

Le point positif de la situation, pensa-t-elle pour se remonter le moral, était qu'au moins pour le moment, Zane était de son côté. Et mascarade ou pas, il signifiait beaucoup pour elle.

— Allons-y, dit-elle. Finissons-en.

Les mains toujours jointes, ils entrèrent ensemble dans la salle à manger.

Quand dix paires d'yeux se braquèrent sur eux, Mirabella sentit son ventre se nouer. Certains semblaient curieux, d'autres franchement hostiles à des degrés divers. Seul le mari de la gouvernante, Aaron, resta impénétrable.

— Vous êtes en retard, déclara Whitney, brisant le silence.

Elle tendit une joue badigeonnée de fond de teint à Zane pour qu'il l'embrasse.

Voilà qui était nouveau ! En général, sa mère n'appréciait pas les effusions. Il se demanda si la présence de Mirabella à son bras expliquait ce changement de comportement.

Le moment n'était pas aux petites querelles ni aux confrontations.

Pourtant, par égard pour Mirabella, il se sentit obligé de répondre. Il savait que la réflexion de sa mère ciblait secrètement la jeune femme à son bras.

— Je suis à l'heure, Mère, corrigea-t-il. Vous vous êtes mis à table en avance.

Le soupir maternel lui confirma qu'il avait raison.

Whitney examina Mirabella de la tête aux pieds.

— Tu nous présentes ta petite amie, Zane ?

Elle se moquait de lui. Elle avait eu largement le temps d'informer les autres du statut de Mirabella. Pourquoi ne l'avait-elle pas fait ?

Pour cette dernière, il joua le jeu.

— Pour tout le monde, dit-il en élevant légèrement le ton, voici Mirabella. Ma femme, ajouta-t-il après une courte pause.

— Ta quoi ? cria Marceline, stupéfaite.

Sa voix était montée de plusieurs octaves et elle regarda Zane comme si elle se sentait trahie. Tous deux avaient toujours formé une unité au sein de cette famille, depuis le jour où leur mère avait épousé Eldridge, un homme que sa sœur détestait.

Alanna, la fille aînée d'Eldridge, paraissait tout aussi choquée.

— Tu plaisantes, rétorqua-t-elle.

— Ton frère s'est marié ? protesta Tiffany en lançant un regard accusateur à Fowler.

Depuis cinq ans, elle faisait des pieds et des mains pour que Fowler la demande en mariage et il était évident qu'elle lui en voulait qu'une autre soit la nouvelle épouse à table.

Fowler l'ignora.

— C'est formidable pour toi, déclara Piper, l'air vraiment heureuse pour Zane.

Ses félicitations furent reprises par Thomas et Reid, qui tous deux se levèrent pour serrer la main de Mirabella et envoyer une bourrade dans le dos de Zane.

Fowler n'en devint que plus maussade.

— Ce n'est qu'une passade, ce mariage ne durera pas, prédit-il presque sur la défensive.

Ses mots étaient sans doute destinés à rassurer Tiffany.

Whitney fronça les sourcils.

— Asseyez-vous avant que le dîner ne refroidisse, ordonna-t-elle.

Elle attendit que Zane et l'intruse – comme elle considérait visiblement la femme que son fils avait amenée à sa table – aient pris place pour poursuivre.

Il remarqua que le plan de table avait été modifié. Lui-même était à droite de sa mère et Mirabella à sa gauche. S'ils se faisaient face, Whitney les avait sciemment séparés. Le message était très clair : elle voulait diviser pour mieux régner.

Aucune chance d'y parvenir, Mère.

Whitney se tourna vers sa nouvelle belle-fille, un sourire forcé aux lèvres.

— Bienvenue dans la famille, ma chère. Vous n'êtes pas exactement la femme que j'aurais imaginée pour Zane..., commença-t-elle.

— Tu m'as promis de te comporter de façon exemplaire, tu t'en souviens, Mère ? lui rappela-t-il laconiquement.

Il n'avait pas l'intention de rester assis en silence à la regarder réduire Mirabella en miettes.

Whitney fit la sourde oreille.

— Mais tant que mon fils vous aime, ça ira, conclut-elle avec un sourire qui aurait mieux convenu à une mère python.

— Vous travaillez pour Zane, non ? s'enquit Alanna comme si elle essayait de situer où elle avait déjà vu la nouvelle épouse de son demi-frère.

Son ton de voix visait clairement à la rabaisser.

Mirabella releva le menton.

— C'est tout à fait exact, répondit-elle avec fierté, la mettant presque au défi d'ajouter quelque chose.

Alanna tourna les yeux vers Zane.

— Voilà ce qui s'appelle ramener du travail à la maison.

Fowler ricana à la plaisanterie douteuse de sa sœur.

Zane avait de plus en plus de mal à réprimer sa colère. Il lui vint à l'esprit que le shérif considérait toutes les personnes à la table comme des suspects dans l'enlèvement et le possible meurtre de son beau-père. Et après tout, Watkins avait peut-être raison de les soupçonner. Il n'avait rien contre Reid, Thomas, Piper ou Marceline, mais les autres lui donnaient envie de mordre...

— J'ai dit à Bella que vous vous comporteriez bien avec elle mais manifestement, il vous est impossible d'être gentils ou simplement polis.

— Zane ne parle pas de nous tous, précisa Piper à Mirabella. Après un certain temps, vous ne remarquerez même plus leurs piques et leurs tentatives de vous abattre.

Elle considéra Alanna avant d'ajouter :

— Ils se sentent vite menacés.

— C'est assez. Je ne tolérerai aucune dispute à ma table, annonça Whitney comme si elle était l'incarnation de la bonté et de la bienséance.

— C'est bon à savoir, Mère, répondit Zane en la défiant d'un regard de revenir sur sa parole.

Les lèvres serrées, Whitney changea brusquement de sujet et consacra le reste du repas à ignorer sa nouvelle belle-fille, un comportement dont Mirabella lui serait éternellement reconnaissante.

Le dîner semblait s'éterniser. Quatre plats furent servis, suivis d'un assortiment de desserts. Mirabella était trop repue pour envisager d'y goûter, même le fondant au chocolat, son gâteau préféré.

Tiffany avait déjà quitté la table en prétextant qu'elle devait limiter le nombre de calories qu'elle pouvait absorber. Mirabella la soupçonnait plutôt de vouloir évacuer sa colère. Apparemment, l'annonce de Zane avait déplu à la petite amie de Fowler. Que ce dernier ne l'ait pas encore conduite à l'autel alors que son demi-frère avait sauté le pas la rendait furieuse.

Mais au moins Tiffany lui avait-elle ouvert la voie pour quitter à son tour la table familiale. Elle avait vraiment besoin de se vider la tête.

— Si vous voulez bien m'excuser, dit-elle à Whitney, qui était, après tout, son hôtesse. J'aimerais sortir prendre l'air dans le jardin.

Forcée de s'adresser à elle, Whitney toisa sa nouvelle belle-fille de ses yeux perçants.

— Vous êtes un peu pâle, ma chère, observa-t-elle froidement. Ne devriez-vous pas plutôt vous allonger ?

— Non, un peu d'air frais me fera du bien.

Elle vit Zane repousser sa chaise, s'apprêter à l'accompagner. Mais elle ne voulait pas l'éloigner de sa famille. Elle secoua donc discrètement la tête pour l'inviter à rester où il était. Dans l'immédiat, la solitude et l'air de la nuit lui suffisaient.

Mieux valait prendre les Colton à petites doses, du moins au début. Et elle se sentait proche de l'overdose.

Alors que Zane faisait quand même mine de se lever, Whitney posa sa main manucurée sur la sienne pour le retenir.

— Laisse-la tranquille, Zane. Elle a dit qu'elle allait bien.

Reportant son attention sur Mirabella, Whitney lui dit :

— Longez ce couloir jusqu'au bout. Les portes de la terrasse ouvrent sur le jardin. Prenez tout le temps dont vous avez besoin.

Cela sonnait plus comme un ordre que comme une invitation.

— Merci, répondit poliment Mirabella.

Et sur ce, elle quitta la salle à manger.

Zane croisa le regard de Thomas qui, manifestement, avait saisi à quel point il était inquiet. Tous deux n'étaient pas très proches, mais Zane savait que son demi-frère le considérait comme un allié sur ce champ de bataille qu'il appelait une famille. Il ressentait visiblement de la compassion pour ce que Zane devait traverser.

Assis à côté de lui, il se pencha pour lui dire à l'oreille :

— Peut-être a-t-elle seulement besoin de se ressaisir.

Quand Zane le regarda d'un air interrogateur, il expliqua :

— Le clan Colton est un peu lourd et il n'est pas simple de l'assimiler d'un coup. Elle nous a déjà tous rencontrés et elle n'est pas tout de suite partie en claquant la porte. Ce n'est pas rien.

Thomas avait raison. Mirabella avait survécu à cette première épreuve. C'était bon signe.

19

Vu l'immensité du manoir, Mirabella fut plutôt surprise de la facilité avec laquelle elle trouva la sortie.

Comme une prisonnière qui réussit à s'évader, elle ouvrit les portes-fenêtres, les referma avec soin et se glissa dehors. Elle prit une profonde inspiration et laissa l'air frais l'emplir délicieusement.

Après les échanges qu'elle venait de subir, le silence lui semblait merveilleux.

La nuit était tombée et elle ne voyait pas grand-chose alentour. En tout cas, elle avait l'impression que la propriété des Colton était immense et que les champs s'étendaient à l'infini.

Petit à petit, le silence laissa place aux bruits de la nature. Le gémissement du vent, le bruissement des feuilles dans les arbres, le hululement d'un hibou, le chant des grillons. Puis elle prit conscience d'un son discordant, incongru, en pleine campagne. Elle finit par comprendre qu'elle entendait quelqu'un parler.

Tiffany. La petite amie de Fowler conversait avec quelqu'un. Mirabella regarda autour d'elle mais ne la vit pas. Tiffany se trouvait de l'autre côté de la haie et, apparemment, elle était sur son smartphone.

Et elle n'avait pas remarqué sa présence.

Un bref instant, Mirabella hésita à se manifester. Certes,

Tiffany avait été plutôt grossière avec elle au dîner – pour ne pas dire odieuse – ; ce n'était pas une raison, cependant, pour qu'elle écoute sa conversation.

Mais avant qu'elle ne puisse décider de la conduite à tenir, Tiffany, se croyant seule, commença à se plaindre auprès de la personne avec qui elle était au téléphone.

— J'en ai vraiment marre de ces dîners en famille que la sorcière ne cesse d'organiser. Elle oblige toute la tribu à y assister, uniquement pour montrer l'étendue de son pouvoir. Ils sont tous assis là à faire semblant d'être contents, alors qu'ils se détestent. Et elle préside la tablée comme une reine. Et dire que j'ai fait tous les efforts, que je me suis pliée à leurs coutumes sans protester, sans jamais me plaindre. Et avec le sourire, en prime. Et tout ça pour quoi ? Au bout du compte, je ne suis même pas fiancée. Fowler ne m'a toujours pas demandé ma main. Et voilà que son demi-frère, Zane, a ramené une inconnue à dîner et a annoncé à tout le monde qu'il l'avait épousée. Tu crois ça ? Quelle injustice ! cria-t-elle avec colère. Je rame depuis des années alors que cette fille n'a rien eu à faire pour se faire passer la bague au doigt.

D'une voix presque désespérée, Tiffany continuait :

— Quand son père a disparu, j'étais certaine que Fowler allait me proposer le mariage. Il était bouleversé et j'étais là pour lui, je me suis montrée gentille, attentionnée et tout. J'espérais qu'il allait enfin s'apercevoir qu'il avait besoin de moi. Quelle naïveté ! Il estime sans doute que tout lui est dû et pendant ce temps-là, moi, j'attends toujours !

Mirabella l'entendit soupirer avec bruit.

— Je l'aime, bien sûr, poursuivit-elle. Je l'aime vraiment mais il finira par me rendre folle. Je vais devoir passer la vitesse supérieure parce que tout ce que j'ai essayé jusqu'à présent a échoué. Il est sans doute temps de lui mettre davantage de pression. Je ne vais pas passer ma vie à attendre qu'il daigne m'épouser. S'il ne me glisse pas très vite la bague au doigt, il le regrettera, ajouta-t-elle avec véhémence. Je vais trouver quelque chose, je te le promets.

Stupéfiée par ce qu'elle venait d'entendre, Mirabella restait pétrifiée.

Tiffany continuait de passer ses nerfs au téléphone mais à présent, sa hargne se déversait contre Whitney et la robe qu'elle portait au dîner.

Mirabella cessa d'écouter.

Qu'est-ce que Tiffany voulait dire exactement par « tout ce qu'elle avait essayé jusqu'à présent » ? Qu'avait-elle essayé ? Et comment prévoyait-elle de « mettre davantage de pression » sur Fowler ?

Avait-elle organisé l'enlèvement d'Eldridge pour forcer Fowler à l'épouser ?

L'hypothèse semblait insensée mais la colère et la frustration de Tiffany étaient telles que tout était imaginable.

Il fallait qu'elle en parle à Zane. Mais elle devrait pour cela avouer qu'elle avait écouté aux portes. Il n'apprécierait sans doute pas que sa femme ait fait preuve d'indiscrétion ; pourtant, dans le cas présent, le plus important était qu'il soit au courant. Le moindre indice, y compris le plus insignifiant, concernant la disparition de son père pourrait être déterminant pour la suite de l'enquête.

Estimant avoir eu plus qu'assez « d'air frais », elle rouvrit les portes-fenêtres et rentra dans la maison.

Dans l'obscurité, elle ne vit pas Zane qui venait vers elle et le heurta si fort qu'elle faillit s'étaler par terre.

Il la rattrapa à temps et réussit à la stabiliser.

— Ça va ? demanda-t-il.

Quand elle hocha la tête, il la lâcha. Un bras sur ses épaules, il l'entraîna vers l'intérieur du manoir.

— Je venais te chercher, dit-il.

Pensant qu'il avait l'intention de la ramener dans la salle à manger, elle s'immobilisa. Elle tenait à lui parler de la conversation qu'elle avait surprise mais elle ne voulait pas risquer d'être entendue à son tour.

Comme elle ne bougeait pas, il l'observa d'un air interrogateur.

— Quelque chose ne va pas ? demanda-t-il en remarquant l'inquiétude peinte sur son visage.

Au lieu de répondre, elle chuchota :

— Où est ta chambre ?

Elle était à peu près certaine qu'ils ne seraient pas entendus là-bas, à moins que quelqu'un n'y ait installé des micros.

— C'est plutôt une suite, corrigea Zane. Et elle se trouve au deuxième étage. Pourquoi ? ajouta-t-il en scrutant son regard. Que se passe-t-il ?

Elle lui prit la main et la tira.

— Conduis-moi là-bas, insista-t-elle.

Un petit rire complice s'échappa de ses lèvres. Il pensait avoir compris le problème.

— Tu en as assez de ma famille, c'est ça ? Je comprends. On arrive vite à saturation avec eux.

— Oui.

Le mot jaillit spontanément des lèvres de Mirabella mais très vite, elle se reprocha d'avoir l'air de critiquer sa famille.

Elle ferma les yeux et s'efforça de se recentrer.

— Ce n'est pas ce que je voulais dire.

Zane hocha la tête, comme s'il cherchait à deviner le fond de sa pensée.

— Allez ! dis-moi tout, je donne ma langue au chat.

Il la taquinait et il avait tort, à en juger par la gravité de son expression, mais elle lui semblait adorable.

Il sentit une myriade d'émotions l'agiter, des émotions un peu décalées. Il n'aurait peut-être pas dû boire de vin au dîner...

Cela dit, il lui fallait plus qu'un verre pour brouiller sa pensée. Il tenait bien l'alcool.

Il reporta son attention sur elle.

— De quoi s'agit-il, Bella ?

— Conduis-moi simplement dans ta chambre, répéta-t-elle.

Peut-être réfléchissait-il trop. Peut-être voulait-elle simplement être seule avec lui.

Sans tergiverser davantage, il l'entraîna vers le grand escalier.

— Voilà, dit-il quelques instants plus tard en refermant la porte derrière eux. Nous y sommes. Alors qu'y a-t-il ?

Sa chambre à coucher était plus grande que tout son appartement, pensa-t-elle en regardant autour d'elle.

Avec une profonde inspiration, elle se lança.

— Quand je suis sortie pour prendre l'air, je pensais être seule mais ce n'était pas le cas, commença-t-elle.

Devant son expression bouleversée, Zane se méprit sur le sens de ses mots.

— L'un des employés du ranch t'a importunée ? demanda-t-il avec colère. De qui s'agissait-il ? Pourrais-tu me le décrire ?

Une indicible fureur l'habitait à un niveau qu'il n'avait jamais connu auparavant en imaginant qu'un autre que lui se soit permis de poser les mains sur elle.

Elle secoua la tête avec véhémence.

— Non...

Il ne la laissa pas finir.

— Alors il est venu par-derrière ?

— Non, non, il ne s'agit pas d'un employé du ranch. Je n'étais pas seule parce que j'ai entendu sans le vouloir la petite amie de Fowler, Tiffany, parler à quelqu'un sur son téléphone portable.

Soulagé et en même temps agacé par la tournure de ses propres pensées, il lança :

— La petite amie de Fowler est bête comme ses pieds et toujours scotchée à son smartphone.

— Je ne suis pas sûre qu'elle soit si bête, répliqua-t-elle.

Il fronça les sourcils d'un air perplexe.

— Pourquoi ?

Mirabella prit une profonde inspiration et s'efforça de mettre de l'ordre dans ses idées. Le sujet était sérieux et elle ne voulait pas que Zane s'impatiente et cesse de l'écouter.

— J'ai entendu Tiffany expliquer à son correspondant que lorsque ton beau-père avait été enlevé, elle était certaine que Fowler la demanderait en mariage. Ton frère était alors profondément déstabilisé.

Zane ne voyait pas où elle voulait en venir mais il hocha la tête en attendant la suite.

— D'accord. Et alors ?

En comprenant que tout cela n'était que pure spéculation de sa part, elle eut du mal à poursuivre.

— Tiffany a peut-être quelque chose à voir avec son enlèvement.

Une expression qu'elle ne parvint pas à décrypter passa sur le visage de Zane. Mais elle continua :

— Peut-être a-t-elle essayé de forcer la main à ton frère avec cette histoire. Elle se doutait que Fowler serait bouleversé par la disparition de son père.

— Nous le sommes tous, lui rappela Zane.

Du moins en avait-il eu l'impression. Pourtant, elle avait peut-être mis le doigt sur quelque chose. Il nourrissait, lui aussi, de nombreux soupçons vis-à-vis de certains membres du clan.

— Oui, je sais, dit-elle pour ne pas avoir l'air d'insulter sa famille. Bien sûr, vous l'êtes tous. Je ne voulais pas insinuer le contraire. Mais j'ai vraiment eu l'impression que Tiffany avait tellement envie que Fowler lui passe la bague au doigt qu'elle était prête à tout pour l'y contraindre. Pour elle, manifestement, la fin justifie les moyens.

Elle s'interrompit et serra les lèvres.

Peut-être allait-elle trop loin, peut-être se rendait-elle elle-même coupable de calomnies.

— Je suis désolée, je ne veux pas avoir l'air d'accuser ta famille...

— Tiffany ne fait pas partie de ma famille, lui rappela-t-il.

Et puis il se souvint d'un événement récent et s'interrompit pour y réfléchir.

— Et maintenant que tu en parles, ça explique peut-être certaines choses.

— Comme quoi ? demanda-t-elle, incapable de s'en empêcher.

Bien sûr, sans doute avait-elle tort de s'en mêler. Après tout, elle non plus ne faisait pas vraiment partie du clan. Elle avait voulu donner à Zane l'information qu'elle avait entendue par inadvertance, espérant ainsi être utile mais...

— J'ai surpris Fowler dans la chambre d'Eldridge, cet après-midi, lui dit-il.

Mirabella écarquilla les yeux et, pendant une fraction de seconde, il se surprit à vouloir tout autre chose que lui parler.

Il s'obligea à se recentrer.

— Fowler essayait de dissimuler quelque chose qui m'appartient dans la chambre d'Eldridge.

Un tel comportement était si étranger à son propre code de conduite que Mirabella avait du mal à comprendre.

— Tu veux dire comme avec le bouton de manchette ?

Était-il en train d'insinuer que son demi-frère avait tenté de le piéger ? L'idée semblait trop odieuse pour être envisagée et pourtant...

Zane hocha la tête d'un air sombre.

— Oui mais en plus grave. Il y cachait mon couteau.

Mirabella eut l'impression qu'elle manquait d'air tout à coup.

— Ce que tu viens de me raconter explique sûrement son comportement, poursuivit-il. Sans doute tentait-il ainsi d'écarter les soupçons de Tiffany. Comme toi, il la suspecte sans doute de ne pas être étrangère à l'enlèvement de mon père.

— S'il le pense vraiment, inutile de se demander pourquoi il ne lui a toujours pas passé la bague au doigt.

Se marier avec une meurtrière ne faisait rêver personne.

— Fowler devrait peut-être faire part de ses soupçons au shérif, dit-elle.

— Mais s'il se trompe, elle ne lui pardonnera jamais, souligna Zane.

— De toute façon, elle ne semblait pas d'humeur à lui pardonner quoi que ce soit. Visiblement elle était très en colère contre lui. Et pour tout dire, je comprends qu'il n'ait pas envie de se la mettre à dos, ajouta Mirabella en riant.

Zane se souvint alors de la raison pour laquelle il était sorti de table et parti à sa recherche.

— À ce sujet, dit-il, je voudrais te présenter mes excuses pour le comportement de ma mère, ce soir. Et pas que le sien, d'ailleurs. Celui de Fowler, Marceline et Alanna aussi. Ils ont tous été odieux avec toi.

Peut-être aurait-il dû mieux la préparer à ce qui l'attendait. Ou ne pas l'amener à ce dîner du tout et se contenter de se glisser discrètement dans la maison avec elle. Sa mère en aurait été indignée mais, au fond, il se moquait de sa réaction. Elle avait toujours su se défendre et prendre soin d'elle-même – et continuerait à le faire.

Mirabella, elle, avait besoin d'être protégée.

— Je suppose que tu as eu l'impression d'assister à une bataille de gladiateurs plutôt qu'à un dîner familial, poursuivit-il. Je crains que ma famille ne donne une illustration parfaite du mot « dysfonctionnelle ».

Mirabella ne voulait pas qu'il se sente coupable à cause d'elle. Après tout, les Colton étaient sa famille et elle s'en accommoderait aussi longtemps qu'elle aurait à les supporter. Il l'avait épousée pour donner un nom à son bébé et elle lui était infiniment redevable.

— Ils sont un peu bruts de décoffrage, c'est sûr, admit-elle, mais ça aurait pu être pire.

Il la dévisagea avec incrédulité.

— Comment auraient-ils pu être pires qu'ils ne l'ont été ?

— Donne-moi un petit moment, répondit-elle avec une grimace. Il faut que je cherche.

Zane éclata de rire et, sans réfléchir, l'attira à lui et la serra dans ses bras.

— Tu es vraiment adorable, Bella, dit-il avec sincérité.

Elle leva les yeux vers lui en essayant de ne pas prêter attention à l'affolement que déclenchait son étreinte.

Elle lui offrit un petit sourire et il approcha ses lèvres des siennes.

Il avait pensé à elle toute la journée. Lui revenaient des flashs de la nuit dernière, du tour surprenant qu'avait pris la soirée.. Il se remémorait en détail la nuit qu'il avait passée avec elle, sa découverte d'une Mirabella bien différente de celle à laquelle il était habitué et qu'il croyait connaître.

Il s'était aperçu qu'il ne la connaissait pas.

Il avait découvert une inconnue, une femme hors normes, fantastique.

Et en une seule nuit, Mirabella l'avait fait entrer dans un nouveau monde.

20

Près de trois semaines s'étaient écoulées depuis que Zane avait présenté Mirabella à sa famille autour de la table de la salle à manger.

Depuis, rien n'allait comme il l'avait espéré.

Loin de là.

Malgré les efforts conjugués de Meyer et de son équipe informatique, l'auteur des mails malveillants comme celui du faux compte bancaire au nom de Mirabella n'avaient toujours pas été identifiés. Seul petit succès à mettre à leur actif : les virements émanant du compte bancaire d'Eldridge vers de mystérieux bénéficiaires avaient été stoppés.

De même, malgré les investigations du bureau du shérif, sans parler de ses propres recherches, il n'était pas plus près de découvrir qui avait enlevé son beau-père que le jour où Moira avait poussé un cri horrifié en entrant dans sa chambre et en constatant sa disparition.

Il continuait de soupçonner certains membres de sa propre famille, tantôt l'un, tantôt l'autre, incapable d'exclure les Colton de sa liste.

Les seuls qu'il ne suspectait pas étaient Piper, Reid et Thomas. Aucun d'eux trois ne nourrissait de rancune secrète contre Eldridge, aucun d'eux n'avait quoi que ce soit à gagner à sa mort. Et à sa connaissance, son beau-père n'éprouvait aucune animosité envers l'un d'eux.

Eldridge avait joué un rôle déterminant dans l'adoption de Piper lorsqu'elle s'était retrouvée orpheline à l'âge de sept ans. Il avait nommé Thomas vice-président de la société Colton, faisant de lui le numéro deux du groupe derrière Fowler. Et il avait donné sa bénédiction à Reid quand ce dernier avait souhaité quitter le domaine familial pour devenir inspecteur de police à Dallas. Et si Reid n'était désormais plus dans la police, Eldridge n'avait rien à y voir.

Cependant, Zane ne parvenait pas à effacer de la liste des suspects Fowler, Alanna, Marceline, Tiffany et, dans une certaine mesure, sa propre mère. Pour découvrir la vérité, il s'efforçait de ne pas se fonder sur des inimitiés personnelles et de s'en tenir aux faits. Mais jusqu'à présent, il ne savait toujours pas si l'un d'entre eux avait été capable ou non d'enlever Eldridge ou, pire, de l'assassiner.

Enfin, dans un tout autre domaine, il ne réussissait pas à respecter ses engagements envers Mirabella. Chaque matin, alors qu'ils se rendaient au travail, il se jurait de s'interdire de la toucher. Ils avaient conclu un mariage blanc. Ils s'étaient unis pour des raisons de complaisance. Dans ces conditions, il lui était interdit d'éprouver pour elle des sentiments ou du désir. Il devait maîtriser ses pulsions.

Mais dès que le soir tombait et qu'il se retrouvait seul avec elle, il oubliait ses résolutions. Sa faim d'elle, qu'il avait essayé d'étouffer toute la journée, remontait à la surface. Incapable de s'en empêcher, il la prenait dans ses bras en se promettant que c'était la « dernière fois ».

Il n'y arrivait jamais.

Chaque « dernière fois » ouvrait la voie à un désir encore plus fort que la nuit précédente et à davantage de passion débridée. Et voilà pourquoi, malgré sa culpabilité, il faisait chaque nuit l'amour avec Mirabella.

Il ne parvenait pas à se rassasier d'elle mais espérait toujours en vain que cette fois serait la dernière.

Ce scénario se reproduisait systématiquement depuis la première nuit qu'ils avaient passée ensemble.

Zane se réveilla tôt et au lieu de se lever comme il le faisait d'habitude, il se tourna vers Mirabella pour la regarder dormir.

La veille au soir, ils avaient fait l'amour comme des fous. Pourtant, elle avait dans le sommeil une aura d'innocence qui l'émerveillait. Et qui commençait lentement à l'exciter à nouveau.

Le désir de la toucher, de l'embrasser et de la serrer dans ses bras revenait de plus en plus puissant, de plus en plus impérieux.

Cette faim insatiable qu'elle provoquait en lui le déconcertait. Il ne l'avait encore jamais éprouvée auparavant, même quand, dans le passé, il s'était imaginé amoureux.

Amoureux.

Venue de nulle part, cette prise de conscience soudaine le frappa comme un coup de massue.

Il comprit pourquoi il était incapable de se maîtriser. Il était tombé amoureux de sa femme – et c'était ennuyeux, très ennuyeux. D'abord parce que cette union n'était qu'un arrangement temporaire et pratique entre eux. Ils s'étaient mis d'accord sur ce point lorsqu'ils l'avaient conclu. Il était un homme de parole et était déterminé à tenir ses engagements, peu importe ce qu'il ressentait pour elle.

Lorsque tout serait terminé – à la naissance du bébé –, leur arrangement, sans parler de leur vie commune, se terminerait.

Il avait besoin de recouvrer ses esprits et pour commencer, de prendre une certaine distance avec Mirabella.

Il se glissa donc hors du lit, aussi silencieusement que possible, rassembla ses vêtements et les emporta dans la salle de bains pour s'habiller sans bruit. Il ne voulait pas risquer de la réveiller. Parce que si elle lui demandait où il allait, il ne voulait pas être obligé de lui répondre : « Loin de toi », même si c'était la vérité.

En moins de temps qu'il ne faut pour le dire, il sortit de la suite.

Il n'avait pas de raison de se rendre au travail le samedi. Voilà pourquoi la tentation de passer la matinée au lit, avec Mirabella, aurait été trop forte pour lui. Il aurait fini par y céder. S'il n'y prêtait pas garde, faire l'amour avec elle en journée deviendrait vite une habitude qu'il attendrait avec impatience. Et qu'il adorerait.

Ce qui ne ferait qu'empirer la situation.

Il lui fallait se calmer, s'interdire tout contact physique avec elle. Ce serait une première étape.

Ne voulant croiser personne – il n'avait aucune envie de faire la conversation à quiconque –, il décida d'aller faire un tour dans le domaine. Avant que la vie ne devienne si compliquée, il allait souvent s'y balader à cheval pour se vider la tête.

Il se dirigea vers les écuries.

Il fut surpris de trouver la porte légèrement entrouverte.

Tout en se demandant si quelqu'un d'autre avait eu la même idée que lui, il entra sans bruit. Il veilla à laisser la porte telle qu'il l'avait trouvée. Comme tout le monde ou presque était encore suspect à ses yeux, il préférait identifier la personne qui l'avait précédé dans les écuries avant de manifester sa présence.

Il eut la réponse à sa question en voyant Marceline dans l'une des stalles du fond. Dos à la porte, elle chuchotait, sans doute à sa jument, Queenie, qu'elle montait régulièrement.

Des souvenirs de leur enfance, à l'époque où ils savaient pouvoir compter l'un sur l'autre pour se réconforter mutuellement, remontèrent à sa mémoire et il s'adoucit. Peut-être pourraient-ils sortir faire un tour ensemble, comme au bon vieux temps, pensa-t-il.

Il s'apprêtait à l'appeler quand il prit soudain conscience que sa sœur ne parlait pas à son cheval. Elle s'adressait à un homme.

Zane fronça les sourcils. Comme ils murmuraient, il ne pouvait pas s'approcher sans se trahir. En revanche, à la vue de ses bottes de travail, il comprit que Marceline parlait à l'un des employés du ranch.

Pendant un instant, cette rencontre secrète lui fit penser que Marceline – qui détestait Eldridge et ne s'en cachait pas – complotait peut-être avec ce type sur la façon dont ils allaient se débarrasser de son cadavre. Mais très vite, il se ressaisit. Sa sœur n'avait rien d'une tueuse.

Mais alors que faisait-elle si tôt dans les écuries avec l'un des hommes du ranch ?

Avait-il surpris un rendez-vous galant ? À cette heure, personne ne penserait à venir la chercher ici. Et faire l'amour dans le foin avec le risque d'être surpris en pleine action pouvait être excitant. Marceline était capable de tels moments de folie, il le savait.

Mais là encore, le bon sens reprit vite ses droits et balaya son hypothèse. Il aimait sa sœur mais devenir une Colton l'avait transformée, il en était conscient. Pour rien au monde, elle n'aurait pris le risque de se retrouver dans une position compromettante avec un employé du ranch.

Sans doute lui demandait-elle simplement de lui seller sa jument. Ou peut-être lui reprochait-elle la prétendue saleté du box. Elle adorait abuser de sa position dominante pour humilier le personnel.

Il recula dans l'ombre avant qu'elle ne regarde dans sa direction et ne découvre sa présence.

Maintenant qu'il y réfléchissait, il se souvenait d'avoir souvent vu Marceline sortir des écuries, ces derniers temps. Toujours de très bonne heure, toujours avec un petit sourire satisfait sur les lèvres. Était-ce parce qu'elle aimait pourrir la vie de cet employé du ranch ?

À moins qu'elle n'ait une autre raison de se rendre ici...

S'il se montrait pour lui demander ce qu'elle faisait là, il savait comment elle réagirait. Elle l'accuserait de la harceler, lui ferait une scène, et leur échange ne le mènerait nulle part. Il décida donc de s'abstenir de révéler sa présence.

Mais la scène qu'il avait surprise continuait à l'intriguer et ne contribuait pas à dissiper ses soupçons.

Il se promit de garder un œil sur sa sœur, au cas où il se passerait quelque chose dans ces écuries.

Il s'était fait la même promesse en ce qui concernait les autres suspects de sa famille. Soupçonner tout le monde finissait par devenir compliqué...

Préoccupé par deux domaines qui lui tenaient à cœur mais dans lesquels il pataugeait, Zane n'était pas de bonne humeur. Il se rendait compte qu'il avait de plus en plus de mal à cohabiter et même simplement à échanger avec certains des membres les moins sympathiques du clan Colton.

Ce soir-là, longtemps après le dîner, alors qu'il se rendait dans la bibliothèque d'Eldridge pour y chercher un livre, il eut la surprise de tomber sur Fowler.

Son demi-frère le regarda avec un sourire condescendant.

— Alors, dis-moi, Zane, comment ça se passe au lit avec la poupée que tu as épousée ? C'est une énorme déception ou ta dulcinée, derrière son côté sage et coincé, cache une libido de folie ?

Zane décida de l'ignorer purement et simplement et passa devant lui sans répondre. Mais depuis l'enfance, Fowler adorait le pousser à bout.

Du plat de la main, il le frappa à l'épaule et lança avec colère :

— Hé, je te parle ! Ne fais pas semblant de ne pas m'avoir entendu.

Presque par réflexe, Zane bloqua le coup et riposta. Surpris, Fowler trébucha en arrière.

— Je savais qu'il valait mieux que je fasse semblant, dit Zane, sinon j'allais finir par te frapper.

Et sans lui laisser la possibilité de répliquer, il lui balança son poing en pleine mâchoire. Fowler s'agrippa aux étagères derrière lui pour ne pas tomber.

— Maintenant, dégage, prévint Zane. Sinon je lâche le shérif sur ta copine.

Fowler releva brusquement la tête et riva les yeux sur son demi-frère. Il prit soin de garder ses distances et de rester hors de sa portée.

— Qu'est-ce que tu racontes, Zane ?

— Tu crois que j'ignore pour quelle raison tu as planté mon bouton de manchette sous la fenêtre de ton père ? Ou pourquoi tu essayais de placer mon couteau de chasse dans sa chambre, l'autre jour ? Tu tentes de convaincre le shérif que je suis mêlé à l'enlèvement de ton père dans l'espoir de le détourner de ta petite amie. Manifestement, elle ne se contente pas de vouloir mettre le grappin sur un Colton pour s'enrichir à peu de frais.

— Tu es fou !

— Ben voyons ! répliqua Zane.

Cela lui fit du bien de voir enfler la nervosité de Fowler au fur et à mesure que lui-même se calmait.

— Avoue que tu y as pensé. Que tu sais que Tiffany est capable d'avoir enlevé ton père, voire de l'avoir tué, uniquement pour se faire passer la bague au doigt.

De fureur, Fowler devint rouge vif.

— Tu dis n'importe quoi, protesta-t-il avec véhémence. Tiffany ne ferait rien de tel.

— Et toi alors ? Serais-tu...

— Tu es fou à lier ! cria Fowler en lui coupant la parole.

Il pointa à son tour un doigt accusateur sur Zane.

— Peut-être est-ce toi qui l'as enlevé, peut-être même

l'as-tu tué, et maintenant tu essaies de faire porter le chapeau à quelqu'un d'autre.

Zane savait qu'il n'était pour rien dans la disparition de son beau-père. Mais vu son état d'agitation, accuser Fowler ou soupçonner sa petite amie était peut-être exagéré.

Aussi décida-t-il, au moins pour le moment, de laisser tomber l'affaire. Balancer des accusations à la tête de Fowler et recevoir en échange des tombereaux d'insultes ne résoudrait rien et ne l'amènerait pas à progresser dans l'enquête. Au contraire, ce petit jeu finirait sans doute par devenir contre-productif.

Ce n'était pas la première fois que Zane regrettait que sa mère ait épousé Eldridge Colton. En se mariant à cet homme, elle avait uni son destin ainsi que celui de ses deux enfants à ces personnes déséquilibrées et insupportables qu'étaient son demi-frère et sa demi-sœur.

Oubliant le livre qu'il était venu chercher, il sentit qu'il n'avait d'autre choix que de rejoindre sa suite... et Mirabella.

Il avait attendu en espérant qu'elle serait endormie lorsqu'il monterait à l'étage mais à ce stade, il ne voulait pas risquer de tomber sur quelqu'un d'autre.

Il avait seulement envie de se reposer et d'oublier que son nom de famille était légalement Colton.

Parvenu devant sa suite, il jeta un coup d'œil à sa montre. Il était presque minuit. Mirabella devait dormir.

Quand il entra, il la découvrit effectivement au lit. Elle semblait assoupie. Mais les apparences pouvaient être trompeuses.

— Hello, murmura-t-elle alors qu'il se déshabillait. Je finissais par me demander si tu avais décidé de retourner au bureau au lieu de venir te coucher.

Tout en réprimant un soupir, Zane enleva sa chemise et s'assit au bord de leur lit.

— Non, j'ai voulu aller prendre un livre dans la bibliothèque d'Eldridge.

— Tu ne l'as pas trouvé ?

Il passa la main dans ses cheveux.

— J'ai trouvé Fowler à la place, lui dit-il.

— Et ?

— Et j'aurais dû monter directement dans ma chambre au lieu de chercher le livre. *Notre* chambre, corrigea-t-il en prenant conscience de son erreur.

Il la regarda en se demandant s'il l'avait blessée.

Mirabella ne voulait pas qu'il se sente coupable d'oublis aussi insignifiants. Depuis trois semaines, depuis qu'elle vivait au manoir, elle avait fini par s'endurcir. Elle ne voyait plus un sens caché derrière chaque phrase, ni un piège derrière chaque regard.

Leur vie conjugale n'était qu'un intermède dans son existence, elle le savait, mais elle était décidée à en profiter au maximum et à se nourrir des lambeaux de bonheur qu'il lui offrait. Elle aimait être avec Zane et avait l'intention de savourer ces moments aussi longtemps qu'ils dureraient.

— En tout cas, tu es ici, maintenant, dit-elle pour souligner le bon côté de la situation.

C'était typique de Mirabella, se dit-il. Elle voyait toujours le côté positif des choses. Une qualité qu'il aimait particulièrement chez elle.

— Pourquoi ne viendrais-tu pas te coucher et te reposer ? suggéra-t-elle. Une longue journée t'attend demain.

Il la regarda. Il savait que s'il se mettait au lit, ce ne serait pas le repos qu'il viendrait y chercher. Ce serait de l'apaisement.

Mirabella le réconfortait comme personne.

Il commençait à se demander pourquoi il luttait contre ce qu'elle lui apportait - et contre lui-même - avec tant d'obstination. S'il sentait vaguement qu'il ne méritait pas ce bonheur, eh bien il se le reprocherait une autre fois.

En ce moment, il était fatigué de résister.

Il la désirait.
— Cela me paraît une très bonne idée.
Il acheva de se déshabiller et se mit au lit.
Et trouva la paix qui lui avait échappé toute la journée.

21

— Pourquoi n'a-t-il toujours pas été retrouvé ? gémit Whitney en regardant tour à tour Zane et sa jeune épouse, une femme qu'elle commençait à peine à tolérer. Où est mon Dridgey-pooh chéri ? cria-t-elle d'une voix tragique.

Parce qu'il se sentait quelque part désolé pour elle et un peu tenu par leurs liens filiaux, Zane avait décidé qu'ils dîneraient au manoir ce soir plutôt que dans un restaurant de Dallas.

Ils n'étaient que trois à table, Mirabella, sa mère et lui. Les autres avaient tous eu une bonne excuse pour ne pas être là.

Whitney était furieuse parce que, comme ses prédécesseurs, le dernier détective privé qu'elle avait embauché avait fait chou blanc. Exaspérée, elle l'avait congédié sur-le-champ.

Contrariée, elle avait à peine touché à son assiette. Elle tourna des yeux larmoyants vers Zane.

— Je ne comprends pas, poursuivit-elle. Comment un homme peut-il disparaître comme ça ?

Aucune explication logique ne la satisferait, il le savait.

— Il reviendra, Mère. Ce n'est qu'une question de temps.

— Tu le crois vraiment ? dit-elle en s'accrochant à l'espoir que les mots de son fils faisaient naître en elle.

Avec un soupir, elle cessa un instant de se tamponner les yeux de son mouchoir. Elle affichait à la perfection le visage de l'épouse éplorée et rongée d'inquiétude.

Presque trop, pensa Zane.

— Je le sais, assura-t-il avec patience.

— Tu penses vraiment que ton beau-père va réapparaître comme ça, un beau matin ? lui demanda Mirabella une demi-heure plus tard alors qu'ils montaient l'escalier après avoir laissé Whitney au salon avec un verre de cognac.

— Je n'en sais rien. Je lui ai dit ce qu'elle avait besoin d'entendre.

Aux yeux du monde extérieur, il arborait toujours un air réservé et distant mais au fond de son cœur, Mirabella avait toujours senti chez lui une vraie douceur et une profonde empathie.

— C'est très gentil de ta part d'essayer de la réconforter.

Il refusa ce compliment qu'il ne méritait pas.

— Oui et non. Je lui offrais peut-être aussi une corde pour se pendre.

Soutenait-il sa mère ou la soupçonnait-il ? Maintenant, elle aurait été incapable de le dire.

— Tu ne la crois pas innocente ?

Ils arrivaient devant la porte de leur suite et il se tourna vers elle. Elle semblait un peu perdue. D'ordinaire, il ne parlait jamais des siens, pas par sentiment de loyauté déplacé mais parce qu'il estimait préférable de laver son linge sale en famille. Mais Mirabella n'était pas une étrangère. Au cours des trois dernières semaines, presque à son insu, il s'était rapproché d'elle. Elle était devenue très importante pour lui.

— Whitney est ma mère mais je ne crois pas pour autant qu'elle soit au-dessus de tout soupçon. Elle en fait trop.

— Alors tu la crois coupable, conclut Mirabella en entrant dans ce qu'elle considérait comme leur refuge.

— Elle surjoue la reine blessée. Elle a toujours eu un côté théâtral. Mais très honnêtement, j'ignore si elle est vraiment inquiète pour mon père ou s'il s'agit d'une comédie destinée à écarter les soupçons. Avec elle, on ne sait jamais.

— Elle est peut-être très bonne actrice, dit Mirabella.

— Très probablement.

— Mais peut-être aime-t-elle sincèrement ton beau-père et ses envolées dramatiques sont-elles un moyen pour elle de juguler son angoisse.

Avec un petit rire amusé, Zane regarda Mirabella en secouant la tête.

— Tu vois toujours le bon côté des gens, non ? demanda-t-il, émerveillé.

Un sourire timide glissa sur ses lèvres.

— Leur côté sombre est trop déprimant.

Mirabella était trop bonne pour être vraie. Et si, jusqu'ici, il avait toujours considéré avec scepticisme les gens trop gentils, il se surprenait à croire cette femme si différente qui voyait toujours le bon côté des choses et des gens.

Pendant une fraction de seconde, il regretta de ne pas être comme elle. Mais il vivait dans un univers où la méfiance était une question de survie.

— Et le père de ton bébé ? lança-t-il brusquement. Quel est son bon côté ?

Elle n'hésita qu'un instant.

— Sans lui, je ne serais pas enceinte et tous les bébés sont des petits miracles.

— Beaucoup de gens ne partagent pas cet avis.

— Alors je les plains.

— Et s'il revenait ? continua-t-il, traversé par une idée soudaine.

Il devait la laisser tranquille. Le sujet ne le regardait pas, il n'avait pas à s'en mêler. D'ailleurs, à sa place, il n'apprécierait pas qu'elle le bombarde de questions. Mais il ne pouvait s'en empêcher.

— Et si après la naissance, il réapparaît et veut faire partie de la vie du bébé ?

— Ça n'arrivera pas, répondit-elle en évitant son regard.

— Mais si c'était le cas ? insista-t-il. Comment réagirais-tu ?

Mirabella soupira. Elle n'avait pas voulu en parler mais il l'y obligeait.

— Ça n'arrivera pas, répéta-t-elle. Parce qu'il est mort.

— Quoi ?

— Trois semaines après m'avoir conseillé de me débarrasser d'un enfant dont il ne voulait pas, il s'est tué dans un accident de la route.

Zane la prit aussitôt dans ses bras et la serra contre lui.

— Je suis désolé que tu aies dû traverser de telles épreuves, murmura-t-il contre ses cheveux.

Pas moi. Grâce à elles, tu es entré dans ma vie, songea-t-elle. Mais le dire risquait de le paniquer, aussi se contenta-t-elle de hausser les épaules.

— Il y a pire.

Contre tout bon sens, il suivit son instinct et captura sa bouche.

La suite s'enchaîna naturellement.

— Je pense avoir identifié votre homme, patron, annonça Meyer quelques jours plus tard en entrant dans son bureau.

D'habitude, lorsqu'il n'avait réussi qu'à éliminer un nom sur la liste de Zane, l'expert en informatique se contentait de lui envoyer un mail ou de lui passer un coup de fil pour l'en informer.

Mais cette fois, il avait tenu à lui donner la nouvelle en personne.

Zane réagit au quart de tour.

— Vous voulez dire l'auteur des mails malveillants ?

Meyer n'était pas d'un naturel enjoué. Mais cette fois il était tout sourire.

— Exactement. Et il est vraiment doué dans son domaine.

— Comment l'avez-vous trouvé ?

Il lui avait donné une liste de suspects mais prouver la culpabilité de l'un d'eux relevait de l'exploit.

Meyer n'était que trop heureux de s'expliquer.

— Lorsqu'ils sont doués, les hackers ont tendance à devenir arrogants. Ils se persuadent que personne n'est aussi intelligent qu'eux et voilà comment ils finissent par commettre une erreur. Ce type est tombé dans ce travers. J'ai déchiffré son code et piraté son ordinateur. Vous aviez raison de soupçonner qu'il s'agissait sans doute d'un ancien employé. « Anonymous » était l'expert en informatique du vice-président de la société. Vous l'aviez licencié l'année dernière pour violation au code déontologique de la profession. Le shérif aurait dû le mettre en examen mais, à ses yeux, les seuls crimes punis par la loi sont les homicides et les vols. Bref, ce type s'en était sorti sans encombre. Et il est évidemment rancunier.

— Et comment s'appelle-t-il ? voulut savoir Zane.

— Howard Kurtz, répondit Meyer en posant fièrement son rapport devant Zane. Ce nom vous dit quelque chose ?

— Pas vraiment

Un petit cri le poussa à se retourner. Mirabella, qui entrait pour lui déposer des documents à signer, restait figée sur le pas de la porte. Elle était blanche comme un linge.

Zane bondit aussitôt sur ses pieds.

— Bella, ça ne va pas ? Est-ce le bébé ?

Mais elle secoua la tête.

— Je le connais, balbutia-t-elle.

— Qui ? Howard Kurtz ? Comment le connais-tu ?

Elle avait du mal à croire qu'un homme aussi insignifiant puisse être capable d'actes aussi odieux.

— Lorsqu'il travaillait pour l'entreprise, il m'a demandé plusieurs fois de sortir avec lui et il a mal pris mon refus. Il m'a insultée, menacée et il est revenu plusieurs fois à la charge. Quand il a finalement disparu, j'ai été tellement soulagée que je n'ai pas cherché à savoir ce qui lui était arrivé.

Je me suis dit qu'il avait sans doute été promu dans un autre service et qu'il avait trouvé une petite amie, ajouta-t-elle.

Elle avait entendu les propos de Meyer.

— Tu l'as donc viré ? demanda-t-elle.

Zane se souvenait enfin du dénommé Kurtz et des circonstances de son licenciement.

— Je le devais. Il n'avait pas volé l'entreprise - même si j'avais l'intuition que tôt ou tard, il y viendrait - mais il avait enfreint à plusieurs reprises le règlement et il ne respectait pas les principes éthiques de sa profession. Quand je l'ai confronté à ce que j'avais trouvé, il m'a juré qu'il ne le referait plus jamais. Je suis toujours prêt à donner une seconde chance à quelqu'un mais là, je n'avais pas confiance. Il y avait quelque chose...

— Dans ses yeux, dit Mirabella qui devinait ce que Zane allait dire. Ses yeux étaient vides comme s'il n'avait pas d'âme.

Zane rit. Il s'apprêtait à dire que Kurtz avait quelque chose de sournois.

Reportant son attention sur son expert en informatique, il lui demanda :

— Êtes-vous sûr de vous ?

Meyer hocha la tête.

— Sûr et certain. Au départ, j'ai procédé par élimination. Quand j'ai finalement identifié son nom, j'ai décidé de pirater son ordinateur. Pour un gars intelligent, il a vraiment manqué de prudence. J'ai retrouvé les mails qu'il avait envoyés au personnel à propos de vous et de votre femme. Il s'agit de lui, je n'en ai pas le moindre doute, assura-t-il avec l'enthousiasme d'un homme certain d'avoir atteint son objectif.

— Parfait, dit Zane, satisfait. Donnez-moi l'adresse actuelle de ce type, Meyer. Apparemment, j'aurais dû suivre le dossier, m'assurer que le shérif s'occupait de lui. Il est temps que Kurtz découvre que ses actes peuvent avoir des conséquences. Et qu'il ne peut pas ruiner la vie des gens et espérer s'en tirer.

Le sourire de Meyer s'élargit lorsqu'il sortit une deuxième feuille de sa poche avec l'adresse de Kurtz et la posa devant son patron.

— Voilà.

— Je savais que je pouvais compter sur vous.

— Que vas-tu faire ? demanda Mirabella.

Étriper ce type. Il en avait envie, en tout cas.

— Je le saurai quand je l'aurai en face de moi.

Elle ne voulait pas que Zane se venge en faisant quelque chose qu'il regretterait plus tard.

— Ne devrais-tu pas aller voir le shérif d'abord ?

— Et lui dire quoi ? Que Kurtz a envoyé des mails malveillants ? Je doute que le shérif fasse quoi que ce soit à ce sujet. Non, je vais aller trouver « Anonymous » – et lui expliquer ce qu'il subirait s'il recommençait.

— Mais tu ne vas pas lui faire de mal, n'est-ce pas ?

— Le menacer du pire s'il recommençait devrait suffire à le calmer.

Elle aurait voulu le croire. Mais elle n'était pas certaine qu'il parviendrait à maîtriser sa colère face à l'ancien expert en informatique. Et elle ne voulait pas qu'il fasse quoi que ce soit qui le pousserait à enfreindre la loi.

D'autant que le shérif n'appréciait déjà pas les Colton, elle le savait.

— J'aimerais t'accompagner, dit-elle au moment où il s'apprêtait à partir.

— Pourquoi ? demanda-t-il, surpris.

Elle réfléchit vite. Si elle avouait qu'elle craignait qu'il ne perde ses nerfs, il n'apprécierait pas.

— Eh bien, ces mails me visaient autant que toi. Je tiens donc à être là pour l'entendre s'excuser pour ce qu'il a fait.

Il hésita à lui dire de ne pas s'en mêler, qu'il ne voulait pas qu'elle côtoie ce genre d'individus. Mais il n'avait pas le droit de lui imposer ses volontés.

— Bon, dit-il à contrecœur. Mais tu ne feras rien sans mon feu vert. D'accord ?

— D'accord, répondit-elle.

Il avait des doutes, mais il n'avait pas le choix. Aussi l'emmena-t-il avec lui.

22

Howard Kurtz souffrait d'une addiction au jeu qui, au cours des dix-huit derniers mois, était devenue un problème majeur. Un problème aggravé par le fait qu'il avait perdu son emploi au sein de la société Colton. Certes, malgré ses nombreuses violations au code déontologique de sa profession, il avait réussi à échapper à toute poursuite judiciaire. Mais ses manquements à l'éthique – la divulgation d'informations confidentielles, en particulier – étaient connus dans le petit monde du high-tech. Et l'avaient empêché de décrocher un poste équivalent et aussi bien payé dans une autre entreprise.

Pour continuer à jouer – et rester en vie – il avait été contraint de pirater divers systèmes informatiques et de détourner des fonds vers des comptes fictifs sous des identités volées.

Et en même temps, il nourrissait une rancune grandissante contre Zane Colton qui l'avait privé d'un emploi à haute responsabilité et de la manne financière qui y était attachée.

Avant d'être renvoyé, il avait tenté de garder une mainmise sur le système informatique de l'entreprise en se rapprochant de son assistante administrative. Une sorte d'assurance-vie, en somme. Mirabella Freeman l'avait vexé en refusant de sortir avec lui. Il s'était promis de le lui faire payer et avait prévu de répandre des horreurs sur son compte au sein de la société.

Forcé de se cacher pour éviter ses créanciers, il vivait dans des motels de seconde zone. Et s'était juré de se venger des deux personnes responsables à ses yeux de sa déchéance.

L'envoi de mails visant à ruiner la réputation de Mirabella, comme les petites combines qui lui permettaient de survivre, avaient fini par le frustrer et par l'ennuyer. Un homme ayant son intelligence et ses compétences était capable de mieux. Il avait les moyens de provoquer beaucoup de dégâts. Lentement, il avait commencé à élaborer un plan.

Tout le monde savait qu'Eldridge Colton avait disparu, ce qui signifiait qu'il avait été soit enlevé, soit tué.

La dernière hypothèse avait sa préférence. L'humanité se porterait bien mieux avec un Colton en moins. Et l'idéal serait qu'un autre Colton soit reconnu coupable de ce crime et jeté en prison.

Un sourire rusé sur les lèvres, il savourait déjà l'idée machiavélique qui se formait dans sa tête.

Il avait entendu dire que les soupçons du shérif ciblaient surtout les Colton. Zane avait d'ailleurs déjà été interrogé. Dans ces conditions, il ne devait pas être trop difficile de le piéger.

Les yeux rivés sur l'écran de son ordinateur, Kurtz était occupé à élaborer un plan qui le débarrasserait une bonne fois pour toutes de Zane, quand il entendit quelqu'un frapper à sa porte. Instantanément en alerte – personne n'était censé savoir où il était –, il retint son souffle.

Il avait si bien effacé ses traces que personne ne pourrait le retrouver si vite, se dit-il pour ne pas laisser sa panique prendre le dessus.

Son visiteur frappa de nouveau. Avec plus d'insistance, cette fois.

— C'est le directeur du motel, annonça une voix bourrue derrière sa porte. La dame du dessous m'a appelé pour dire que de l'eau coulait du plafond de sa salle de bains. Je dois inspecter votre tuyauterie pour m'assurer qu'il n'y a pas de fuite. Si vous n'ouvrez pas, je serai contraint d'utiliser mon passe.

Avec un juron, Kurtz se leva et, tout en s'assurant que son couteau était bien dans sa poche, se dirigea vers la porte.

— Faites vite, ordonna-t-il en la déverrouillant.

— Promis, dit Zane en la poussant violemment.

Médusé, Kurtz écarquilla les yeux en reconnaissant son ancien patron. Avec un temps de retard, il se rendit compte que ce dernier n'était pas seul. Il était accompagné de Mirabella. Si le visage de Colton reflétait sa colère, les yeux de son assistante étaient teintés de pitié. Il en fut irrité. Il était le meilleur, il n'était pas à plaindre !

Il décida de faire l'imbécile.

— Que faites-vous ici, monsieur Colton ?

— Vous le savez très bien. La comédie est finie, Kurtz.

Mais il poursuivit d'un air innocent :

— Non, vraiment, je ne comprends pas. Pourquoi êtes-vous venu ? Si vous voulez me proposer de reprendre mon ancien poste, je...

Tant d'audace laissa un instant Zane sans voix.

— Vous ne manquez pas de toupet, Kurtz, il faut le reconnaître. J'ai été trop accommodant avec vous, c'était une grave erreur de ma part.

Devinant qu'il n'allait pas réussir à le tromper, Kurtz changea brusquement de tactique. Il cessa de jouer le rôle de l'ancien employé servile et injustement traité et il saisit Mirabella par le bras. Il la plaqua contre lui, la transformant en un bouclier humain, et posa d'un air menaçant un couteau contre sa gorge.

— Non, votre erreur a été de venir ici et d'imaginer que j'allais vous suivre gentiment. Vous avez amené votre petite femme avec vous pour cette raison, non ? ajouta-t-il d'une voix moqueuse. Pour lui montrer à quel point vous êtes fort et capable d'écraser les autres parce que votre beau-père a de l'argent ? Dommage, il n'est plus là pour vous aider. Et moi, je suis prêt à trancher la jolie gorge de Mirabella. Alors qu'est-ce que vous en dites ? lança-t-il en le narguant.

— Vous aggravez votre cas, répondit Zane d'un ton égal. Laissez-la partir, Kurtz. Elle n'a rien à voir avec ça.

— C'est faux. Elle a tout à y voir, au contraire. J'avais l'intention de me servir d'elle, de sa proximité avec vous, pour vous faire chanter. Au lieu de quoi, elle s'est avérée aussi prétentieuse que vous. Et elle a eu le culot de refuser de sortir avec moi !

Quand il pressa la lame du couteau contre la peau de Mirabella et qu'un petit filet de sang se mit à couler, Zane sentit son cœur s'emballer sous l'effet de la panique.

— Mais vous avez raison, reconnut Kurtz. J'ai commis une erreur. J'ai fait preuve de trop de magnanimité à votre égard. J'aurais dû siphonner vos comptes bancaires et m'enfuir avec l'argent au lieu d'essayer de vous faire passer pour les coupables.

— C'était vous ? demanda Zane, stupéfait. C'est vous qui avez créé ce compte factice sous le nom de Mirabella ?

Le hacker ne put s'empêcher de sourire à la vue de la fureur impuissante de Zane.

— Plutôt intelligent de ma part, non ?

— Plutôt tordu, surtout, rétorqua Zane.

Les yeux de Kurtz s'assombrirent.

— Faites attention, Colton. J'ai toutes les cartes en main, alors ne m'énervez pas. Cela vous coûterait cher, se moqua-t-il.

Mirabella poussa soudain un gémissement, détournant l'attention des deux hommes sur elle.

— Je vais être malade, marmonna-t-elle.

Craignant qu'elle ne vomisse sur lui, Kurtz baissa un instant son couteau et recula d'un pas.

Elle s'effondra alors en faisant mine de s'évanouir.

Comme la lame ne la menaçait plus, Zane se jeta sur Kurtz. Il lui saisit le poignet pour éloigner le poignard d'elle.

Malgré sa fureur, le hacker ne faisait pas le poids face à Zane qui le maîtrisa facilement.

— Lâchez-moi ! cria-t-il en essayant en vain de se libérer de sa poigne.

— Sûrement pas, répondit-il.

— Laissez-moi ! répéta Kurtz. De toute façon, le shérif ne va pas me jeter en prison pour quelques malheureux mails.

— Non, mais il vous arrêtera pour avoir piraté l'un des comptes bancaires de mon beau-père, menacé Mirabella et transféré des fonds sur un compte que vous aviez créé de toutes pièces.

— Un compte au nom de votre femme, répliqua Kurtz. S'il arrête quelqu'un, ce sera elle !

— Vous avez laissé vos empreintes partout, rétorqua-t-il avec calme. Il ne faudra pas longtemps aux enquêteurs pour vous confondre.

Les yeux du hacker étincelèrent de rage.

— Bonne chance pour le prouver, railla-t-il.

Zane se contenta de sourire.

— Meyer m'avait prévenu que vous aviez trop confiance en vous et que cela vous perdrait.

— Qui est Meyer ?

— Meyer Stanley. L'homme qui vous a fait tomber.

Zane reporta son attention sur Mirabella. Il se rendit compte qu'elle n'était pas sur le point d'être malade et avait seulement fait semblant de l'être pour perdre Kurtz.

Décidément, elle ne cessait de le surprendre.

— Ça va ? lui demanda-t-il pour en être sûr.

— Je ne me suis jamais sentie aussi bien, répondit-elle en sortant son téléphone portable. J'appelle le shérif ?

Il regarda Kurtz, soulagé qu'au moins cette partie du chaos qu'était devenue sa vie soit terminée.

— Dis-lui que Noël est arrivé plus tôt cette année et que nous avons un cadeau pour lui.

— Eh bien, à présent nous n'avons plus à chercher qui a détourné tout cet argent du compte bancaire de ton beau-père, déclara Mirabella, assise à côté de Zane dans la voiture. Quel soulagement !

Il avait fallu plus d'une heure au shérif pour venir arrêter Kurtz. Ils avaient tous les deux fait leur déclaration à Watkins qui, une fois convaincu de tenir le coupable, leur avait fait signe de s'en aller.

Et à présent, ils roulaient vers le manoir.

En se remémorant la tête du shérif, Zane se mit à rire.

— Certaines personnes détestent avoir la preuve qu'elles se sont trompées. Watkins en fait partie.

Pourquoi se tournait-il vers elle en le disant ? se demanda Mirabella. Cherchait-il à lui envoyer une sorte de message caché ? Si c'était le cas, il lui échappait.

En revanche, l'auteur des mails malveillants ayant été démasqué et étant en route pour la prison, ils n'avaient plus à faire semblant d'être mariés.

Tout était fini.

En prendre conscience la remplit de tristesse. Pour ne pas pleurer, elle détourna le visage vers sa vitre et regarda le paysage défiler sous ses yeux.

— Tu es bien silencieuse, remarqua Zane.

Il aurait cru que découvrir qui était derrière les mails et les faux virements bancaires l'aurait rendue joyeuse.

Comme elle ne répondait rien, il demanda :

— À quoi penses-tu ?

Elle prit une profonde inspiration avant de répondre :

— Je pense que tu es libre, maintenant.

— Libre ? répéta-t-il avec perplexité. Que veux-tu dire ?

— Libre, dit-elle avec emphase. Libre de cesser cette

mascarade. Plus rien ne t'oblige à te prétendre marié avec moi. Maintenant que Kurtz n'enverra plus de mails malveillants, tu es libre de dire aux gens que tu n'es pas le père de mon bébé, libre de divorcer... Tu vas pouvoir reprendre le cours de ta vie.

Il lui lança un regard oblique.

— As-tu envie que je le fasse ?

Non, bien sûr que non, eut-elle envie de crier.

Elle voulait rester mariée avec lui. Pas seulement jusqu'à la naissance du bébé mais pour toujours. Mais elle refusait de l'empêcher de reprendre sa liberté.

Alors elle répondit :

— Je veux ce que tu veux.

Une petite voix intérieure exhortait Zane à laisser tomber. Il était un Colton et n'avait encore jamais mis son âme à nu devant quiconque. Mais au plus profond de son cœur, il savait que Mirabella était la meilleure chose qui lui soit jamais arrivée. Il ne voulait pas la perdre par orgueil mal placé. Quand il se retrouverait seul au cœur de la nuit, son amour-propre ne lui apporterait aucun réconfort.

Il s'arrêta sur le bord de la route, coupa le moteur et dit :

— Tu veux savoir ce que je pense ?

— Euh..., balbutia-t-elle avec hésitation, effrayée par ce qu'elle pourrait entendre.

— Pour commencer : aussi étrange que cela puisse paraître, je suis plutôt content d'avoir viré Howard Kurtz.

— Parce qu'il manquait d'éthique professionnelle ?

— Non. Parce que si je ne l'avais pas mis à la porte, il n'aurait pas cherché à se venger en envoyant ces mails.

Comme elle le regardait d'un air perplexe, il poursuivit :

— Et s'il ne l'avait pas fait, je n'aurais jamais eu l'idée de te proposer de t'épouser et de donner mon nom au bébé. Et du coup, je n'aurais jamais découvert que je vivais ma vie à moitié. Surtout, je n'aurais jamais su ce qui me manquait pour être heureux. Toi.

Il lui caressa la joue en songeant à quel point il avait de la chance qu'elle soit dans sa vie. Grâce à elle, il ne se sentait pas seulement heureux. Il était follement amoureux.

Mirabella le dévisagea en se demandant si elle s'était endormie sans y prendre garde et était dans un rêve.

— Que dis-tu ?

— Tu veux vraiment que je répète tout ? demanda-t-il, amusé. Je le ferai si tu y tiens mais je préférerais opter pour la version courte.

— La version courte ? répéta-t-elle, de plus en plus perdue.

— Oui, dit Zane. Laisse-moi te montrer.

Il la prit dans ses bras, captura ses lèvres et l'embrassa. Il l'embrassa comme il aimait le faire. À pleine bouche, comme un fou.

— Je n'ai aucune envie de divorcer, Bella. Au contraire, je veux que notre mariage devienne un véritable engagement. C'est la meilleure chose qui soit sortie de toute cette affaire, le seul point positif qui ait éclairé ma vie depuis la disparition d'Eldridge. Je n'avais jamais été aussi heureux et je ne le serais plus jamais si je te perdais. Ne me quitte pas, mon amour. Je t'aime.

Ce n'était pas une demande, c'était une prière.

— Bien sûr, si tu ne m'aimes pas, ajouta-t-il, je ne t'obligerai pas à rester mariée avec moi mais…

— Si je ne t'aime pas ? répéta Mirabella, incrédule.

Comment pouvait-il même imaginer cette hypothèse ?

— Et moi qui te prenais pour un homme perspicace…

— Alors, tu m'aimes ? demanda-t-il sans oser croire à sa chance.

Au lieu de répondre, elle sourit et demanda :

— Pourrais-tu me refaire la version courte ?

Un sourire éclaira ses yeux.

— Avec plaisir, lui dit-il.

Et comme il était un homme de parole, il lui refit la version courte – avec un immense plaisir.

Épilogue

La situation redevenait à peu près normale.

« À peu près » puisque Eldridge Colton, fondateur de la société Colton et beau-père de Zane, était toujours porté disparu et personne ne savait s'il avait été enlevé ou pire, tué.

Mais avec ou sans lui, l'activité continuait au sein de l'entreprise. Les gens n'avaient d'ailleurs jamais cessé d'y travailler et Mirabella était toujours l'assistante administrative de Zane. Si elle était à présent sa femme – et dans tous les sens du terme –, elle était restée son bras droit, ce qui signifiait qu'elle n'arrêtait pas.

Elle était heureuse comme elle ne l'avait jamais été. Et cerise sur le gâteau, son corps aussi s'était apaisé. Elle ne souffrait plus de nausées. Bien au contraire, elle avait retrouvé un solide appétit.

Et elle éprouvait un véritable soulagement à ouvrir son ordinateur en sachant qu'aucun mail venimeux ne l'y attendait.

Comme elle parcourait des yeux les nouveaux messages dans sa boîte de réception, l'un d'eux retint soudain son attention. Non seulement elle ne reconnaissait pas l'expéditeur, mais la ligne d'objet du mail lui fit soudain craindre que quelqu'un n'ait pris la place de Kurtz.

En effet, il s'intitulait : « Rien que pour vos yeux. »

Peut-être s'agissait-il d'un mail légitime traitant d'un

sujet confidentiel. Ou d'une simple accroche publicitaire. Mais qu'un tel message ait réussi à passer au travers des pare-feu était plutôt surprenant. Meyer avait été chargé de la protection du système de communication interne de l'entreprise et elle était certaine qu'il s'en était occupé avec rigueur.

Cesse de spéculer. Tant que tu ne l'auras pas ouvert, tu ne sauras pas ce qu'il contient, se dit-elle.

En retenant son souffle, elle cliqua dessus et lut.

Vous êtes cordialement invités à assister au mariage de Zane Colton et Mirabella Freeman Colton. La cérémonie aura lieu à la paroisse Saint-Luc, le mois prochain.

Mirabella relut le texte trois fois pour s'assurer qu'elle n'était pas victime d'hallucinations.

Intriguée, un peu perdue, elle repoussa sa chaise pour gagner le bureau de Zane. Elle le trouva assis devant son ordinateur.

Dès qu'elle entra, il se tourna vers elle.

Son sourire était chaleureux et accueillant, comme s'il n'était pas venu au siège de la société avec elle, il y a moins d'une demi-heure.

— Je viens de recevoir un mail intitulé « Rien que pour vos yeux ». De quoi s'agit-il ?

— C'est une invitation, lui répondit-il simplement. À notre mariage.

— Mais nous sommes déjà mariés, non ?

— En effet, dit-il en se levant pour venir vers elle. Mais j'ai pensé que tu voudrais peut-être le célébrer correctement, en présence de ta grand-mère et de tes amis.

— L'autre n'était-il pas légal ?

— Totalement légal. Mais aussi très intime. Maintenant que nous avons décidé de rester mariés, j'aimerais m'engager à t'aimer ma vie durant devant tous ceux que nous aimons. Afin qu'ils puissent voir par eux-mêmes que tu as fait de moi l'homme le plus heureux de la terre.

Le cœur de Mirabella se souleva d'allégresse mais elle fit de son mieux pour contenir son sourire.

— Seulement de la terre ?

— De l'univers.

— Dans ce cas, d'accord, dit-elle avec un petit rire. Y aura-t-il une répétition de la cérémonie ?

— Absolument. Et d'ailleurs, je te propose de commencer cette répétition par la fin.

— Par la fin ? répéta-t-elle d'un air perplexe.

— Oui, par la nuit de noces. Laisse-moi te montrer, ajouta-t-il en la prenant dans ses bras.

Et il l'embrassa.

JANICE KAY JOHNSON

Perdus dans les grottes

Traduction française de
CATHERINE VALLEROY

BLACK ROSE

HARLEQUIN

Titre original :
WHAT IS HIDDEN

Prologue

L'éclairage du parking était très mauvais, elle ne l'avait pas remarqué en arrivant. À ce moment-là, elle se sentait sophistiquée, adulte, suffisamment sûre d'elle pour entrer seule dans un bar. Maintenant, elle fronçait les sourcils en essayant de se rappeler où elle avait garé sa voiture. Waouh... elle devait être un peu ivre.

Oh ! attends. Elle avait la clé à la main. *Presse le bouton de la télécommande.* Les quatre feux flashèrent. Qui l'eût cru ? Elle était géniale, non ? Ou pas vraiment soûle. Enfin...

Naturellement, en ouvrant la portière, elle laissa tomber ses clés par terre. Magnifique. Il faisait tellement noir. Pourquoi n'avait-elle pas choisi un bar qui laissait ses clients bourrés retrouver leurs clés ? Mais elles étaient là, à ses pieds. Elle se mit au volant. Ensuite, il lui fallut une minute pour insérer la clé dans le contact et mettre la main sur la ceinture. *C'est important de mettre sa ceinture*, se dit-elle avec un hochement de tête sérieux. Surtout quand elle avait bu.

Ce qui était parfaitement normal, puisque c'était son vingt et unième anniversaire. Ses amis de l'université avaient organisé une fête pour elle la veille, et ses parents ne l'attendaient pas avant le lendemain. Sans aucun doute, ils allaient la « surprendre » avec un gâteau, des bougies et des cadeaux. Ils ignoraient qu'elle avait décidé de rentrer dès ce soir. C'était elle qui allait les surprendre. La maison était toute proche.

Tandis qu'elle était assise là, une sensation bizarre l'envahit, un peu comme si des doigts lui tapotaient le dos. Elle regarda autour d'elle avec malaise. Pas étonnant : avec le plafonnier allumé et ce parking noir d'encre, elle était exposée en pleine lumière. Si quelqu'un l'observait, il se demandait sans doute pourquoi elle ne démarrait pas.

Elle mit le contact et entendit les portières se verrouiller. Un instant plus tard, elle déboucha sur la route, si familière depuis qu'elle faisait des allers-retours à Springfield. Elle gloussa à cette pensée puis remarqua qu'elle venait de franchir la ligne jaune. Oups ! Heureusement, il n'y avait aucune circulation, en dehors de phares très loin.

Elle se plut à penser qu'elle avait retrouvé ses esprits en tournant sur une route encore plus étroite. Celle-ci avait aussi une ligne jaune au milieu, mais pas d'accotements dignes de ce nom, et elle était affreusement sombre. Elle y était habituée cependant ; ses parents habitaient à des kilomètres de la ville, et on lui avait appris à conduire avec prudence, surtout la nuit, parce que des daims, des coyotes et d'autres animaux traversaient souvent la route.

Sur son tableau de bord, un point rouge attira son attention. Quand est-ce que ce truc s'était allumé ? Elle n'avait aucune idée de ce qu'il signifiait, mais ça ne pouvait pas être bon. Elle crut sentir une faible odeur de brûlé, mais... Oui, mieux valait s'arrêter et appeler son père à la rescousse.

Il n'y avait pas de bas-côté permettant de se garer, mais elle freina néanmoins et fut fière de parvenir à allumer ses warnings. Oh ! et il fallait couper le moteur, au cas où l'essence manquerait.

Elle fouilla dans son sac à main, posé sur le siège passager. Son téléphone n'était pas dans la poche extérieure, là où elle le rangeait en général.

Où es-tu ? chantonna-t-elle, identifiant tour à tour son

portefeuille, sa trousse à maquillage, des reçus, un paquet de mouchoirs. Quelque chose de dur... Non, c'était sa tablette. *Où, oh, où es-tu ?*

Une image traversa son esprit. Elle, assise sur un tabouret de bar, bavardant avec plusieurs types, dont ce mignon barman. Le téléphone était posé devant elle ; elle avait presque décidé d'envoyer un texto à ses parents au lieu de les surprendre. Puis elle avait accepté un autre verre, et... Elle ne se rappelait rien d'autre.

Oh mon Dieu... Avait-elle laissé le téléphone au bar ? Une fois à la maison, elle pourrait appeler, ils l'auraient sûrement. Mais... à moins que quelqu'un ne la prenne en stop, elle allait devoir marcher. Ça ne la tuerait pas – il n'y avait sans doute pas plus de trois kilomètres à faire. Mais l'obscurité lui fichait les jetons. Les animaux sauvages n'attaquaient pas les gens, autant qu'elle sache, sauf peut-être les mères ourses avec des oursons.

Et puis – Dieu merci – des phares apparurent dans son rétroviseur. Le conducteur devait être un voisin. Quelqu'un qu'elle connaissait. Les phares étaient puissants, l'aveuglant presque, ce qui voulait dire que c'était un pick-up. Presque tout le monde conduisait un pick-up dans la région.

Un clignotant se mit en marche, et le pick-up stoppa derrière elle. Les warnings s'allumèrent aussi. Dans le rétroviseur extérieur, elle vit la portière conducteur s'ouvrir, un homme descendre et s'avancer vers elle.

Des épaules massives dans un blouson en jean usé. Elle ne vit pas son visage, même quand il s'arrêta près de sa portière et lui fit signe de baisser sa vitre. Sauf qu'elle ne pouvait pas faire ça sans remettre le moteur en route, alors mieux valait ouvrir la portière.

C'est ce qu'elle fit. Il agrippa la portière et se pencha vers elle avant qu'elle le voie... et le reconnaisse. Il était au bar, juste à côté d'elle. Il avait flirté avec elle, mais pas d'une manière effrayante. Une chance qu'il vive dans les parages, non ?

Quand il lui sourit, elle sentit néanmoins son sang se glacer.

— Tu es allée un peu plus loin que je ne pensais avant de tomber en panne, remarqua-t-il, mais c'est la pratique qui rend parfait. Et comme tu n'as pas réussi à rentrer...

Il serra le poing et le lui balança en pleine figure. La douleur explosa dans sa joue et sa tempe. En s'effondrant sur le volant, elle pensa une dernière fois : *Papa. Maman.*

1

« On a besoin de toi. »

Après les supplications de son beau-père, Jo Summerlin ne put se défaire d'un sentiment de culpabilité tout au long du trajet qui la mena de chez elle, dans l'Illinois, jusqu'au sud du Missouri, où elle avait grandi.

Comme si ce débat intérieur, fait d'arguments et de justifications, était nouveau. Elle ne pouvait s'empêcher de penser : *C'est ma faute. Je suis pratiquement la mère de Lucy et je l'ai abandonnée.*

Mais elle n'était *pas* la mère de sa demi-sœur. Oui, Jo avait pris la place de leur mère, quand celle-ci avait abandonné son mari et ses trois enfants. Jo n'avait pas eu le choix, bien qu'à treize ans elle soit encore une enfant elle-même.

Cela l'aurait-il tuée d'aller à l'université plus près ? De trouver du travail dans la région ? De vivre à la maison encore quelques années ?

Elle quitta l'autoroute pour s'engager sur une route, puis une autre. Elles se firent plus étroites. La dernière avait aussi une ligne jaune, mais nul conducteur doué de bon sens n'aurait dépassé les 60 km/h.

Jo n'avait pas doublé une seule voiture depuis qu'elle avait entamé la montée surplombant la rivière. L'eau était particulièrement haute, ne put-elle s'empêcher de remarquer, ce qui n'était pas surprenant après un printemps inhabituellement pluvieux. À sa gauche, de l'autre côté de la glissière, s'ouvrait le précipice. À sa droite, des arbres revêtus d'un feuillage tout neuf s'accrochaient à la pente tout aussi raide de la colline.

Le printemps. Enfin, techniquement, l'été. Pour la première fois de la journée, Jo éprouva une impatience authentique. La campagne des Ozarks était splendide, et seuls les feuillages d'automne éclipsaient la beauté de cette saison.

Un panneau criard annonçant « Grotte Summerlin » la fit grimacer. Elle avait plaidé pour qu'ils les installent sur les routes d'État et qu'ils mettent quelque chose de meilleur goût dans ce cadre boisé. Elle avait perdu. Comme toujours.

En prenant le virage familier, Jo s'ordonna de rester positive. Passer du temps à la maison pourrait s'avérer amusant. Et elle aurait dû être ravie de revoir Brody et Lucy – s'il n'était pas trop tard. À seize ans pour Lucy et vingt et un pour Brody, ils étaient probablement trop occupés avec leurs amis pour se soucier de sa présence.

Il était temps de cesser de battre sa coulpe. Elle était restée en contact étroit avec son frère et sa sœur. Tous trois s'envoyaient régulièrement des textos et des photos et se parlaient de temps en temps au téléphone. Lucy était venue lui rendre visite quelques fois – quand son père pouvait se passer d'elle. Jo rentrait à la maison pour les grandes vacances. Non, elle ne l'avait pas fait depuis Noël, six mois auparavant, mais ce n'était pas parce que Jo n'était pas là que Lucy avait commencé à dérailler. Peut-être était-elle devenue cachottière ces derniers temps. Absorbée par les dernières semaines de l'année scolaire, Jo n'avait rien remarqué – jusqu'à ce que son beau-père l'appelle pour la supplier de revenir et de « faire quelque chose » à propos de Lucy. Son irritation et sa confusion étaient claires durant leur brève conversation.

Elle l'avait taquiné en disant :

« Je t'ai trop gâté, hein ? J'étais tellement sage. »

Un bref silence. Puis il avait éclaté de rire.

« Tu as raison. Tu ne m'as jamais défié, toi. »

C'était peut-être beaucoup dire. Mais elle avait ri aussi. Il était vrai qu'elle avait été une adolescente exceptionnellement sage, craignant trop l'abandon pour se risquer à la rébellion.

La dernière chose que son beau-père avait dite était :

« Ce qui se passe avec Lucy, ce n'est pas de la révolte. C'est... »

Il avait hésité un long moment avant de finir sa phrase.

« ... De la colère. Ou de la peur. »

Qu'avait-il bien pu se passer ? À Noël, tout lui avait paru, eh bien, pas sans problème – il y avait toujours des tensions dans la famille – mais normal. Brody était un crétin, mais pas plus que la moyenne des garçons de son âge. Et Lucy levait les yeux au ciel et marmonnait des choses qu'elle n'aurait pas osé dire tout haut devant Rod, mais n'était-ce pas normal pour une adolescente ?

Jo était résolue à aller au fond de l'affaire. Elle n'avait pas passé un été entier chez elle depuis qu'elle avait eu son diplôme. D'une manière ou d'une autre, Rod l'avait persuadée de venir travailler, comme elle l'avait toujours fait durant les congés scolaires et universitaires. De toute façon, qu'avait-elle à faire d'autre ? Au moins, il n'y aurait rien à apprendre puisqu'elle travaillait dans l'affaire familiale depuis ses douze ans.

Mais cette fois, c'était pour le bien de sa sœur.

Un dernier virage, et un panorama splendide s'ouvrit devant elle. Il aurait été encore plus splendide si un large parking n'avait pas été ouvert à coups de dynamite à flanc de colline. Mais au moins le bâtiment qui abritait la boutique et le café était bâti avec la même roche grise, dont les immenses blocs dévalaient la pente jusqu'à la rivière.

L'énorme ouverture de la grotte bâillait dans ce paysage idyllique. La Grotte Summerlin, ouverte six jours par semaine à la visite. Jo avait guidé des centaines, non des milliers, de ces visites. Elle avait fait office de serveuse et de caissière à la boutique, où les touristes achetaient les billets. Son beau-père maintenait la rentabilité de la grotte en embauchant aussi peu de personnel que possible et, si jeune qu'ait été Jo après le divorce, elle était déjà un rouage utile de l'exploitation. Ce qui était une manière peut-être légèrement cynique de dire que Rod s'était chargé de l'élever comme si elle était sa fille.

Il y avait suffisamment de voitures sur le parking pour indiquer qu'une visite était en cours, mais son œil exercé lui apprit qu'il n'y avait pas tant de gens que ça attendant la suivante. Cela ne ferait pas plaisir à Rod. Elle devrait lui rappeler que l'école venait à peine de fermer dans certains districts – y compris dans l'Illinois, où elle enseignait. Les affaires reprendraient sensiblement en juillet.

Dépassant le parking, elle emprunta une route étroite marquée « INTERDICTION D'ENTRER ». Après un dernier virage, une maison blanche à deux étages se dressait sur un terrain à peine assez large pour ses fondations. Depuis ce perchoir étroit, situé à mi-falaise, des escaliers en bois menaient au ponton sur la rivière. C'était sa maison depuis qu'elle était petite, quand sa mère avait épousé Rodney Summerlin.

Jo fit la grimace. À six ans, elle n'avait rien contre un beau-père, mais elle ne se rappelait que trop bien sa première vision de la grotte. Cela l'avait terrifiée, elle en avait fait des cauchemars pendant des mois. L'exaspération de Rod n'était pas surprenante. Il adorait cette grotte qui portait le nom de sa famille. D'autres grottes du Missouri s'appelaient Grotte Fantastique, Puits du Diable, Grotte des Roches Parlantes, Grotte de la Mariée... Oubliez tout ça. Rod Summerlin avait hérité le terrain et tout ce qui se trouvait dessus de son père, qui l'avait hérité de son propre père.

Une partie du bla-bla de la visite comprenait l'histoire

de la famille, largement embellie. Rod n'aurait pas voulu que ce soit autrement.

Quand, à l'âge de Lucy, Jo s'était attaquée avec enthousiasme à la question de savoir comment ils pouvaient attirer plus de touristes, elle avait annoncé qu'il leur fallait de nouveaux panneaux et un nouveau nom. Un nom spectaculaire. Rod n'avait pas bien réagi.

En freinant devant la maison, Jo prit conscience que, malgré son agacement, elle souriait à ce souvenir.

Rusty, le chien de la famille, arriva en courant, aboyant furieusement. C'était un chien errant, apparu quelques années auparavant. Il avait peut-être un peu de labrador, mais son poil miteux était brun rouille, et il avait les yeux de couleur différente. Jo le trouvait attendrissant, mais personne n'aurait pu le qualifier de beau.

Lorsqu'elle descendit de voiture, Rusty dut la reconnaître, car il lui sauta dessus pour lui lécher la figure. Après l'avoir caressé, elle passa son sac et sa sacoche d'ordinateur sur son épaule et se saisit d'une valise volumineuse dans le coffre. Pourquoi le raffut de Rusty n'avait-il pas fait sortir Lucy ? Elle était sûrement à la maison à cette heure-là. N'était-ce pas la dernière semaine de lycée ? Il n'y avait sûrement plus d'activités périscolaires.

Jo haussa les épaules. Elle ne se rappelait pas que Lucy ait jamais eu ce genre d'activités. Rod avait toujours favorisé son fils. C'était à Brody qu'on permettait de pratiquer du sport – du football à l'automne et du base-ball au printemps –, et Jo n'avait réussi à faire une saison de volley en terminale qu'en mendiant auprès des autres parents pour qu'ils l'accompagnent et la raccompagnent. Après ça, elle avait renoncé. Même si elle n'était pas la fille de Rod, Jo était censée se consacrer à la promotion de la grande et glorieuse Grotte Summerlin au même titre que lui.

Eh bien, elle ferait sa part cet été, pour Lucy, mais aussi parce qu'elle admirait effectivement le dévouement de

Rod. C'était l'une des grottes les plus grandes et les plus impressionnantes d'un État qui se vantait d'en posséder plus de sept mille. Les visites étaient de premier ordre, et les gens ne s'en allaient jamais autrement que frappés d'émerveillement.

Il lui passa soudain par l'esprit que Lucy était probablement en train de guider une visite ou de tenir la caisse au magasin.

Jo hissa ses affaires sur les marches de la véranda et entra avec sa clé, refermant la porte au nez de Rusty.

— Il y a quelqu'un ? appela-t-elle, juste au cas où.

— Jo ?

La voix venait des chambres au-dessus.

— C'est toi ?

— Qui d'autre ?

Une jolie adolescente dévala l'escalier et se jeta dans ses bras.

— Tu es là ! Je n'ai pas cru papa quand il a dit que tu venais ! Tu ne vas pas rester tout l'été, si ?

En riant, Jo dit :

— Je crains que si. Il ne voyait pas pourquoi je devrais paresser trois mois alors que je peux me rendre utile ici.

Lucy recula, sa joie transformée en ressentiment. Un changement abrupt.

— Tu veux dire pour me *surveiller.*

— Je suis ravie de passer du temps avec toi.

Jo ne voulait pas mentir en disant : *Non, il n'a pas parlé de toi.*

— Évidemment. Eh bien, ça va très bien pour moi ! s'exclama-t-elle. C'est juste qu'il n'aime pas que je fasse des trucs avec mes amis. *Brody* peut sortir quand il veut, mais moi ? J'ai un *couvre-feu.*

Comme elle n'avait que seize ans, alors que son frère allait en avoir vingt et un, Jo comprenait, même si elle aussi avait été en colère contre Rod jusqu'à ce qu'elle parte pour l'université. Néanmoins, il lui semblait que Lucy en rajoutait.

Elle sourit.

— On pourra filer toutes les deux pour faire des trucs.

— Tu veux dire que tu vas m'occuper pour que je n'aie pas le temps de voir mes amis.

Lucy recula d'un air buté.

— Je ne suis pas idiote, tu sais, et je ne suis pas obligée de t'écouter.

Pivotant sur elle-même, elle grimpa l'escalier aussi vite qu'elle l'avait dévalé. Un instant plus tard, une porte claqua.

Jo contempla le hall vide. Elle n'avait pas oublié ses propres humeurs tumultueuses, bien qu'elle ait eu plein d'excuses. Mais Lucy avait eu seize ans en avril. Elle aurait déjà dû dépasser ce stade, non ? Elle l'avait dépassé. Jo et elle s'étaient bien amusées durant les vacances de Noël.

Pourquoi elle s'en prend à moi, se demanda-t-elle, *si elle est surtout furieuse contre son père ? S'il vous plaît, faites qu'elle ne soit pas enceinte. Ou...*

Se droguait-elle ?

Réprimant son inquiétude, Jo traîna sa valise en haut, dans son ancienne chambre, inchangée depuis qu'elle était partie à l'université. Si elle la redécorait, peut-être aurait-elle moins l'impression de reprendre sa peau d'enfant. Mais elle rejeta cette idée d'un haussement d'épaules. Elle allait faire un tour au magasin et dire bonjour à Rod et Brody s'ils avaient un moment de libre. À Austin aussi – il travaillait à plein temps pour les Summerlin depuis dix ans. Allait-il la draguer comme il l'avait fait l'été dernier ?

Trois jours plus tard, Jo regrettait d'avoir accepté si facilement de revenir. C'était... bizarre de dormir à nouveau dans sa chambre. Son sommeil n'était pas facile. Le matelas était tellement avachi qu'elle devait se retenir plusieurs fois par nuit pour ne pas tomber du lit. La nuit précédente, Rusty s'était mis à aboyer comme un fou. Les aboiements s'étaient calmés, comme s'il pourchassait quelque chose, puis avaient repris de plus belle. Voulait-il qu'on l'encourage à escalader la falaise pour convaincre un écureuil de descendre à portée de ses dents ? Brody avait crié par la fenêtre, en vain. Rod avait dû descendre, parce qu'elle l'avait entendu fulminer contre ce « foutu clébard » avant de le faire rentrer.

Elle avait découvert que Rod et Brody trouvaient normal qu'elle se charge de toutes les corvées ménagères, à commencer par la cuisine et la vaisselle. C'était sans doute sa faute, car elle s'était montrée avide de participer lors de ses visites précédentes, beaucoup plus courtes. Mais trois mois ?

Pour couronner le tout, elle n'arrivait à rien avec Lucy. La conversation la plus ouverte qu'elles avaient eue datait de la veille, quand Lucy avait crié : « Tout est bizarre, c'est tout ! » Bien sûr, elle était montée à l'étage et avait claqué la porte de sa chambre comme d'habitude.

Bizarre, comment ?

Cette question toujours à l'esprit, Jo interrogea son frère, durant un rare moment de tranquillité à la boutique. Brody marchait comme un cow-boy et ressemblait beaucoup à son père. Il était trapu, avec des cheveux couleur sable et des yeux bruns.

— Bizarre ? répéta-t-il. Je ne sais pas de quoi elle parle.

Il ricana.

— Peut-être d'un type...

Le fait qu'il évite de croiser son regard donna un sentiment de malaise à Jo. Chaque jour qui passait, Brody parlait de plus en plus comme son père. Elle espérait que la manière dont il traitait sa sœur ne sortait que de son imagination. Jusque-là, il avait au moins feint de respecter Jo.

— Rusty était drôlement énervé, cette nuit.

— Il l'était encore ce matin. J'ai dû l'enfermer. Ce n'est pas l'animal le plus futé que je connaisse.

Sans doute pas.

— Tu ne m'as pas dit si tu as l'intention de retourner

à l'université cet automne, remarqua-t-elle, autant pour changer de sujet que pour autre chose.

Il avait fini sa deuxième année à l'université d'État du Missouri, à Springfield, mais avait décidé ensuite de prendre une année sabbatique. Elle était certaine qu'il se serait davantage amusé s'il avait eu une chambre sur le campus, mais il ne s'était pas battu pour ça avec autant de succès que Jo. Rétrospectivement, elle soupçonnait qu'il s'en fichait.

Il haussa les épaules d'un air désinvolte.

— Probablement pas. On est tellement occupés, ici. Il faut que j'apprenne à faire marcher l'entreprise puisqu'elle sera un jour à moi.

— C'est ce que tu veux ? demanda-t-elle.

Il la regarda comme si elle était stupide.

— Pourquoi est-ce que je ne le voudrais pas ?

Parce qu'il y a un vaste monde au-delà de ces montagnes ?

Mais elle sourit.

— Je posais juste la question.

— Je n'y serais pas allé du tout si tu n'avais pas insisté, dit-il. C'était une perte de temps, comme disait papa.

— Ça dépend de ce que tu veux dans la vie, remarqua-t-elle d'un ton volontairement neutre.

— Je veux ouvrir plus de grottes à la visite, lâcha-t-il. Je veux faire de la publicité. Pourquoi est-ce que Summerlin ne serait pas aussi connu que Meramec ou Onondaga ? Tu as entendu parler de la visite guidée de la Grotte Smallin ? Ils emmènent les gens dans des galeries qui ne sont ni pavées ni éclairées. Pourquoi on ne peut pas faire ça aussi ? Les meilleures salles...

Ils s'interrompirent pour que Jo puisse encaisser l'achat d'une poignée de minéraux multicolores. La mère et la fille – dix ou onze ans, peut-être ? – rayonnèrent quand elle leur demanda si elles avaient apprécié la visite.

— C'était formidable, déclara la mère.

Jo attendit que les portes vitrées se referment derrière elles pour reprendre la conversation avec son frère.

— Tu as posé la question à Rod ?

— Il dit que c'est trop dangereux.

Brody avait adopté l'air boudeur qu'elle détestait.

— J'ai dit que ce serait moi qui ferais le guide. Je sais ce que je fais.

— En effet. Tu as exploré d'autres salles ?

Un haussement d'épaules également boudeur.

— Il ne veut pas.

Beaucoup de gens supputaient que la plupart des grottes du Missouri, voire toutes, communiquaient entre elles. Jo savait avec certitude que les galeries de la Grotte Summerlin conduisaient à une petite ouverture dans la propriété voisine. L'eau qui avait formé ces grottes calcaires avait trouvé des crevasses pour rejoindre finalement la rivière. Petite fille, elle avait effectué le trajet d'un bout à l'autre de la grotte, de même qu'elle s'était aventurée dans d'autres galeries, certaines ouvrant sur des salles spectaculaires, avec des plafonds hauts et des formations remarquables. À l'époque, Rod avait affirmé qu'une visite guidée d'une heure était la norme, et que la plupart des gens n'en voulaient pas davantage. Elle ne l'avait pas contredit, mais elle adhérait néanmoins aux projets de Brody. Au moins savait-il qu'il finirait par hériter de la grotte et qu'il pourrait alors faire ce qu'il voulait.

Le fait que tout lui reviendrait un jour avait peut-être à voir avec la colère de Lucy. La conviction de Rod selon laquelle les femmes et les filles étaient des citoyennes de seconde zone était plutôt évidente.

— J'entends des voix, dit Jo.

Brody sortit son téléphone de sa poche et le consulta.

— Oui, la visite devrait se terminer. Tiens, voilà des gens qui arrivent du parking.

Jo entreprit de vendre des billets pour la visite suivante,

attentive au dernier groupe qui se répandait dans la boutique, parlant avec animation et s'extasiant sur les objets à vendre.

Les techniques marketing de Rod étaient efficaces. Des T-shirts et sweat-shirts aux cartes postales, tous les objets arboraient les mots « Grotte Summerlin », avec de gros plans de colonnes, de stalactites, de stalagmites et de coulées de calcite. Il y avait aussi un énorme choix de pierres polies, brutes ou sculptées en forme de serre-livres, de boîtes, de perles et de pendentifs. L'artisanat local avait aussi sa place : des paniers tressés à la main, des bois sculptés, des peintures et des poteries. Elle s'efforça de répondre à toutes les attentes en encaissant, emballant et tendant les achats avec le sourire, sans cesser de vendre des billets.

Austin, qui avait guidé la dernière visite, sourit jusqu'aux oreilles en la voyant. Oui, il l'avait invitée à sortir et avait haussé les épaules avec insouciance quand elle avait dit : « Non, merci. »

D'après ce que Brody et Rod lui avaient dit, il ne manquait jamais de compagnie féminine. Elle lui retourna un sourire ironique avant d'accueillir le client suivant.

Rod était au bureau pour la comptabilité ou les commandes. Mais il était revenu circuler parmi les touristes avec cette cordialité typique qui suscitait la sympathie.

La visite suivante devait être guidée par Brody, tandis qu'Austin était prévu pour celle d'après. C'était le seul employé à temps plein pour l'instant. En plus, bien sûr, de Rod, Jo et Brody, ainsi que Lucy à plein temps durant l'été. Jo n'était pas là depuis vingt-quatre heures que Rod avait commencé à l'inclure dans le planning des visites. Quelques étudiants travaillaient aussi l'été, ainsi que des intérimaires à temps partiel quand Rod admettait à contrecœur le besoin de personnel.

Brody se rapprocha d'elle.

— Tu sais où est Lucy ? Papa a son air inquisiteur.

Jo lui jeta un coup d'œil. En effet, il survolait la boutique du regard avec une irritation à peine voilée.

— Non. Est-ce qu'elle est rentrée du lycée ?

— Normalement oui.

Jo sourit à la personne suivante, puis vit sa sœur entrer en courant, téléphone en main. Avisant Brody et Jo, elle se précipita vers eux avec une expression affolée.

— Autumn vient d'appeler ! Vous êtes au courant ?

— Tu ferais mieux de planquer ce téléphone et de te mettre au travail, dit son frère. Papa veut que tu t'occupes des cafés...

— Écoutez-moi ! cria-t-elle d'une voix aiguë.

Des gens se retournèrent.

— C'est Amy Kendall, cette fois ! Elle a disparu, et la police s'en fiche !

Disparu ? Cette fois ? Jo se demanda pourquoi personne ne s'était donné la peine de lui en parler.

Rod se fraya un chemin entre les touristes tandis que Jo encaissait hâtivement une magnifique paire de boucles d'oreilles.

— On n'a pas le temps de bavasser, dit-il à voix basse. Ce n'est pas le moment...

— Tu n'écoutes jamais, cracha Lucy. Amy Kendall a disparu, et tout le monde dit qu'il lui est sûrement arrivé quelque chose. Elle ne part jamais sans rien dire.

— Et je suis censé savoir qui est cette fille ? lança Rod avec une impatience mal dissimulée.

— Oui !

Lucy écrasa les larmes qui commençaient à rouler sur ses joues.

— C'était la petite amie de Brody.

Jo vit le choc sur le visage de son frère, alors qu'elle-même assimilait encore la nouvelle.

— Je la gardais quand elle était petite, s'entendit-elle dire lentement. Tu te souviens ? Amy et sa sœur Caroline.

Amy était une année au-dessus de Brody à l'école, si elle se souvenait bien, ce qui lui faisait presque vingt-deux ans. C'était une beauté la dernière fois que Jo l'avait vue – des cheveux noirs lisses et brillants qui lui tombaient pratiquement jusqu'aux fesses, de longues jambes, un corps svelte et des yeux qui lui avaient fait penser à de l'ambre.

— Excusez-moi, dit un homme à voix haute. Nous ne voulons pas manquer la visite. Pouvons-nous acheter des billets ?

Rod se secoua.

— On parlera de ça plus tard. La police sait ce qu'elle a à faire. Il faut nous concentrer sur le boulot.

Il a raison, pensa Jo, bien qu'elle soit assez secouée pour ne pas pouvoir penser à autre chose qu'à la jeune femme. Et... *cette fois* ? Amy n'était-elle pas la première jeune femme à disparaître ?

2

Alan Burke planta le dernier clou dans la marche de la véranda. Les étés torrides et les rudes hivers du Missouri nuisaient beaucoup au bois. Cette maison était vide depuis trop longtemps. L'intérieur nécessitait aussi des travaux – plus qu'il n'avait envie d'en faire – mais réparer l'extérieur était essentiel s'il voulait vendre. De plus, l'activité physique calmait son agitation intérieure.

Peu importe quoi, il devait faire quelque chose de ses journées en dehors de la salle de musculation qu'il avait installée dans ce qui était autrefois la salle à manger. Se donner trop de temps pour ruminer n'était pas sain. Il avait effectué son travail du mieux possible. Il aurait été illusoire de penser qu'il pouvait encore se fier aux autres pour en faire autant.

Il sautilla sur les trois marches pour les tester et sentit qu'elles étaient solides. Ça suffisait. Il pourrait les peindre cet après-midi.

Un grondement de moteur – pick-up ou SUV, pensa-t-il – se fit entendre sur le chemin d'accès long de presque un kilomètre. Ses muscles se raidirent en un réflexe instinctif. *Calme-toi*, s'ordonna-t-il. Mais il ne pouvait s'empêcher d'être irrité. Il n'avait rien commandé, alors ce ne pouvait pas être le facteur ou un livreur. Dans les quelques occasions où on l'avait reconnu en ville, il n'avait pas fait mystère de son envie d'être laissé tranquille.

Alan envisagea de rester là où il était, ou même de rentrer et d'ignorer les coups à la porte, mais il finit par grogner à mi-voix et marcher vers la maison, marteau toujours en main.

Un SUV – bleu marine, avec un blason blanc et rouge sur le flanc et des gyrophares sur le toit. Un shérif adjoint. Quoi, on venait s'assurer qu'il n'avait pas repris le métier de son père ?

La portière conducteur se referma en claquant et un flic apparut, les yeux fixés sur Alan. Un type plutôt mince, avec des cheveux châtain clair et des lunettes noires. Une silhouette familière, bien qu'il fallût presque une minute à Alan pour le reconnaître.

— Drew ?

Andrew Frazier était son meilleur ami quand ils étaient gosses, mais après tant d'années, il ne l'aurait pas reconnu s'il l'avait croisé ailleurs. L'adjoint ôta ses lunettes de soleil et lui sourit de toutes ses dents.

— Bon sang. C'est vraiment toi.

Alan émit un grognement évasif. Il n'était pas sûr d'être lui-même, et encore moins la version adulte du petit garçon qui ne laissait jamais voir combien ça allait mal chez lui.

— Je ne savais pas que tu étais encore dans les parages, dit-il avec une politesse forcée.

Tous deux s'étaient bien amusés ensemble, en sauvageons qu'ils étaient, pour différentes raisons. Ils avaient exploré les grottes dont cette partie du Missouri regorgeait. Sans qu'aucun d'eux s'en soit vanté auprès de ses parents.

— Je me suis engagé dans l'armée, puis je me suis inscrit à l'université.

Drew haussa à demi les épaules.

— En revenant pour les vacances, je suis tombé sur ma petite amie du lycée et *boum*. On a deux gosses maintenant. Je crois savoir que tu n'es pas marié ?

— Je ne crois pas qu'il y ait une femme quelque part qui me supporterait.

Il hésita. Il n'avait pas envisagé d'inviter quiconque à entrer, mais cela semblait inévitable.

— Je peux t'offrir une bière ? Un café ?

Le visage de Drew se ferma.

— Pas de bière. Je suis en service. J'avais l'intention de passer te dire bonjour un de ces jours, mais si je suis là, c'est que j'aimerais que tu nous donnes un coup de main.

Cette perspective ne plut pas beaucoup à Alan, mais il hocha la tête, se dirigea vers la véranda et pénétra dans la maison. Drew tourna la tête quand ils passèrent devant la salle de gym, mais Alan ne s'arrêta pas avant d'être dans la cuisine. Celle-ci était aussi laide que possible – « démodée » ne suffisait pas à la décrire – mais au moins, elle était propre.

Il avait préparé un pichet de limonade un peu plus tôt et il leur en versa deux verres. Ils s'assirent à la table branlante, sur les deux seules chaises – achetées dans une brocante – et se regardèrent.

— Ta grand-mère est revenue enterrer ta mère, dit Drew après une minute. C'est elle qui m'a dit que tu étais dans la marine.

— C'est vrai.

— Plus tard, il y a eu des rumeurs comme quoi tu étais devenu SEAL.

— Je suppose que grand-mère est restée en contact avec quelqu'un ici. Je suis surpris qu'on ait cru à cette histoire, vu que tout le monde était persuadé que je ne finirais pas mieux que mon père, remarqua-t-il d'un ton sardonique.

« Papa » avait fabriqué de la méthamphétamine et dissimulé ses activités dans les grottes.

— Tu étais vraiment SEAL ?

Le ton de la question rendit Alan curieux.

— Oui. Je suis resté jusqu'à ce qu'une blessure m'empêche de reprendre le service. De quoi s'agit-il, Drew ?

Son ami poussa un long soupir et se passa une main sur le visage.

— Une jeune femme a disparu.

Choqué, Alan se pencha en avant, faisant grincer sa chaise.

— Et vous me soupçonnez *moi* ?

— Non, non ! On a besoin d'hommes, et j'ai pensé que tu aurais peut-être de l'expérience. Tu sais comment c'est. Dans un comté comme le nôtre, on n'a jamais assez de gens pour effectuer des recherches sérieuses. Nous sommes en train d'organiser les bénévoles, mais ils ne sont pas aussi utiles qu'ils le croient.

Se radossant à sa chaise, Alan hocha la tête.

— Qu'est-ce qui vous fait penser qu'elle n'a pas pris la tangente ?

— C'est ce que croit le shérif, mais moi je penche dans l'autre sens.

Il s'interrompit.

— Plusieurs jeunes femmes ont disparu ces dernières années. Peut-être même avant, mais c'est difficile à dire. Personne n'a fait le lien entre elles, parce que leurs disparitions couvrent trois comtés. Et tu connais la chanson. Elles avaient toutes plus de vingt et un ans. Quand il s'agit d'adultes, la police préfère croire qu'elles rentreront à la maison quand elles l'auront décidé.

Alan acquiesça à nouveau. Il le savait, oui.

— Sauf qu'aucune d'elles n'est jamais revenue. Ce que j'ai entendu dire sur celle qui s'est évaporée dans le comté de Douglas il y a trois ans ne m'a pas plu, mais elle n'était pas dans notre juridiction.

Et les flics étaient généralement trop occupés pour faire le suivi d'un crime qui n'était pas dans leur juridiction.

— Ça m'enquiquine, tu comprends ? Ses amis et sa famille disent tous qu'elle n'aurait jamais fait un truc comme ça. Elle avait un petit copain et un job d'été en vue.

Il secoua la tête.

— On nous a appelés ce matin. Une fille nommée Amy Kendall, presque vingt-deux ans, qui a quitté une fête bien arrosée hier soir. Elle est partie en voiture, seule, et elle n'est jamais arrivée.

— Sa voiture ?

— Aucune trace. Nous avons émis une alerte BOLO et effectué des recherches préliminaires sur le trajet, mais rien jusqu'ici. Sa famille est en train de faire faire des affichettes. Aucun de ceux qui la connaissent ne la croit capable de partir comme ça. Elle avait plein d'amis, elle était intelligente, mais elle ne voulait plus aller à l'université. Son père possède plusieurs magasins d'électroménager, et elle faisait de la comptabilité pour lui.

— Pas d'altercation avec lui ?

— Il n'y a pas même un murmure sur quelque chose du genre.

Le ton de Drew était clairement déprimé. Alan aurait dit non à quiconque serait venu lui demander un service, mais ça... Il avait passé toute sa vie d'adulte à servir et protéger, d'une façon ou d'une autre. En grimaçant, il demanda :

— Alors qu'est-ce que je peux faire pour vous ?

— Superviser un groupe de volontaires, pour commencer. Nous avons prévu de couvrir toutes les directions en partant du lieu de la fête – qui, au passage, se tenait dans les bois. À quelques kilomètres d'ici. Si tu as toujours ta combinaison de plongée, tu pourrais fouiller les lacs et les dolines de la région, si on en vient à ça. Tu sais qu'il y en a plein et que certains sont très profonds.

Tous deux étaient aussi allés nager dans des endroits interdits, aussi intrépides que deux gosses de cet âge peuvent l'être. À l'époque, il n'avait pas l'équipement nécessaire pour explorer les grottes submergées, mais il en avait envie.

Ignorant ses réticences personnelles, Alan hocha la tête.

— Oui, je peux faire ça.

Il se passa une main sur la mâchoire.

— Je pourrai peut-être même me raser pour ne pas effrayer les gens. Où est-ce qu'on se retrouve ?

Ils allaient se rassembler à moins de trois kilomètres, là où le chemin de terre aboutissait à un bois épais, parfait pour dissimuler les activités d'adolescents aux yeux des parents.

— Merci.

Drew se remit sur pied, les sourcils froncés. Il se dirigea vers la porte, puis fit halte.

— Tu as quitté la marine récemment ?

— Non. Il y a cinq ans.

— Juste par curiosité, qu'est-ce que tu as fait durant ces cinq ans ?

Alan esquissa un sourire ironique.

— Je suis devenu flic, quoi d'autre ?

— Ça fout tellement les jetons ! s'exclama une des amies de Lucy.

Elles ne cessaient de répéter cela. Malgré l'heure matinale, elles étaient au bord de la frénésie, Lucy plus que toute autre. Vu les circonstances et leur âge, on aurait pu trouver ce mélodrame normal, mais Lucy était aussi remontée que si elle avait pris des amphétamines. Elle était agitée et fébrile, et sa voix prenait des accents perçants. D'un autre côté, ses amies semblaient surjouer l'horreur, comme si elles auditionnaient à Hollywood.

Peut-être que j'accorde trop d'importance à ça, songea Jo, et elle s'efforça de regarder autour d'elle.

Une foule de bonne taille s'était rassemblée pour chercher Amy, ce qui n'était pas surprenant. La ville était petite, tout le monde connaissait tout le monde. Quelques photos d'Amy passaient de main en main. En voir une quelques minutes auparavant avait donné encore plus de réalité à l'affaire.

Mais une question rongeait Jo. Une battue dans les bois avait-elle vraiment un sens ? Les jeunes qui s'étaient trouvés à la fête étaient d'accord pour dire qu'elle était partie en voiture. Mettons qu'elle soit tombée en panne et qu'elle ait dû marcher, où était la voiture ? Les autorités avaient-elles organisé ces recherches pour avoir l'air de faire quelque chose ? Ou avaient-elles une raison de croire que quelqu'un leur avait menti ?

Peut-être que les flics envisageaient *toujours* l'éventualité qu'on leur ait menti.

Naturellement, tout le monde parlait d'Amy. Juste derrière Jo, un homme disait :

— J'ai entendu dire que personne d'autre qu'elle n'est parti dans la même direction.

Il avait l'air de savoir de quoi il parlait, mais qui sait ? Et si l'un des fêtards avait effectivement quitté la fête avant Amy et l'avait attendue au bord de la route ?

— Où avez-vous entendu ça ? lança une femme, juste au moment où Jo se retournait pour voir qui était l'homme.

Personne qu'elle reconnut, mais il répondit :

— C'est l'adjoint Frazier qui me l'a dit quand je lui ai posé la question.

— Oh…

Plusieurs personnes firent « chut ».

Le regard de Jo se posa sur les trois hommes qui se tenaient au centre, prêts à organiser les groupes maintenant que les arrivées s'étaient espacées. Deux d'entre eux étaient en uniforme, c'étaient des adjoints du shérif. Brody lui avait dit que l'un d'eux s'appelait Andrew Frazier. C'était un bel homme blond, de stature athlétique. Elle l'avait croisé un jour en sortant du supermarché, il avait un petit garçon de trois ou quatre ans sur les épaules et était accompagné d'une femme, qui poussait un caddie avec un enfant plus jeune.

Le deuxième était plus petit et plus trapu. Un cou épais, un visage carré. Essayant manifestement d'adopter un air autoritaire, il avait le crâne rasé et se tenait solidement planté sur ses pieds, les mains reposant sur son ceinturon en cuir, à proximité de son arme. Il regardait l'homme en civil d'un air assez hostile.

Ce fut ce dernier qui retint son attention. Uniforme ou pas, la manière dont il se tenait trahissait le flic. Grand, au moins un mètre quatre-vingt-dix ou quatre-vingt-quinze, il dominait la foule avec ses larges épaules et son long corps dégingandé. Pas vraiment beau. Son visage était plutôt anguleux, avec une mâchoire et un menton prononcés, et un regard qui survolait la foule comme s'il s'attendait à tout moment qu'éclatent des coups de feu.

Ses yeux croisèrent les siens alors qu'elle le regardait, et s'attardèrent. En fait, ils se contemplèrent un peu trop longtemps, si l'on prenait en compte qu'ils étaient de parfaits inconnus l'un pour l'autre. À cette distance, elle ne put se faire une idée de la couleur de ses yeux, mais elle éprouva une sensation étrange avant qu'il ne recommence à survoler les visages.

Ou peut-être les mains. La méfiance se lisait sur ses traits. Qui diable était-il ?

L'adjoint Frazier prit la parole, dominant les autres voix. Il se présenta, présenta l'adjoint Hudson et Alan Burke, dont il dit qu'il avait une expérience militaire et policière, sans autre précision.

Attendez... Les Burke possédaient la propriété voisine de Summerlin depuis aussi longtemps qu'elle s'en souvenait. Rod avait l'habitude de grommeler contre les ordures qui y vivaient. N'y avait-il pas eu un fils qui avait vécu ailleurs ? Si c'était lui, il avait rendu Rod fou en refusant de lui vendre son terrain.

Elle prêta l'oreille et apprit ainsi que les gens allaient se diviser en quatre groupes. Un homme vêtu de kaki avait rejoint les trois hommes. Apparemment, c'était le chef de l'équipe locale de recherches et secours.

Sans en avoir du tout l'intention, Jo se retrouva dans le groupe d'Alan Burke. Brody s'était éloigné pour parler à des amis et avait été intégré à celui de Hudson. Quant à Lucy... Jo regarda autour d'elle. Elle était là, en arrière, affectée à un troisième groupe avec plusieurs de ses amies. Elle lui jeta un regard de défi.

Cela n'avait pas plu à Rod qu'ils abandonnent leurs devoirs pour se joindre aux recherches. Il avait répété que les filles de l'âge d'Amy étaient connues pour leur irresponsabilité, mais, après l'intervention de Jo, il avait reconnu avec irritation qu'il fallait sans doute le faire. Austin était là, et Rod avait appelé deux salariés temporaires, arrivés cette semaine-là. Les réservations étaient nombreuses, alors Jo comprenait. Il ne fallait pas décevoir les personnes qui avaient acheté des billets à l'avance.

Elle fut abruptement rappelée au but de sa présence lorsque Burke étala une carte topographique contre un tronc d'arbre et demanda aux membres de son groupe d'étudier la zone délimitée en rouge. Quelques personnes parurent avoir du mal à se repérer, mais la plupart connaissaient assez bien la région pour acquiescer. Il leur ordonna de s'écarter autant que possible les uns des autres sans se perdre de vue. Son regard passait d'un visage à l'autre.

— Si vous devez quitter la ligne pour jeter un coup d'œil dans un taillis ou par une trouée, signalez-le à vos compagnons, dit-il d'une voix grave et calme. Nous avons hérité du terrain le plus difficile, dont une pente très accidentée. Il faudra faire avec. Je vois que certains d'entre vous ont apporté des bâtons de marche. Ils seront utiles pour fouiller les buissons. Faites attention aux serpents, surtout ceux qui ne portent pas de bottes.

Jo regarda autour d'elle et vit plusieurs personnes en baskets.

— L'extrémité gauche de notre ligne atteindra la rivière dans environ sept cents mètres.

C'est-à-dire à un kilomètre et demi de Summerlin, calcula Jo.

— Cela nous permettra de nous orienter, continua-t-il. Il y a une doline ici...

Il tapota une tache bleue arrondie sur la carte.

— Nous allons nous séparer pour en faire le tour. Signalez-moi tout ce qui attire votre attention : une chaussure, une trace de passage, une branche cassée, des empreintes dans la terre ou des traces de pneus. N'importe quoi. C'est compris ?

Tout le monde hocha la tête, y compris Jo. Ces yeux bleus captivants forçaient l'attention.

— Je resterai du côté de la pente, parce que c'est le plus dur, et que j'en ai l'expérience. Je me déplacerai aussi pour rester en contact avec chacun d'entre vous. D'accord ?

Encore des hochements de tête.

En disant : « Vous, vous, vous », il les mit en ligne. Jo fut déconcertée de se retrouver directement à sa gauche. La voyait-il comme le maillon faible qu'il devait surveiller ? Ou savait-il d'une manière ou d'une autre qui elle était et supposait-il qu'elle avait l'habitude de randonner ?

Leur groupe fut le premier à partir. Un couple marié que Jo connaissait vaguement avait été positionné au bout de la ligne ; elle distinguait à peine leurs voix... En dehors de cela, elle prit conscience de la lourdeur de l'air, due à l'humidité estivale, et d'un silence surnaturel. Les oiseaux et les petits animaux s'étaient sans doute cachés pour échapper aux êtres humains faisant intrusion dans la forêt. Elle s'entendait respirer, de même qu'elle percevait chaque craquement et bruissement sous ses pieds.

L'homme à sa gauche faisait plus de bruit que nécessaire. Mais elle devait constamment tourner la tête pour s'assurer qu'Alan Burke était toujours là tant il se déplaçait silencieusement. Ils n'avaient aucune raison de ne pas faire de bruit, se rappela-t-elle. En fait le calme, sous l'entremêlement des arbres, avait une touche d'étrangeté.

Comme en réponse à ses pensées, un cri fit battre son

cœur. Elle entendit un juron venant de l'homme à sa droite, et un éclair bleu jaillit. Les geais n'aimaient pas les intrus.

— J'avais oublié ce bruit, marmonna Burke.

— Ça m'a enlevé une année de vie, dit-elle entre ses dents.

Un surprenant sourire en coin lui apprit qu'il l'avait entendue. Ses yeux étaient presque aussi bleus que les ailes du geai.

Deux fois, il quitta sa place pour jeter un coup d'œil à quelque chose qui avait attiré l'attention d'un des volontaires. Les deux fois, il secoua la tête et reprit sa marche.

Jo transpirait pour rester à leur niveau, quand il cria :

— Passez le mot. On fait une brève pause.

Jo repéra un arbre nouvellement couché et se dirigea vers lui. L'homme à sa gauche partit dans l'autre direction, sans doute rejoindre un ami. Alan Burke marcha droit vers elle et s'assit à quelques mètres, étendant ses longues jambes.

— J'espère que tout le monde est prêt pour la grimpette.

— Ils ont l'air en forme.

Elle hésita un instant, puis dit :

— Je m'appelle Jo Summerlin. J'ai le sentiment que nous sommes voisins.

— Jo ?

— Le diminutif de Josephine.

Elle prit une bouteille d'eau dans le sac à dos qu'elle portait. Il fit de même.

— Ah. Je n'arrête pas d'entendre parler de Rod Summerlin. C'est votre père ?

— Mon beau-père.

Ces yeux perçants l'observaient avec une intensité peu naturelle. Était-il hyper-vigilant, ou bien était-ce elle ?

— Rod est obsédé par la grotte. Il voudrait la posséder tout entière.

— Elle peut très bien s'étendre sur des kilomètres, observa-t-il. Certaines le font. La région repose sur un labyrinthe complexe de grottes.

— Mais il y a une autre ouverture sur votre terrain. Du moins… à supposer que vous viviez près de chez nous ?

Il prit une longue gorgée sans cesser de la regarder.

— Oui, je fais partie de ces Burke-là.

Elle fronça les sourcils devant la sécheresse de son ton. Elle se rappelait vaguement les rumeurs au sujet de son père. Qui était alcoolique ? Non, il fabriquait et vendait de la méthamphétamine. C'était ça.

— Je ne me souviens pas de vous dans mon enfance.

— Je dois être plus vieux que vous, dit-il d'un ton bref. Je suis parti vivre chez mes grands-parents avant que nous puissions nous croiser à l'école.

Elle acquiesça. Voyant qu'il restait silencieux, elle demanda :

— Pourquoi ces recherches ? Je veux dire, Amy a quitté la fête en voiture, non ?

— C'est ce qu'on m'a dit.

Il pencha la tête.

— Vous la connaissez ?

Dieu merci, il n'avait pas dit « la connaiss*iez* », comme s'il la croyait déjà morte.

— J'ai été sa baby-sitter et celle de sa sœur. Je ne l'avais pas vue adulte jusqu'à il y a deux ou trois ans, à peu près. Mon frère et elle sortaient ensemble à l'époque.

— Votre frère ?

— Brody. Il est ici aujourd'hui. Avec l'adjoint Hudson.

Alan parut méditer cela.

— Ils n'étaient plus ensemble ?

— Non, depuis un bon moment. Un an ou deux ? Mais il pourrait savoir qui elle fréquente.

— Je transmettrai ça.

Que voulait-il dire par là ?

— Attendez. Vous êtes en train de suggérer que Brody pourrait être suspect si Amy a réellement été enlevée ?

Assassinée, c'était ce qu'elle voulait dire. Il haussa des sourcils noirs.

— Je ne suis pas enquêteur. Mais ceux qui le sont voudront certainement parler à tous les... amis de Mlle Kendall.

Les garçons avec qui Amy était sortie. *Et je viens juste de mettre Brody dans le tas*, pensa Jo. Mais l'avait-elle vraiment fait ? N'importe quelle amie d'Amy savait que Brody et elle formaient un couple à une époque. Il y avait sans aucun doute eu d'autres garçons depuis.

Alan la regarda se tracasser avant de pousser un soupir et de ranger sa bouteille dans un sac bien plus grand que le sien. Après cela, il se releva sans effort. Mettant deux doigts dans sa bouche il poussa un sifflement perçant.

— En route !

Se levant elle aussi, Jo contempla la pente raide, parsemée de rochers, d'arbres et de broussailles, puis les bois qui s'étendaient au loin, avec leurs ombres profondes. Elle se représenta le paysage au milieu de la nuit, quand même la pleine lune ne pouvait pénétrer l'obscurité.

Ces bois étaient certainement plus jolis au début du printemps, quand les arbres de Judée, les asiminiers, les amélanchiers et les cornouillers étaient en fleurs. Maintenant... Jo eut la chair de poule en imaginant Amy terrifiée, trébuchant et cherchant désespérément une cachette, tandis que son poursuivant se rapprochait d'elle.

Elle frissonna, consciente que l'homme à côté d'elle l'avait remarqué. Mais il hocha la tête et s'éloigna.

D'autres volontaires se rassemblaient, prêts à reprendre les recherches. Elle ne voulait pas les décourager, mais... Elle demanda au large dos d'Alan Burke :

— Vous croyez qu'on va retrouver Amy ? Ici ?

Il s'arrêta et se retourna, l'air énigmatique. Un muscle tressauta sur sa mâchoire.

— Non. Je ne m'attends pas à la retrouver.

Une boule dans la gorge, Jo se demanda s'il avait voulu dire dans la zone qui leur avait été assignée, ou s'il ne s'attendait pas à la retrouver du tout. Jamais.

3

Une heure plus tard, Alan était au pied de la colline, s'adressant brièvement aux volontaires pour s'assurer que personne n'était en difficulté, quand un cri perçant s'éleva. Celui-là provenait d'une gorge humaine.

Pivotant sur lui-même, il escalada la colline en courant, se rattrapant parfois d'une main au sol. Bon sang, ce devait être Jo Summerlin. S'était-il trompé ? Avait-elle eu la malchance de tomber sur le corps de la jeune femme ?

L'homme avant elle dans la ligne fixait le vide. De la sueur dégoulinait de son visage rouge.

— Je suis sûr qu'elle n'a rien, dit-il d'un ton incertain.

Alan l'ignora. Même avec son niveau de préparation, son cœur battait méchamment dans sa poitrine quand il la vit enfin, à quatre pattes.

Ce spectacle le secoua, bien qu'il ne comprenne pas pourquoi, pas plus qu'il n'avait compris pourquoi elle avait attiré son regard au premier coup d'œil. Oui, elle était jolie, mais elle n'avait rien des filles qu'on trouvait dans les bars avoisinant les bases des SEAL. Jo Summerlin n'était pas tant voluptueuse que délicate, malgré une taille au-dessus de la moyenne pour une femme. Des cheveux et des yeux noirs, des hanches minces, de longues jambes et un corps souple, cohérent avec son ossature fine. Athlétique, avait-il pensé.

Maintenant des brindilles s'étaient emmêlées dans ses

longs cheveux, précédemment relevés en queue-de-cheval. Du sang perlait d'une écorchure sur sa joue, et d'autres décoraient ses avant-bras. Comme les autres, elle transpirait mais ne paraissait pas blessée.

Il s'accroupit devant elle.

— Qu'est-ce qu'il y a ?

— Oh...

Elle souffla, dans l'espoir futile d'écarter des mèches de cheveux humides de son front.

— Désolée pour le hurlement. J'ai été... surprise.

— Par quoi ?

Puis il le vit aussi. En fait, s'il n'avait pas été aussi concentré sur elle, il aurait remarqué le sentier menant à la falaise – et l'orifice obscur d'une grotte dissimulée par la végétation. De l'eau ruisselait d'un côté, assez pour humidifier l'amas de rochers sous l'ouverture. Plus tôt dans l'année, c'était probablement un vrai torrent.

— Un lynx est sorti de là, expliqua Jo. Je crois qu'il doit vivre dedans. Il m'a effleurée et s'est enfui.

— C'est bien possible, concéda-t-il.

Les lynx étaient farouches, et on en voyait rarement.

— J'ai remarqué un sentier.

— Je le vois. Il a probablement été fait par des animaux, vous savez.

— Je sais, mais...

Il fronça les sourcils. Il sentait l'air frais en provenance de l'ouverture, qui véhiculait l'odeur familière de renfermé, mais teintée d'une note de sang s'il ne se trompait pas. Bien sûr, c'était sans doute dû au prédateur qui vivait là, mais le seul moyen de s'en assurer était d'aller voir.

— Pourquoi ici ?

Il débattait autant avec lui-même qu'avec elle.

— Vous vous imaginez transporter une femme inconsciente sur cette pente ?

— Vous avez vu une photo d'elle ?

— Du visage, seulement.

— Elle est petite, lui dit Jo. Un mètre cinquante-cinq peut-être. Et mince. Je parie qu'elle ne pèse pas plus de cinquante kilos.

Cela faisait d'elle une cible particulièrement attractive, ne put-il s'empêcher de penser.

— Il y a une route jusqu'à la doline ? demanda Jo.

Il se retourna et aperçut l'éclat de l'eau par-dessus le sommet des arbres.

— Si ce chemin y descend...

Elle avait raison. C'était faisable. Et, bon sang, pourquoi renâclait-il ? On lui avait demandé de vérifier chaque mètre carré de cette zone, et cela comprenait ce trou déplaisant à flanc de colline. Il devait l'inspecter, qu'il ait l'équipement ou non, mais cela ne l'enthousiasmait guère.

— Il faut que j'y entre.

— Pas seul, dit-elle fermement.

— Vous avez déjà exploré des grottes ?

— Vous plaisantez ? C'est le métier de ma famille.

Il haussa les sourcils.

— Ceci...

Il inclina la tête vers l'ouverture, qui ne faisait pas plus d'un mètre de hauteur et un mètre cinquante de largeur.

— ... n'a rien à voir avec une grotte qui pourrait servir de salle de bal.

— Me tortiller dans des goulets n'est pas mon activité préférée, reconnut-elle avec une dignité qui força son admiration, mais je l'ai fait quelques fois.

Il soupira. Lui-même n'aimait pas beaucoup se contorsionner pour se faufiler dans une galerie étroite.

— D'accord. On n'ira pas très loin, on ne le peut pas sans équipement. S'il est possible de passer, il faudra sans doute revenir plus tard, mais peut-être qu'on pourra déterminer tout de suite si une créature à deux pattes est venue ici.

Il se leva.

— Au moins, on peut prendre des précautions basiques. Je vais faire passer le mot, pour que les gens sachent pourquoi nous avons disparu.

Jo regretta immédiatement son offre – d'accord, son *exigence* – de l'accompagner. Elle n'aimait pas les passages où elle devait ramper et jusqu'ici avait toujours renâclé devant la nécessité de se tortiller comme un serpent. Le fait que la grotte n'ait probablement jamais été explorée, et qu'Alan et elle soient les premiers à y poser le pied n'arrangeait rien.

Cependant, se dégonfler était hors de question. Elle se représenta Amy Kendall, d'abord en enfant puis en jolie jeune fille, et se raidit.

Alan la rejoignit, posant son sac et fouillant dedans. Elle fit de même dans le sien et en sortit des gants et des lampes torches. Il haussa un sourcil.

— Vous êtes bien préparée.

— Par ici, les chiens découvrent des grottes chaque fois qu'ils essaient d'enterrer un os. Les cantonniers en trouvent continuellement de nouvelles. Comme vous l'avez dit, il y a un réseau souterrain sous nos pieds.

— Peut-être que votre beau-père aimerait acheter ce terrain, dit sèchement Alan.

Elle sourit malgré elle.

— Qui sait ?

Il contempla son jean et ses bottes d'un œil critique, puis jeta un rouleau de corde sur son épaule.

— Bon, on y va, dit-il.

— Je devrais peut-être passer la première...

— Jetons d'abord un coup d'œil avant de prendre une décision.

Il dut se baisser en franchissant un amas de rochers pour gagner l'ouverture. Elle suivit son exemple et se sentit momentanément soulagée par la fraîcheur de l'air. Juste avant d'avoir la nausée.

Toutes les grottes dans lesquelles elle était entrée avaient une odeur de renfermé. Elle s'y était habituée, mais cette fois, c'était bien pire, une odeur putride, sans doute parce que l'espace était plus restreint.

En outre, les lambeaux sanglants d'un animal – un lièvre, pensa-t-elle, dégoûtée – prouvaient que c'était bien l'habitat du lynx. Elle put se relever, mais Alan devait toujours se courber. Un des côtés de la grotte brillait d'humidité. La galerie rétrécissait immédiatement.

Alan fronça les sourcils.

— J'aimerais bien que nous ayons des casques.

Elle ne fit pas de commentaire et, un instant plus tard, il parut se secouer.

— Les dames d'abord.

Son regard toujours préoccupé croisa le sien.

— Dès que ça a l'air instable, arrêtez-vous.

Que pouvait-elle faire à part acquiescer ? Il était logique qu'il la suive, vu sa taille. Il serait plus à même de la tirer d'affaire, si on en arrivait là, qu'elle ne le serait de traîner son corps massif.

Elle n'eut pas à se tortiller – tout allait bien en rampant sur ses genoux et ses avant-bras, et ses épaules et ses hanches ne touchaient pas les parois du passage, mais son jean se mouilla immédiatement, et de l'eau glaciale s'infiltra dans ses gants. Le faisceau de sa torche perçait l'obscurité devant elle, ne révélant rien d'autre qu'une courbe et… quelque chose qui détala.

Berk. Une salamandre, l'une des habitantes des grottes. Inoffensive. Elle ne les craignait pas, mais Dieu merci, elle n'avait pas posé la main dessus. Elle aurait eu honte de crier encore.

En quelques minutes, cinq à peu près, supposa-t-elle, bien que le temps soit difficile à évaluer dans l'obscurité, elle commença à frissonner. Les grottes de la région des Ozarks étaient en moyenne à 15 degrés, ce qui en faisait des retraites tempérées pour les chauves-souris, les ours et les autres créatures qui hibernaient durant les froids hivers du Missouri. Pour une femme qui avait transpiré abondamment, 15 degrés c'était froid. Sans parler de l'eau.

Une voix grave s'éleva derrière elle.

— Ça va ?

— Bien sûr. Je suis trop lente ? Désolée.

— Non. Mieux vaut y aller prudemment que rapidement.

Étant donné les bleus qu'elle sentait déjà se former sur ses genoux et ses avant-bras à cause du sol accidenté – oh, qu'est-ce qu'elle aurait donné pour avoir des genouillères et des coudières ! –, il avait raison. Elle jeta un coup d'œil derrière elle et vit qu'il n'avait pas allumé sa torche. Malin. Ils ne devaient pas gaspiller la batterie au cas où… Quoi ? Où ils seraient piégés ?

Ce frisson-là n'était pas de même nature, parce qu'il arrivait que des gens n'arrivent pas à ressortir d'une grotte.

Les autres savaient où ils se trouvaient, se rappela Jo, et elle s'appliqua à ne *pas* penser à la masse de terre au-dessus d'eux, ni à l'odeur de moisi de plus en plus accentuée, ni au fait qu'elle avait l'impression que l'air même avait un poids. Elle n'avait vu aucun indice que des chauves-souris occupaient la grotte, mais leurs déjections pouvaient empoisonner l'air.

Dieu merci, elle entendait les petits bruits que faisait Alan en avançant derrière elle. Elle n'aurait pas voulu être seule.

Le faisceau de sa torche fut soudain englouti par l'obscurité. Elle s'arrêta et balaya l'espace devant elle. La galerie débouchait dans une salle. Une salle de bonne taille, comprit-elle, avant de ramper quelques mètres de plus et de se relever. Elle se retourna pour éclairer le chemin pour Alan, qui se mit également debout et alluma sa propre torche pour examiner le brillant espace caverneux, rempli de stalactites et de stalagmites. Ces formations n'étaient pas aussi belles que celles de la Grotte Summerlin, mais elles venaient du même creuset.

Ici, l'eau dégoulinait de tous côtés le long des parois, et en effleurant le plafond de sa torche, Jo vit des failles.

La grotte allait plus loin, s'étrécissant un peu plus, mais encore assez large pour qu'Alan passe le premier. S'ils avaient été dehors, elle lui aurait probablement marché sur les talons tant elle le suivait de près. Ils découvrirent d'autres salles, belles mais pas spectaculaires, et dont aucune ne montrait des signes d'occupation autres que quelques salamandres. L'eau qui suintait constamment n'était pas assez profonde pour les écrevisses qui se reproduisaient dans les mares et les cours d'eau de certaines grottes.

Elle était à nouveau en train de ramper sur les genoux et les avant-bras quand elle entendit un craquement. Elle avait à peine commencé à se recroqueviller, le mot « attention ! » coincé dans la gorge, quand quelque chose la heurta à la tête et à l'épaule. Elle se laissa tomber sur le ventre.

— Jo ! Bon sang, je le savais ! Est-ce que ça va ?

En entendant sa voix enrouée, elle porta prudemment une main à sa tête. Avec les gants, elle ne pouvait dire si elle saignait, ni même si une bosse se formait.

— Oui. Je ne crois pas que c'était un gros caillou.

— Il faut rebrousser chemin. Lentement, prudemment. Je fais un pas ou deux, vous en faites un ou deux. Essayez de ne pas toucher les parois.

— D'accord.

Elle s'efforça de réguler sa respiration.

— Mais il faut que je recule à genoux.

— Je sais.

Son ton gentil lui donna la confiance nécessaire pour se mettre en mouvement. À nouveau à quatre pattes, elle sentit sa main se poser sur un caillou dont elle ne pensait pas qu'il était là auparavant. Elle s'en empara. Il était de la taille d'une balle de base-ball ou un peu plus petit. Il n'était pas tombé de très haut, aussi elle ne pouvait pas avoir été vraiment blessée.

Des bruits légers s'élevèrent derrière elle, puis une main se referma sur sa cheville.

— À votre tour.

Les deux premières minutes de leur lente retraite furent les plus trépidantes. Une fois qu'une partie du plafond commençait à se fendre, un effondrement était à craindre.

Ils continuèrent de ramper à reculons, Alan murmurant des choses comme : « C'est bien. Maintenant, attendez une seconde. »

Puis, soudain, il dit :

— Cet espace est assez grand pour nous asseoir et nous reposer. On peut se retourner.

Lorsqu'elle fut assise, le soulagement lui donna presque une impression de faiblesse.

— Eh bien, c'était marrant.

— J'aurais dû revenir plus tard, ne pas vous entraîner dans cette exploration à laquelle aucun de nous n'était préparé.

Elle posa la main sur son avant-bras.

— Un caillou m'a effleurée, c'est tout. Si tout le plafond s'était effondré, vous auriez dû me déterrer.

Il marmonna quelque chose qui n'était sans doute pas destiné à ses oreilles avant de demander :

— Vous êtes prête à continuer ?

— Pas de problème.

Elle aurait un bleu à l'épaule, elle en était sûre, et probablement une bosse de taille modeste sur le crâne, mais ce ne serait pas la première fois. Elle s'était cogné la tête bien plus fort en apprenant à faire de la bicyclette sur le parking.

— Nous sommes allés beaucoup plus loin que je ne voulais de toute façon. Restez près de moi.

En tournant la tête, elle vit son visage, sinistrement éclairé par l'étroit faisceau de leurs torches. Elle-même devait avoir l'air d'une chouette.

— Oui, difficile d'imaginer pourquoi quelqu'un aurait poursuivi, approuva-t-elle.

— Enfant, je l'aurais fait, certain de trouver de l'or espagnol ou des objets précolombiens.

Était-ce un sourire dans sa voix ?

— Vous avez perdu votre optimisme ? questionna-t-elle.

Il resta silencieux juste assez longtemps pour la rendre curieuse. Puis, d'un ton neutre, il ajouta :

— On pourrait dire ça.

Chapitre clos.

Retracer leur chemin jusqu'à l'entrée fut atrocement lent, bien qu'ils n'aient plus à se montrer aussi prudents. Jo avait mal à la tête et frissonnait. En outre, elle sentait les effets de la marche précédente. Elle s'efforçait de rester en forme durant l'année, mais faire du jogging ou du vélo d'appartement ne préparait pas forcément à une randonnée sur des pentes rocheuses.

Jo réprima un gémissement devant la lumière du jour et s'enorgueillit de son stoïcisme lorsqu'elle rampa sur les rochers acérés de l'entrée et sortit dans la chaleur, qui lui donna l'impression de s'immerger dans un bain de vapeur.

L'apparence d'Alan était tellement semblable à celle qu'il avait avant qu'ils ne s'aventurent sous terre qu'elle se renfrogna. Il la dévisageait, mais elle ne croisa pas son regard avant qu'il dise :

— Laissez-moi jeter un coup d'œil.

Merveilleux. Elle inclina la tête et sentit ses doigts fouiller dans ses cheveux jusqu'à ce qu'il trouve la bosse. Bosse, découvrit-elle, qui n'était pas la seule partie de son crâne à être hypersensible sous ses doigts.

— Vous saignez un peu.

Il n'avait pas l'air content.

— Bon, faites bouger votre épaule pour voir.

Lorsqu'elle se fut exécutée, il ne lui demanda pas de découvrir son torse, Dieu merci. Elle se demanda bien sûr de quoi elle avait l'air, mais ne voulut pas reconnaître pourquoi cela importait.

— Les autres ont continué ? pensa-t-elle à demander pour la première fois.

Il grogna un acquiescement.

— Je leur ai dit que nous grimpions la même colline et que nous les rejoindrions à la doline. Prenons une minute pour manger quelque chose.

Jo hocha la tête avec force, rangea sa torche et ses gants en cuir dans son sac, et en sortit une bouteille d'eau et un sachet de cacahuètes.

Alan s'assit, allongeant ses longues jambes musclées, et sortit également des raisins secs et des noix de son sac.

Il ne semblait pas enclin à bavarder. Quand bien même elle aurait aimé lui demander ce qu'il savait de plus qu'elle ou les autres, elle accepta son attitude et ne dit mot.

La roche qui était tombée sur Jo avait fait une sacrée frayeur à Alan. Ils avaient réussi à éviter le plus grave, mais il n'oublierait pas de sitôt qu'ils l'avaient échappé belle, même s'il savait aussi qu'il faisait une montagne de ce qui avait été un incident mineur. Si elle avait été vraiment blessée... Il s'était tu après l'avoir examinée, mais ces instants terrifiants ne cessaient de lui revenir en mémoire.

Cela le renvoyait à sa dernière opération de police, opération désastreuse dans laquelle deux otages avaient été tués. Ce n'était pas sa faute, mais il n'avait jamais cessé de battre sa coulpe.

En dehors de cela, les recherches avaient été vaines, comme il s'y attendait. Cela ne voulait pas dire qu'ils ne continueraient pas à chercher, encore que décider où aller ensuite serait difficile.

Après la découverte de la grotte, il avait commencé à envisager la colline d'un autre œil. Combien d'autres ouvertures étaient dissimulées par des roches ou de la végétation ? Mais cette spéculation était aisément contrecarrée par la même logique qui l'avait fait hésiter à y entrer. Aucune femme en fuite n'aurait grimpé jusque-là ; et pourquoi son éventuel ravisseur l'aurait-il portée ou forcée à marcher sur cette distance ? Il devait y avoir beaucoup de maisons ou de bungalows vides dans la région. Sa propre maison, isolée, était restée vide suffisamment longtemps pour constituer un site idéal de captivité.

Et quand on y réfléchissait objectivement, il y avait encore des chances qu'Amy Kendall soit partie de son plein gré. Cela arrivait. Les parents et les amis ne savaient pas toujours ce qui passait par la tête de quelqu'un. Peut-être s'était-elle mise à la drogue, peut-être avait-elle rencontré un garçon dont elle savait que ses parents le détesteraient. Ou bien, elle voulait simplement prouver son anticonformisme.

Alan ne croyait rien de tout cela, étant donné les disparitions des autres jeunes femmes. Toutes au début de la vingtaine, toutes belles. Quatre ans auparavant, dans le comté de Newton, une jeune femme nommée Christy Dodswell était rentrée chez elle en voiture après avoir gardé ses nièces et son neveu. On ne l'avait jamais retrouvée, pas plus que sa voiture. Six mois après, une autre jeune femme du comté de Lawrence était rentrée à pied de chez une amie à 1 heure du matin et n'était jamais arrivée. Quelques années auparavant, Jeannie Kennedy avait fini ses examens à l'université de Springfield et décidé de faire une surprise à ses parents en partant en fin d'après-midi au lieu d'attendre le lendemain matin. Elle avait fait la moitié du chemin et s'était arrêtée dans un bar. Sa voiture fermée avait été retrouvée à deux kilomètres à peine de chez elle. Le fait que ses bagages et son sac à main aient aussi disparu avait donné lieu à des spéculations selon lesquelles elle était partie avec un homme, laissant délibérément la voiture derrière elle, car le véhicule appartenait à ses parents.

Comme l'inspecteur principal du bureau du shérif refusait de croire que ces disparitions étaient liées et que les jeunes femmes avaient été enlevées au lieu d'être parties de leur plein gré, c'était Drew qui avait appelé les juridictions voisines pour savoir si on n'avait pas enlevé d'autres jeunes femmes, en plus de celles qu'ils connaissaient déjà. C'était un miracle que le shérif lui ait donné le feu vert pour ça.

L'instinct d'Alan lui disait qu'ils finiraient par découvrir d'autres victimes, y compris des fugueuses et des prostituées. Ou des femmes qui avaient eu la malchance d'attirer l'attention du tueur parce qu'elles s'étaient arrêtées pour remplir leur réservoir ou manger un morceau au mauvais endroit et au mauvais moment.

Après que le groupe eut atteint la doline et en eut fait le tour, ils découvrirent effectivement des traces menant à une zone de terre battue où des voitures avaient pu se garer.

Alan escalada un rocher et contempla l'eau, dont il soupçonnait qu'elle était très profonde. Il n'aurait pu jurer que c'était la doline dans laquelle Drew et lui avaient plongé, mais il pensait que oui. Ce serait en tout cas un endroit parfait pour faire disparaître un corps, attaché à un moellon ou autre chose.

— Remonter après avoir nagé ne doit pas être facile, dit une voix douce derrière lui.

Il sursauta. Jo Summerlin, bien sûr. Son radar personnel ne la reconnaissait sans doute pas comme une menace. Il ne pouvait imaginer une autre raison au fait qu'il ne l'ait pas entendue approcher.

— Ça fait partie du plaisir.

— Vous avez plongé d'ici ?

Il remua les épaules.

— Probablement. À dix ans, je croyais être capable de tout.

Mais, à un certain niveau, il savait déjà à l'époque que ce n'était pas vrai. Il ne pouvait empêcher son père de les battre, sa mère et lui ; il ne pouvait empêcher sa mère d'être de moins en moins présente, à la fois physiquement et psychologiquement, une fois qu'elle était devenue accro à la méthamphétamine qui constituait le gagne-pain de son père.

Dommage que ça n'ait pas tué ce salopard plus tôt, pensait maintenant Alan.

Il repoussa ces sombres souvenirs, conscient que Jo l'observait. Il n'avait pas encore compris pourquoi il avait été si frappé par elle, mais il aurait été bien avisé de la placer plus loin dans la ligne de volontaires.

Ce qu'il avait compris, c'est qu'elle avait bon pied bon œil, qu'elle était gracieuse, plus observatrice qu'elle n'aurait dû, brave et capable de rire d'elle-même. Il était peu probable qu'il la revoie, et cela valait mieux. Il n'était pas en état d'entamer une relation avec une femme, en particulier une femme aussi normale qu'elle. Elle était venue passer l'été avec sa famille, un concept qui lui était tout à fait étranger.

Pourtant, il était curieux.

— Vous avez grandi ici. Vous ne faisiez pas des choses un peu folles, de temps en temps ?

Elle émit un son ambigu, et il aurait juré que ses yeux s'étaient assombris.

— Non...

Elle parlait encore plus doucement.

— Je n'en... ai pas vraiment eu l'occasion.

Parce qu'elle avait eu des parents qui se fichaient d'elle ?

— Qu'est-ce que vous faites dans la vie ? demanda-t-il.

— Je suis institutrice. L'année passée, j'avais des cours élémentaires, et j'en aurai encore à la rentrée.

Une institutrice. Évidemment... Ce n'était pas pour lui, même s'il avait aimé les institutrices, ce qui n'était pas le cas.

— Je crois que j'entends arriver la voiture qui vient nous prendre, dit-il, et elle acquiesça.

Il n'avait absolument aucune idée de ce qu'elle pensait.

4

— Les touristes ne parlent que de la fille disparue.

Rod secoua la tête en survolant du regard les plats au milieu de la table. Surprise, Jo suspendit sa fourchette à mi-chemin de sa bouche.

— Comment en ont-ils entendu parler ?

— En ville.

Il haussa les épaules et planta sa fourchette dans ce qui devait être sa troisième tranche de pain de viande.

— Le café, le supermarché, le *bed and breakfast*, l'auberge.

C'était logique. Mayville était une petite ville. Et les drames comme celui-ci n'arrivaient pas souvent.

— Vous me l'auriez dit s'ils avaient trouvé quelque chose.

C'était Rod encore, bien qu'il ne posât pas vraiment la question. Bien sûr qu'ils le lui auraient dit.

— On n'a rien trouvé, dit Brody d'un ton tendu.

Il était renfermé depuis leur retour à la maison.

— C'était ennuyeux.

Lucy se mordit les lèvres.

— Je veux dire, ça faisait peur, aussi. Je n'arrêtais pas de me dire...

Elle s'interrompit. Jo hocha la tête.

— Je craignais autant de la trouver que de ne pas la trouver.

Lucy eut l'air reconnaissante.

— Oui, c'est ça.

Brody considéra Jo les sourcils froncés.

— Tu t'es retrouvée avec ce type, Burke.

Rod releva la tête.

— Burke ? Le voisin ?

— Oui, Alan Burke, dit Jo. Tu l'as déjà rencontré ?

— Je ne savais même pas qu'il était en ville. Je lui ai écrit une demi-douzaine de fois.

Il marmonna quelque chose qui n'était sûrement pas aimable.

— Que diable est-il revenu faire ici ?

— Je ne sais pas. Nous n'avons pas évoqué de détails personnels.

Ils la fixaient tous. Jo hésita, puis dit :

— Nous sommes tombés sur une grotte à flanc de colline. Un lynx en est sorti à toute allure, il m'a flanqué une trouille pas possible.

— Une grotte ? répétèrent Rod et Brody à l'unisson.

Ils étaient pareils.

— Rien d'intéressant. Je suis entrée dedans avec Alan, parce que je pensais qu'il ne devait pas y aller seul. C'était manifestement le terrier du lynx. Ça puait.

Son public s'en fichait.

— Nous l'avons suivi un moment, surtout à quatre pattes, nous avons trouvé quelques salles mais rien de très intéressant. Je me demandais si elle était reliée à notre grotte.

Rod se pencha en avant.

— Où est-elle exactement ?

Elle fit de son mieux pour le lui expliquer, se demandant s'il avait l'intention d'aller l'explorer. Si oui, il ne le dit pas. Une fois satisfait, Rod questionna :

— Ils en ont fini avec cette absurdité de battue ?

— Ce n'est pas une absurdité ! cria Lucy. Amy est bien quelque part !

Rod ricana.

— Probablement à Kansas City ou à Des Moines à

l'heure qu'il est. Je ne comprends toujours pas pourquoi le bureau du shérif saute là-dessus. Les filles de cet âge sont irresponsables, nous le savons tous. Sa voiture a disparu, non ? Et où pensent-ils qu'elle est ? Quelque chose s'est probablement passé à la fête. Son petit ami a rompu avec elle, et elle s'est enfuie.

Jo haussa les sourcils. Les garçons étaient solides comme le roc et les filles irresponsables ? *Pas d'accord.*

— D'après de ce que j'ai entendu dire, dit-elle en faisant un petit signe de tête à Lucy, Amy a la tête sur les épaules. Personne ne croit qu'elle est du genre à faire une fugue ou à effrayer ses parents comme ça. Si elle a été enlevée, l'homme qui a fait ça a pu emmener sa voiture. La laisser dans une grange abandonnée.

Elle décida de ne pas faire part de l'idée qui lui était venue, quant à la profondeur de la doline. Des gens plus courageux qu'elle y nageaient.

Rod crispa la mâchoire, se rendant compte qu'il avait essuyé une rebuffade. Mais il se contenta d'un très sec :

— Et c'est quoi le plan pour demain ?

— Autant que je sache, plus de battue.

Jo regarda son frère et sa sœur.

— C'est ce que Hudson nous a dit, approuva Brody. Il avait l'air de penser que c'était une perte de temps. Mais il ne connaissait pas Amy.

— Avec qui sortait-elle ces derniers temps ? demanda Jo.

Brody baissa le nez vers son assiette désormais vide.

— Je ne sais pas. Je ne l'ai pas vue très souvent, et nous ne nous parlions pas vraiment.

Perturbée, Jo se demanda s'il mentait. Ou était-ce qu'il aurait aimé qu'Amy Kendall lui parle ? Qu'est-ce qui les avait séparés ? Était-ce le fait que Brody soit allé à l'université et qu'Amy se soit sentie abandonnée ? Cela aurait pu expliquer qu'il lui ait reproché d'avoir « perdu son temps » ces deux dernières années.

La tension s'évanouit, et ils finirent leur repas. Quels que soient leurs soucis, les deux hommes prirent de grosses parts de tarte aux pommes surmontée de glace à la vanille, tandis que Lucy et Jo s'abstenaient.

Jo venait d'ouvrir le lave-vaisselle quand, du coin de l'œil, elle vit Lucy se diriger vers l'escalier.

— Arrête. Tu ne vas pas me laisser faire ça toute seule.

— Pourquoi ce n'est pas Brody qui t'aide ? lança sa sœur d'un ton boudeur.

— Il ne le sait pas encore, mais demain ce sera son tour. J'ai fait un planning.

Elle avait bêtement cru que Brody était assez grand pour que Rod l'oblige aussi à aider dans la cuisine. Apparemment non. Mais Jo n'allait pas s'en accommoder. Lucy et elle travaillaient tout aussi dur que lui à la grotte. Brody avait grommelé devant son insistance, mais avait accepté. Rod n'avait pas dit mot.

— Ça ne me dérange pas de cuisiner durant l'été, ajouta-t-elle, mais le moins que vous puissiez faire c'est de m'aider à ranger.

— Oh bon, ça va !

Lucy retourna dans la salle à manger en martelant le sol, puis revint une minute plus tard avec des plats vides. Jo se mit en devoir de les rincer avant de les mettre dans le lave-vaisselle.

— Tu es aussi fatiguée que moi ?

— Je ne sais pas. Là où on était, c'était plat presque tout le temps. Tu as vraiment trouvé une nouvelle grotte ?

— Parce que c'est extraordinaire par ici ?

Pour une fois, l'adolescente sourit.

— Je suppose que non. Mais… un lynx ?

— Il m'a effleuré la jambe. J'ai failli avoir une crise cardiaque.

Lucy gloussa.

— Moi, j'en aurais eu une.

Elle glissa un regard de biais à Jo.

— Il est plutôt sexy, ce Burke.

Jo fit la grimace.

— Oui, il est sexy. Mais muet comme une carpe.

« Maussade » était plus proche de la vérité. Son cœur fit un petit bond quand elle se rappela son unique sourire.

— Je ne le connais pas du tout. Toi oui ?

Lucy prit une casserole dans l'égouttoir et entreprit de la sécher.

— Je sais seulement qu'il vit à côté de chez nous. La maison est restée vide des années. Quelqu'un m'a dit qu'il était dans la marine.

Un militaire. C'était ce qu'avait dit Frazier, mais Jo l'aurait deviné rien qu'à son allure.

— Tu sais pourquoi Rod veut tellement son terrain ? demanda-t-elle à sa sœur.

Lucy secoua la tête.

— Papa n'en a que pour la grotte. Comme si c'était nouveau. Peut-être qu'il a peur que quelqu'un élargisse cette ouverture et commence à lui faire de la concurrence. Ça nuirait aux affaires.

— Je n'avais pas pensé à ça.

Jo s'interrompit, secoua la tête puis mit la dernière assiette dans le lave-vaisselle.

— Je ne me souviens pas que ce bout de la grotte soit assez spectaculaire pour le rendre jaloux, dit Lucy.

— Tu y es entrée ?

— Il y a des années, avec papa et Brody.

Curieuse, Jo demanda :

— Tu sais que Brody veut étendre les visites à d'autres galeries ?

— Bien sûr.

Lucy haussa une épaule.

— Pourquoi pas ? Il y a d'autres salles sympas par là.

— Ça n'a jamais paru intéresser Rod. À moins que ce soit la raison pour laquelle il veut acheter le terrain des Burke.

Lucy suspendit le torchon humide à la poignée du réfrigérateur.

— Tu te souviens qu'il accrochait toujours les clés des portails dans son bureau ?

— Bien sûr.

Inquiète, elle observa le visage fin de sa sœur.

— Brody et moi, on les a prises quelques fois ces deux dernières années.

— Tu veux dire que vous êtes partis en exploration ?

Cette idée fit battre son pouls plus vite. Brody avait sans doute eu le bon sens de s'équiper et d'amener un ou deux amis qui connaissaient les grottes, mais Lucy se montrait bien trop impulsive pour que Jo la croie capable de faire de même.

— Je crois que Brody l'a fait.

Une expression malicieuse se peignit sur son visage.

— Il a fait des fêtes quelques fois là-bas, quand papa était parti.

— Des fêtes...

Des adolescents en état d'ébriété errant en liberté dans des parties de la grotte encore à l'état « naturel ». Avaient-ils abîmé des formations délicates ? Et s'il y avait un puits quelque part ? Un faux pas, et l'un d'eux aurait pu se tuer.

— C'était marrant ! lança Lucy d'un ton de défi. Quand j'ai vu ses copains sortir et qu'il m'a dit ce qu'ils avaient fait, j'ai fait pareil !

Atterrée, Jo s'exclama :

— Tu sais combien c'est dangereux !

Avec un haussement d'épaules exagéré, Lucy recula, les pommettes brûlantes et la mâchoire crispée.

— Personne n'a été blessé. Mais j'ai dû le dire à papa parce que... peu importe. Maintenant, il a caché les clés. Je n'arrive pas à les trouver.

Jo observa sa sœur, sentant quelque chose de fiévreux en elle.

— Pourquoi est-ce que tu veux faire ça ? demanda-t-elle, optant pour le calme.

— Parce que... parce que...

Des larmes se formèrent dans ses yeux.

— Jesse Phipps a trouvé quelque chose !

Elle haleta.

— Je ne sais pas pourquoi je me donne cette peine ! Tu ne me crois pas, de toute façon !

Naturellement, elle tourna les talons et prit la fuite. Jo l'entendit grimper les marches de l'escalier quatre à quatre.

Brody était parti juste après le dîner. Jo ignorait s'il avait une petite amie, ou si c'était autre chose. Lucy resta enfermée dans sa chambre. Jo attendit un bon quart d'heure dans l'espoir qu'elle redescende, puis alla effleurer du bout des doigts la porte entrouverte du bureau de son beau-père.

— Jo ?

Il détourna le regard de l'écran de son ordinateur et la regarda par-dessus les lunettes qu'il avait commencé à porter depuis quelques années.

— Qu'est-ce qu'il y a ?

Elle entra et alla s'asseoir sur la chaise à côté de son bureau.

— Lucy m'a dit quelque chose.

Un air de résignation apparut sur le visage de Rod.

— Sur le crâne...

— Le quoi ?

Il haussa les sourcils.

— Elle ne te l'a pas dit ?

— Elle m'a dit qu'un de ses amis a trouvé « quelque chose ».

Rod fit la grimace.

— C'est ça. Elle a reconnu qu'elle et son frère ont organisé des fêtes démentes au fond de la grotte ?

Jo hocha la tête.

— Bien qu'elle n'ait pas dit « démentes ».

— Qu'est-ce que tu en penses ?

Bien sûr que les adolescents s'étaient soûlés, s'ils n'avaient pas fumé de la drogue. Voyant son expression, il grogna.

— Imagine la tentation. Un noir d'encre en dehors des torches, le ruissellement de l'eau, des formations étranges, des ombres, des échos bizarres. Que pourrait-il y avoir de mieux ?

— Ils ont fait des dégâts ?

— Un peu. Je les ai sérieusement engueulés, ce qu'ils n'ont pas apprécié ni l'un ni l'autre. Je n'arrive pas à croire qu'ils soient aussi négligents avec une ressource naturelle qui constitue notre gagne-pain, en plus de tout le reste !

— Je ne savais pas que tu t'absentais de la maison assez longtemps le soir pour qu'ils fassent quelque chose comme ça...

Elle s'interrompit. Ce n'étaient pas ses affaires. Mais il lui dit :

— Je vois une femme. J'ai cru que Lucy et Brody étaient assez grands pour être responsables quand je m'en vais quelques heures ou une nuit.

Jo ne put que hocher la tête. Elle aurait pensé la même chose. Elle se demanda s'il « voyait une femme » aussi quand elle était enfant. Elle avait toujours supposé que ses absences étaient dues au fait qu'il retournait travailler au bureau. Comme si ce genre d'histoire comptait, maintenant.

Chagrinée, elle dit :

— Je n'arrive à rien avec Lucy. Peut-être que je représente trop une figure maternelle pour elle.

— Donne-lui le temps.

Il soupira et s'enfonça dans son fauteuil.

— Elle semblait aller très bien cet automne. Je ne sais même pas depuis quand cette hystérie a pris le dessus.

— Quand son ami a prétendu avoir vu un crâne ?

Son beau-père écarta les mains.

— Mais pourquoi est-ce que ça la met dans tous ses états ? Je l'ai écoutée, pour l'amour du ciel ! J'ai même demandé à un shérif adjoint de venir avec moi jusqu'à l'endroit où le gamin prétendait l'avoir vu, mais nous n'avons rien trouvé du tout !

Il souffla.

— J'aurais bien aimé qu'on trouve quelque chose d'ailleurs. Pense à la publicité si on découvrait le squelette d'un voleur de train du XIXe siècle. Avec un coffre plein d'or.

Jo se mit à rire.

— On pourrait réécrire le récit de la visite.

Il sourit jusqu'aux oreilles, lui donnant l'impression qu'il s'adressait à une adulte plutôt qu'à l'enfant qu'elle avait été. Dans la majorité de ses souvenirs, il était stressé, exigeant ou méprisant avec ses enfants, en contraste flagrant avec son charme avec les touristes.

Il soupira encore.

— Les gosses étaient ivres, c'est tout. Ils se cognaient partout et se sont fait des frayeurs.

— Alors maintenant tu caches les clés des portails ?

— Un peu que je les cache ! Tu me le reproches ?

— Non, reconnut-elle. C'était vraiment... idiot de leur part. Je suis surprise que Brody ait pris le risque de causer des dégâts à la grotte.

— Il n'a pas l'air de comprendre que son idée d'étendre les visites lui causerait aussi des dégâts. Telles qu'elles sont, nous protégeons d'énormes parties de la grotte tout en donnant accès à des formations et des salles spectaculaires. C'est assez pour donner une idée des merveilles qui gisent sous terre.

Son argument était logique, ne put s'empêcher de penser Jo, même si elle comprenait le désir de Brody d'imprimer sa marque sur la Grotte Summerlin.

— Tu crois qu'ils referaient la même chose si tu les laissais entrer ?

Des rides vinrent assombrir l'expression de Rod.

— J'espère que non pour Brody. En ce qui concerne Lucy, qui sait ? Je ne peux pas du tout me fier à elle.

— Je vois ça.

— Tout provoque un drame avec elle. Ce truc avec la jeune femme disparue. On croirait que c'était sa meilleure amie.

Jo pressa ses doigts. Avec hésitation, elle suggéra :

— Ça a peut-être à voir avec le fait que maman nous a abandonnés. C'est une blessure qui ne s'est jamais refermée pour Lucy.

Le regard de Rod se fit plus aigu.

— Toi, tu l'as accepté sans sourciller. Ta mère n'avait pas ce qu'il fallait pour vivre ici, et tu le savais. À l'âge de Lucy, pourquoi lui aurait-elle manqué ?

Il ignorait à quel point l'abandon de leur mère lui avait fait du mal *à elle*. Elle en portait encore les cicatrices. Mais Jo se contenta de dire :

— Elle avait deux ans. Enfin, presque trois. Les psychologues estiment qu'à cet âge les traumatismes ont un effet durable sur la psyché.

Rod ricana. Ce n'était pas le plus sensible des hommes.

— Tout ce que je peux dire, c'est qu'elle ferait mieux de surmonter ça. C'est l'été que nous faisons la plupart de nos recettes. Il est temps qu'elle se bouge le popotin. Je ne vais pas supporter ces absurdités plus longtemps.

— Ce serait bien si on retrouvait Amy Kendall, dit Jo, qui comprit immédiatement qu'elle avait tort.

Si on retrouvait Amy morte, ce qui semblait de plus en plus probable, Lucy ne serait pas le seul membre de la famille à être traumatisé. Toute la communauté serait ébranlée.

Son beau-père ne souffla mot, ce qui la poussa à se demander s'il ne pensait pas la même chose. À moins que son obsession pour la grotte ne le laisse complètement indifférent au sort d'Amy.

Alan se joignit officieusement à l'étape suivante des recherches. Le bureau du shérif avait trop peu de personnel pour que les adjoints passent leur temps à explorer les routes et les chemins, sans parler d'inspecter les bâtiments abandonnés. Certains avaient offert de travailler leurs jours de congé, mais c'était une goutte d'eau dans la mer. Alan ne s'était pas fixé de délai pour restaurer la maison ou pour la vendre. À dire vrai, cela lui plaisait assez d'avoir un nouvel objectif. Une mission, en quelque sorte. Cette bonne volonté indiquait-elle qu'il avait dépassé l'état de zombie dans lequel il avait quitté son ancien job ? Il ignorait toujours ce qu'il allait faire de sa vie.

Ce jour-là, par curiosité, il prit la route menant à la Grotte Summerlin. Il ne l'avait pas revue depuis son enfance.

L'approche était magnifique, avec ces rochers gris, cette verdure printanière et cette vue plongeante sur la rivière. Même le parking ne détonnait pas dans cet environnement. La demi-lune géante de la grotte inspirait de l'émerveillement et une sorte de malaise primitif.

Le parking était plein, et des gens se dirigeaient vers leurs voitures, la plupart portant des sacs de souvenirs. Une route marquée « INTERDICTION D'ENTRER » disparaissait après un virage. Toujours poussé par la curiosité, Alan se gara, puis parcourut l'étroite route sur une centaine de mètres. Jusqu'à une sorte de ferme à deux étages, avec un garage et peu de place pour ce qu'on pouvait appeler un jardin.

Un chien se mit à aboyer dans la maison. Alan le voyait à travers la fenêtre de devant. Un animal ordinaire, mais qui connaissait son rôle.

Ce à quoi il ne s'attendait pas, ce fut que la porte d'entrée s'ouvre. Une femme apparut, retenant le chien par son collier. Jo-pour-Josephine Summerlin elle-même.

Ce fut seulement alors qu'Alan reconnut que ce n'était pas de la grotte qu'il était curieux ; il s'était posé des questions sur Jo. Il avait envie de voir où elle avait grandi, de savoir si elle était revenue pour une brève visite ou pour tout l'été.

— Alan ? dit-elle, d'un ton surpris.

Il ne pouvait plus éviter la confrontation. Il n'aurait pas dû venir jusque-là pour commencer.

— Jo... Je suis venu flâner un peu. Je n'étais pas revenu voir la grotte depuis mes neuf ou dix ans.

— Rusty ne mord pas, promit-elle en relâchant le chien.

Aboyant toujours, le clébard fit plusieurs fois en courant le tour d'Alan, puis succomba à l'appât d'une main tendue. Vaincu par les ongles qui lui grattaient le dos, il l'accompagna joyeusement vers la porte d'entrée.

— Puis-je vous servir une limonade ? demanda Jo en désignant une rangée de confortables fauteuils Adirondack sur la véranda.

Non, merci. Je ne devrais pas être là.

— Volontiers, s'entendit-il dire.

Elle sourit et disparut à l'intérieur. Alan se dirigea vers l'extrémité de la véranda et contempla la rivière, dont l'eau bondissait sur les rochers. Même à la saison des hautes eaux, il n'était pas possible de mettre une embarcation sur cette portion de rivière. Un ponton, sans doute construit pour pêcher ou se tremper les pieds, s'étirait à partir de la rive.

En entendant la porte-moustiquaire grincer derrière lui, il retourna aux fauteuils et s'assit dans l'un d'eux. Jo posa un plateau avec un pichet et deux verres sur une petite table. Puis ils se regardèrent.

Il se rappela avec malaise la première fois qu'il l'avait vue, lorsque les volontaires s'étaient rassemblés. Il avait eu du mal à détacher son regard d'elle, même si à ce moment-là, il ignorait pourquoi. Il ne le savait toujours pas, d'ailleurs.

— Vous pouvez me dire où en sont les recherches ? demanda-t-elle, rompant un silence trop long.

Il ne voyait aucune raison de ne pas lui dire ce qu'il savait. Elle plissa le front devant ses explications.

— C'est la raison de votre présence ici ?

— Non. J'aurais pu rouler jusqu'au parking et faire demi-tour, juste pour m'assurer qu'il n'y a pas d'embranchement, mais je m'en souvenais. Vous êtes vraiment accrochés à flanc de colline ici.

— Sans blague, dit-elle pince-sans-rire. Heureusement que personne n'est somnambule dans cette maison.

Il rit, ce qu'il n'avait pas fait depuis un bon moment. Elle semblait avoir cet effet sur lui.

— Rusty vous aime bien, observa-t-elle.

Alan avait à peine remarqué que le chien avait posé la tête sur sa cuisse et qu'il le caressait. Il le gratta autour du collier.

— J'ai toujours aimé les chiens.

— Vous n'en avez pas ?

— Nous avions un chien quand je vivais chez mes grands-parents. Depuis...

Il haussa les épaules.

— J'étais dans l'armée, ensuite dans la police.

Une ombre passa dans ses yeux.

— Quelqu'un m'a dit que vous étiez dans la marine, mais je ne savais pas pour la police. Pas étonnant qu'on vous ait recruté pour les recherches.

— Drew Frazier et moi étions amis d'enfance.

Il lui jeta un coup d'œil.

— Le shérif adjoint Frazier. C'est lui qui a pensé que je pourrais me rendre utile.

Il attendait qu'elle lui demande pourquoi il était là, mais apparemment, il ne lui était pas venu à l'esprit qu'il puisse avoir une raison de s'arrêter sans lien avec les recherches. À la place, elle lui demanda si on avait découvert quelque chose.

— Pas que je sache.

Il prit une longue gorgée de limonade.

— Si on ne retrouve pas sa voiture...

Elle avait l'air plus tendue qu'il ne s'y attendait, étant donné qu'elle n'était pas une proche de la disparue.

— Est-ce que les autorités vont juste laisser tomber ?

— Ils vont interroger tous ceux qui étaient à la fête, ainsi que les amis de Mlle Kendall, ici et à l'université. Essayer de jeter un coup d'œil aux réseaux sociaux, au cas où elle aurait été en contact avec un inconnu ou fait allusion à un projet qu'elle n'aurait pas confié à ses amis ici.

Soudainement méfiante, elle dit :

— Personne n'a interrogé Brody, que je sache.

— L'inspecteur n'est pas encore convaincu que la police devrait s'en mêler. Et même s'il l'était, il est seul. Ça fait beaucoup de gens à interroger.

Jo se mordit la lèvre et acquiesça. Elle n'avait pas touché à sa limonade, et ses doigts étaient étroitement noués sur ses genoux.

Sans détacher son regard d'elle, il dit :

— Il viendra un moment où le bureau du shérif ne pourra plus rien faire.

— Je... comprends, dit-elle en déglutissant.

Comprenait-elle vraiment ? Il ne pouvait s'empêcher de spéculer sur la tension qu'il sentait chez elle. Suspectait-elle son frère ? Avait-elle entendu parler d'une dispute, peut-être ? Le policier en lui se devait d'insister.

— Vous n'êtes pas parente ni amie avec cette Amy. Vous semblez... plus bouleversée que je ne m'y attendais.

Bon sang, son ton était bien trop froid. Il obtint ce qu'il méritait. Un éclair de colère. Elle sauta sur ses pieds.

— Je préfère ne pas penser à ce que vous suggérez, monsieur Burke. Excusez-moi, on m'attend au magasin.

Que pouvait-il faire sinon se lever aussi ? Il n'attendit pas qu'elle remporte la limonade. Il était presque certain d'avoir brisé le début de lien créé entre eux la veille, ce qui était aussi bien. Garder ses distances était la chose à faire.

5

La visite d'Alan Burke s'attarda dans l'esprit de Jo à mesure que la journée s'écoulait. Pourquoi s'était-il avancé jusqu'à la maison ? Il ne l'avait pas dit. *C'est ma faute.* Elle demanda à son frère et sa sœur, d'un ton désinvolte, s'il avait fait un saut dans la boutique. Tous deux eurent l'air surpris.

— Non, on ne l'a pas vu, dirent-ils à l'unisson.

Était-ce de l'appréhension qu'elle distinguait chez Brody ?

Comme Alan ne pouvait raisonnablement la considérer comme suspecte, elle était forcée de se demander si son but avait été de la sonder sur sa famille. Parce que c'était ce qu'il avait fait, non ? Et si c'était bien le cas, il devait être plus impliqué dans l'enquête qu'il ne le disait. Était-il inspecteur quand il était dans la police ?

Quelle idiote elle avait été de baisser sa garde avec lui. C'était un homme attirant. Tant mieux, mais sa loyauté allait à sa famille. Tout en redressant une pile de T-shirts, elle baissa les yeux et vit que ses mains tremblaient. Quelle imbécile. L'enquête n'avait rien à voir avec sa famille !

Mais… Elle s'était imaginé que Brody avait parfois l'air évasif. Et puis il y avait le fait qu'il avait eu une relation sérieuse avec Amy, et qu'il n'avait jamais dit pourquoi ils s'étaient séparés.

Mais ce n'était pas tout. Il y avait Lucy aussi. Quelque

chose l'avait effrayée, et Jo se demandait si elle n'avait pas des craintes au sujet de son frère.

Jo rumina cela le reste de la journée, puis suivit Lucy jusqu'à sa chambre et se glissa dedans avant que sa sœur ne lui claque la porte au nez.

L'adolescente recula jusqu'au lit.

— C'est ma chambre ! Qu'est-ce que tu fais ici ?

Jo lui darda un regard perçant.

— Je veux savoir ce que ton ami a trouvé dans la grotte, et pourquoi tu es si sûre que je ne te croirai pas. Je t'ai déjà laissée tomber ?

— Tu n'as pas été assez là pour le faire, rétorqua sa sœur.

Elle savait très bien retourner le couteau dans la plaie. Tout ce qui tourmentait Jo était donc vrai ; Lucy croyait vraiment que sa sœur l'avait abandonnée, tout comme leur mère l'avait fait. Malgré son chagrin, Jo était déterminée à ne pas se laisser paralyser par la culpabilité. Elle n'avait pas abandonné Lucy ; elle avait été une bonne sœur. À supposer qu'elle n'en ait pas fait assez, eh bien... Elle ne pouvait pas revenir en arrière. Mais elle pouvait aider à démêler ce qui tourmentait Lucy maintenant.

— Rod m'a dit que ton ami – Jesse – a trouvé un crâne.

Lucy se laissa tomber au bord du lit, l'air vaincue. Elle croisa les bras comme pour se protéger.

— Il ne nous a pas crus.

— Nous ?

Jo avança vers le lit.

— Tu l'as vu aussi ?

— Non, mais Jesse s'est mis à hurler et il est ressorti en courant de la galerie comme s'il avait vu un fantôme. Il était vraiment terrifié.

Jo s'assit à côté de l'adolescente.

— Il avait une torche avec lui ?

Lucy acquiesça.

— Tout le monde en avait une.

— Est-ce que quelqu'un est retourné voir avec lui ?

Elle secoua la tête.

— On avait peur, tu comprends ? Je veux dire, ça faisait partie de la rigolade, mais Jesse s'est éloigné, il faisait vraiment noir, et même moi je ne connais pas bien cette partie de la grotte. J'aurais dû y aller, mais...

Elle aussi avait été effrayée. Et maintenant elle avait honte parce qu'elle n'avait pas été assez brave pour vérifier si son ami avait dit la vérité.

— Tu n'es pas allée très loin dans les galeries, n'est-ce pas ? Je veux dire, pendant la fête.

— Non, juste la salle avec le lac superficiel. Tu vois laquelle ?

Jo le savait.

— Elle est grande, il n'y a pas beaucoup de stalagmites et de stalactites, et je n'ai dit à personne que l'eau n'est pas profonde, même si elle en a l'air. S'ils étaient tombés dedans, ils n'auraient pas pu se noyer.

Du bon sens.

— Je n'ai pas pensé que quelqu'un s'éloignerait tout seul, parce que la galerie devient vraiment étroite après ça.

En effet. Assez étroite pour souffrir de claustrophobie. C'était la raison pour laquelle cette portion de la grotte n'avait jamais été incluse dans la visite. Mais elle pouvait l'être. Elle ne faisait que trois ou quatre mètres de long. Cela aurait pu faire partie de l'excitation de la visite que Brody imaginait.

— Tu as dit à papa où Jesse a vu le crâne ?

— Bien sûr que oui !

Les yeux de Lucy étaient aussi noirs que ceux de Jo et, à cet instant, ils étaient énormes.

— Il a dit qu'il avait cherché, mais...

— Pourquoi est-ce que tu ne le crois pas ? demanda Jo, perplexe.

— Je suppose parce qu'il était furieux qu'on se serve de la grotte pour nos fêtes avinées, marmonna-t-elle. C'est comme ça qu'il les a appelées, même si on n'a pas bu tant que ça. Je voyais bien qu'il ne me croyait pas.

Jo n'avait pas de mal à imaginer pourquoi il était dubitatif. Des jeunes qui se soûlaient et s'amusaient à se faire peur étaient susceptibles d'imaginer des choses. Disons, de voir un crâne dans un gros caillou rond avec des trous. Ce qu'elle s'abstint de dire à Lucy.

— Il a dit qu'il y est allé. Il avait même un shérif adjoint avec lui. Il m'a dit qu'il aurait bien aimé trouver un squelette. Comme un voleur de train d'il y a longtemps.

Lucy laissa échapper un petit rire.

— Je parie que ça lui plairait.

Elles restèrent silencieuses une minute. Puis Lucy reprit :

— Hier, tu es vraiment allée dans une grotte qu'on n'a jamais explorée ? Tu n'as pas eu peur ?

— Pas vraiment.

Jo sourit.

— J'avais un homme costaud avec moi. Je savais qu'il pourrait me tirer d'affaire sans problème.

Lucy gloussa à ces paroles. Jo se rembrunit.

— Est-ce que Jesse est particulièrement courageux ? Il essayait de frimer face à toi ou une autre fille ?

— Frimer ? Non. Il est vraiment maigre, alors il peut passer n'importe où sans problème.

— Il a dit pourquoi il s'est éloigné ?

— Il a entendu des bruits bizarres, et Rusty aboyait...

L'air anxieux, Lucy prit la main de Jo.

— Je n'ai pas dit à papa que Rusty était avec nous. Tu ne lui diras pas, hein ? Il serait encore plus furieux.

Jo hésita. Il n'était pas rare d'entendre des gémissements, des grincements ou d'autres bruits bizarres. Le vent et l'eau s'infiltraient dans les failles. De temps en temps, une roche se détachait.

La présence du chien, toutefois... Cela donnait de la crédibilité à l'histoire de Lucy. Rusty aurait pu flairer des restes humains, même s'ils étaient anciens. Il aurait pu saisir quelque chose et le ramener en aboyant. Ou parce que l'écho lui plaisait. Seulement... aurait-il transporté le crâne et l'aurait-il laissé tomber avant d'entendre Lucy l'appeler ?

En frissonnant, Jo pensa : *Peut-être.*

— Je ne dirai rien à papa, dit-elle au bout d'un moment.

Mais l'appréhension lui donna la chair de poule lorsqu'elle se rappela combien Rusty avait été nerveux la nuit où Amy Kendall avait disparu. Les deux choses ne pouvaient pas être liées... Mais le chien ne s'était pas conduit comme ça depuis longtemps. Et d'autres femmes avaient disparu, qui devaient être réduites à l'état de squelette maintenant.

En prenant conscience de ses spéculations, Jo leva les yeux au ciel. C'était elle qui se faisait des frayeurs comme une adolescente, à imaginer un lien entre la grotte familiale et les femmes disparues.

Pourtant, elle devait faire quelque chose pour confirmer ou infirmer l'histoire de Jesse. Si cet incident était à l'origine des tensions entre Rod et Lucy, c'était l'occasion d'y mettre fin.

Mais cela voulait dire qu'elle devrait s'aventurer toute seule dans la partie interdite de la grotte. Et cacher ses intentions à Lucy jusqu'à ce qu'elle trouve quelque chose... Et défier les ordres de Rod. À qui elle devait tant.

Elle souhaita soudain pouvoir demander à Alan de l'accompagner.

En voiture, Alan répondait au téléphone tout en explorant une par une les routes de la section du comté qu'on lui avait attribuée. Il progressait lentement, car il devait tourner dans tous les chemins disparaissant dans les arbres, s'arrêter pour inspecter les bâtiments en ruine et stopper à tous les embranchements pour s'assurer qu'un corps n'avait pas été jeté d'un véhicule ou que des végétaux brisés n'indiquaient pas qu'une voiture s'était enfoncée dans les bois.

Son téléphone sonna juste au moment où il freinait devant une grange à deux doigts de s'effondrer. Les doubles portes pendaient de travers, mais il y avait assez d'interstices entre les planches pour qu'il n'ait pas besoin d'entrer.

Restant au volant, il répondit :

— Burke.

— Alan, c'est Drew. J'ai trouvé un autre plongeur. Il pense pouvoir te seconder.

En d'autres termes, un plongeur amateur. Le type n'était sans doute jamais descendu au-delà de cinq mètres de profondeur, et encore dans les eaux claires des Caraïbes.

— Donne-moi son numéro, dit-il sans s'engager.

Plonger seul n'était jamais une bonne idée, mais il s'était presque résigné à le faire. Il était peu probable qu'une plongée dans les lacs et les dolines de la région présente un vrai défi pour lui. Mais il s'efforçait d'éviter la suffisance depuis son enfance intrépide. N'importe qui valait mieux que personne.

Tout en écoutant la réponse de Drew, il suivit du regard un mouvement dans l'édifice à moitié effondré devant lui. Un animal ? Ou quelqu'un qui y avait élu domicile pour une raison inconnue ?

— Il s'appelle Edgar Madsen, disait Drew. Je l'ai déjà rencontré. Il est inspecteur dans le comté de Marion, de l'autre côté de la frontière de l'Arkansas. Il y a beaucoup de lacs par là-bas.

Drew hésita.

— En dehors de lui, on n'a personne.

Pas étonnant qu'un comté rural n'abrite pas une légion de plongeurs passionnés des abysses. Sans quitter la grange des yeux, Alan répondit :

— Je t'appellerai pour te dire ce qu'il en ressort.

Puis il ouvrit sa portière, descendit de son véhicule en laissant tomber son téléphone dans sa poche, et sortit son arme. Restant à l'abri de la portière, il cria :

— Il y a quelqu'un ?

Un craquement fut suivi du martèlement sonore de quelqu'un – ou quelque chose – qui détalait dans les bois. Alan fonça vers le coin de la grange et jeta un coup d'œil de l'autre côté.

— Je me fiche que vous soyez entré par effraction, hurla-t-il. Vous n'avez pas besoin de prendre la fuite.

Le bruit diminua encore. En grognant, il rempocha son arme et se plia en deux pour regarder entre les planches. Des rayons de soleil lui firent voir le sol de terre battue, mais ce qui devait être des stalles ou des machines l'empêchait de distinguer tout l'espace.

Au lieu de se débattre avec la porte principale, il fit le tour. Une porte de taille ordinaire était ouverte. Il alluma la torche qu'il rangeait dans une autre des poches de son pantalon cargo, balaya l'espace et pénétra à l'intérieur.

Deux machines rouillées se dressaient au milieu : un tracteur et ce qu'il crut être une vieille moissonneuse. Tous deux étaient au-delà de la résurrection. Dans une stalle qui s'étirait d'un côté, il trouva du matériel suggérant que quelqu'un campait là. Un creux dans un vieux tas de paille, un paquet dont il vit, après l'avoir tâté du bout du pied, qu'il contenait de quoi faire des sandwichs, quelques boîtes de conserve, des livres de poche défraîchis. Une couverture hérissée de brins de paille pendait sur la paroi de la stalle.

Il examina le sol, ne trouva aucun signe de creusement, et grimpa en partie l'échelle menant au grenier. Ne se fiant pas aux barreaux fendillés, il se hissa à la force des bras. Il n'y avait pas grand-chose là-haut. À l'aide d'un râteau rouillé, il repoussa les restes pourrissants de paille et de foin pour s'assurer qu'il n'y avait pas de corps ou de trace de présence humaine.

Puis il sauta dans le vide et atterrit en roulant sur lui-même. Il jeta encore un coup d'œil au nid dans la stalle avant d'aller reprendre son pick-up. La pitié le poussait à ne pas faire de vagues ; c'était probablement un vagabond qui campait là. Mais il savait qu'il ne pouvait pas ne pas signaler ce qu'il avait découvert. Pas alors qu'un tueur en série venait d'enlever une jeune femme.

Après avoir démarré, il garda un œil sur la grange en passant deux coups de téléphone : l'un à l'inspecteur qui s'avéra avoir plus d'expérience qu'il ne l'avait supposé, l'autre à Drew.

Lorsque Jo eut mis la main sur les clés – et, bon sang, elle se sentait vraiment mal d'avoir fouillé la chambre de Rod –, le dilemme suivant fut de choisir un moment pour s'introduire dans la galerie sans que personne ne s'en aperçoive. Elle envisagea sérieusement de demander à Lucy de l'accompagner. Cela ne lui plaisait pas de s'aventurer toute seule au-delà de la portion touristique de la grotte, mais elle conclut qu'elle ne pouvait compter sur la discrétion de sa sœur. Quant à Brody… Ce n'était pas possible.

Sortir de la maison au milieu de la nuit semblait problématique. En outre, les portes de la grotte étaient verrouillées après 19 heures. Mettre le dîner en route et se faufiler pendant qu'il cuisait ? Le problème, c'était que Rod s'attardait souvent au bureau et, plusieurs soirs par semaine, y retournait après le dîner.

Donc… durant la journée, conclut Jo, pendant que Rod guidait un groupe. Elle trouverait un prétexte pour Brody et Lucy. Elle prétendrait avoir mal à la tête, décida-t-elle, et dirait qu'elle allait prendre un cachet et s'allonger une heure. Au lieu de cela, elle se glisserait dans la grotte à la suite du groupe. Elle devrait être capable de faire l'aller et retour avant le retour du groupe. Si sa mémoire ne lui faisait pas défaut, il n'y avait pas long jusqu'à la grande salle décrite par Lucy.

Elle guida elle-même le groupe de 13 heures. Rod devait prendre le suivant. Elle raccompagna tout le monde à la boutique, et était encore en train de sourire, de répondre à des questions et de remercier les gens quand Rod approcha.

— Ça va, toi ? demanda-t-il à voix basse.

Sa crainte était de se trahir, même si elle n'avait pas encore eu l'occasion de mentir. Soyons honnêtes, elle n'avait jamais été douée pour falsifier la vérité ou filer en douce.

— Une migraine, murmura-t-elle en retour. Ça va aller.

Il hocha la tête sans la quitter du regard. À peine dix minutes plus tard, il avait rassemblé le groupe suivant et l'escortait dans la gueule de la grotte. Ne voyant que Brody aux alentours, elle s'excusa puis se glissa dans la pénombre, assez près du groupe pour entendre la voix forte et assurée de Rod et les rires qu'il savait si bien susciter.

Les lampes suspendues étaient allumées, section par section, par le guide, puis éteintes à mesure qu'ils avançaient. À un certain point, toutes les lampes s'éteignaient juste assez longtemps pour arracher des exclamations aux touristes, surpris par l'obscurité complète.

Jo mit son casque équipé d'une lampe frontale dès qu'elle fut certaine que personne ne la verrait. Elle disposait aussi d'une torche. Elle devait juste s'assurer que Rod n'apercevrait pas une lumière là où elle n'avait rien à faire.

Le cœur battant, elle s'engagea sur le sentier familier, pavé de façon égale. Elle dut se rappeler qu'elle connaissait par cœur le trajet. Elle était capable de le parcourir les yeux bandés.

Néanmoins, elle fut soulagée d'atteindre la magnifique formation contournée qui servait de rideau à un portail métallique soudé entre des piliers de béton. Un second portail ponctuait la visite, et c'était là que le guide expliquait que de multiples galeries formaient un labyrinthe non encore exploré. Rod était très doué pour parler des secrets que ces galeries étaient censées receler : de l'or espagnol, des lingots volés lors d'une attaque de train, l'époque de Jesse James, des fossiles et même des vestiges de la prohibition.

Il aimait sous-entendre que sa propre famille, propriétaire depuis longtemps de la grotte, avait commis elle-même des forfaits restés ensevelis.

Jo dut allumer sa lampe frontale pour introduire la clé dans la serrure sans faire de bêtise. Une fois le portail franchi, elle le referma aussi silencieusement que possible, après avoir vérifié plusieurs fois qu'elle pourrait ressortir.

Quand elle eut tourné le dos au portail, elle se trouva face à une nuit totale, ce qui lui donnait toujours un petit frisson. Elle tenta de distinguer quelque chose, en vain. Elle imagina une obscurité éternelle et frissonna. Non. Sa longue expérience la mettait à l'aise dans la grotte et dans les cavernes en général, mais elle n'aimait pas être sous terre comme Rod et Brody.

Une pensée vagabonde lui traversa l'esprit. Alan Burke était-il aussi un spéléologue passionné ?

Et pourquoi ne bougeait-elle pas ? Le temps lui était compté. Jo alluma sa lampe frontale, soulagée au-delà du dicible par le large faisceau orange révélant la galerie devant elle. Elle mesurait au moins trois mètres cinquante de hauteur, même si elle était un peu étroite. La parcourir requérait de contourner plusieurs stalactites qui pendaient du plafond. Elle les examina en passant, ravie de ne constater aucun dégât.

Des éboulis recouvraient le sol, des blocs de calcaire brisés, mais rien de nouveau à ce qu'elle put voir. Elle se baissa pour passer sous une stalactite humide. Une goutte d'eau glaciale lui tomba dans le cou, bien sûr. Elle frissonna lorsqu'elle roula sur sa nuque.

Au-delà de ce point, elle avait oublié. Mais c'était la raison principale pour laquelle Rod n'avait pas voulu inclure ces galeries dans la visite. D'un côté, niché dans une paroi courbe, il y avait ce qui ressemblait à un jardin de corail sous-marin. Une hélictite, formée par une force de gravité rebelle, peut-être la plus fragile des formations de la grotte. Si Lucy ou Brody avaient laissé leurs amis abîmer cela...

Jo s'arrêta assez longtemps pour éclairer la formation de sa torche. Aucun dégât, mais elle comprenait la fureur de Rod. Il avait raison : protéger les fragiles merveilles situées au-delà du parcours touristique était une responsabilité qu'elle était ravie qu'il prenne au sérieux.

Le temps.

Elle se déplaçait aussi vite que possible maintenant, avec une lumière limitée et dans un air épais et un silence à peine troublé. Des chuchotements, des égouttements, des soupirs. La grotte parlait, si on l'écoutait bien. Pour quelqu'un qui n'en avait pas l'habitude, cela ressemblait au murmure de fantômes.

Il lui fallut moins de quinze minutes pour atteindre la Salle du Mirage, ainsi nommée par Rod, bien que Jo n'y ait pas pensé depuis des années. Un peu comme dans la Grotte Meramec, l'eau du ruisseau qui remplissait la moitié de la salle semblait très profonde, reflétant les parois autour. En réalité, elle ne faisait que quelques centimètres de profondeur.

Jo fit halte et balaya l'espace dans toutes les directions avec sa torche. Elle s'imaginait aisément un adolescent timide, terrifié d'être séparé de ses amis. Si elle avait entendu l'aboiement sépulcral d'un chien, elle aurait probablement fait un bond jusqu'au plafond.

Levant les yeux au ciel, elle éclaira le contour obscur d'une galerie étroite et se força à continuer.

Autant qu'elle se souvenait, le tunnel rétrécissait juste assez pour donner une sensation de claustrophobie, mais au bout de cinq mètres il s'élargissait à nouveau et le plafond s'élevait, bien que l'espace n'approchât pas les dimensions de la Salle du Mirage. Elle entendait l'eau couler ici aussi, bien que « entendre » ne soit pas le mot juste, tant le bruit était léger. Elle la *sentait* couler, plutôt.

L'une des attractions les plus prisées de la visite était un amas de perles de cavernes dont on aurait dit qu'elles étaient des œufs dans un nid. Jo n'avait jamais entendu parler d'une perle des cavernes assez grosse pour qu'un gamin la confonde avec un crâne. Oui, il y avait des roches un peu partout, sans doute des vestiges de formations calcaires depuis longtemps écroulées, mais cette salle semblait teintée d'orange, du moins dans le faisceau de sa torche. Pas « semblait » : la calcite orange n'était pas rare dans les grottes calcaires.

Tout en gardant un œil sur sa montre, elle fouilla du regard la périphérie de la salle. Rien ne lui sauta aux yeux. Malheureusement, c'était un de ces endroits d'où partaient de nombreuses galeries, et elle se rappela que l'une d'elles se divisait à une centaine de mètres plus loin.

Penchant la tête pour se concentrer, elle décida qu'elle ne s'était pas trompée en entendant un chuchotement différent de ce qu'elle avait entendu plus tôt. Il semblait monter et descendre, comme si quelqu'un pleurait quelque part.

Bien sûr, c'était son cerveau qui s'efforçait de donner un sens à un bruit créé par les forces terrestres, mais... elle devait en avoir le cœur net.

Les dents serrées, elle pénétra dans l'une des galeries.

6

Le dos tourné, Alan se jeta du rocher surplombant la doline comme il se serait jeté d'un bateau. Pousser une voiture par-dessus bord devait représenter un sacré boulot, mais c'était possible. Et l'eau était assez profonde pour cacher n'importe quoi.

Il n'y avait plus beaucoup d'espoir de retrouver la fille Kendall vivante après une semaine, mais Alan ferait n'importe quoi pour retrouver le tueur. Ceci était l'étape suivante.

Soufflant dans son régulateur, il nagea sur une courte distance avec de petits mouvements de chevilles, en attendant que son partenaire pénètre dans l'eau.

Alan avait été rassuré dès sa rencontre avec l'inspecteur Ed Madsen. Fin de la trentaine, début de la quarantaine, le type mesurait un mètre soixante-quinze et était en forme. L'équipement qu'il avait déchargé de son pick-up avait l'air à la fois utilisé et soigné. De bonne qualité, aussi. Il avait investi de l'argent dans son hobby.

Ils s'étaient serré la main en se jaugeant, tandis que Drew Frazier les contemplait.

« Vous êtes vraiment un SEAL ? » avait demandé Madsen.

Il avait un net accent du Sud.

« J'étais.

— Bon sang. On ne m'impressionne pas facilement, mais là, je dois reconnaître que je le suis.

— C'est inutile, avait dit Alan avec un sourire détendu. Nous n'allons pas faire quoi que ce soit qui requière des super-pouvoirs. »

Madsen s'était mis à rire.

« Je ne le pensais pas. Je m'entretiens en plongeant dans les lacs de chez moi. J'avais l'habitude de faire de la plongée souterraine, mais mon partenaire a déménagé, et je n'ai pas encore trouvé quelqu'un de confiance pour le remplacer. »

Ils s'étaient dévisagés.

« J'en ai fait dans d'autres parties du monde, avait dit Alan, mais jamais localement. »

Cela lui avait manqué, le fait d'être dans l'eau, d'échapper à la gravité, de se trouver seul, même quand on plongeait avec des amis. Oui, il apprécierait de faire un peu d'exploration s'il pouvait faire confiance à cet homme.

À la mi-journée, il décida qu'il se fiait assez à lui pour l'accompagner dans l'une des grottes submergées de la région des Ozarks.

Ils avaient déjà plongé dans une autre doline et avaient découvert une faille assez large, ouvrant très probablement sur une grotte. Elle n'était pas assez large pour qu'une voiture s'y soit engouffrée toutefois, alors ils avaient fait demi-tour et étaient remontés à une allure suffisante pour quelques arrêts de décompression.

Ils avaient effectivement localisé la carcasse rouillée d'un pick-up dans une carrière en début de matinée. Alan avait pris en photo la plaque d'immatriculation, afin que Drew identifie le véhicule, mais ce véhicule était là depuis trop longtemps pour être lié à l'une des femmes disparues.

En fait, Drew avait été irrité, parce que c'était un site de baignade apprécié des adolescents et que personne n'avait jamais signalé le pick-up.

« On ferait mieux de le sortir de là, avait-il grommelé, avant que les gamins n'aient des pépins en l'explorant. »

Alan avait approuvé de tout cœur.

« Tiens-moi au courant si tu as besoin d'aide. »

Madsen fit signe à Alan, et les deux hommes tirèrent sur les valves de leurs gilets de stabilisation pour entamer leur lente descente, tout en dirigeant leurs torches de plongée devant eux. Sa longue pratique aida Alan à ralentir les battements de son cœur, laissant derrière lui le stress. Cette eau était la plus trouble qu'ils aient vue jusqu'à maintenant. Elle était alimentée par une autre source, diagnostiqua Alan, et s'écoulait par en dessous, sans doute dans une autre grotte submergée.

Malgré cela, la lumière de leurs torches portait assez loin pour qu'ils se déplacent avec confiance.

De temps en temps, Alan faisait halte pour balayer l'environnement de sa torche, mesurant la largeur de la doline. Elle se rétrécissait, mais seulement légèrement, et ils étaient déjà à quarante mètres de profondeur, sans que le fond apparaisse.

Sacré lieu pour faire disparaître un véhicule.

Il tapota l'ordinateur de plongée à son poignet. Madsen regarda le sien et hocha la tête pour signifier qu'il comprenait. Le seul moyen pour disposer de temps à cette profondeur était de planifier des arrêts de décompression, d'autant plus qu'ils en étaient à leur troisième plongée de la journée. Pas de problème s'ils atteignaient bientôt le fond et ne voyaient rien, mais il connaissait une grotte submergée considérablement plus profonde dans la région.

Et puis le faisceau de sa torche accrocha une forme insolite. Il ajusta l'angle de ses palmes pour se diriger droit vers elle.

C'était une voiture, en effet, une Ford Focus rouge vif. Bon sang ! Une part de lui avait espéré ne rien trouver, mais elle était bien là. Il photographia la plaque d'immatriculation, bien que ce ne soit pas nécessaire. Après sa participation à la battue, il avait mémorisé le numéro.

Pendant qu'il s'exécutait, Madsen lui fit signe et il se déplaça pour constater que la voiture reposait sur un second véhicule. Gris, pensa-t-il sans en être sûr, et avec des traces de rouille. Madsen et lui photographièrent tous deux l'autre plaque, avant qu'il dirige sa torche sur les parois en entonnoir pour s'assurer qu'il n'y en avait pas encore un autre dessous. Puis il prit son ardoise et gribouilla quelque chose pour son partenaire.

Madsen leva les pouces et entama une lente remontée pour regarder par les vitres de la Ford Focus, tandis qu'Alan faisait de même avec la Pontiac. Il prenait le plus grand risque ; si Madsen heurtait la Ford, il pouvait la déloger.

Mais après avoir promené sa torche à l'intérieur, il ne vit rien. Pas même une bosse indiquant un sac à main. Il fut tenté d'ouvrir le coffre, mais décida de n'en rien faire. Lorsqu'il inspira assez pour remonter, il vit que Madsen avait aussi sorti son ardoise et écrit : *Coffre ?*

Alan secoua la tête, et l'inspecteur n'argumenta pas. Tous deux savaient que les voitures devraient être sorties de l'eau. Toutes les questions recevraient alors des réponses. Alan ne s'attendait pas à trouver des corps dans les coffres. Il était plus probable qu'un meurtrier assoie sa victime au volant, avec sa ceinture, pour faire croire qu'elle avait choisi cette mort.

L'ascension fut lente, sa patience durant les paliers de décompression presque inexistante. Son esprit travailla tout du long, sans doute comme celui de Madsen. Ils étaient tous deux des flics, officiellement ou non, et ils savaient ce que cette découverte signifiait.

Ça ne lui plaisait pas d'imaginer la frayeur de Jo Summerlin quand elle en entendrait parler. Elle aurait un réflexe de protection envers son frère – mais Alan se surprenait à se demander si Brody faisait un suspect valable. Si, comme il le soupçonnait, cette seconde voiture avait appartenu à la première disparue, Brody n'avait que seize ans à l'époque. D'accord, presque dix-sept, mais c'était vraiment jeune pour commettre ce genre de crime. Stupidement, il avait envie de parler de ce qu'ils avaient trouvé à Jo – mais il n'avait pas le droit de saper l'enquête.

Lorsqu'il eut entendu les nouvelles et étudié les photos prises par les deux hommes, Drew passa plusieurs appels, en commençant par le shérif et en finissant par une société de dépannage. Intervenir dans une doline serait une première pour le patron, mais une fois rassuré sur le fait que des plongeurs bénévoles accrocheraient les chaînes, il accepta de faire une tentative.

Étant donné que Madsen et lui devraient replonger le matin suivant, Alan aurait voulu que Drew retarde cet appel. Il était peu enclin à croire que quiconque garde pour lui des nouvelles aussi croustillantes, mais il ne dit rien. Le fait même qu'il doive encore se rappeler que ce n'était pas son enquête lui fit prendre conscience qu'il l'aurait aimé. D'autant plus que tout ce qu'il avait entendu dire du bureau du shérif ne l'avait pas impressionné.

Madsen et lui attendirent de côté, écoutant tous deux les réponses de Drew au téléphone. Il y avait eu un temps où Alan n'aurait pas hésité à redescendre, mais il n'avait pas fait de plongée depuis un an, et l'inspecteur paraissait épuisé.

— Aucune femme n'a disparu dans notre comté, dit soudain Madsen. Je m'en réjouissais quand Frazier m'a appelé, mais maintenant...

Alan grogna un assentiment. Il se serait senti bien mieux si l'un des crimes avait été commis dans la juridiction de Madsen. Au moins, il respectait son nouveau partenaire de plongée. Malheureusement, maintenant que l'enlèvement était confirmé, l'inspecteur Jantz voudrait reprendre la direction de l'enquête.

Drew raccrocha et s'approcha d'eux.

— On a rendez-vous demain matin à 9 heures.

Tous deux hochèrent la tête. L'air sombre, Drew ajouta :

— J'ai eu une touche avec la seconde plaque d'immatriculation. Ce n'est pas une surprise. La voiture a disparu en même temps que Christy Dodswell, il y a quatre ans. C'est celle qui était originaire du comté de Newton, la femme disparue que nous tentions de relier aux autres.

Ils n'avaient plus besoin de tenter. Deux voitures immergées au même endroit faisaient le lien entre les disparues, malgré l'écart entre les enlèvements ; et si ces deux-là étaient liées... Ce fut Ed Madsen qui formula à voix haute ce que tous les trois pensaient :

— On a un tueur en série.

— On dirait bien.

Drew se frotta le visage.

— Le shérif veut qu'on se taise autant que possible pour ne pas provoquer une panique, mais je ne pense pas que ce soit possible.

Madsen éclata d'un rire froid.

— Il croit tromper qui ? Même si les gens de la société de dépannage la ferment, on va remorquer les voitures où ? À la fourrière. Si je me souviens bien, elle est en ville, entourée d'un grillage ajouré. N'importe qui passant à côté les verra. Vous allez devoir notifier les deux familles. Le shérif a l'intention de les faire taire aussi ?

Alan espérait que les motivations du shérif n'avaient rien à voir avec sa prochaine campagne de réélection. Comme personne ne disait rien, Drew leur serra la main à tous deux.

— Je ne peux pas vous remercier assez.

— Toujours prêt à donner un coup de main, dit Madsen avant de se diriger vers son pick-up.

Alan fit écho.

— Je pense que je vais m'arrêter manger un morceau en ville. Tu veux te joindre à moi ?

Drew fit la grimace.

— Il faut que j'aille voir les parents de la fille Kendall.

Peu importe ce que pense le shérif, ils méritent de savoir que nous avons découvert sa voiture.

— Bien sûr, tu ne peux pas les laisser l'apprendre par quelqu'un d'autre, approuva Alan. Mais je te suggère de les tenir à l'écart demain. Ce sera une longue journée, et si son corps est bien dans le coffre...

Drew jura à mi-voix.

— La voir comme ça, ça pourrait les tuer.

Alan songea secrètement qu'il valait mieux savoir ce qui lui était arrivé que d'être laissé dans le noir quant à son sort. Drew avait forcément pensé la même chose.

Ils se séparèrent. Alan n'enviait pas à son ami le devoir qui l'attendait. Il avait plusieurs fois annoncé ce genre de nouvelle quand il servait dans la police. C'était la pire part du travail d'un flic.

— J'ai entendu dire qu'ils la cherchent dans l'eau.

Jo entendit d'abord une voix au supermarché. Elle s'arrêta devant le rayon des épices, bien qu'elle n'en ait pas besoin.

— Mais son corps flotterait à la surface, non ? dit une autre femme. Et pourquoi est-ce qu'on l'aurait jeté dans un lac ?

Ce devait être Alan Burke qui plongeait. Tout le monde savait qu'il avait été SEAL. Le shérif n'avait sûrement pas hésité à profiter de son expérience.

Les voix des deux femmes s'étaient estompées, et Jo s'apprêtait à reprendre ses courses, quand une troisième personne se joignit à elles.

— Eh bien moi, j'ai entendu dire qu'ils ont trouvé quelque chose !

Une autre femme, à la voix triomphante :

— Pas *ils*. C'est ce Burke, celui dont le père vendait de la métamphétamine.

Cette voix-là était chargée de mépris.

— Comme s'il n'y avait personne d'autre à qui se fier ! Si

on la retrouve dans l'eau, qui dit que ce n'est pas lui qui l'y a mise pour commencer ?

Peut-être y eut-il une réfutation polie, mais la femme désagréable la négligea.

— De toute façon, l'adjoint Frazier a appelé Jed Chapman pour lui demander sa dépanneuse pour sortir deux voitures de l'eau.

— Deux voitures ? Il y aurait donc plusieurs victimes ? déduisit l'une des femmes.

Glacée, Jo se demanda ce qu'il y avait de vrai dans tout cela. En tout cas, les nouvelles se répandaient affreusement vite. Bien qu'il vaille mieux savoir ce qui était arrivé à Amy que de rester dans l'ignorance, n'est-ce pas ?

Ce que Jo avait détesté, c'était le ton qu'elle avait entendu. Cette méchante femme pensait-elle que répandre la nouvelle avant quiconque était plus important que la vie d'Amy ? Ou qu'épargner sa famille ? Indignée, Jo fit faire demi-tour à son caddie, empoigna une bouteille d'huile d'olive et continua son chemin. Elle ne voulait pas voir les visages de ces femmes. Elle serait trop tentée de prendre un ton cassant et de créer des ennemis à la famille Summerlin. Rod n'apprécierait pas.

Elle fonça à travers le magasin, malgré le risque d'oublier quelque chose, et chargea ses courses dans son coffre sans même tourner la tête. Avec un peu de chance, elle ne reconnaîtrait pas ces femmes, de toute façon. L'une des premières voix lui avait paru familière – une amie de sa mère, peut-être, ou quelqu'un qui travaillait à l'école ? – mais la plus distincte ne lui disait rien. Mon Dieu, penser que la mère d'Amy aurait pu être en train de faire ses courses et apprendre la nouvelle comme ça ! Jo espérait que quelqu'un s'occupait des corvées quotidiennes pour la famille Kendall.

Elle sortit du parking, dans l'intention de s'arrêter au magasin de bricolage avant de rentrer à la maison, mais la vue d'un énorme pick-up garé le long du trottoir devant le Ralph's Café la fit changer d'avis. Les gros pick-up noirs n'étaient pas rares en ville, mais elle avait vu Alan Burke en conduire un. En outre, celui-ci avait – *yes !* – des plaques de Virginie. Elle fit un créneau sur le premier emplacement vide, prit son sac à main et marcha vers le café. En seulement un demi-pâté de maisons, elle vit deux affiches annonçant la disparition d'Amy, l'une agrafée sur un poteau, l'autre collée sur une vitrine. Afficher ainsi son visage était-il vraiment utile ? Elle frissonna.

Elle vit Alan dès son entrée dans le café. Il était assis dans un box au fond. Il l'aperçut tout aussi rapidement. Saluant la serveuse de la main, Jo s'approcha de lui.

— Je peux m'asseoir avec vous ?

La pause qui suivit était peut-être due à son imagination, mais son air de résignation quand il dit « Bien sûr », était bien réel. *Dur.*

— C'est vous qui avez plongé aujourd'hui ?

Son expression était redevenue impassible.

— Oui.

— J'ai entendu dire au supermarché...

Zut, voilà qu'arrivait Wendy, un menu à la main.

— Un café ? demanda-t-elle.

— Plutôt un thé glacé.

— D'ac, répondit Wendy.

Elle hocha la tête en direction d'Alan.

— Votre plat sera là dans une minute, chéri.

Alan ne réagit pas au « chéri », se contentant de la remercier. Mais il haussa les sourcils dès que la serveuse fut hors de portée d'oreille.

— Au supermarché ?

— Trois femmes qui parlaient. L'une disait que vous aviez trouvé deux voitures dans... je ne sais pas, un lac ou une doline.

Il se rembrunit.

— Bon sang. Vous avez vu qui c'était ?

Jo secoua la tête.

— Elles étaient hors de vue. L'une d'elles avait tellement de haine dans la voix, je n'ai pas voulu savoir qui c'était.

— De la haine ? Pour une femme disparue ?

Grand Dieu ! Elle n'aurait pas dû dire ça. Mais maintenant qu'elle l'avait fait... Elle inspira fortement.

— Elle a suggéré que vous pourriez avoir jeté les voitures dedans puisque vous les avez trouvées. À cause de votre père.

Alan supprima toute expression de son visage, ce qui faisait mal à voir. Jo aurait aimé ne pas avoir dit ça, mais il avait certainement déjà entendu ce genre de réflexion.

— Votre père n'était pas violent, n'est-ce pas ?

— Vous avez envie de fouiner, c'est ça ?

Elle fit la grimace.

— Je sais que ce ne sont pas mes affaires.

— En effet, dit-il. Et si, il était violent. Il nous battait régulièrement, ma mère et moi. Les flics sont venus plusieurs fois. Ils n'ont jamais trouvé son labo de méth, mais ils l'ont arrêté deux fois pour s'être bagarré dans un bar, autant que je me souvienne, ou peut-être pour avoir tabassé un mauvais payeur. Aucun rapport avec ce qui se passe, mais s'il était encore en vie, les flics pourraient bien avoir envie de lui parler.

Elle déglutit.

— Oh...

Avant qu'elle pense à quelque chose de sympathique ou d'intelligent à dire, Wendy réapparut avec un hamburger-frites et le thé glacé de Jo. Elle remplit la tasse d'Alan et se contenta de hocher la tête quand Jo refusa de commander un plat.

Alan se mit à manger, comme si le sujet de conversation n'avait rien de perturbant. Jo versa un sachet de sucre dans son thé, remua et dit finalement :

— Je suis désolée.

Ses larges épaules remuèrent.

— C'était il y a longtemps.

Elle croisa son regard.

— Certaines choses ne donnent jamais l'impression d'être arrivées il y a longtemps.

Un hochement de tête lui concéda ce point. Il prit une frite et la trempa dans le ketchup. Apparemment, il n'allait pas lui donner spontanément les nouvelles. Comme la rumeur – vraie ou non – courait déjà, Jo n'était pas prête à rentrer chez elle sans savoir.

— Vous avez trouvé deux voitures ?

Alan soupira.

— Oui. Je suis désolé, celle d'Amy Kendall était l'une d'elles. L'autre appartenait à une autre femme disparue.

— Ça veut dire qu'elles sont toutes les deux mortes, n'est-ce pas ?

— Christy Dodswell, oui, c'est presque sûr.

Il grimaça.

— Je n'aurais pas dû vous dire son nom. Ça se saura bien assez tôt, mais je vous demande de ne le répéter à personne.

Stupéfaite, bien que ce soit prévisible, Jo hocha la tête. Il faudrait sans doute quelque temps pour prévenir la famille de Christy, à supposer qu'ils n'aient pas déménagé.

— Amy..., continua Alan de sa voix rocailleuse. Qui sait ? Nous n'avons pas trouvé de corps. Elle pourrait être encore en vie.

C'était une platitude, mais n'était-il pas vrai que tant qu'il y avait de la vie, il y avait de l'espoir ? Jo n'en était cependant pas certaine, pas quand elle imaginait ce qu'Amy avait dû subir.

— Je suppose qu'on ne peut pas relever des empreintes ni des indices sur des voitures qui ont été immergées aussi longtemps, s'entendit-elle dire.

— C'est peu probable. À moins que le type n'ait laissé tomber quelque chose...

Alan secoua la tête.

— Tout ce que nous dit la découverte de ces voitures, c'est que nous avons un seul tueur, et que quand quelque chose marche, il le refait.

— Mais... les voitures des autres femmes disparues ?

Elle n'arrivait pas à se rappeler le détail des enlèvements.

— Toutes ne conduisaient pas quand elles ont disparu. Un véhicule a été verrouillé et abandonné au bord d'une route, non loin de chez elle.

Jo se pencha en avant.

— Mais c'est le plus logique, non ? Je veux dire, à moins d'être déjà à pied, ça prend du temps de faire disparaître une voiture.

— Oui, sauf que si quelqu'un passe par là et que la police agit assez vite, ça augmente les risques.

— Je... je suppose, dit lentement Jo.

— Et faire disparaître la voiture embrouille encore plus les choses. Les gens se demandent si la fille n'a pas disparu de son plein gré.

Également vrai.

Alan mâcha et avala une bouchée de son hamburger avant de dire :

— Donc, vous êtes juste passée m'interroger ?

Ses joues s'enflammèrent.

— J'étais... curieuse.

— J'ai déjà remarqué ça chez vous.

— Quoi donc ?

Son amusement devint manifeste.

— Vous ne vouliez pas me laisser entrer dans cette grotte tout seul. Ce que j'allais voir, vous vouliez le voir aussi.

Le sourire disparut soudain.

— À moins que vous ne pensiez depuis le début comme la femme du supermarché. Un Burke ne fait-il pas un suspect logique ? Et si j'avais caché le corps dans cette grotte ?

7

Le choc sur le visage de Jo fit l'effet d'un coup de poing à Alan. Bon sang, pourquoi avait-il dit un truc comme ça ?

— Jo...

— C'est comme ça que vous me voyez ?

Elle glissa sur le banc en vinyle pour s'éloigner de lui.

— Qu'est-ce que j'ai dit pour que... ?

— Stop.

Il se leva à demi.

— S'il vous plaît. Je suis désolé. Je... je m'en suis pris à vous sans aucune raison.

Sans raison ? Ou avait-il été blessé par la possibilité qu'elle partage l'opinion locale ? *Elle n'est pas pour toi, tu te rappelles ?*

Au lieu de se lever, elle hésita, cherchant ses yeux.

— Je suis venue vous trouver parce que j'étais en colère à cause de ce que cette femme avait dit.

Sa voix tremblait un peu.

— Je ne croirais jamais quelque chose comme ça. J'ai toujours détesté l'idée qu'on est forcé de ressembler à ses parents. Je ne ferais jamais...

Elle s'interrompit si soudainement qu'il ne sut pas ce qu'elle ne ferait jamais. Mais cela comprenait évidemment le fait de blesser quelqu'un. Elle était trop compatissante pour ça si elle pouvait l'éviter.

Après ce qu'il avait fait, qu'il soit théoriquement du côté

des gentils ou non, il n'avait pas le droit d'être assis à la même table qu'elle. Et pourtant, elle l'attirait puissamment, et il détestait se dire qu'il venait de lui faire mal.

— Je suis... parfois susceptible, se força-t-il à avouer. J'ai essuyé beaucoup de ces réflexions ici, même de gens qui me connaissaient enfant.

Elle fronça les sourcils.

— Vous faisiez des bêtises, enfant ?

Il secoua la tête.

— J'étais un peu sauvage, peut-être. Je n'avais jamais envie de rentrer à la maison, alors je m'introduisais parfois dans des propriétés privées. J'ai été surpris à dormir dans une voiture ou une grange à plusieurs reprises. Je n'étais pas non plus le meilleur élève de l'école.

À son grand étonnement, elle tendit la main et la posa sur la sienne.

— Vous étiez content d'aller vivre chez vos grands-parents ?

— Oui.

Il dut s'éclaircir la voix.

— Je me sentais coupable d'abandonner ma mère, mais... oui.

— Elle était adulte.

— Je sais.

Même alors, il avait compris qu'il ne pouvait rien faire pour elle. Elle n'était pas seulement terrorisée par son père, elle était accoutumée à ses coups, engourdie. Alan lui serait pour toujours reconnaissant d'avoir eu le courage de défier son père pour le faire partir.

Jo retira sa main, ce qu'il regretta. Il n'était pas habitué à ce qu'on lui exprime de la sympathie par un geste, surtout quand ce « on » était une belle femme.

Seigneur, et si le tueur était tombé sur elle ces dernières années ? Alan ne l'aurait jamais rencontrée. Non qu'il pense possible une relation avec elle. Mais elle était plus solide qu'il ne l'avait imaginé, et pour une raison quelconque, elle éveillait son instinct protecteur.

Peut-être, se dit-il, parce qu'ils avaient au moins une chose en commun. Il savait qu'il défendrait aussi ardemment les gens auxquels il croyait. Ou, dans son cas, sans doute devait-il dire « qu'il aimait ». La curiosité seule n'expliquait pas pourquoi elle s'informait de l'enquête ; non, elle s'inquiétait du lien entre son frère et la dernière victime.

Poussant un soupir, elle se réinstalla au milieu du banc.

— Vous devriez manger. Je suis désolée d'avoir gâché votre repas. Si vous voulez que je m'en aille...

Alan secoua la tête en souriant de guingois.

— La compagnie d'une jolie femme ne me gâche jamais un repas.

Elle fronça le nez.

— Vous avez une idée de ce que la police va faire ?

Il supposa qu'elle s'efforçait de redresser la barre.

— Pour commencer, sortir les voitures de la doline. Les passer au peigne fin.

— Vous allez aussi les seconder pour ça ?

— Un adjoint de l'Arkansas et moi allons plonger pour mettre les chaînes en place, afin que la dépanneuse puisse les hisser hors de l'eau. En dehors de ça...

Il hésita.

— Je suppose que ce sera tout pour moi, à moins qu'on organise d'autres recherches.

Jo acquiesça.

— Ils vont commencer l'enquête, continua-t-il. Chercher quel lien avaient Amy et Christy, si elles en avaient un.

Bien que rien n'indique que le tueur les connaissait à l'avance. Elles pouvaient simplement avoir attiré son œil.

— Christy n'était pas de la région, n'est-ce pas ? demanda Jo.

— D'un autre comté, mais pas très loin.

Il s'en rappelait vaguement.

— Je crois qu'elle était pom-pom girl.

Jo eut l'air atterrée.

— Amy aussi.

— Et voilà.

En y réfléchissant, il ignorait où Christy avait été enlevée. Près de chez elle ? Ou à proximité de Mayville ? Quelqu'un le savait-il, étant donné que sa voiture n'avait pas été découverte à l'époque ?

— Mais... Amy et Christy étaient-elles assez proches en âge pour s'être connues ?

Il devait cesser de réfléchir à voix haute. Il était à nouveau confronté au fait que l'enquête ne lui appartenait pas, malgré sa certitude qu'il pouvait mieux la conduire qu'un inspecteur sans imagination et proche de la retraite. Celui-là même qui s'était opposé à ce qu'on recherche Amy. Il fallait porter au crédit du shérif qu'il avait laissé Drew faire à son idée.

Après que les flics avec lesquels il travaillait lui avaient fait défaut de façon aussi flagrante, et avec des conséquences aussi tragiques, Alan s'était dit qu'il en avait définitivement fini avec la police. Il se pouvait qu'il ait tort. À supposer que son dernier patron lui donne une recommandation correcte qui lui permette de postuler dans un autre commissariat.

— Il peut y avoir un lien qui n'a rien à voir avec l'âge, se sentit-il forcé de dire.

Jo avait gardé Amy, par exemple, et la connaissait assez bien pour la pleurer malgré leur différence d'âge.

— En outre, qu'elles se connaissent l'une l'autre ou non n'est pas la question.

— C'est *qui* elles connaissaient toutes les deux, finit-elle.

— Oui. Peut-être. Bien que cela puisse être des crimes opportunistes.

Ils se regardèrent à nouveau, de cette manière libre et spontanée qui lui donnait le sentiment d'être nu. Alan ignorait comment elle faisait ça, ou s'il l'imaginait. Mais, bon sang, elle le touchait comme personne avant elle.

— J'ai peur, dit-elle. Je veux dire, c'est une petite ville. Je connais la plupart des gens. Ou du moins, je les connaissais. Vous...

Il arqua un sourcil.

— Vous vous sentez en sécurité ?

Il y avait de l'ironie dans son ton, parce qu'elle ne lui donnait pas du tout l'impression de se sentir en sécurité à ses côtés.

— Nooon.

Ses joues rosirent.

Cette timidité le surprit, même si son corps réagit inconfortablement. Donc, « en sécurité » ne correspondait pas à ce qu'elle éprouvait quand elle était avec lui. Eh bien, il ne se sentait pas non plus en sécurité avec elle, sauf dans un sens littéral. Dans la grotte, Jo avait dégagé une confiance et une compétence qui l'avaient détendu.

— Jo...

Il allait faire quelque chose d'idiot, il le savait. L'inviter à dîner ne pouvait leur faire du bien, ni à l'un ni à l'autre. Mais bon sang, il avait envie de connaître cette femme.

— Je devrais y aller.

Elle glissa sur le banc avant même qu'il puisse respirer. Ses yeux ne quittaient pas les siens.

— J'ai des courses dans la voiture. Je n'aurais pas dû m'attarder aussi longtemps. C'est moi qui cuisine ce soir.

Alan eut le sentiment que c'était elle qui cuisinait tous les soirs, mais peut-être se trompait-il.

— D'accord, dit-il, essayant de se persuader qu'il était soulagé qu'elle prenne la fuite. Rappelez-vous votre promesse.

— Ma promesse ?

Elle jeta un rapide regard autour d'elle.

— Vous voulez parler de Christy. Je tiens mes promesses.

— Je n'en doute pas, dit-il avec quelque chose dans la voix qu'il ne comprit pas.

De l'intimité ? De la confiance ? Si c'était ça, il devait la reprendre. Tout de suite.

— Je vous verrai plus tard, dit-il avec brusquerie.

Un éclair dans les yeux fut la seule réaction de Jo. Puis elle jeta un billet de cinq dollars sur la table et s'en fut.

Personne n'était là quand Jo rentra à la maison. Elle transporta les courses à l'intérieur, consciente que Rod s'irriterait qu'elle ait oublié de s'arrêter au magasin de bricolage. Mais elle haussa les épaules. Il pourrait acheter ce dont il avait besoin la prochaine fois. Après avoir rangé les courses, elle entama la préparation du dîner – des spaghettis, un plat que tout le monde aimait.

Tous trois arrivèrent en même temps. Rod lui sourit en entrant dans la cuisine.

— Ça sent bon.

Lucy plissa le nez.

— On est obligés de manger des brocolis ?

Brody la heurta de l'épaule.

— La ferme, la gamine, à moins que tu ne veuilles te mettre aux fourneaux. Et s'il vous plaît, mon Dieu, faites que ça n'arrive pas.

— T'es un con, lui dit sa sœur.

Attendre qu'ils soient tous assis ? se demanda Jo, qui décida du contraire. Elle jeta des spaghettis dans l'eau bouillante puis se retourna pour les regarder.

— J'ai entendu quelque chose en ville.

Son ton fit disparaître la bonne humeur sur les trois visages.

— On a retrouvé la voiture d'Amy, aujourd'hui. Elle était au fond d'une doline. Ou d'un lac, je ne sais pas.

— Bon sang, dit son beau-père, l'air choqué. Je pensais vraiment...

Jo hocha la tête.

— Nous le pensions tous.

Lucy était encore bouche bée. Brody serrait et desserrait les poings.

— Est-ce qu'elle... était dans la voiture ? questionna Lucy dans un gémissement.

— Ce n'est pas ce que j'ai entendu dire, dit Jo.

Elle baissa le gaz sous les spaghettis et les brocolis.

— Comment l'as-tu appris ? demanda Rod.

— Des femmes parlaient au supermarché.

Leur raconter la conversation avec Alan ? Non. Rod désapprouverait cette familiarité avec un voisin qui contrecarrait ses plans.

— Alors... quelqu'un a plongé ?

C'était à nouveau Brody.

— Alan Burke. Il était SEAL, vous savez. La police lui est probablement reconnaissante de son expérience. Je crois qu'il y avait quelqu'un d'autre aussi.

Son beau-père ricana.

— Burke ! Et pourquoi il aurait tellement envie de les aider, lui ?

— Il a passé des années dans l'armée, dit-elle aussi doucement que possible. Et je crois savoir qu'il était dans la police depuis son départ de la marine.

Un autre bruit de gorge, plus grave, puis Rod dit :

— Allez, on se lave les mains.

Des larmes tremblaient au bout des cils de Lucy.

— Mais comment on peut juste... *manger* ? Amy doit être morte !

Son frère se tourna vers elle.

— Ne dis pas ça ! Peut-être...

Sa gorge se noua.

— Peut-être que...

Jo s'avança et le serra dans ses bras, ce jeune homme bien bâti qu'elle ne connaissait pas très bien mais qui était son frère. Il lui rendit son étreinte. Quand il recula, son expression était tourmentée et ses yeux humides.

— Amy... elle est... elle était... si gentille.

— Je sais, murmura Jo.

De façon prévisible, Lucy éclata en sanglots et courut vers l'escalier. Un instant plus tard, ils entendirent sa porte claquer. Rod grommela quelque chose avant de dire :

— Elle aura faim plus tard.

— Ce plat est facile à réchauffer, dit Jo, ignorant le nœud dans sa gorge.

Brody marcha jusqu'au placard et sortit des assiettes pour mettre la table. Typiquement masculin, songea-t-elle ; il ne laissait pas ses émotions l'empêcher de manger.

Elle aurait aimé ne pas ressentir ce minuscule soupçon - non, disons cette minuscule appréhension - lorsqu'elle pensait à Brody et Amy, même s'il ne pouvait pas avoir quelque chose à voir avec l'enlèvement de Christy Dodswell. Il n'avait que seize ans à l'époque, à moins que ce ne soit dix-sept ? De toute façon, comment l'aurait-il rencontrée ? Il n'avait même pas de voiture à lui, à l'époque, si ?

Non, elle aurait dû avoir honte de s'être interrogée, même une seule minute, sur son frère.

Brody quitta la maison après dîner, comme il le faisait souvent. Il allait rejoindre ses copains, supposait Jo. Rod ne faisait jamais de commentaires là-dessus, du moins pas à portée d'oreille. La seule fois où elle avait annoncé qu'ils pouvaient réchauffer des restes, son irritation avait été manifeste, mais il s'était débrouillé pour utiliser le micro-ondes. Ce soir, Rusty avait accompagné Brody jusqu'à son vieux pick-up.

Rod la remercia d'avoir cuisiné, l'embrassa sur la joue et lui dit :

— J'ai encore du boulot.

Il quitta la maison, lui aussi. Il n'avait pas dépassé la véranda quand elle entendit un aboiement excité, suivi d'un juron de Rod. La porte d'entrée s'ouvrit et se referma, cette fois avec emphase, et Rusty fila vers la cuisine, ses griffes cliquetant sur le parquet. Jo se hâta de débarrasser la table, ne sachant pas si le chien allait mettre ses pattes sur une chaise et lécher les restes.

Parfois, Rod s'en allait aussi en voiture, voir une amie, supposait-elle, mais la plupart du temps, comme ce soir, il retournait au bureau. Apparemment, il ne voulait pas de compagnie. Rod ne semblait pas beaucoup aimer le chien. Il n'était pas du genre à apprécier les animaux. Sa mère et lui secouaient la tête quand elle les suppliait pour avoir un animal dans son enfance. Lucy et Brody avaient de la chance qu'il ait accepté de les laisser garder le chiot.

Elle nettoya la cuisine en compagnie de Rusty – ce n'était pas le tour de Lucy de le faire – et alla jusqu'à poser une écuelle de restes par terre, avant de ranger une assiette pour Lucy au réfrigérateur. Elle aurait dû demander à Brody de l'aider avant qu'il sorte. Une fois le lave-vaisselle en marche, Jo soupira et se dirigea vers l'escalier. Ce dont elle avait envie, c'était prendre un bain chaud et s'enfermer dans sa chambre, mais Lucy avait besoin d'elle, qu'elle en soit consciente ou non. Elle frappa à la porte de sa sœur.

— Jo ?

— C'est moi.

Une voix larmoyante dit :

— Tu peux entrer.

Rusty avait suivi Jo et il se précipita vers sa maîtresse, qui s'agenouilla sur le tapis et lui mit les bras autour du cou. Jo s'assit au bord du lit.

— Je voulais être sûre que tu allais bien.

Lucy lui jeta un regard désemparé.

— Comment est-ce que je pourrais aller bien ?

— Je sais que tu es bouleversée, mais tu n'étais pas si proche que ça d'Amy.

— Non, mais...

Elle retint son souffle.

— Elle faisait partie de ce qui devrait être un monde sûr ? suggéra Jo.

Elle se rappelait avoir ressenti la même chose quand sa mère l'avait abandonnée. Lucy hocha la tête en silence. Lorsque Jo lui caressa les cheveux, l'adolescente s'appuya contre sa jambe, tout en gardant un bras autour du chien.

— C'est tellement horrible.

— Je sais.

— Et... et je sais que le crâne n'a rien à voir avec Amy, parce qu'elle était toujours en vie quand Jesse l'a trouvé, mais... ça fiche tellement les jetons.

C'était vrai. Jo aurait donné cher pour savoir ce qui avait déchaîné Rusty la nuit où Amy avait été enlevée. Imaginer un lien quelconque était sans doute ridicule, mais cette coïncidence la contrariait.

Heureusement, elle pouvait rassurer Lucy. Jo n'avait pas eu l'occasion de parler à sa sœur la veille au soir. C'était en partie pourquoi elle était déterminée à le faire ce soir-là.

— J'ai pris la clé et je suis allée dans la grotte, dit-elle.

— Quoi ?

Lucy se redressa et se retourna pour la dévisager.

— Je t'avais dit que j'essaierais. Hier, j'ai dit que j'avais mal à la tête et je me suis faufilée à l'intérieur derrière les touristes. Je suis allée là où Jesse a dit avoir vu le crâne et même plus loin. Il y a plusieurs galeries là-bas, tu sais. J'ai parcouru l'une d'elles.

En toute hâte, mais elle ne le dit pas.

— Je n'ai rien trouvé, pas plus que Rod. Et cet adjoint, ajouta-t-elle. C'était Drew Frazier ?

— C'était Hudson. Il ne m'a pas plu. Et je ne pense pas qu'il avait envie d'aller dans la grotte, mais il était incapable d'admettre qu'il avait peur.

— Ça n'a rien de surprenant. Beaucoup d'hommes sont comme ça.

— J'imagine.

Lucy se tut une minute.

— Tu es sûre ?

— Je suis sûre qu'il n'y avait rien qui ressemble à un crâne ou au genre d'ossements que je cherchais, dit-elle. Honnêtement, il n'y avait même pas de roche qui ressemble de loin à un crâne. Je suppose que Rusty aurait pu déplacer quelque chose, mais il ne pouvait pas l'enterrer.

— Non.

Le visage de l'adolescente se plissa sous l'effet de la réflexion, et elle observa sa sœur.

— Tu penses que Jesse a tout imaginé, c'est ça ?

Jo hésita, puis dit finalement :

— Oui. Il était probablement effrayé, tu sais. S'il était ivre en plus...

— Mais il n'était pas si ivre que ça, dit doucement Lucy. Et il était totalement terrifié. J'aimerais... J'aurais dû aller voir par moi-même, mais... je suppose que j'avais peur.

— Je ne te le reproche pas.

Jo fit la grimace.

— Ne le dis à personne, surtout pas à Brody, mais je n'ai pas aimé fureter. Ça ne me dérange pas de faire le guide, mais je n'ai jamais eu envie d'explorer la grotte plus avant.

— Moi non plus. Brody est jaloux parce qu'il n'a jamais pu apprendre à plonger. Ce qu'il voudrait faire, c'est aller dans des grottes submergées. Tu imagines ça ?

La plongée dans des siphons. De l'avis de Jo, explorer ce genre de grotte était particulièrement déplaisant, ne serait-ce que parce que cela impliquait des passages à sec, où il fallait porter des dizaines de kilos de bouteilles d'oxygène et autres équipements nécessaires, et comprendre ensuite comment faire passer ces bouteilles par des goulets. Et si elles ne passaient pas ? Cette idée la faisait frémir.

Elle pariait que même Alan Burke y aurait réfléchi à deux fois avant de se joindre aux recherches des enfants piégés dans une grotte submergée en Thaïlande, quelques années auparavant.

Elle devait cesser de l'imaginer en héros. Qui sait, il avait peut-être été viré de son dernier emploi comme policier ? Il y avait bien une raison au fait qu'il ne travaillait plus.

Revenant à l'instant présent, elle dit :

— Je suis désolée pour Amy. C'est vraiment dur d'imaginer que quelque chose comme ça se passe ici. On croit connaître tout le monde.

Lucy hocha la tête.

— Ça me fait presque peur de sortir seule, tu sais ?

— Tu dois être super-prudente.

Jo ne voulait pas terrifier une fille en âge d'affirmer son indépendance, mais mieux valait qu'elle ne s'éloigne pas de la maison.

— Pourquoi ? Je ne corresponds pas à ces filles. Elles étaient toutes beaucoup plus vieilles.

Le début de la vingtaine ne lui paraissait pas « beaucoup plus vieux » que seize ans, mais Jo se contenta de répondre :

— Leur âge n'est peut-être dû qu'au hasard. Parce qu'elles étaient assez âgées pour rentrer de l'université en voiture.

Lucy s'entoura de ses bras, les yeux agrandis par la crainte. Elle dit soudain :

— Je suis contente que tu sois là.

Jo lui adressa un sourire un peu tremblant.

— Moi aussi.

Avec quelque chose qui ressemblait à un sanglot, Lucy se redressa à demi et se jeta contre sa sœur, qui referma les bras sur elle. Pauvre fille, dont les certitudes avaient été ébranlées. Lucy ne pleura pas, mais elles restèrent ainsi quelques minutes. Finalement, Jo murmura :

— Qu'est-ce que tu dirais de descendre et que je réchauffe les spaghettis ?

Lucy inspira profondément et se sépara d'elle.

— Papa est toujours là ? Ou Brody ?

— Aucun des deux.

— Ah bon, d'accord. Merci.

Tandis que Jo réchauffait les restes, elle s'efforça de décider si elle devait aborder l'objet des tensions entre Lucy et son père. Sa conclusion : non. Elle avait déjà fait une percée. Pourquoi gâcher ce pas en avant avec deux en arrière ?

De toute façon, elle n'avait jamais eu une relation facile avec Rod non plus. La plupart du temps, il était brusque et refusait de parler des problèmes. Comme beaucoup d'hommes, il était probablement plus à l'aise avec les garçons qu'avec les filles.

Assaillie par une nouvelle vague de culpabilité, Jo regretta d'avoir échoué à remarquer l'état émotionnel de Lucy jusqu'à ce que Rod l'appelle à la rescousse. Eh bien, dorénavant, elle y prêterait plus attention, se promit-elle. Sa sœur avait encore besoin d'elle, beaucoup plus qu'elle n'en avait pris conscience.

8

Alan ne s'inquiétait pas pour lui-même. Il savait qu'une pièce de machinerie aussi lourde qu'une voiture, ne reposant sur aucune fondation solide, pouvait bouger au moindre heurt ou même réagir au mouvement de l'eau. Il avait effectué des travaux bien plus dangereux sous l'eau que de passer une chaîne autour d'un essieu. Son principal souci était que l'expérience de plongée de Madsen se limitait aux loisirs. Il manquait d'expérience pour juger des risques. Alan aurait aimé lui demander de lui laisser cette partie mais c'était trop tard, maintenant.

La Ford Focus d'Amy Kendall avait atterri sur le coffre du véhicule en dessous, le châssis collé sur le toit de celle-ci, en sorte que l'avant pointait vers le haut. Cette configuration laissait penser qu'il serait facile d'accéder à l'essieu. Mais Alan ne se fiait jamais à une promesse de facilité.

Il surveillait Ed qui, crochet en main, traînait la lourde chaîne derrière lui. Ed devait sécuriser l'un des côtés de l'essieu, Alan l'autre. Il se serait senti mieux si la voiture reposait sur le fond, mais du moment qu'ils faisaient attention...

La voiture pencha, effleurant son épaule. Instinctivement, il donna un coup de palme pour reculer. Soit Ed avait heurté l'aile, soit la chaîne, en accrochant le pare-chocs avant, avait compromis le délicat équilibre.

Alan laissa tomber son crochet et rejoignit son partenaire.

Il agrippa Madsen par la cheville et le tira en arrière. Le métal grinçait sans doute, mais le son était étouffé par l'eau. Il avait l'impression de bouger au ralenti. Et si le temps manquait pour faire reculer Ed ?

Mais celui-ci réagit instantanément en se pliant en deux et en s'écartant d'un battement de pieds. Le cœur battant, Alan regarda la petite voiture rouge glisser au ralenti et se coucher presque sur le flanc, toujours sur l'autre voiture. S'il avait réagi avec dix ou vingt secondes de retard, Ed aurait pu être écrasé.

Bon sang. Il respirait plus fort qu'il n'était prudent à cette profondeur. Le mouvement avait mis en branle tout un tas de débris, l'empêchant de voir si Ed était secoué. Il entreprit de ralentir sa propre respiration et de maîtriser son pouls. Madsen avait assez d'expérience pour faire de même.

Finalement, Alan se laissa dériver plus près de la voiture, conscient de la présence de Madsen. Il posa une main à plat sur le toit et donna une poussée. Le fond était loin d'être plat, mais il ne sentit aucun mouvement. Ed tenta la même chose en poussant sur le pare-chocs. Il regarda Alan, qui désigna d'un geste les crochets.

Il s'empara à nouveau du sien et fixa la chaîne autour de l'essieu. Une fois qu'il eut reculé, Ed s'approcha en nageant et fixa le second crochet.

Cette fois, ils lâchèrent le filin de sécurité dont ils se servaient pour communiquer avec les autres. Sachant combien les erreurs étaient probables, Alan avait insisté pour qu'ils aient un moyen d'envoyer des signaux. Une bonne chose, car les premières chaînes étaient trop courtes, bien qu'Alan leur ait donné l'exacte profondeur la veille.

Il tira le filin une seule fois, d'un coup sec. *Nous remontons.* Leur ascension serait plus lente que celle de la voiture, étant donné les paliers de décompression qu'ils devaient respecter, mais il ne prendrait pas de risques. Et si la voiture se libérait de ses chaînes ? La doline était trop étroite pour qu'ils puissent avec certitude se mettre hors d'atteinte. Ce n'était pas le genre de choses qu'Alan laissait au hasard.

Enfin, il se hissa hors de l'eau et fit signe à Drew et à l'opérateur de la dépanneuse. Des grincements se firent entendre quand le treuil se mit en route, et les chaînes se tendirent. Il avait été impressionné un peu plus tôt par la puissance de l'engin, qui possédait une perche de bonne taille et un plateau à levée hydraulique. Toute cette mécanique n'était pas très différente de celle qu'utilisait l'armée, bien que cette dernière soit également blindée.

Ed Madsen rejoignit Alan à la nage. Il se débarrassa de ses bouteilles, se retourna sur le dos et arracha son masque.

— Punaise ! C'était quelque chose ! Et il va falloir le refaire demain.

Alan partageait son sentiment. Même en supposant que tout aille bien, hisser la première voiture hors de l'eau avait demandé trop de temps. Il n'avait pas l'intention de redescendre immédiatement avec un plongeur relativement inexpérimenté.

Luttant avec les bouteilles et l'équipement attachés sur son dos, Alan regarda Jed Chapman manœuvrer le treuil, tandis que son assistant se penchait sur la doline, attendant que la voiture apparaisse. Drew et l'inspecteur Jantz se tenaient à ses côtés.

La perche était ajustable, permettant de hisser la voiture presque à la verticale, comme un énorme poisson, avant de la poser doucement sur le plateau. Le métal grinçait, de l'eau dégoulinait du véhicule. Jed et son assistant étaient concentrés, ajustant la direction, jusqu'à ce que la voiture atterrisse avec un choc sonore en se balançant sur ses pneus.

Les hommes déroulèrent des sangles, mais attendirent que Drew ouvre la portière de la petite voiture et trouve le levier commandant le coffre. Ils avaient tous attendu ce moment. Jantz fut le premier à se placer à l'arrière pour avoir une bonne vue de l'intérieur du coffre. *Évidemment.*

Jantz eut l'air irrité quand Ed et Alan s'avancèrent, mais même lui devait savoir qu'il ne pouvait rien dire après tout le mal qu'ils s'étaient donné pour ramener la voiture à la surface.

Il y eut une sorte de crachotement avant que le coffre ne s'ouvre assez pour qu'ils puissent voir à l'intérieur. L'espace était plein d'eau. Quelque chose de bleu flottait à la surface, cachant le reste. Drew le repêcha d'une main gantée. Un ciré. En dessous, il n'y avait rien, en dehors de la bosse formée par la roue de secours.

Pas de fille morte. Pas d'arme. Pas d'indice.

Alan aurait pu être déçu, mais il ne s'était pas attendu à autre chose. Il supposait que Drew et même Jantz n'étaient pas plus étonnés. Amy Kendall, vivante ou morte, était autre part.

Il se tourna vers Drew.

— Tout ça a pris trop de temps. On ne peut pas redescendre avant demain matin.

Son ami eut l'air déçu, mais acquiesça d'un hochement de tête, tandis que Jantz disait :

— Pourquoi ? On a toute la journée devant nous ! On devrait peut-être requérir d'autres plongeurs.

Alan se contenta de le regarder.

— Bonne chance. Si je n'ai pas de nouvelles de vous entre-temps, je vous verrai demain matin à la même heure.

Sans attendre de réponse, il alla reprendre ses bouteilles, sa torche et ses palmes. Du coin de l'œil, il vit Ed faire de même. En quelques minutes, tous deux se débarrassèrent de leurs combinaisons en néoprène, se séchèrent les cheveux et enfilèrent des jeans et des sweat-shirts. Aucun d'eux ne jeta un coup d'œil à Jantz, qui s'adressa avec véhémence à Drew avant de reprendre sa voiture, d'y monter et de démarrer en trombe. Il voulait sans doute être le premier à faire part au shérif du peu qu'ils avaient trouvé.

— J'ai eu chaud, en bas, remarqua Ed en finissant de

ranger son équipement à l'arrière de son SUV et en claquant le hayon. Merci de m'avoir averti à temps.

— Je t'en prie.

L'inspecteur de l'Arkansas ouvrit sa portière et monta en voiture.

— Espérons que ça se passera mieux demain.

— Amen. Mais hé, ça aurait pu être bien pire aujourd'hui.

Ed sourit en coin. Oui, il aurait pu être écrasé.

— Tu crois que Jantz se donnera la peine de venir demain matin ?

Alan jeta un coup d'œil à Drew, qui parlementait maintenant avec le propriétaire de la dépanneuse.

— Je parie que non.

— Moi aussi.

Ed referma sa portière, démarra et leva la main à l'intention d'Alan. Ce dernier devait échanger quelques mots avec Drew avant de partir lui aussi.

Il aurait aimé avoir un prétexte pour voir Jo ce jour-là, s'avoua-t-il avec contrariété. Qu'aurait-elle dit si, la veille, il avait suggéré qu'ils déjeunent ensemble au lieu de la rembarrer comme il l'avait fait ?

Jo ne vit pas beaucoup sa sœur durant la journée. Elle supposa que c'était le hasard ; elles se relayaient comme guides, serveuses et caissières. Les affaires avaient repris, car la plupart des écoles avaient fermé. Rod avait été de bonne humeur tout le jour, il devait être satisfait des ventes de billets et de souvenirs.

Mais Jo était un peu distraite, car elle pensait au remorquage des deux voitures. Avaient-ils fini ? Avaient-ils trouvé quelque chose ? Elle ne voulait pas imaginer ce qui arrivait à un corps immergé dans l'eau pendant une semaine ou même des années.

Un léger malaise la faisait aussi réfléchir. Sa conversation avec Lucy s'était bien passée. Non ? Lucy semblait soulagée qu'elle ait vérifié l'affirmation catégorique de Rod selon laquelle il n'y avait rien à trouver. Mais... l'avait-elle vraiment convaincue ? Qu'avait-elle dit ?

« Tu penses que Jesse a tout imaginé, c'est ça ? »

Jo se rappela ce qu'elle aussi avait dit, à savoir que son ami, en plus d'être effrayé, était ivre. À la suite de quoi Lucy avait protesté : « Mais il n'était pas si ivre que ça. Il était complètement terrifié. »

Sa sœur avait aussi avoué qu'elle-même n'avait aucune envie de parcourir seule le trajet dans la grotte. Organiser une fête, c'était autre chose ; elle était celle qui connaissait l'endroit, qui offrait une occasion de s'émerveiller à ses amis.

Vers le milieu de l'après-midi, le téléphone de Jo vibra dans sa poche, la faisant sursauter. Elle était entre deux clients, aussi prit-elle l'appel. Le numéro lui était inconnu, le préfixe de la région idem.

— Allô ? dit-elle prudemment.

— Jo ? Alan Burke à l'appareil.

Elle tourna la tête, ne vit personne à portée d'oreille et fut soulagée de ce moment d'isolement.

— Bonjour. Tout s'est bien passé hier ?

— Oui, mais nous avons dû hisser la deuxième voiture ce matin. Pas de corps, dit-il comme s'il avait lu dans ses pensées.

— Oh...

Jo s'efforça de trouver quelque chose d'intelligent à dire.

De sa voix rocailleuse, Alan poursuivit :

— Il est trop tard aujourd'hui, mais... Je me demandais si vous pourriez vous échapper demain pour déjeuner avec moi ?

Une vague de chaleur s'épanouit dans sa poitrine.

— Je... oui. J'ai oublié de faire une course l'autre jour, alors je dois aller en ville de toute façon.

— Encore au café ? Ou vous suggérez autre chose ?

— Je ne mange presque jamais dehors, alors le café, c'est parfait.

Ils se mirent d'accord sur une heure, puis il raccrocha. Une horde de touristes s'abattit alors sur la caisse, tous voulant exprimer leur émerveillement, poser des questions et dépenser de l'argent. C'était aussi bien qu'elle n'ait pas l'occasion de crier de joie comme une adolescente ou de regretter d'avoir accepté, parce que son séjour dans la région – et le sien – était limité.

À l'heure de la fermeture, Jo se remit à penser à sa sœur. Lucy resta silencieuse durant le dîner, mais sans bouder. Brody insista pour promouvoir son idée de « grotte sauvage ».

— Deux types m'en ont parlé, aujourd'hui.

Il ignora l'expression courroucée de son père.

— Ils pensent que ça intéresserait beaucoup de gens, mais il faudrait que ce soit sûr.

— Qui dit que ce serait complètement sûr ?

— Ça le serait si on faisait et refaisait le parcours, argumenta Brody.

— J'ai dit non. Non, c'est non.

Brody fit mine d'insister, mais il croisa le regard de Jo. Il referma la bouche et, après un instant, pencha la tête sur son assiette.

Personne ne dit grand-chose après cela. Un joyeux dîner de plus dans la famille Summerlin. Jouer les médiatrices n'avait jamais été l'ambition de Jo. Néanmoins, elle détestait le conflit et, bien sûr, elle se sentait obligée de défendre son frère et sa sœur contre l'entêtement irritable de leur père.

Tout en rinçant les assiettes et en les plaçant dans le lave-vaisselle, Lucy dit :

— J'aimerais bien que papa sorte. Je ne peux même pas allumer la télé sans qu'il se plaigne que c'est trop fort.

— Il te prête la voiture, non, quand tu veux sortir avec tes amis ?

— Je dois pratiquement le supplier. Et la dernière fois, il m'a dit : « Souviens-toi ce qui est arrivé à Amy. »

Eh bien, Rod avait raison sur ce point, même si la manière dont il traitait Brody était effectivement différente.

Lucy poursuivit sur un ton mécontent :

— De toute façon, Jaelin et Autumn travaillent la plupart des soirs. Jaelin au restaurant, et Autumn chez Domino's Pizza. Ce sont mes deux meilleures amies.

C'était embêtant. À l'âge de Lucy, Jo avait quelques amies qui lui sauvaient la vie. Plissant le nez en raclant les restes d'une boîte en plastique, elle dit :

— Je préférerais avoir ton job que le leur, l'été.

— Tu *as* le même job que moi, l'été.

Elles rirent toutes deux.

— Je peux finir ça, si tu veux, offrit Jo.

— Vraiment ? Merci.

Lucy s'esquiva avec une hâte qui amusa Jo, la laissant essuyer les plans de travail et les casseroles.

Oh bon, Brody avait fait sa part. Ce n'était pas comme si elle était impatiente de faire quoi que ce soit, de toute façon.

Elle crut entendre Rod sortir. Mais il n'y eut pas de bruit de voiture, alors Brody était sans doute à la maison. Quand elle eut terminé de nettoyer la cuisine, elle délibéra si elle devait allumer la télévision – elle pourrait sûrement trouver quelque chose à regarder sur l'unique bouquet de chaînes auquel Rod était abonné – mais décida qu'elle préférait le silence. Elle entamerait un nouveau livre, plutôt.

Après avoir refermé le dernier placard, elle se dirigea vers l'escalier et gravit quelques marches à temps pour voir Rod parcourir le couloir à l'étage. Il n'allait pas encore au lit, si ?

Elle était à mi-chemin de l'escalier, quand il ouvrit la porte de sa chambre. Son beuglement la fit tressaillir.

— Qu'est-ce que tu fiches dans ma chambre, jeune fille ?

Oh bon sang... Jo savait exactement ce que Lucy faisait dans la chambre de son père. Lorsque la dispute éclata, elle resta où elle était, de crainte d'être impliquée dans le conflit. Lucy connaissait les conséquences si elle se faisait prendre.

— Je n'aurais pas besoin de me cacher si tu ne me traitais pas comme un bébé ! hurla Lucy.

— Je ne peux pas te faire confiance une minute !

Rod était furieux, mais c'était compréhensible, songea Jo en tressaillant intérieurement, parce qu'elle-même avait commis la même infraction quelques jours auparavant. Pourtant, Lucy ne s'était pas montrée très mûre dernièrement, et Rod devait pouvoir se fier à ses enfants.

Jo croisa les doigts pour que sa petite sœur ne hurle pas en retour qu'elle-même avait trouvé les clés alors pourquoi ne criait-il pas sur elle aussi ?

Cela n'avait peut-être pas été très intelligent. Mais elle avait vraiment cru que Lucy avait besoin d'être rassurée, et que Rod aurait refusé. Catégoriquement.

Les hurlements se poursuivirent. La porte de Brody s'ouvrit brièvement puis se referma. Loin de lui reprocher sa lâcheté, Jo alla sur la pointe des pieds à sa propre chambre et se faufila à l'intérieur sans être vue. Non qu'elle ne puisse entendre chacune de leurs paroles, portes en bois massif ou non. Autant qu'elle sache, Lucy ne la trahit pas. Mais comme les cris continuaient, Jo pointa finalement la tête dans le couloir, juste à temps pour entendre Rod crier : « Deux semaines d'interdiction de sortie ! »

Jo intervint avant que Lucy puisse rouvrir la bouche :

— Ça suffit, maintenant.

Rod tourna un regard noir vers elle.

— Mêle-toi de tes affaires.

Elle haussa les sourcils.

— Qui a appelé qui à l'aide ?

Il grinça des dents avant de fixer Lucy, qui frémissait sous l'outrage.

— Oublie ces deux semaines ! Tu ne sortiras plus jusqu'à ton départ pour l'université ! C'est compris ?

Tout ce que voulait Jo, c'était un peu de tranquillité pour lire le roman de science-fiction qu'elle s'était acheté. Les romans policiers qu'elle appréciait habituellement n'avaient plus le même attrait, après ce qui s'était passé.

Lucy cria quelque chose d'inintelligible, courut dans sa chambre et claqua la porte, si fort que la photo encadrée au mur de la chambre bascula de côté. Rod redescendit l'escalier d'un pas assez lourd pour l'ébranler.

Le silence qui suivit pouvait difficilement être qualifié de paisible. Pas plus que les pensées de Jo.

9

Alan se pencha pour claquer le hayon de son SUV, sur lequel étaient empilés un lot de planches, des fournitures de plomberie et des boîtiers électriques. Il remercia l'adolescent qui l'avait secondé et sauta du quai de chargement. Il espérait que le garçon était encore au lycée et que c'était un job d'été pour lui.

Secouant la tête, il ouvrit sa portière quand s'éleva un cri de colère. Suivi d'autres. La curiosité le poussa à avancer dans la ruelle, où il vit un petit groupe de gens. Quatre hommes en entouraient un autre, qui pivotait lentement sur place pour garder un œil sur ses assaillants. Cela n'avait pas l'air d'une lutte égale. Il se rapprocha au petit trot.

— Tu t'es installé ici juste avant que Christy soit enlevée ! hurla l'un des types. Il n'y a pas tant de nouveaux arrivants.

— Je ne connaissais même pas son nom jusqu'à cette semaine, protesta la cible.

— Moi, je t'ai entendu l'inviter à sortir. Qu'est-ce qui s'est passé, elle a dit non ? fit une autre voix.

Oh bon sang. Alan accéléra l'allure.

— Que se passe-t-il ? demanda-t-il en atteignant le groupe.

Les quatre hommes se tournèrent vers lui. Il croisa brièvement le regard du type au centre, qui paraissait nerveux mais pas affolé.

— C'est pas vos foutus oignons, aboya l'un des aspirants justiciers. On a des trucs à dire à Ryan.

Ryan se tenait très droit, les poings serrés, bien planté sur ses pieds. Il était clair qu'il n'allait pas se coucher devant eux. Alan savait qu'il l'avait déjà vu quelque part. Une image se forma dans son esprit. Un uniforme. Le plus jeune adjoint du shérif, voilà qui c'était. Alan dit calmement :

— Vous avez une raison objective de penser que l'adjoint…

Cela lui revint, parce qu'il avait bien connu quelqu'un qui portait le même nom.

— … Meehan a rencontré Christy Dodswell ?

— Il s'est installé ici même pas un mois avant qu'on l'enlève, lança l'un des types d'un ton belliqueux. On a réfléchi à ce qui a changé ici. Et voilà. Meehan est venu s'installer.

— Donc vous connaissez tous ceux qui se sont installés à Mayville mais aussi dans les comtés voisins ? Parce que les victimes viennent d'au moins trois comtés. Y compris Christy.

Ils le fixèrent tous.

— Qu'est-ce que vous alliez faire ? Battre Ryan comme plâtre juste parce qu'il est arrivé avant que la première victime dont nous connaissons l'existence… ait disparu ?

— Qu'est-ce que vous voulez dire par « dont nous connaissons l'existence » ?

— Je suppose que vous savez tous qui je suis.

Quelques hochements de tête renfrognés.

— Pourquoi on devrait croire que vous êtes un SEAL ? demanda l'un d'eux en relevant le menton d'un air de défi.

Alan haussa les sourcils.

— Je me fiche de ce que vous croyez. L'important, c'est que j'ai été inspecteur de police pendant plusieurs années. Cette enquête n'est pas la mienne, mais j'ai assez d'expérience pour savoir qu'il est très probable qu'il y ait davantage de victimes que celles qu'on connaît déjà. Vous croyez que c'est difficile de s'emparer d'une femme qui est tombée en panne la nuit ?

— Il n'y avait que deux voitures, marmonna le plus massif, qu'Alan avait identifié comme le chef.

— Il y a beaucoup de lacs par ici, vous savez.

Il vit à leurs visages qu'ils le savaient.

— Des fugueuses, des autostoppeuses, des jeunes femmes dont on suppose qu'elles sont parties de leur plein gré. Les quatre victimes dont nous pensons qu'elles sont liées ? Elles ne sont probablement que la pointe de l'iceberg.

Les quatre voyous réfléchissaient. Un sacré spectacle. Alan ajouta doucement :

— Vous vous rendez compte des ennuis que vous aurez si vous touchez à l'adjoint Meehan, n'est-ce pas ? Agresser un représentant de l'ordre est un délit très grave.

— On a le droit d'avoir des réponses à nos questions.

Oui, c'était le chef.

— Vous avez pensé à aller au commissariat et à interroger l'enquêteur principal ? Ou l'adjoint Frazier, qui a mené les recherches ?

Ils remuèrent les pieds. Deux d'entre eux regardaient le sol.

— Si vous avez des informations qui peuvent orienter l'enquête sur quelqu'un en particulier...

Alan posa le regard sur le jeune adjoint.

— ... l'inspecteur Jantz ou l'adjoint Frazier seront ravis de les entendre.

Il durcit le ton.

— D'un autre côté, si tout ce que vous avez, c'est une liste d'hommes qui sont arrivés en ville dans le laps de temps que vous trouvez suspect, je pense que vous feriez mieux de rentrer chez vous et de faire comme si tout ceci n'était jamais arrivé.

Toujours d'un ton agressif, le chef commença :

— On n'est pas forcés de laisser...

Voyant que ses copains prenaient la fuite, il termina par :

— On reprendra la discussion à un autre moment.

— Il vaudrait mieux que ce soient des paroles en l'air, cria Alan derrière lui.

L'abruti lui fit un doigt d'honneur dans son dos. Alan grogna. Ryan Meehan, qui transpirait à peine, lui sourit de toutes ses dents.

— Merci pour votre intervention. Vous êtes tombé à pic.

Alan lui rendit son sourire et lui tendit la main.

— Quelque chose me dit que ça ne se serait pas passé aussi bien qu'ils l'avaient prévu.

Ils se serrèrent la main.

— Oh ! ils m'auraient amoché, mais ils l'auraient été aussi. Je les connais. J'ai mis des amendes à deux d'entre eux, et j'ai arrêté le troisième pour voies de fait au Roundup.

— Ça ne m'étonne pas. Vous alliez au travail ?

— Je me suis engagé dans la ruelle pour les éviter, dit le jeune adjoint d'un air chagrin. J'allais à la scierie, en fait.

— Où je suis garé.

Ils retournèrent ensemble à la scierie tout en continuant à parler. Meehan était relativement nouveau à Mayville, mais il avait grandi à Carthage et n'était pas vraiment étranger à la région.

— Ce boulot me permet de rentrer de temps en temps, tout en étant assez loin pour que la famille ne s'attende pas à ce que je laisse tout tomber quand ils entendent un bruit la nuit, dit Meehan toujours en souriant.

Alan se mit à rire, comprenant de quoi il parlait, bien qu'il n'ait jamais eu ce genre de famille.

— Vous avez l'intention de signaler ce truc ? demanda-t-il en ouvrant sa portière.

Meehan se rembrunit.

— Un peu, oui. Je pourrais passer l'éponge, mais… Je ne suis sûrement pas le seul nouveau venu dans le bon laps de temps.

— Non.

Alan agita la main pour repousser d'autres remerciements et monta en voiture pour rejoindre le café, à trois rues de là.

Jo arriva avant Alan, ce qui la surprit. Elle soupçonnait qu'il aimait arriver à l'avance pour configurer ses rencontres. Elle demanda néanmoins le même box que la dernière fois et s'assit face à la porte. Lorsqu'elle le vit arriver, regard impassible et grand corps puissant, elle changea de place pour se mettre dos à la porte.

— Vous n'aviez pas besoin de faire ça, dit-il en s'asseyant.

— Non ?

— Mais merci. J'aime voir ce qui arrive.

— Sûrement rien d'alarmant, étant donné qu'il n'y a pas un seul homme en ville qui aurait le courage de s'en prendre à vous.

— Appelons ça une habitude.

Il prit le menu, mais ne fit pas mine de le parcourir.

— De toute façon, vous présumez de la cervelle de celui qui s'en prendrait à moi.

Jo gloussa.

— Vous avez raison. C'était idiot de ma part.

Il lui adressa un sourire qui métamorphosa son visage de manière radicale, creusant les lignes entre son nez et sa bouche et faisant briller ses yeux.

— Je viens juste d'avoir une petite altercation, lui dit-il. Des petits génies du coin ont décidé qu'un type qui est arrivé en ville juste avant la disparition de Christy Dodswell était forcément le tueur. Ils étaient à quatre contre un.

Dissimulant son inquiétude, Jo l'observa de plus près.

— Vous n'avez pas l'air de vous être servi de vos poings.

— Non. Je leur ai enfoncé un peu de bon sens dans le crâne, mais Dieu sait combien de temps ça tiendra.

Il sourit à quelqu'un avant même qu'elle prenne conscience de l'approche de la serveuse. Tous deux commandèrent.

Il ne jeta pas de coup d'œil au menu, ce qui signifiait qu'il avait mangé plus d'une fois dans ce lieu.

— C'est votre pick-up, chargé de planches ? questionna-t-elle, même si elle savait que c'était le cas.

— Oui, je vais démolir le garage et en construire un autre. C'est le bon moment pour le faire. J'aurai besoin d'autres choses, mais je peux entamer la charpente. Au moins, ici, je n'ai pas à me soucier de la pluie.

— Il fait 30 degrés, selon le thermomètre de la banque, observa-t-elle. Vous avez plus de probabilités de cuire sur place.

— Pas moi, mais vous oui.

Il la contempla.

— Je suppose que vous ne bronzez pas facilement.

— Ou pas du tout.

Elle plissa le nez.

— Je suis toujours tentée d'acheter tout le stock de crème solaire.

Ce rire rocailleux parut s'élever plus facilement que la première fois. Et cela lui fit plaisir, étant donné qu'il y avait peu de chances qu'elle entame quelque chose avec cet homme. En fait... il s'était comporté en abruti à la fin de leurs deux premières rencontres.

Elle fronça les sourcils.

— Alors quel est l'objet de cette rencontre ? Vous avez l'intention de m'annoncer des mauvaises nouvelles ? Ou de me dire de me mêler de ce qui me regarde ?

La bouche d'Alan tressaillit légèrement.

— Rien de tout cela.

— Alors...

— J'avais envie de vous voir.

Ces quelques mots, prononcés d'une voix éraillée, la figèrent sur place.

— Je...

Il parut revêtir un masque, comme il le faisait souvent.

— Si je vous ai induite en erreur, vous n'êtes pas obligée de rester.

Cela pouvait être une véritable indifférence, mais Jo n'y croyait pas. Il était attiré par elle, comme elle l'était par lui, bien qu'elle ne sache pas pourquoi. Elle déglutit pour s'éclaircir la gorge.

— Non. J'avais aussi envie de vous voir.

Sans bouger, il se détendit de manière visible. Hochant la tête, il dit :

— Comment ça va là-bas ?

Jo cilla.

— À la maison ? Ou à la grotte ?

— Les deux.

— Oh... à la maison, c'est tendu. Je vous ai dit que je suis venue passer l'été à cause du comportement rebelle de ma sœur ?

Bien sûr qu'elle ne l'avait pas fait, mais il avait paru en savoir plus qu'elle ne s'y était attendue sur Brody.

— Quelqu'un a fait allusion au fait que vous avez une sœur et un frère.

Elle fit la grimace.

— Lucy a seize ans et se conduit comme si elle en avait treize. Son père et elle se disputent comme des chiffonniers. Je suis censée comprendre pourquoi elle est si énervée et la calmer.

— *Son* père ?

— Mon beau-père, dit-elle, mal à l'aise. Je l'appelle par son prénom, Rod.

— Vous ne vous entendez pas ?

Leurs plats arrivèrent, donnant un instant à Jo pour songer qu'elle ne connaissait pas assez Alan Burke pour se montrer totalement sincère.

— Rod et moi avons une relation qu'on peut qualifier de correcte, dit-elle en dépliant sa serviette en papier sur ses genoux. Il s'est montré bon pour moi.

Alan ne bougea pas, mais son regard parut la transpercer.

— Ça manque un peu de conviction.

— Comme dirait Lucy, Rod n'en a que pour la grotte. Il m'a mise au travail à la boutique à douze ans, et j'ai commencé à guider des visites peu de temps après. J'avais plus l'impression d'être une employée qu'une fille.

Bizarre, c'était la première fois qu'elle s'avouait cela. Elle haussa les épaules avec désinvolture.

— En plus, il est sexiste. C'est Brody qui héritera de la célèbre Grotte Summerlin, pas Lucy. Ça a toujours été clair.

Alan avait entamé son hamburger, mais il s'interrompit.

— Et pas Jo, dit-il lentement.

— Il n'en a jamais été question.

Elle prit son propre sandwich.

— Je n'en voudrais pas, de toute façon. Mais comme Lucy et moi le disions l'autre jour, il y a de pires jobs d'été.

Alan sourit comme elle l'espérait, mais ne laissa pas tomber le sujet de sa sœur.

— Et vous avez fait des progrès avec Lucy ?

Jo se mit à rire.

— Quiconque prétend progresser avec une adolescente est soit un faiseur de miracle certifié soit quelqu'un qui délire.

Cette fois, son rire fut plus qu'un grondement. Si elle avait posé la main sur sa poitrine, elle en aurait senti les vibrations. Cette simple pensée suffit à lui mettre le rouge aux joues.

Il plissa les yeux, ce qui lui fit comprendre qu'il avait deviné la direction de ses pensées. Mais tout ce qu'il dit fut :

— Et Brody ? Qu'est-ce que ça lui fait d'être l'héritier désigné ?

— Il n'en a que pour la grotte aussi. Je l'ai convaincu d'aller à l'université, mais il m'a dit il n'y a pas longtemps que c'était une perte de temps. Comme son avenir est de diriger l'affaire familiale, il peut en apprendre davantage ici que dans n'importe quelle salle de cours.

— Où est-il allé ?

Elle se raidit mais lui dit néanmoins :

— Springfield.

Alan parut pensif.

— Ce n'est pas si loin de la maison.

— Pourquoi êtes-vous si déterminé à le soupçonner ?

Il s'essuya les doigts sur la serviette et prit une frite.

— Je ne le suis pas. Je ne le connais pas, mais je pense qu'il est trop jeune.

Le soulagement envahit Jo.

— Bien sûr qu'il l'est. Mais vous avez suggéré...

— Que l'inspecteur Jantz voudrait lui parler ? Il le fera sans doute, ne serait-ce que parce que Brody connaissait bien la victime. S'il n'a aucun lien avec les autres femmes...

— Je suis sûre que non.

Elle l'avait coupé avec trop de hâte.

— Il ne s'éloigne pas beaucoup de la maison, ajouta-t-elle.

— Il n'y a pas loin en voiture jusqu'aux domiciles des disparues, remarqua Alan.

— Non, mais...

Mais quoi ? Elle ferma la bouche, puis la rouvrit.

— Pourquoi parlons-nous de *ma* famille ?

— Parce que je n'en ai pas.

— Vous me l'avez dit. Désolée. Je suis... juste susceptible.

Ce regard affûté lui donnait l'impression qu'il pouvait la lire à livre ouvert.

— Protectrice, corrigea-t-il d'un air gentil. Ça me plaît, chez une femme.

Oh ! elle comprenait cela, bien plus qu'elle ne l'aurait avoué. Sa mère l'avait rejetée sans une seconde d'hésitation. La mère d'Alan ne pouvait pas avoir été un modèle maternel, mais elle l'avait au moins éloigné d'un foyer maltraitant. Pas étonnant qu'il mette cette qualité tout en haut de sa liste.

Jo hocha la tête, et ils mangèrent en silence quelques

minutes. Lorsque le silence devint inconfortable, elle demanda :

— Vous avez l'intention de vous installer ici ?

Il répondit sans se presser :

— Non, je ne pense pas.

Jo le dévisagea.

— Vous n'en êtes pas sûr ?

— À court terme, mon but est de restaurer la maison pour la vendre avec le terrain. Et non, sans doute pas à votre beau-père. Ses pressions commencent à m'irriter. Après... Je ne sais pas.

Elle aurait voulu lui demander ce qui s'était passé pour qu'il soit aussi désœuvré, mais elle savait que ce serait trop personnel. Deux rencontres ne faisaient pas une relation. Une part de leur attirance mutuelle venait peut-être de ce qu'ils étaient tous deux des exilés, même s'ils avaient des racines ici, dans le sud du Missouri. Ses sentiments étaient-ils aussi troublés que les siens ?

Une idée la frappa soudain, qu'elle détesta, mais c'était une bonne idée. Elle pouvait au moins apaiser une part de son récent malaise.

— Je me disais..., commença-t-elle.

Il s'adossa à son siège et attendit. Jo pariait qu'il était doué pour mener des interrogatoires.

— Ça peut paraître bizarre, mais une des raisons des disputes entre Rod et ma sœur, c'est qu'il refuse de les laisser, Brody et elle, retourner dans la partie fermée de la grotte.

Alan hocha la tête sans la quitter des yeux.

— Pour préserver les formations naturelles.

— Oui. Il y a eu une époque où nous l'avons un peu explorée, avec Rod. Je pense que Brody et Lucy ont tous les deux trahi sa confiance cette année en organisant des fêtes pour leurs amis dans une des salles fermées.

— Ça expliquerait les choses, en effet.

— Oui, mais...

Lui dire, ou non ? Il avait été policier, et elle ne voulait pas titiller son instinct. Pourtant, elle se rappelait que lorsqu'elle avait franchi ce portail, elle avait souhaité qu'il soit avec elle.

Jo prit une grande inspiration.

— L'un des amis de ma sœur s'est éloigné et jure qu'il a vu un crâne humain.

— Quoi ?

— Vous m'avez bien entendue. C'était il n'y a pas très longtemps. Un mois, peut-être ? En tout cas, Rod s'est fâché quand il a entendu parler des fêtes, mais je crois qu'il espérait en fait trouver un crâne. Un mystère siérait bien à la visite. Si ce crâne existe vraiment, je veux dire.

Oh ! elle avait toute l'attention d'Alan, mais elle n'était pas certaine de n'avoir pas commis une grosse erreur.

— Rod est retourné le chercher, même s'il était certain que l'ami de Lucy était ivre et qu'il avait imaginé des choses.

— Cela semble l'explication la plus probable, commenta Alan. Votre beau-père est-il le seul qui est allé voir ?

— Non, il a emmené un adjoint avec lui, surtout pour rassurer Lucy, je pense. Hudson, celui qui dirigeait un des groupes de bénévoles.

Alan acquiesça.

— Bien sûr, ils n'ont rien trouvé. Après cela, Rod a commencé à cacher les clés, pour que Brody et Lucy ne puissent plus y retourner.

Elle hésita, mais une fois encore, Alan attendit qu'elle reprenne la parole.

— Lucy était tellement bouleversée, elle mettait tant de conviction à dire que son ami n'était pas ivre et qu'il avait été vraiment effrayé par ce qu'il avait vu, que je… euh, j'ai trouvé les clés et je suis allée voir aussi.

— Bonté divine.

À sa stupéfaction, il tendit le bras en travers de la table et referma sa grande main chaude autour de la sienne, beaucoup plus petite.

— Je n'ai rien trouvé non plus, mais j'avais une fenêtre étroite pour mes recherches. Je suis entrée pendant que la visite était en cours dans la grotte principale.

Elle inspira fortement.

— Hier soir, Rod a surpris Lucy en train de chercher ces fichues clés dans sa chambre. Il a piqué une crise.

— Vous vous êtes précipitée pour la secourir ?

Y avait-il un brin d'humour dans ses yeux ? Elle plissa le nez.

— Je me suis cachée dans ma chambre. Je crois que Brody a fait pareil.

Alan se remit à rire.

— Une décision intelligente.

— Oui, mais... J'ai compris qu'il y a un moyen pour que j'y retourne et que je prenne mon temps, cette fois. Juste pour être sûre.

— Pourquoi n'êtes-vous pas sûre ?

La question était si tranchante qu'elle lui fit l'effet d'un coup de couteau entre les côtes. Elle l'effraya aussi, car elle n'aimait pas la véritable réponse. Comment se pouvait-il qu'un crâne humain ait été découvert au moment même où un tueur en série enlevait des femmes ?

Ce qu'elle *dit* fut :

— Parce que Rusty – notre chien, vous vous souvenez – était apparemment avec ce garçon quand il a prétendu avoir vu le crâne. Il s'est éloigné du groupe parce qu'il a entendu Rusty aboyer et qu'il s'est demandé pourquoi. Alors il est possible...

— Que le chien ait emporté le crâne plus loin.

Alan réfléchissait.

— Oui.

— Alors quel est votre plan ?

Elle carra les épaules et releva un peu le menton.

— Je voudrais votre autorisation pour pénétrer dans la grotte à partir de chez vous.

— Vous voulez errer dans un labyrinthe qui couvre plusieurs kilomètres, pour chercher ce qui peut très bien être un crâne imaginaire ?

— Je n'erre pas, dit-elle avec raideur. J'ai de l'expérience, vous savez.

— Vous auriez pu être assommée, l'autre jour. Ma réponse est non.

Il lâcha sa main et fit signe à la serveuse.

— Vous avez fini ?

— Vous n'êtes pas raisonnable... Mais oui, j'ai perdu l'appétit.

— Vous êtes prête à prendre un risque considérable simplement pour apaiser une adolescente qui laisse son imagination l'emporter.

Toute trace de chaleur ou de compréhension avait disparu de sa voix. Tout ce qu'elle voyait, c'était l'homme impassible qu'elle avait rencontré la première fois.

— Non.

Il prit l'addition des mains de la serveuse, que Jo n'avait pas non plus entendue approcher, la survola, puis tira son portefeuille. Il jeta des billets sur la table, sortit du box et attendit qu'elle fasse de même.

— Pourquoi ne pas...

— Laissez tomber.

Sur le trottoir, il lui adressa un dernier signe de tête et s'éloigna, la laissant fulminer mais aussi se demander pourquoi il était si furieux et si catégorique.

10

Alan laissa tomber son front sur le volant de son pick-up. Il avait tout gâché encore une fois. D'habitude, il savait comment détourner les gens de mauvaises idées comme, disons, tabasser un shérif adjoint.

Après une minute, il se reprit suffisamment pour démarrer et s'engager dans la rue.

Ce ne fut pas avant un quart d'heure, quand il tourna dans son chemin défoncé, qu'il identifia pourquoi la requête de Jo lui avait fait l'effet d'un piège. Il avait cru qu'elle avait accepté de déjeuner avec lui afin qu'ils fassent connaissance. Parce qu'elle éprouvait la même attirance que lui. Avait-elle cru qu'elle devait l'amadouer pour lui poser la question ? Découvrir qu'elle avait accepté son invitation parce qu'elle voulait obtenir quelque chose de lui, c'était vexant.

Cela blessait ses sentiments. Alors, bien sûr, il s'était défoulé, à sa manière glaciale.

Il recula jusqu'au garage pour pouvoir décharger plus facilement, tira le frein à main et coupa le moteur, mais resta là, fixant les bois qui escaladaient la pente. Il ne s'était même pas aperçu qu'il avait des sentiments qui pouvaient être blessés. Cela faisait trop longtemps qu'il n'avait pas même envisagé d'aimer quelqu'un. Apprendre que ses anciens collègues laissaient tomber les citoyens qu'ils étaient chargés de protéger l'avait bien sûr ébranlé. Il leur avait fait confiance trop promptement. Leurs excuses *a posteriori* l'avaient convaincu qu'ils ne seraient pas plus fiables lors d'une prochaine opération, parce qu'ils étaient incapables d'assumer leurs responsabilités et d'apprendre de leurs erreurs.

Peut-être n'avait-il été que naïf, dans un sens. En tant que SEAL, il s'était toujours fié à ses coéquipiers et ses officiers. Il avait été mal habitué. En s'engageant dans la police, il avait cru y trouver le même sens de l'honneur et la même camaraderie.

À dire vrai, il s'était senti déraciné dès qu'il avait franchi le seuil du commissariat de Richmond. Avait-il jeté son dévolu sur Jo Summerlin par pure solitude ?

Peut-être.

Mécontent de lui-même, il sauta de son pick-up et se mit en devoir de décharger les matériaux. En laissant tomber un sac de clous sur le sol du garage, il se sourit pourtant à lui-même. Il pouvait se tromper sur les raisons qu'avait eues Jo de déjeuner avec lui, mais il était certain d'entendre encore parler de sa décision d'explorer la grotte. Elle était l'incarnation même de l'entêtement.

Cessant un instant d'empiler des planches sur son épaule, il se demanda si elle se donnerait la peine de lui reposer la question. Après tout, que pouvait-il faire ? La faire jeter en prison s'il découvrait après coup qu'elle s'était faufilée dans la grotte ? Si on le mettait au défi de faire la même chose, ne hausserait-il pas les épaules et n'irait-il pas au bout de son idée malgré les obstacles ?

Ce sourire-là fut roublard.

Il mourut lentement sur ses lèvres lorsqu'il se demanda pourquoi exactement elle était aussi déterminée. Elle craignait pour quelqu'un de sa famille – ou elle avait peur de ce que l'un d'eux avait pu faire ?

Et pourquoi pensait-il à cela ?

Jo s'accroupit à l'orée du bois, atterrée par l'espace à découvert qui la séparait de l'ouverture en demi-lune de la grotte. Elle se souvenait que Rod les avait emmenés, Brody et elle, à l'époque où le père d'Alan était déjà mort et la propriété déserte. Il semblait qu'Alan avait défriché un bon bout de terrain, autrefois submergé par la végétation. Ce qui restait était trop anarchique pour le qualifier de pelouse, mais il la verrait certainement traverser son terrain s'il regardait par la fenêtre.

Aussi tôt dans la matinée, il n'était pas encore sorti pour travailler au garage. Il avait déjà démoli une partie de la structure originelle, mais il avait encore du pain sur la planche. Son pick-up était garé devant, une pile de planches à côté. Elle ne vit aucun mouvement derrière les fenêtres. Il n'était pas encore en train de dormir, si ? Si seulement elle avait cette chance.

Hésitante, elle survola les abords du regard. Elle pouvait en partie contourner le terre-plein en restant à couvert des bois. Comme l'entrée de la grotte était située à l'opposé du garage par rapport à la maison, si Alan surgissait, cette dernière la cacherait durant sa course.

À moins de faire demi-tour, elle n'avait pas le choix – et elle s'y refusait. La veille au soir, la tension était palpable. Lucy était descendue dîner, mais ses yeux étaient à peine visibles tant ils étaient gonflés de larmes. Jo ne pensait pas qu'elle s'était calmée. Si on pouvait considérer le pli d'une bouche comme rebelle, celui de Lucy l'était. Personne n'avait dit un mot. Rod lançait des regards noirs, grognait et enfournait la nourriture. La tête baissée, Brody faisait de même. Lucy poussait les aliments autour de son assiette. Jo picorait les siens.

Après dîner, Brody l'avait coincée dans la cuisine.

« Juste pour que tu saches, avait-il dit à voix basse après un coup d'œil prudent en direction du salon, papa a surpris Lucy en train de fouiller dans la boîte à gants du pick-up. »

Jo avait gémi.

« Elle a trouvé les clés ?

— Je ne crois pas, mais... Qu'est-ce qui lui est passé par la tête ? »

Jo l'ignorait véritablement. Il y avait autre chose là-dedans que le ressentiment d'une adolescente. Elle était dans le noir quant aux véritables motivations de sa sœur, et cela l'inquiétait.

En trébuchant sur une branche cassée, Jo fit la grimace. Parce que c'était un mensonge. Elle ne se donnait pas toute cette peine pour prouver qu'il y avait un squelette vieux de deux cents ans quelque part dans la Grotte Summerlin. Si c'était le cas, Rod l'aurait trouvé. Il avait toutes les raisons du monde pour le faire.

Ce qu'elle n'arrivait pas à se sortir de la tête, c'était le rapprochement entre la découverte de Jesse et la disparition de toutes ces femmes. Jo se refusait à croire qu'il y ait un lien entre les meurtres et sa famille... mais un sentiment de malaise l'accablait. L'horreur de la chose, c'est que si un tueur utilisait la grotte, il ne pouvait y avoir que quelques suspects : Brody, Austin, qui draguait constamment et ne prenait pas bien les refus, et Rod, qui considérait les femmes avec mépris, y compris sa propre fille et sa belle-fille. Rod, qui retournait presque chaque soir à la grotte et y restait parfois des heures.

Comment une autre personne aurait-elle pu se glisser secrètement dans la grotte pendant des années ?

Elle pourrait tout oublier de ces affreux soupçons si elle réussissait à s'y introduire, pour atteindre l'autre bout et s'assurer que rien d'aussi horrible que ce qu'elle avait imaginé ne s'était déroulé là. Faute de quoi, elle se reprocherait de ne pas avoir étendu ses recherches. Bien sûr on s'interrogerait sur son absence, mais elle aurait pu s'attarder jusqu'à la visite suivante.

N'importe qui avait pu se servir de cette extrémité de la

grotte pour cacher des victimes, étant donné que la propriété était restée déserte des années. Le père d'Alan y avait caché son laboratoire de méthamphétamine, à ce qu'elle avait entendu dire. D'autres criminels avaient utilisé le réseau de grottes au fil du temps, mais si c'était le cas… comment un crâne avait-il pu apparaître si loin de cette ouverture ?

Et qu'est-ce qui avait autant excité Rusty la nuit où Amy avait disparu ?

Jo gémit. Ses pensées avaient tourné en rond toute la nuit. Tout ce qu'elle avait récolté, c'était un mal de tête.

S'arrêtant, elle agrippa une branche feuillue et survola du regard l'étendue devant elle. Puis elle prit une grande inspiration et fit un pas à découvert. Comme rien ne se passait, elle s'élança, son petit sac à dos rebondissant sur son dos.

Jo courut de toutes ses forces. Elle était rapide quand elle le voulait. Aucun cri n'interrompit sa course jusqu'à l'ouverture de la grotte. Elle respirait fort. Elle y était presque. Encore quelques mètres.

Se baissant pour ne pas se cogner la tête, un homme sortit de la grotte juste devant elle, planta ses pieds dans le sol et croisa les bras.

Alan. Son expression était implacable.

Furieuse et honteuse, Jo s'arrêta net.

— Comment saviez-vous ? furent les premiers mots à sortir de sa bouche.

Alan n'arrivait pas à décider s'il était irrité ou satisfait d'avoir deviné ses intentions.

— Ce n'était pas difficile de voir que ce n'était pas la réponse que vous espériez, dit-il.

Hors d'haleine, elle lui jeta un regard noir.

— Qu'est-ce que ça peut vous faire ? J'ai déjà parcouru ces galeries jusqu'au bout.

Il ne bougea pas.

— C'était il y a combien de temps ?

Elle ouvrit et referma la bouche plusieurs fois.

— Dix... non, onze ou douze ans ?

Alan secoua la tête.

— Vous l'avez fait toute seule ?

Elle avait déjà les joues rouges, mais il crut la voir rougir encore.

— Non. Rod et Brody étaient avec moi.

— Votre père ne vous a pas donné un très bon exemple, hein ?

— Beau-père, dit sèchement Jo.

Elle n'avait pas envie de revendiquer un lien avec lui, remarqua Alan. Il devait y avoir plus là-dessous qu'elle ne montrait.

— C'est une mauvaise idée, reprit-il. Quel genre d'équipement avez-vous apporté ?

Le menton levé, elle répondit :

— Un casque. Deux torches. Des genouillères et des coudières. De l'eau, de quoi manger. Des balises.

— Une corde ?

— Non, on reste au même niveau.

Il secoua encore la tête.

— La dernière fois, vous étiez accompagnée. Aujourd'hui, vous êtes mal équipée si quelque chose tourne mal. Vous avez dit au moins à quelqu'un ce que vous aviez à l'esprit, au cas où vous vous perdriez ou vous blesseriez ?

Elle le considéra d'un œil mauvais.

— Je ne pense pas, reprit-il. Vous recommanderiez à quelqu'un d'entrer seul là-dedans ? Sans avoir dit où il allait ?

Il désigna de la tête l'ouverture sombre et fraîche, derrière lui. Son courage vacillait-il ?

— Vous savez très bien que je ne le ferais pas, marmonna-t-elle.

Il prit conscience que cette lueur de désespoir dans ses yeux le mettait mal à l'aise. Elle n'avait pas décidé cela sur un coup de tête, comprit-il. Oui, elle s'était portée volontaire pour l'accompagner dans la grotte sur laquelle ils étaient tombés durant la battue, mais il n'avait vu aucun signe d'euphorie chez elle. L'excitation était la dernière chose qui la poussait. Elle avait *besoin* de faire ça.

— Jo, dites-moi de quoi il s'agit.

— Je l'ai fait ! L'ami de Lucy a trouvé...

Alan secoua la tête.

— Ce n'est pas tout.

Il ne pouvait s'empêcher d'avoir l'air dur. Toute cette histoire était forcément liée aux femmes disparues. Il ne voyait rien d'autre qui puisse expliquer son anxiété. D'autant plus que c'était la famille de Jo qui avait accès à la grotte. Et les employés de longue date, se corrigea-t-il. Il faudrait vérifier ça.

Elle serrait les lèvres, et il détestait son regard noir. Il ne put s'empêcher de faire un pas vers elle et de lui pincer légèrement l'avant-bras.

— Vous avez peur, dit-il, cette fois gentiment. Pourquoi ?

— Pourquoi devrais-je vous le dire ?

Il n'avait pas pris cette décision consciemment, mais il répondit tout de suite :

— Parce que si vous le faites et que je suis d'accord, j'envisagerai de venir avec vous.

L'espoir remplit ses yeux, de même qu'un voile de larmes.

— Bon sang, gronda-t-il, et il l'embrassa.

Choqué, il releva aussitôt la tête. Mais Jo émit un petit gémissement et se dressa sur la pointe des pieds pour reprendre le baiser. Il lui mordilla vivement la lèvre inférieure, et profita de son halètement de surprise pour glisser la langue dans sa bouche.

Seigneur, ses lèvres étaient délicieuses. Il la serra étroitement contre lui et sentit son corps mince, souple, féminin. Elle saisit sa nuque pour lui rendre son baiser. Les pensées d'Alan s'éparpillèrent, et il se serait abandonné au plaisir si son bras n'avait pas heurté son sac à dos. En grognant, il arracha sa bouche de la sienne. D'une voix rauque, il demanda :

— Vous essayez de m'amadouer pour que je vous laisse y aller ?

Elle le fixa d'un air hébété, comme si elle n'avait pas saisi le sens de ses mots. Puis elle murmura :

— Je peux ?

Il resserra les mains sur elle.

— Probablement.

— O... Oh ! souffla-t-elle.

Ce son était presque aussi sexy que son gémissement précédent.

Alan se força à la relâcher.

— Vous devez être honnête avec moi.

Une profonde réticence s'afficha sur ses traits fins, mais elle prit une grande inspiration.

— Je... C'est juste que je suis folle de penser ce qui me traverse l'esprit. Ce ne sont que des détails. Rien de solide.

— Je peux en deviner certains.

Il recula pour s'empêcher de la toucher encore. Il n'aimait pas penser qu'elle avait réagi avec une telle passion pour la raison qu'il soupçonnait.

— Est-ce une urgence ?

— Non ! Je veux dire, pas que je sache. C'est seulement un autre endroit à vérifier, c'est tout.

Lui était-il passé par l'esprit que l'homme qui avait enlevé ces femmes ne les tuait peut-être pas tout de suite ? Qu'il pouvait les retenir captives pour s'amuser avec elles ? Qu'Amy Kendall pouvait être encore en vie ?

Il faillit secouer la tête. Quelles étaient les probabilités pour ça ? Elle avait disparu depuis... quoi ? neuf, dix jours ? Du point de vue du tueur, c'était déjà assez mauvais que les flics et le public n'aient pas gobé l'explication « elle est partie de son plein gré » et qu'ils aient organisé des recherches. Si elle était encore vivante, la nouvelle qu'on avait retrouvé sa voiture avait dû signer son arrêt de mort.

Et vraiment, l'idée que des victimes soient retenues captives dans la Grotte Summerlin – l'une des grottes les mieux connues du Missouri, visitée par des centaines de personnes chaque jour, des milliers chaque année – dépassait l'entendement. Il voulait savoir pourquoi Jo trouvait que c'était une possibilité réaliste.

— Parlez-moi, dit-il.

Une étincelle de défi refit surface dans ses yeux.

— Si vous décidez que j'ai perdu l'esprit, vous allez encore me dire non ?

Alan secoua la tête.

— Manifestement, vous avez besoin de faire ça. Nous le ferons ensemble, mais pas avant demain matin. Je dois rassembler l'équipement nécessaire, et l'adjoint Frazier et quelques-uns de ses amis vont arriver dans environ une heure pour m'aider à finir de démolir le garage et commencer à monter la nouvelle charpente.

Elle hocha la tête, et ils retournèrent à la maison. Non, elle ne voulait rien boire, aussi s'assirent-ils sur les marches de la véranda au soleil, un soleil qui n'était pas encore brûlant, et elle parla.

Jo était consciente de n'avoir pas vraiment réfléchi. Dieu merci, Alan l'avait arrêtée ! À tout le moins, s'en aller sans donner à Rod le temps de la remplacer n'était pas sa meilleure idée.

En outre, au lieu de dire où elle allait, elle avait compté sur le fait qu'Alan devinerait ce qu'elle avait fait s'il entendait dire qu'elle avait disparu. Ce n'était pas bien malin. Et s'il était parti plusieurs jours ? S'il avait travaillé chez lui et n'avait pas entendu dire qu'elle avait disparu ?

Jo ne s'était jamais considérée comme téméraire mais c'était précisément ce qu'était son plan.

En l'état, Alan l'avait raccompagnée à sa voiture, dissimulée dans un bosquet à sept cents mètres. Après l'avoir gratifié d'un regard sardonique, il avait penché la tête et lui avait donné un baiser bref et dur avant de dire : « Débrouillez-vous pour venir aussi tôt que possible. »

Grâce à sa promesse de l'accompagner dans sa quête, sans parler de ses baisers, sa tension avait diminué au point qu'elle pensait pouvoir se comporter normalement le reste de la journée.

Mais elle ne pouvait s'empêcher de se demander si elle avait nui à ce qui se développait entre eux en se rebellant contre son refus. Ou le second baiser était-il destiné à la rassurer ? Jo n'en savait rien. Ce qu'elle savait, c'est qu'il était déjà en colère lors de leur déjeuner, bien qu'elle ignore pourquoi et n'ait pas voulu le lui demander.

Elle ne lui dirait pas combien ses souvenirs de ses expéditions avec Rod et Brody étaient flous. Elle se rappelait effectivement les bouches de tunnels obscures qui menaient Dieu sait où. Rod avait paru sûr de la direction, ce qui, rétrospectivement, lui faisait comprendre qu'il avait déjà emprunté ce trajet. Peut-être depuis l'autre bout ? Peut-être plusieurs fois. Son agacement de ne pas posséder toute la grotte n'était jamais retombé, ça c'était sûr – ce qui n'avait aucun sens pour elle. Ce devait être une question d'ego, parce que Rod possédait déjà des portions suffisamment belles, s'il voulait rallonger la visite.

Une fois garée devant la maison, laissant son sac à dos dans le coffre, elle courut à la grotte et trouva Rod qui organisait un groupe de touristes. La prenant à part, il lança :

— Où étais-tu, bon sang ?

— Je suis désolée. Une de mes amies m'a appelée. Elle est... Son fiancé a été tué dans un accident de voiture hier. J'allais te demander quelques jours pour leur mariage, en juillet.

L'expression de Rod changea. Il y avait cru, ce qui lui occasionna une crise de culpabilité. Ces soupçons lui donnaient l'impression d'être horrible. Mais même ainsi, elle devait le faire. Elle le *devait*.

— Elle vit à Kansas City, poursuivit Jo en hâte. J'ai promis d'aller la voir demain et... probablement de dormir chez elle. Tu peux trouver quelqu'un pour me remplacer ? Je partirai de bon matin, et si elle va assez bien, je rentrerai aussi vite que possible.

— Oui, je peux faire ça.

Ce devait être son sentiment de culpabilité qui lui faisait penser qu'il l'étudiait avec plus de soin que d'habitude.

— Ce ne devrait pas être une journée chargée, demain, hasarda-t-elle.

— Oui, bon. Tu es là, maintenant. Tu peux emmener ce groupe ? dit-il en désignant les touristes de la tête.

Elle se força à sourire.

— Bien sûr.

À sa manière habituelle, il s'éloigna sans un mot de plus.

Elle parvint au bout de la journée sans que personne ne semble percevoir son tourment intérieur. Durant un moment de calme, Austin et elle échangèrent quelques propos, et il lui demanda ce qu'il se passait entre Lucy et Rod. Surprise qu'il l'ait remarqué, Jo fit la grimace.

— Ils sont en guerre. C'est pour cette raison que je suis revenue cet été. Pour jouer les médiatrices.

— Il s'est passé quelque chose ? questionna-t-il d'un air sincèrement perplexe.

— Entre eux ? S'il y a eu un incident au départ, aucun d'eux ne m'en a parlé, mentit Jo. C'est toi qui es toujours là. Il n'y avait pas de tensions depuis un moment ?

— Je n'ai rien remarqué. Mais quand elle est à l'école, on ne la voit pas beaucoup. Tu sais...

— Les week-ends...

Il haussa les épaules.

— Je n'ai pas fait attention. C'est juste ces derniers temps...

Oui, en effet. Qui n'aurait pas remarqué les regards incendiaires de Lucy chaque fois qu'elle croisait le chemin de son père ? Bien sûr, au bout du compte, Austin finit par dire avec espoir :

— Je suppose que tu n'aimerais pas t'éloigner d'eux quelques heures ?

Il prit son refus de bonne grâce. Du moins le pensa-t-elle.

Lucy refusa de descendre pour dîner. Les deux hommes mangèrent avec leur habituelle application. Jo se demanda si elle avait perdu du poids, tant les repas l'intéressaient peu depuis quelque temps. Sans dire où il allait, Brody s'en alla immédiatement après le dîner dans son bruyant pick-up. Quelles étaient les chances que Lucy daigne descendre pour l'aider à nettoyer la cuisine ? Rod grommela : « J'ai du travail » et sortit par la porte de devant.

Jo songea qu'elle devait aller voir Lucy, mais son propre stress était assez aigu sans que sa sœur l'aggrave. Quelques heures plus tard, elle entendit des voix flotter et comprit que Lucy et Rod avaient repris leur dispute. Comme ils étaient en bas, elle ne put distinguer ce qu'ils disaient.

Des pieds martelèrent l'escalier. Finalement, Jo entendit Brody monter – à presque 2 heures du matin, lui apprit son réveil à travers les brumes du sommeil. Rod ne serait pas content s'il souffrait de gueule de bois le lendemain.

Elle avait réglé l'alarme de son téléphone à 5 heures. La maison était silencieuse quand elle enfila plusieurs couches de vêtements et prit des affaires de toilette dans la salle de bains pour étayer son simulacre de voyage à Kansas City.

Les portes des trois chambres étaient fermées. Argh... elle devait jeter un coup d'œil à Lucy. Encore de la culpabilité, parce qu'elle aurait dû lui parler la veille au soir ?

Plutôt que de frapper et de réveiller tout le monde, elle entrouvrit la porte et entra doucement dans la chambre. Les volets laissaient passer suffisamment de lumière pour lui permettre de voir que le lit de sa sœur était vide. Pas seulement vide… non défait. Bon sang. Cette dernière dispute avait-elle été la goutte de trop ? Lucy s'était-elle sauvée pendant que tout le monde dormait ? Et… avait-elle pris le pick-up de son père ?

Jo soupira, sachant à quel point cela le rendrait furieux. Mieux valait espérer que Lucy avait appelé une amie pour qu'elle vienne la chercher. Savoir où elle était allée devrait attendre. Jo avait rencontré des amies de Lucy mais elle ignorait leurs noms et, sans le téléphone de sa sœur, n'avait pas leurs numéros pour les contacter. De toute façon, ce n'était pas comme si elle voulait réveiller Rod pour lui dire : « À propos, ta fille est partie hier soir sans le dire à personne, mais ça va, elle rentrera quand elle en aura envie. »

Elle espérait que Lucy rentrerait ou appellerait dans la matinée. Jo prit un moment pour envoyer un texto à sa sœur, espérant une réponse avant qu'Alan et elle ne plongent dans la grotte et perdent le réseau.

Après s'être glissée dans le couloir, elle referma doucement la porte de la chambre de Lucy, afin de retarder le plus longtemps possible le moment où Rod remarquerait son absence. Puis elle descendit l'escalier sur la pointe des pieds pour s'esquiver elle aussi.

11

Le garage d'Alan n'étant plus qu'un squelette, il n'y avait nulle part où garer sa voiture en sorte que personne ne la voie.

Il avait émergé de la maison et l'attendait quand elle descendit de voiture.

— Quelque chose ne va pas ? demanda-t-il.

Il avait l'air encore plus impénétrable que d'habitude, ce qui n'était pas peu dire. Elle ne s'était pas attendue à ce qu'il porte une combinaison. Il avait manifestement fait assez de spéléologie pour avoir ce genre de tenue. Des bottes usées, avec des semelles impressionnantes. Elle supposa qu'il possédait cet équipement depuis sa période SEAL. Et s'il avait exploré une grotte, il avait voulu passer inaperçu – d'où la combinaison noire et les bottes noires.

Jo aurait aimé être aussi bien équipée. Pas étonnant qu'il ait désapprouvé sa tenue la veille. Se rappelant sa question, elle dit :

— Oh ! j'aurais juste voulu que ma voiture ne soit pas à la vue de tous, mais c'est idiot. Il n'y a aucune raison pour qu'on vienne me chercher ici.

— Où pensent-ils que vous êtes allée ?

Elle lui expliqua son mensonge, et Alan hocha la tête sans faire de commentaire. Il avait l'air… pas exactement sombre, mais déterminé. Sans lui demander, il prit son sac à dos et le fouilla, puis contempla ses bottes.

— Il est probable qu'il faille marcher dans l'eau. Je suis allé en ville hier et je vous ai acheté une combinaison imperméable qui devrait vous aller. On pourra la scotcher sur vos bottes pour vous garder au sec.

Il désigna ses pieds du menton.

— Je suppose que vous n'avez pas de chaussons en néoprène là-dessous ?

Chagrinée, elle répondit :

— Plusieurs paires de chaussettes en laine. Je ne me souviens pas que nous nous soyons mouillés durant ce trajet.

— À quelle époque de l'année était-ce ?

Elle s'efforça de se le rappeler, en vain.

— Probablement à l'automne. À cette saison-ci, on va traverser des torrents. Vos chaussettes seront parfaites du moment que vos bottes et votre pantalon sont scellés. Au moins, vous avez apporté une paire de chaussettes de rechange.

Ça alors, elle avait fait au moins quelque chose de bien ! Mais elle se tut, parce qu'elle se rendait compte des gros ennuis qu'elle aurait eus la veille si elle avait réussi à mettre son plan en œuvre.

Elle suivit Alan jusqu'à la maison. La véranda était visiblement neuve, mais l'intérieur restait miteux. Il avait l'air de camper là-dedans, pas d'essayer d'en faire un foyer.

Elle accepta la combinaison – jaune, sans doute n'avait-il trouvé que ça – et dit :

— Je vous rembourserai.

— Enfilez-la, grommela-t-il.

Tous deux mirent leurs casques et attachèrent leurs genouillères avant de quitter la véranda. Son casque à elle était démodé et cabossé, ce qui ne voulait pas dire qu'il n'était pas parfait. Le sien, bien sûr, était un casque ultra-léger, avec un système d'éclairage sophistiqué. Bien assez pour lui donner le sentiment d'être mal ficelée, pensa-t-elle tristement.

Dix minutes plus tard, il la conduisit jusqu'à l'entrée de la grotte. Jo bruissait dans la combinaison large et peu flatteuse qu'elle avait enfilée par-dessus son jean et ses pulls. Non que son apparence ait de l'importance, se morigéna-t-elle. Une cagoule en chenille entourait maintenant son cou, inconfortablement chaude étant donné la saison, mais elle savait qu'elle maintiendrait sa température corporelle une fois qu'ils seraient au fond de la grotte, surtout si elle se mouillait.

Elle observa le sac qu'Alan avait pris avec tant d'aisance et se demanda ce qu'il transportait. Faire passer ce sac dans les goulets serait plus compliqué que de faufiler son grand corps. L'un des objets les plus évidents était un rouleau de corde, ainsi que quelques mousquetons. Jo savait qu'ils étaient restés sur un seul niveau lors de cette aventure il y avait bien longtemps, mais Alan s'y était préparé s'ils ne le pouvaient pas, ce qui était à la fois alarmant et rassurant.

Il stoppa devant l'ouverture et la jaugea une fois de plus.

— Vous êtes prête ?

Elle hocha la tête, luttant pour paraître confiante.

— Allons-y.

Ce qu'elle pensait en réalité, c'était un « finissons-en » fataliste.

Alan ne s'était aventuré qu'une seule fois dans la grotte depuis son retour dans le Missouri, quelques mois auparavant. Mais il n'avait pas eu à aller très loin, car il avait un objectif spécifique. Aujourd'hui, il n'eut pas besoin d'hésiter quand la galerie se divisa, quinze minutes après qu'ils furent partis. Décidant qu'il avait assez insisté, il se retint de demander : *Alors, quelle direction ?* Il respectait la détermination de Jo et ne voulait pas l'embarrasser.

Il lui fit signe de prendre la tête, parce qu'il pourrait garder ainsi l'œil sur elle. Leur expérience précédente lui avait donné foi dans sa capacité à prendre de bonnes décisions plutôt qu'à commettre des erreurs stupides, mais il était sceptique : c'était un parcours plus difficile, et il avait l'intention de prendre la tête quand cela deviendrait plus dur.

S'ils avaient fait ça pour s'amuser, il l'aurait emmenée dans l'autre direction, où l'on pouvait voir les vestiges d'entreprises passées. Aucun d'eux n'était pittoresque, ils ne faisaient que témoigner de l'histoire locale. Quelqu'un s'était essayé à l'extraction de minerai, Dieu sait pourquoi, et avait laissé des bois de mine, des bidons de pétrole et même de la dynamite. Devant une petite mare, ce qui devait avoir été une cuisine d'été se dressait encore. Et pour finir, mais de manière plus repoussante, il y avait l'équipement que son père avait utilisé pour fabriquer de la métamphétamine. Débarrasser tout ça avait été la première tâche qu'il s'était fixée après s'être installé dans la maison. Il avait été soulagé de ne pas trouver de la méth, bien que ce soit une vaste grotte, pleine de coins et recoins, et qu'il puisse y en avoir hors de vue. Néanmoins, il était probable que d'autres gens, y compris certains des clients de son père, l'avaient explorée après sa mort. S'il y avait encore du produit à l'époque, Alan était convaincu qu'il avait disparu depuis longtemps.

Le chemin que Jo et lui durent parcourir au début était ouvert, le plafond s'abaissant ici et là mais restant généralement assez haut pour qu'il n'ait pas à se plier en deux. Les parois, le plafond et le sol étaient accidentés. Il y avait plus de débris sur le sol que dans son souvenir, mais pas plus qu'on n'en aurait attendu du fait des modifications naturelles. Les grottes étaient des entités vivantes, qui respiraient d'une manière que la plupart des gens ne comprenaient pas. Le changement était lent et subtil, une goutte d'eau à la fois, mais éternel. Les effondrements arrivaient mais, étant donné les kilomètres de tunnels de cette grotte, ils ne représentaient qu'une minuscule partie de l'histoire en cours.

Il aurait pu se déplacer plus vite, mais il préférait que Jo avance prudemment. À aucun moment il ne la vit trébucher en quarante-cinq minutes. Elle ne s'arrêta qu'une fois, lorsque le plafond s'éleva et que les parois s'élargirent pour donner un espace plus vaste que tout ce qu'il avait vu dans la Grotte Summerlin. Des draperies le long d'une des parois ajoutaient une dimension dramatique à la scène. Jo laissa errer le faisceau de sa lampe sur les plis spectaculaires, qui auraient pu passer pour des rideaux de scène. Ils brillèrent d'une riche couleur or dans la lumière.

— Je me souviens de ça.

C'était la première fois qu'elle parlait depuis qu'ils étaient partis.

— Rod parlait de ce qu'il pourrait en faire.

Avec ironie, elle ajouta :

— C'était du gâchis, selon lui.

— Ah bon ? Qu'est-ce qu'il en ferait ? Organiser des soirées ?

Sans tourner sa lampe frontale dans sa direction, il ne pouvait être sûr de son expression, mais elle fit la grimace.

— Probablement thésauriser, marmonna-t-elle. J'ai raison de penser qu'il faut prendre par là ?

Impressionné, Alan inclina la tête. Elle avait raison ; elle avait un meilleur sens de l'orientation qu'il ne l'aurait cru.

Environ vingt minutes plus tard, l'étroit tunnel s'élargit à nouveau, cette fois pour former un espace sans plancher digne de ce nom. L'usure du calcaire avait créé des pentes dans tous les sens. Heureusement, celle qu'ils durent gravir n'était pas trop difficile. À partir de là, de magnifiques stalactites et stalagmites, dont quelques-unes s'étaient rejointes pour former d'épaisses colonnes, créaient l'illusion de ruines anciennes, sculptées dans la roche, comme à Pétra, en Jordanie. Même leur couleur s'en rapprochait, bien que le grès de cette partie du monde soit presque rose, tandis que la grotte variait entre l'or pâle et l'orange vif. Une fois, il avait pu visiter Pétra. Il avait fait des comparaisons mentales avec le monde souterrain du Missouri.

À partir de là, un spéléologue aurait pu choisir n'importe lequel des huit ou dix tunnels, même si Alan savait d'expérience que certains étaient des impasses. Ils allaient de la faille étroite à la large ouverture voûtée, qu'on ne pouvait atteindre qu'en escaladant la roche. Alan guida Jo vers une crête géante, entre des roches inclinées qui, par endroits, formaient un sol plus ou moins régulier. D'autres passages exigeaient qu'ils utilisent la technique des grimpeurs dans les cheminées mais, là, ils progressaient centimètre par centimètre et de biais. Il dut ôter son sac à dos pour la première fois. Il l'attacha à sa ceinture avec un cordon élastique et le tira après lui, comme un gros chien pataud.

Lorsque la galerie se rétrécit au maximum, il vit la contrariété sur le visage de Jo. Elle n'avait pas exactement peur, mais elle n'était pas à l'aise. Elle était assez forte pour se déplacer en s'appuyant aux parois devant et derrière elle, mais il soupçonnait qu'elle n'aurait pas choisi de continuer si elle n'avait su que ce passage ouvrait pas très loin sur un tunnel plus conventionnel.

— Berk, marmonna-t-elle en se laissant tomber sur la crête près de lui.

Ses genoux cédèrent momentanément, et il la soutint par le coude.

— Ça va ?

— Bien sûr, dit-elle avec fermeté.

— Faisons une pause, suggéra-t-il. Ça ne me ferait pas de mal de boire un peu.

Peut-être, se rendit-il compte, parce que pour la première fois, il entendait de l'eau couler.

Il trouva un endroit où s'asseoir avec le dos appuyé à la roche. Jo s'installa à côté de lui. Tous deux fouillèrent dans leurs sacs et en sortirent des bouteilles d'eau. Il prit aussi un sachet d'amandes et lui en offrit. Puis il dit :

— Économisons nos lampes.

Et il éteignit la sienne. Un instant plus tard, elle fit de

même. Il cilla un peu pour faire disparaître l'impression rétinienne, puis fixa l'obscurité.

Quelque chose détala sur sa droite. Jo sursauta.

— Sans doute une salamandre, dit-il. J'en ai vu une tout à l'heure.

Elle poussa un soupir audible.

— L'obscurité ne me dérange pas. C'est juste que...

— Qu'elle déclenche quelque chose de primitif en nous, suggéra-t-il. Vous entendez ça ? C'est probablement une petite chute d'eau.

— Oh ! Je n'avais pas remarqué.

Il aimait sa voix. Il était conscient depuis longtemps de ce que révélaient les voix en l'absence d'autres stimuli sensoriels. La voix de Jo avait une sonorité intermédiaire, imprégnée d'une chaleur qui lui donnait l'impression de réchauffer ses mains au-dessus d'un feu de camp, de caresser un chat ou d'être serré dans les bras d'une femme. En ce qui la concernait, s'il avait été serré dans ses bras, il aurait été très heureux.

Quelques craquements suivirent. Après une minute, il dit :

— Vous avez vu quelqu'un de votre famille ce matin, avant de partir ?

— Je... non.

Alan se focalisa sur cette petite pause. Son sentiment que c'était autre chose que l'endroit où se garer qui l'avait contrariée ce matin-là.

— Quoi ? demanda-t-il en saisissant sa main pour y verser encore des amandes.

— Merci.

Elle se tut un instant.

— Ma sœur n'était pas dans son lit, ce matin. Soit elle a fugué, soit... Non, elle est probablement partie passer la nuit chez une amie. Rod sera furieux, bien que je puisse me tromper en pensant qu'elle ne l'a pas prévenu hier soir.

— Elle est toujours déterminée à retourner dans la grotte ?

— Plus que jamais.

L'inquiétude s'entendait dans la voix de Jo.

— Brody m'a dit qu'elle cherchait les clés dans le pick-up de Rod hier. Bien sûr, il l'a surprise. Elle n'a rien d'une espionne.

Non, en effet, et cela l'inquiétait. Le cinéma de la gosse n'aboutirait pas à grand-chose si leur exploration s'avérait infructueuse. Mais s'il y avait quoi que ce soit de réel dans les craintes de Lucy – et dans celles de Jo –, ce serait une autre histoire. La fille pouvait aller au-devant d'un danger qu'elle était trop jeune – et trop confiante dans sa famille – pour prévoir.

Son silence n'avait pas apaisé Jo, qui demanda soudain :

— Vous pensez qu'elle est en sécurité ?

— Vous savez qu'elle est probablement chez une amie, profitant de la sympathie que personne ne lui offre chez elle.

— *Moi*, je lui offre de la sympathie.

Il n'entendit pas le reniflement indigné, mais il était là, et cela le fit sourire, bien que... Alan se rembrunit. Cette expédition n'était plus seulement destinée à Jo. Il avait développé ses propres motifs d'inquiétude.

— Vous êtes prête à continuer ? demanda-t-il abruptement.

— Bien sûr.

Jo espéra qu'Alan ne devinait pas à quel point elle détestait le goulet vraiment difficile qu'ils durent traverser, une faille étroite qui l'obligea à se tortiller, avancer une épaule après l'autre, ahaner au moment critique, sentir la roche érafler ses seins. Elle ne se rappelait pas être passée par quelque chose d'aussi difficile, mais elle était beaucoup plus jeune à l'époque et beaucoup plus menue. Elle ne s'était pas développée jusqu'à... oh quatorze, quinze ans, et seulement lentement.

Comment Alan pourrait passer, étant donné sa corpulence, elle ne pouvait l'imaginer. Quand elle fut de l'autre côté, il lui fit passer son sac, puis ouvrit le sien et en retira les objets les plus volumineux. Le rouleau de corde arriva d'abord, suivi de quelque chose d'élastique, qu'elle identifia comme un sac de couchage. Apparemment, il avait pensé à tout. Puis le sac, qu'il dut aplatir. Enfin, elle retint son souffle tandis qu'il s'introduisait dans un espace où un homme grand et musculeux ne pouvait certainement pas passer.

Pourtant, il y réussit, en progressant centimètre par centimètre, avec une grâce qui montrait qu'il avait pratiqué de nombreux passages comme celui-là. Une fois qu'il fut passé, il se secoua.

— C'était plus facile quand j'étais petit.

Jo fit la grimace.

— Je pensais exactement la même chose.

— Je suppose que vous n'avez pas apporté la clé du portail, pour que nous puissions ressortir par là au lieu de refaire tout le trajet en sens inverse.

— Qu'est-ce que j'aimerais !

Elle soupira, passa les bretelles de son sac et attendit tandis qu'Alan refaisait le sien et le jetait sur son dos. Puis ils repartirent, Alan devant se baisser un peu, elle marchant la tête droite.

— Vous savez combien de temps ça va prendre encore ? demanda-t-elle après une minute.

Pourquoi ne le lui avait-elle pas demandé au début ? Il devait réfléchir, parce qu'il prit son temps avant de dire :

— Quelques heures, je pense.

Oh ! bon sang. Jo souhaita avoir apporté plus de nourriture. Mais à voir le gros sac devant elle, elle soupçonnait qu'Alan en avait suffisamment pour deux.

— Vous avez un délai à respecter ? questionna-t-il.

— Non.

Il avait raison quant au fait de patauger. La petite chute se déversait dans un torrent qui remplissait tout le tunnel. Il n'était pas profond, vit-elle, quand il pénétra dedans avec assurance, mais l'eau qui lui arrivait au tibia lui arrivait à elle aux genoux, du fait de sa taille.

— Agrippez-vous à ma ceinture, lui dit-il. Si vous tombez, vous allez vous mouiller. Criez si je vais trop vite.

Au moins, le courant n'était pas trop fort. Ils restèrent dans le cours du torrent pendant ce qui lui parut une éternité, mais qui ne devait pas avoir dépassé les quinze minutes.

Une demi-heure après, elle commença à se dire que tôt ou tard, elle se serait perdue dans ce lieu. Elle avait prévu de marquer les endroits où elle aurait dû choisir une direction, alors elle aurait fini par retrouver son chemin, mais les chances d'arriver à l'extrémité de la grotte en une journée ? Zéro. Sans parler du fait que cela n'aurait pas été très marrant de passer la nuit toute seule dans la grotte.

Elle s'arrêta en même temps qu'Alan, qui lui attrapa le bras pour la guider. Il la fit asseoir gentiment sur un rocher plat, retira son sac à dos et s'assit à côté d'elle.

— Il faut qu'on mange et qu'on se repose un peu.

Jo espéra qu'il n'avait pas remarqué que ses jambes tremblaient.

— Vos pieds sont secs ? demanda-t-il.

Elle agita les orteils.

— Je crois.

— Bon. J'ai apporté quelques sandwichs au jambon. Ça vous tente ?

— Oui !

Son enthousiasme l'embarrassa. Une autre poignée d'oléagineux n'aurait pas suffi.

Son rire bas la réchauffa. À nouveau, il éteignit sa lampe après avoir trouvé ce qu'il cherchait dans son sac, et quand il eut sorti sa bouteille d'eau, Jo fit de même. Elle accepta un sandwich à tâtons. Ils mangèrent en silence une minute.

— Vous tenez le coup ? demanda-t-il finalement.

— Vous trouvez que non ? questionna Jo, alarmée.

— Je n'ai pas dit ça. Vous vous débrouillez très bien.

— Oh...

Elle se détendit.

— C'est un parcours beaucoup plus long que dans mon souvenir.

Il émit un son inarticulé.

— Vous devez avoir exploré des grottes quand vous étiez SEAL.

La pause fut brève.

— En effet. Dans plusieurs parties du monde. J'ai aussi animé quelques séances d'entraînement, ici et là. Tout le monde n'a pas eu la chance de descendre sous terre.

— Non, c'est vrai. Bien qu'il y ait des grottes dans beaucoup d'États.

La grande épaule qui touchait la sienne bougea, en signe d'assentiment, supposa-t-elle. Voyant qu'il ne faisait pas de tentative pour continuer à parler, elle décida de se lancer.

— Vous ne voulez pas me dire pourquoi vous avez quitté votre emploi pour revenir vous installer à Mayville ?

S'il lui disait que ce n'étaient pas ses affaires, elle ne serait pas surprise. Ni vraiment vexée, parce que... c'était vrai. Mais il s'était montré ouvert à propos de son enfance, des violences de son père et de la détermination de sa mère à l'éloigner. Alors... Le silence dura assez longtemps pour qu'elle soit surprise quand il dit :

— Quand j'ai quitté la marine, je me suis engagé dans la police. J'ai fait des patrouilles pendant un an, mais mes compétences m'ont valu une promotion rapide. Je... j'aimais être inspecteur. J'ai dit non merci au SWAT.

Elle sentit qu'il haussait les épaules. Ce contact, épaule contre épaule, bras contre bras, l'aidait à se centrer. En outre, il la rendait consciente du corps d'Alan de manière plus viscérale que quand elle le regardait bouger.

Il avait cessé de parler, et Jo n'eut pas le courage de lui demander de poursuivre. Pour une raison quelconque, elle était certaine que ce qui avait mis fin à sa carrière d'inspecteur était beaucoup plus dramatique que : *Je me suis dit que j'allais faire une pause.* C'était à lui de lui raconter cela, ou non.

— J'aimais bien les hommes avec lesquels je travaillais et ils avaient, pour la plupart, toute ma confiance.

Même dans le noir, Jo sentit qu'il avait tourné la tête pour la regarder.

— Il y avait des femmes dans le commissariat, mais pas dans mon unité.

Jo hocha la tête, bien qu'il ne puisse pas la voir.

— Deux types ont cambriolé une banque. Ils ont tiré et tué le responsable des prêts et sont ressortis avec trois otages, deux clientes et une guichetière. Par hasard, j'étais dans le coin. Le temps que j'arrive, ils s'étaient réfugiés dans un entrepôt délabré au bord de la rivière. Il y avait beaucoup d'issues. Je ne pensais pas qu'on pouvait attendre une heure ou plus qu'une équipe du SWAT arrive. Ils seraient partis depuis longtemps. Tout ça n'était pas un exercice… familier pour moi.

Une tension terrible émanait de lui. Émue, Jo lui prit la main à tâtons. Il la serra avec force.

— Ma plus grande crainte était qu'ils tuent les otages une fois qu'ils auraient récupéré leur véhicule. Pourquoi pas, puisqu'ils avaient déjà tué ? J'ai embarqué un inspecteur et deux agents en uniforme. Ils protestaient, mais j'ai commis l'erreur de penser qu'une fois notre plan établi, je pourrais me fier à eux pour le suivre.

Il secoua la tête.

— Ce fut une débâcle.

— Oh non, murmura Jo.

— L'inspecteur… ne s'est jamais mis en position. L'un des agents s'est énervé et a commencé à tirer, révélant notre position et tuant une des otages. J'ai arrêté les cambrioleurs, mais à ce moment-là, ils avaient déjà tué une seconde otage. Par la suite, ma hiérarchie ne m'a pas soutenu, bien qu'en menottant l'un des cambrioleurs, nous ayons été deux à l'entendre dire qu'il s'était bien amusé à nous coller les corps des otages dans les pattes.

— Ils pensaient que vous auriez dû attendre ?

— Oui. Je ne cesse de me poser la même question. Je crois encore que les deux femmes seraient mortes. Ça aurait pu être une opération sans histoire, à quatre contre deux types qui étaient déjà en train de paniquer. Tel que ça s'est passé, personne n'a jamais épinglé l'inspecteur qui s'est esquivé. Celui qui a commencé à tirer avant l'heure...

Alan remua.

— J'imagine qu'il se torturera avec ça un bon moment.

— Je suis désolée.

Les doigts d'Alan pressèrent les siens.

— J'ai perdu confiance et j'ai finalement décidé de démissionner. Je ne sais pas quel genre de recommandation j'aurai si j'essaie de postuler dans un autre commissariat. Je ne sais pas si j'en ai envie.

Percevant à la fois de la désolation et de la colère dans sa voix, Jo pivota sur elle-même pour le prendre maladroitement dans ses bras. D'un mouvement brusque, il la serra étroitement contre lui.

Si la roche derrière elle n'avait pas été aussi inconfortable, elle aurait été heureuse de rester ainsi pour toujours.

Surtout quand sa bouche trouva la sienne.

12

Une heure plus tard, Alan décida d'une autre halte. Il avait accéléré le rythme. Non que Jo ne soit pas en forme, mais peu de gens faisaient autant d'exercice et aussi sérieusement que lui. Elle devait être épuisée, mais elle ne disait mot. Elle se contentait de le suivre et de faire ce qu'elle avait à faire, une qualité qu'il admirait.

Pourquoi lui avait-il raconté tout cela ? Voulait-il la tester ? Voir jusqu'où elle se fiait à son jugement ? Étant donné qu'ils se connaissaient depuis peu, il n'aurait pas dû lui mettre ce genre de pression. La manière dont elle l'avait enlacé, pourtant, en disait long.

Ce qu'il n'aurait *vraiment* pas dû faire, c'était l'embrasser comme s'il en mourait d'envie. Cela n'aurait pas été aussi grave si cela n'avait été qu'un baiser, mais il aurait plutôt qualifié cela de révélation. Malgré leur position inconfortable, elle s'était parfaitement coulée dans ses bras. Il avait adoré le goût de sa bouche, la force de ses doigts qui malaxaient sa nuque et caressaient ses cheveux. Et bon sang, il aurait donné n'importe quoi pour la déshabiller et lui faire l'amour sur-le-champ.

Super-romantique, pas de doute. Il fit la grimace. Avait-elle prononcé un mot depuis qu'il l'avait relâchée à contrecœur ? Pourquoi l'aurait-elle fait alors que lui avait grondé quelque chose du genre : « Ce n'est pas le bon moment ni le bon endroit », ce qui pouvait se comprendre de plusieurs manières.

Cela aurait été plus facile s'il n'était pas aussi partagé à propos de cette attirance, parce qu'il la voyait comme une gentille petite institutrice. Ce n'était pas juste envers elle. Sa famille était manifestement dysfonctionnelle à sa manière, à un moindre degré que la sienne toutefois.

À moins que son beau-père ou son frère ne s'avère être le tueur, bien sûr.

Derrière lui, elle trébucha et lui agrippa l'épaule pour ne pas chuter sur les genoux. Alan lui prit la main, l'observa un instant et dit :

— Pause.

— Ça ne fait pas longtemps qu'on a... euh... mangé les sandwichs.

Qu'ils s'étaient embrassés, aussi. Et qu'elle avait écouté ses confidences. Il tourna la tête pour ne pas l'aveugler avec sa lampe frontale.

— On devrait s'arrêter au moins une fois toutes les heures. Et c'est un endroit aussi bon qu'un autre.

Meilleur qu'un autre, se rendit-il compte, en contemplant la pente rocheuse lissée par l'eau. Une idée se mit à jouer dans son esprit : la déshabiller et l'allonger sur cette surface lisse. Essayant de la repousser, il décida que ce serait trop poussiéreux. Et qu'est-ce qui lui faisait penser qu'elle envisageait de s'adonner à des ébats fougueux au milieu de cette petite expédition ?

Soulagé qu'elle ne puisse pas le voir, il se débarrassa de son sac et l'aida à faire de même avant qu'ils s'assoient pour allonger les jambes.

— J'ai des barres chocolatées, dit-elle.

— Ça a l'air meilleur que mes barres de céréales.

— J'ai mangé bien trop de sucre cet été.

Ce devait être un sourire, dans sa voix. Elle ne lui en voulait pas trop.

— Nous en vendons à la boutique. Il y a un grand présentoir, juste à côté de la caisse...

— Caisse que vous tenez.

— Oui !

Alan rit.

Elle lui donna un Almond Joy, sa barre favorite quand il était petit. Il déchira l'emballage et la dévora, l'entendant faire de même, bien qu'il parie qu'elle la mangeait plus délicatement que lui. Il avait pensé à quelque chose pendant qu'ils marchaient, en partie pour se distraire de leur baiser, et il décida de lui poser la question. Elle s'était montrée curieuse de son passé, alors pourquoi se vexerait-elle qu'il en fasse autant ?

— Vous ne parlez pas de votre mère, dit-il.

Jo s'immobilisa. Plus de bruissement, plus de mastication. Avait-elle cessé de respirer ?

— Elle nous a quittés, dit-elle finalement d'une petite voix sèche.

Il fronça les sourcils.

— Quel âge aviez-vous ?

— Treize ans.

Sa voix était tendue à l'extrême.

— Votre frère et votre sœur ne devaient pas être bien vieux.

— Non. Brody avait sept ans, Lucy à peine trois. C'était... vraiment affreux.

Il n'arrivait pas à comprendre. Pourquoi les gosses étaient-ils restés avec le père, qui avait l'air d'un bel abruti ? Quelle mère abandonnait un enfant d'à peine trois ans ?

— Ils se disputaient ?

Un soupir.

— Oui. Rod est... vraiment autoritaire. Et il est horriblement sexiste, en plus. Une fois, comme il discourait sur les femmes qui n'ont pas ce qu'il faut pour se débrouiller, j'ai essayé de protester.

Elle resta silencieuse un instant.

— C'était seulement un an ou deux après le divorce. Il m'a dit : « Regarde ta mère. On ne peut pas trouver meilleur exemple. Dès que les choses sont devenues difficiles, elle a pris la fuite. »

Alan jura.

— Quel...

Il retint le mot qui lui venait à l'esprit et le remplaça par « sale type ».

— C'est ce que je me suis dit.

— Ils se sont disputés pour la garde des enfants ?

L'air bougea, et Alan comprit qu'elle venait de secouer la tête.

— Non. Elle est juste... partie.

— Elle ne vous en a pas parlé d'abord ?

Un autre souffle d'air.

— Elle a laissé une lettre. Où elle promettait qu'elle resterait en contact, mais tout ce qu'on a eu, ce sont quelques cartes de Noël et d'anniversaire, et seulement pendant quelques années. Ces années-là ont été vraiment dures. J'essayais de servir de maman à Lucy surtout, mais aussi à Brody, et d'aller à l'école. Je la haïssais pour ce qu'elle nous avait fait.

— C'étaient beaucoup de responsabilités pour une petite fille de votre âge.

Sa main trouva la sienne, qui était froide.

— J'ai fait de mon mieux, ce n'était pas facile. Je n'ai abandonné Lucy et Brody que quand je suis allée à l'université. Je me sentais terriblement coupable, mais j'étais désespérée. Je pensais qu'ils comprendraient, mais Lucy me l'a reproché quand je suis arrivée cet été. Elle s'est sentie délaissée, et je la comprends. Pour elle, c'était un deuxième abandon.

La pitié lui serra le cœur.

— Vous savez que c'est faux, n'est-ce pas ? Vous étiez une enfant. Où était Rod ?

— Il s'occupait de la grotte.

Elle s'interrompit.

— Ce n'est pas juste. Il devait aussi faire pas mal de choses. Payer pour une garde d'enfants durant mes heures d'école, venir me chercher, faire les courses... Vous voyez. Tout ce dont je ne pouvais pas me charger.

Alan avait envie de pousser un juron bien senti. Il s'en abstint avec effort. Le beau-père de Jo s'attendait à ce qu'une fille de treize ans, dévastée par le chagrin, adopte le rôle de mère-et-gouvernante afin que sa vie à lui n'en souffre pas trop ? Peut-être interprétait-il mal la situation, mais il ne le pensait pas.

Il se rendait aussi compte avec atterrement que Jo était loin d'être la femme solaire et sans complications qu'il avait cru voir en elle. Elle était aussi blessée que lui, bien que d'une manière différente. Puis une pensée affreuse lui traversa l'esprit. La garder pour lui ? Non.

— Votre mère pourrait aussi avoir disparu.

Les mots planèrent entre eux. Jo émit un bruit inarticulé avant de murmurer :

— Oh mon Dieu. Je n'y ai jamais pensé.

Il passa un bras autour d'elle. Elle était raide, frissonnant sous le choc, le doute, le chagrin.

— Elle nous a envoyé des cartes postales.

Il n'était pas difficile de comprendre que ces cartes ne l'avaient guère consolée. Était-ce Rod qui les avait envoyées, dans l'espoir de soulager ses gosses ?

— Vous avez reconnu son écriture ? demanda Alan.

— Oh bon sang ! s'exclama Jo. Je n'ai jamais compris qu'elle parte comme ça.

— Vous ne croyiez pas, au fond, que votre mère puisse faire quelque chose comme ça.

— Non. Nous étions proches ! Elle nous aimait, tous les trois. Je savais qu'elle était malheureuse avec Rod. Une fois, je l'ai découverte en pleurs, juste après avoir appris qu'elle était enceinte de Lucy. Je pense qu'elle envisageait de quitter

Rod, mais après ça, elle s'est sentie piégée. Deux enfants et une grossesse ? Qu'est-ce qu'elle aurait pu faire pour vivre ?

— Je suppose qu'il l'employait à la grotte ?

— Quand elle ne s'occupait pas de la maison ou de nous deux. Elle faisait un peu de comptabilité, aussi. Bien sûr, il ne la payait pas. À moins de dépouiller leur compte joint, où aurait-elle pris l'argent pour s'enfuir ?

Alan lui passa un bras autour des épaules. Elle se tourna vers lui et agrippa le tissu de sa combinaison.

— Vous ne m'avez pas répondu pour son écriture.

— Je ne sais pas. Je n'ai vu qu'une fois la note qu'elle a laissée. L'écriture était... irrégulière, mais j'ai pensé que c'était parce qu'elle était émue.

Elle déglutit.

— J'étais certaine qu'elle reviendrait pour nous. J'ai attendu encore et encore. Je me disais que j'avais de la chance que Rod ne me dise pas que je n'étais pas son enfant.

En colère, Alan fut plus brusque qu'il n'aurait dû.

— Pourquoi l'aurait-il fait, alors que vous étiez si utile ?

— Vous avez raison, répondit-elle. Je me sentais coupable d'avoir laissé tomber Brody, Lucy et Rod, et maintenant...

— Nous n'en savons rien, lui rappela-t-il. Nous sommes en train d'échafauder des...

— Des cryptes sous la Grotte Summerlin ? dit-elle avec un rire douloureux.

Jo n'arrivait pas à croire qu'elle ne se soit jamais posé la question. Elle *savait*, au fond d'elle-même, que sa mère ne leur aurait jamais fait ça, à Brody, Lucy et elle. Et pourtant, elle avait cru à l'histoire de Rod.

Si c'était une histoire. Jusqu'à quel point une fillette de treize ans pouvait-elle connaître les intentions d'un adulte, surtout un parent ? Les enfants voulaient avoir foi en leurs parents. Ils se cramponnaient à cette confiance de toutes leurs forces.

— Maman n'a rien à voir avec les femmes qui ont disparu, affirma-t-elle après un instant. Si c'est ce que vous pensez.

— Non, bien sûr.

Alan avait un ton gentil, voire tendre. Il devait être conscient du coup qu'il venait de lui infliger.

— Peut-être que les deux choses n'ont rien à voir entre elles. Mais vous m'avez parlé d'un homme autoritaire au dernier degré, qui, en plus, méprise les femmes. Il est possessif. Aurait-il laissé partir sa femme si elle avait voulu prendre les enfants avec elle ?

Tremblant de tous ses membres maintenant, Jo s'efforçait de se raccrocher à la solidité de l'homme à côté d'elle.

— Il... il aurait pu la laisser partir avec Lucy, mais jamais avec Brody.

— Mais comment pouvait-elle laisser des enfants aussi jeunes ?

Jo était quasiment en état de choc. Stupéfaite de l'envergure de son déni. Pourquoi n'avait-elle jamais pensé à cette possibilité ?

— Si elle lui a dit qu'elle voulait divorcer, il était sûrement en rage.

— Je suis désolé, murmura-t-il, si près de son oreille que son souffle fit voleter ses cheveux. Ce n'était peut-être pas le moment d'en parler.

— Parce que ce crâne...

Jo ne put finir sa phrase. Elle en était incapable. Mais une part de son esprit continuait à analyser froidement.

— Même s'il a bien tué maman, ça ne veut pas dire qu'il a quelque chose à voir avec ces femmes disparues. À moins qu'il n'ait découvert que ça lui plaisait ? De la priver de liberté ?

De contempler sa terreur et son désespoir.

— De lui faire du mal ?

— Pour finir, il aurait reproduit l'expérience, dit doucement Alan.

Elle hocha la tête et pressa le visage contre sa poitrine, cherchant une proximité que leurs nombreuses couches de vêtements lui refusaient. *Je ne veux pas être seule*, pensa-t-elle avec une clarté aveuglante. Elle l'avait toujours été, jusqu'à ce qu'elle croise le regard d'Alan Burke. Jusqu'à ce qu'ils échangent ces signaux qu'elle n'avait même pas pu déchiffrer.

— Je vais me sentir vraiment mal si on découvre qu'on avait tort, marmonna-t-elle.

La poitrine d'Alan vibra d'un rire étouffé.

— Je suis tellement désolé, dit-il encore.

— De quoi ?

Elle releva la tête.

— De m'avoir ôté mes œillères ?

— Non. De m'être trompé sur vous. Je vous prenais pour une gourde, une gentille institutrice qui fait la classe aux enfants et ne voit pas le monde réel. Moi-même, je… j'ai plein de cicatrices, et je ne voyais pas comment nous aurions pu nous entendre.

Que disait-il ? Malgré la colère qu'elle éprouvait à l'égard d'elle-même pour s'être autant menti et le chagrin qui lui transperçait le cœur, Jo sentit un puissant espoir monter en elle.

— Vous avez été là quand j'ai eu besoin de vous, dit-elle. Et, honnêtement, comment auriez-vous pu savoir ce que je me cachais à moi-même ? Je me disais bien que ce n'était pas sain d'entretenir autant de colère et de culpabilité pour ne pas m'être sacrifiée totalement pour mon frère et ma sœur. Mais je pensais que si je faisais semblant d'aller bien assez longtemps, ça finirait par devenir réel.

— Vous n'en avez pas parlé à vos amis ?

— Mes amis… ne sont pas si proches que ça. Ils sont trop gentils pour comprendre.

— Vous vous trompez peut-être là-dessus, dit-il avec gentillesse.

— Peut-être qu'ils font tous semblant, eux aussi.

Jo ferma les yeux, non qu'elle voie beaucoup, de toute façon, avec une seule lampe en renfort. Elle savoura la force qu'Alan tentait de lui donner du mieux qu'il pouvait, puis entreprit de se séparer de lui avec soin.

— Je parie que vous êtes désolé de m'avoir permis de pleurer sur votre épaule.

Belle tentative de légèreté, se félicita-t-elle.

— Ne faites pas ça, dit-il. Vous n'avez pas entendu ce que je vous ai dit ?

— Je... non.

— Jo... Venez ici.

Démontrant une puissance physique qu'elle n'avait fait que soupçonner, Alan l'assit sur ses genoux. Puis il pencha la tête et s'empara de sa bouche dans un baiser à la fois affamé et désespéré. Un baiser qui était exactement ce dont elle avait besoin.

Elle lui noua les bras autour du cou et lui rendit son baiser avec une telle ferveur qu'il dut monter en puissance pour se maintenir à la hauteur des émotions qu'elle déversait en lui.

Il dit quelque chose comme : « Je jure que je n'avais pas l'intention de faire ça », mais elle n'y prêta aucune attention, parce qu'il s'était débrouillé, Dieu sait comment, pour lui ôter sa combinaison et le gilet en polaire qu'elle portait dessous et pour passer la main sous son T-shirt. Il trouva aussi son chemin dans son soutien-gorge, et elle arqua le corps en sentant cette grande main chaude sur un de ses seins.

Elle s'efforça aussi, avec beaucoup moins de succès, de s'introduire sous ses couches de vêtements. Pas une fois elle ne se demanda : *Est-ce bien ce que nous devrions faire ?* Elle avait besoin de lui, elle ne pouvait pas concevoir de ne pas faire qu'un avec cet homme. Ce n'était pas une simple attirance, peut-être ne l'avait-ce jamais été, car, à cet instant, ses émotions avaient l'envergure d'une tornade.

— Laissez-moi faire, gronda-t-il, en l'installant de sorte à pouvoir se lever et enlever ses vêtements.

L'ombre qu'il projetait sur la paroi montrait des cheveux ébouriffés, un visage sauvagement découpé, de larges épaules.

Il étala quelque chose derrière elle - le sac de couchage, se rendit-elle compte faiblement. Après quoi, il s'efforça de défaire les lacets d'une de ses bottes tandis que sa bouche se déplaçait sur son ventre nu, l'égratignant avec sa barbe naissante. La botte tomba, et il lui retira son pantalon et son caleçon. Jo l'aidait ou peut-être lui rendait la tâche plus difficile, elle l'ignorait. Lorsqu'il eut libéré l'une de ses jambes, il porta son intérêt ailleurs. Sa bouche avait trouvé un sein et il le suçait avec force à travers le coton de son soutien-gorge, tandis que ses doigts s'introduisaient entre ses cuisses. Jo était loin de savoir faire deux choses à la fois, mais elle trouva la fermeture Eclair qui l'empêchait de mettre sa main dans son jean.

Jean qui ne coopérait pas, étant donné le volume qu'il y avait en dessous. Elle persévéra dans les brefs intervalles où elle arrivait à se concentrer, mais il s'en chargea finalement en grondant. Jo le prit dans sa main et sentit sa faim de lui redoubler, du fait de sa taille et de son poids.

— Tu prends la pilule ?

Elle mordit le muscle de son bras, tout ce qu'elle pouvait atteindre à ce moment-là. Il fouillait dans son sac. Jo frissonna de tout son long en attendant.

— Qu'est-ce que je suis content d'en avoir emporté, marmonna-t-il.

Il déchira l'emballage et enfila le préservatif. Et il se remit à l'embrasser, ses doigts opérant leur magie. Elle écarta les jambes tout en essayant de l'attirer plus près.

— Je te veux tellement, dit-il rudement en la pénétrant.

— Ne t'arrête pas, murmura-t-elle.

Il se retira et revint très vite, si profondément qu'elle n'avait jamais rien éprouvé de pareil. Tout ce qu'elle pouvait faire, c'était réagir : se cramponner à lui, l'entraîner encore plus loin si c'était possible. Et elle parlait aussi, sans du tout savoir ce qu'elle disait. Elle suppliait, pleurait, émettait des sons incohérents.

Elle jouit avec tant de puissance qu'il n'eut pas d'autre choix que de se joindre à elle. Le bruit qui s'échappa de sa poitrine aurait pu être celui de rochers s'écrasant l'un sur l'autre, d'une plaine refaçonnée par un tremblement de terre. Secouée par un plaisir à la fois explosif et glorieux au-delà de toute expression, Jo comprit qu'elle aussi avait été refaçonnée.

Elle avait terriblement peur d'être amoureuse de cet homme complexe, abîmé et courageux, qui était peut-être loin d'éprouver quelque chose de similaire pour elle.

13

Soulagé qu'ils n'aient pas à parler en dehors de choses purement pratiques, Alan continuait d'ouvrir le chemin. Il se tourmentait d'en avoir dit si peu, mais en vérité, il ignorait ce qui aurait été gentil pour elle et juste pour lui. Il devait réfléchir.

Ce n'était pas le moment pour ça, de toute façon. Il ne pouvait se permettre d'être distrait. En l'état, il fut plusieurs fois ravi, devant des tunnels qui se divisaient, de reconnaître des marques humaines sur les parois calcaires. Elles étaient assez distinctes pour qu'il reconnaisse son propre style. C'était une chance que ces marques aient survécu. Il aurait retrouvé le chemin sans l'aide du gamin qu'il avait été, mais cela aurait pris plus longtemps. Et son sentiment d'urgence ne cessait de croître.

Il devinait au silence de Jo qu'elle éprouvait la même chose. Peut-être aussi ruminait-elle un passé qui ne ressemblait pas du tout à ce qu'elle avait cru. Alan espérait qu'ils découvriraient qu'il s'était trompé, mais une fois qu'il avait suggéré que sa mère avait été la première femme à disparaître, les pièces du puzzle étaient trop bien tombées en place.

Tout cela lui avait donné un fort pressentiment. Il aurait dû être là avec de vrais renforts, pas une femme vulnérable qui savait se déplacer dans cet environnement d'accord, mais qui ne saurait pas comment réagir à la violence.

En théorie, il pourrait maîtriser Rod, mais celui-ci avait l'avantage de connaître cette partie de la grotte bien mieux que lui. S'il succombait, Jo pourrait-elle retrouver son chemin ? Pourrait-elle distancer son beau-père s'il la poursuivait ?

Alan serra les dents. Accepterait-elle de rester en arrière et de l'attendre ? Il connaissait la réponse à cela.

De l'eau jusqu'aux genoux, reconnaissant le plafond bas devant eux, il fit halte.

— Ça va ? lui demanda-t-il tranquillement.

— Très bien.

— Nous nous rapprochons.

Il parlait bas.

— Je n'entends rien, mais nous ne sommes pas à plus de quatre cents mètres de la salle où les jeunes faisaient leurs fêtes.

— Oh. Je t'ai dit que j'étais allée un peu plus loin, mais...

Pas assez loin, soupçonnait-il. Peut-être était-ce tout aussi bien, étant donné qu'elle était seule ce jour-là. Elle n'avait pas dit où était son beau-père quand elle s'était faufilée dans la grotte. Si elle s'était attardée, Alan avait le pressentiment qu'elle aussi aurait pu disparaître.

— Une fois qu'on sera sorti du torrent, il faudra ramper sur une courte distance, lui dit-il. Après ça, nos voix porteront, alors il faudra parler doucement.

La tête de Jo monta et descendit. La tension se voyait sur son visage, dans cet étrange mélange d'ombre et de lumière, mais la colère et la détermination étaient présentes elles aussi. Elle ne demanda pas s'il croyait qu'ils allaient trouver quelque chose. Elle devait savoir qu'il était possible que non. Mais ils continueraient à chercher aussi longtemps que nécessaire, se jura Alan. Aussi longtemps qu'ils ne seraient pas interrompus, se corrigea-t-il. Ils n'auraient pas besoin de refaire tout le trajet en sens inverse ; ils pouvaient passer la nuit dans la grotte s'il sentait l'énergie de Jo baisser. Il avait encore des oléagineux et des barres de céréales dans son sac.

Il avait aussi rangé un Glock dans une poche latérale. Au prochain arrêt, il le sortirait pour le mettre dans sa poche.

Il s'efforçait de ne pas provoquer plus d'éclaboussures que nécessaire et se rendit compte, quand il sortit de l'eau, que Jo était restée en arrière. Il l'attendit et lui tendit une main.

— Où est ton beau-père à cette heure du jour ?

Elle cilla quelque peu.

— Euh... C'est toujours le matin, n'est-ce pas ?

Il repoussa son gant, révélant une montre standard.

— Il est presque 11 heures.

— Il doit être au travail. Il guide un groupe, ou bien il donne un coup de main à la boutique et à la caisse. Même s'il a trouvé quelqu'un pour me remplacer, il n'arrête jamais.

— Tant mieux. Il sort le soir ?

Elle acquiesça.

— La plupart du temps, il prend son pick-up. J'ai pensé qu'il a peut-être une petite amie. Parfois, il retourne à la boutique, où se trouve son bureau.

En d'autres termes, le salopard avait tout le temps qu'il fallait le soir pour s'occuper de ses victimes. Desserrant les dents, Alan dit :

— D'accord. C'est le moment idéal pour fouiner alors. On peut laisser nos sacs ici, pour qu'ils ne nous ralentissent pas.

Il pourrait revenir s'ils avaient besoin de la trousse de premiers secours, mais le silence et la rapidité devaient être leurs maîtres-mots.

Jo hocha la tête et posa le sien. Il fit de même, mais prit le pistolet et le glissa dans une poche de son pantalon. En relevant la tête, il vit qu'elle le regardait, bouche bée.

— Tu es venu... armé ? murmura-t-elle.

— Nous ne serions pas ici si je n'avais pas été préparé à toute éventualité.

Elle se mordilla la lèvre, mais finit par acquiescer.

— Si on tombe sur un imprévu, fais demi-tour. N'essaie

pas d'être héroïque. Ne te fais pas voir si tu le peux. Tu m'as compris ?

Elle lui lança sans doute un regard noir, mais il s'en fichait. S'ils devaient tomber sur quelque chose, il voulait le voir le premier. Et si Summerlin venait faire un tour ici entre deux visites – en prétendant aller déjeuner –, Alan ne voulait pas qu'il pose les yeux sur Jo.

Il crut une minute qu'elle allait protester, mais elle referma la bouche et attendit tandis qu'il se mettait à quatre pattes. Il avait remis ses coudières et ses genouillères. Il sourit à moitié en se rappelant qu'il avait dû en chercher une après avoir déshabillé Jo.

Bien qu'il ait le visage à quelques centimètres du sol dans cet étroit goulet, son corps réagit à ce souvenir. Leurs baisers n'avaient pas été sa seule révélation. Faire l'amour avec cette femme l'avait sérieusement ébranlé. Trouver les mots ne serait peut-être pas aussi dur qu'il l'avait cru. Néanmoins, cette conversation n'aurait pas lieu tant qu'ils n'auraient pas vu ce qu'il y avait à voir et ne seraient pas sur le chemin du retour.

Momentanément coincé, il grogna, souffla et baissa les hanches, se propulsant comme un serpent.

Peu sujet à la claustrophobie, il fut cependant soulagé quand l'espace s'ouvrit devant lui, et que le faisceau de sa lampe frontale révéla une petite salle bordée de jeunes stalactites et stalagmites. Tandis qu'il les contemplait, une goutte tomba de la stalactite la plus proche. La géologie en action. Un souvenir lui revint : le mot « stalactite » venait du grec *stalasso*, c'est-à-dire « goutter ».

Il se releva et aida Jo à faire de même. Un son lui parvint, distant et trop doux pour être identifié, montant et descendant. Imaginait-il un hoquet occasionnel ?

— Tu entends ? murmura Jo.

— Oui, lui répondit-il à l'oreille, si près que ses lèvres l'effleurèrent.

— Je crois… Je crois que c'est ce que j'ai entendu ce jour-là.

Il voyait bien pourquoi elle avait supposé que c'était un bruit naturel. Ou même qu'elle l'avait complètement imaginé. Passez trop de temps dans une grotte et vous commencez à entendre des choses qui n'y sont pas. Surtout si vous êtes énervé au départ. Mais ils n'avaient pas imaginé cela, puisqu'ils l'entendaient tous deux.

— Cette salle serait un bon endroit pour cacher quelque chose, dit-il, en s'assurant que sa voix ne porte pas trop loin. Tu es allée aussi loin que ça ?

Jo secoua la tête.

— L'un des tunnels que j'ai examinés était bloqué par un effondrement et un autre semblait ne jamais finir. Le dernier était étroit mais pas aussi difficile. J'étais juste nerveuse à propos du temps qui passait.

— D'accord. Jetons un coup d'œil avant de continuer.

Ils se séparèrent, Alan se sentant rassuré parce qu'elle ne pourrait pas beaucoup s'éloigner. Si quelqu'un approchait, il l'entendrait. Peu de gens disposaient de son habileté à se déplacer comme un fantôme. Quand il l'eut vue se détourner, il détacha le velcro de la poche où se trouvait son pistolet.

L'obscurité dans la faille qu'il explora d'abord suggérait qu'elle ouvrait sur un profond tunnel. Il se plaça de côté et étendit le bras aussi loin que possible. Il n'y avait rien au-delà, qu'une obscurité encore plus noire. Et bien que le son puisse être difficile à suivre dans ce labyrinthe, il était certain qu'il ne venait pas de là.

De toute façon, il avait vu une photo de Rod sur le site web de la grotte. Il n'aurait pas pu passer par là, Alan en était sûr. Il n'était pas gros – ou du moins, il ne l'était pas quand la photo avait été prise – mais sa carrure massive n'était pas idéale pour la spéléologie.

En l'occurrence, pensa tristement Alan, la sienne non plus. Ses muscles s'étaient sérieusement développés depuis son enfance. Il recula et se retourna pour voir ce que faisait Jo.

Le faisceau de sa lampe se posa sur son derrière rebondi, car elle s'était penchée pour regarder dans une ouverture de forme bizarre. Satisfait pour le moment, il survola le périmètre de la salle, cherchant quelque chose d'intéressant. Rien de particulier n'attira son œil. Il s'avança vers l'ombre d'un énorme rocher.

Un son étranglé le fit se retourner. Il alla s'accroupir à côté d'elle.

— Seigneur Dieu, murmura-t-elle d'une voix rauque.

Elle semblait incapable de détacher les yeux de l'obscurité devant elle. Alan l'agrippa par les épaules pour la tourner vers lui.

— Quoi ?

Elle déglutit, le regard braqué sur lui.

— Des os, réussit-elle à dire.

— Un squelette ?

Elle claquait des dents.

— Plus d'un.

— Bon sang !

Il l'attira à lui et l'enveloppa de ses bras. Elle enfouit son visage contre sa poitrine en tremblant. La femme solide qu'elle était, déterminée à affronter les cauchemars de son passé, refusait de pleurer.

Il la relâcha et lui dit :

— Laisse-moi regarder.

Il dut s'agenouiller. À un mètre, le faisceau de sa lampe révéla une salle d'environ un mètre cinquante par trois. Et non, elle n'avait rien imaginé : il y avait en effet un amas d'os.

D'un côté, un crâne donnait l'impression affreuse de le fixer. Et il y en avait un deuxième. Aucun d'eux n'était près de l'ouverture, et il ne vit aucune marque qui suggérât que des dents de chien s'étaient refermées sur l'un d'eux. Alors... il devait y en avoir un troisième, quelque part.

En étudiant les os éparpillés, il secoua la tête. Ce qu'il avait sous les yeux provenait d'au moins cinq ou six corps.

Son hypothèse selon laquelle le tueur en série avait fait des victimes qu'ils ne connaissaient pas encore était exacte.

Du tissu, des restes de vêtements étaient mêlés aux os. Ces corps avaient été empilés, jetés les uns par-dessus les autres, sans aucun soin, sans volonté de les mettre en scène. Contrairement à certains tueurs en série, ce type ne s'intéressait pas aux femmes une fois mortes, sauf pour s'assurer qu'on ne trouverait pas leurs corps. Le magma résultant venait de la décomposition et des effets de la gravité.

Amy Kendall n'était pas là, ne put-il s'empêcher de penser. Elle avait disparu depuis trop peu de temps pour être déjà réduite à l'état de squelette. Il continua de balayer la petite salle avec sa lampe. Le plafond était humide, les parois glissantes, presque visqueuses. L'eau semblait s'écouler par une faille ou un trou dans un coin à l'extrême droite.

Écœuré, bien qu'il ait vu pire dans des zones de guerre, Alan fit rouler ses épaules pour soulager sa tension. Il localisa son téléphone avec quelque effort. Appuyé sur ses coudes, il pressa la fonction photo et commença à prendre des clichés. Plusieurs dizaines, pour fixer aussi complètement que possible ce charnier hideux, juste au cas où Rod aurait le temps de le vider. À la réflexion, il sortit le couteau suisse qu'il rangeait dans une poche, chercha un endroit obscur et grava ses initiales et la date. Puis il recula.

— Je suis désolé, dit-il simplement.

Le visage de Jo affichait un choc incommensurable. Elle avait ce regard vieux de mille ans qu'il connaissait bien.

— J'ai vu du tissu, murmura-t-elle. Rose avec des fleurs.

Oui il l'avait vu aussi. Ce devait être du synthétique pour avoir survécu tout ce temps.

— Ma mère portait ce corsage tout le temps.

Rien n'aurait pu la préparer à ça. À un certain niveau, elle avait voulu croire qu'elle souffrait de paranoïa, que Rod était l'homme qu'elle avait toujours cru qu'il était. Maintenant, elle savait. Qui d'autre aurait tué sa mère parce qu'elle avait demandé le divorce ?

Les ossements de ma mère sont ici même, à quelques mètres. Ils ont été là toutes ces années, tout près. C'est peut-être son crâne, avec ses orbites accusatrices.

Jo aurait aimé croire que ces orbites vides avaient fait culpabiliser Rod. Mais bien sûr que non – s'il avait possédé une once de conscience, il aurait fait disparaître le crâne.

Sa mère n'avait pas écrit cette lettre d'adieu, ni aucune des cartes postérieures. Seul Rod avait pu faire cela. Elle avait probablement offert de chercher un emploi à Mayville, assez près pour voir les enfants, mais cela n'avait pas suffi. Il aurait été humilié qu'on sache que sa femme l'avait quitté. Les laisser Brody, Lucy et elle échapper à son contrôle était plus qu'il ne pouvait endurer.

Jo se demanda s'il avait frappé sans intention de tuer et si sa mère était tombée et s'était cogné la tête. Bien qu'aucun des crânes qu'elle avait vus ne porte de traces de coup.

Rod avait-il été surpris de son propre empressement à tuer ? Il avait été étrange durant les semaines qui avaient suivi ce qu'elle prenait pour l'abandon de sa mère, se souvint-elle. À l'époque, cela lui avait paru naturel. Bien sûr qu'il était blessé, toute sa vie en était bouleversée.

Tu veux dire que c'est lui qui a bouleversé nos vies, pensa-t-elle sombrement. *Je le hais.*

Mais si elle se trompait, et que c'était quelqu'un d'autre qui avait tué sa mère ? Il pouvait y avoir eu un employé à l'époque, qui l'aurait tuée puis aurait gardé la clé pour continuer à s'introduire dans la grotte. Ce pouvait même être Austin.

Elle *voulait* croire que Rod n'avait rien à voir avec tout cela, mais elle ne pouvait pas non plus se mentir. Trop de choses convergeaient dans sa direction. Il avait une raison de tuer sa femme et de tromper ses enfants en leur faisant croire qu'elle les avait abandonnés. Il pouvait entrer dans la grotte quand il le voulait, il était furieux à la simple idée que l'un d'eux s'aventure au-delà de la partie à visiter. Et il y avait son mépris à peine voilé des femmes.

— J'aimerais avoir emporté un coupe-boulon, marmonna Alan, la ramenant au présent. On pourrait sortir directement, au diable les visites, et faire venir la police en quelques minutes.

— Mais tu ne m'as pas crue.

— Tu t'es crue toi-même ?

Tellement émue qu'elle en était paradoxalement engourdie, elle dit :

— Non. Maintenant... ça ressemble vraiment à une femme qui pleure.

Des yeux implacables croisèrent les siens.

— Oui, en effet.

Jo avait la nausée. Si elle était allée plus loin ce jour-là, cette femme en pleurs n'aurait pas souffert aussi longtemps.

— Il faut continuer.

— Je préférerais que tu attendes ici.

Quelque part, elle avait su qu'il dirait cela, et elle avait déjà pris sa décision.

— C'est moi qui t'ai entraîné. Je ne m'arrête pas.

Elle crut entendre un juron grossier, mais l'ignora.

— Bon.

Il se leva.

— Reste derrière moi.

Elle ne protesta pas. Si elle avait jamais rencontré un homme capable de répondre à la violence par la violence, c'était Alan Burke, ancien SEAL et inspecteur de police. Elle en était farouchement heureuse. Après ses confidences, après l'amour avec lui, elle savait qu'elle pouvait lui faire confiance comme à personne d'autre.

— À partir d'ici, plus un mot.

Il adoucit l'ordre en lui prenant la main et en la pressant

avec gentillesse. Jo aurait seulement voulu que leurs mains soient dénudées. Elle s'efforça de sourire, mais sa tentative fut un échec. Il dut cependant le comprendre, car il pencha la tête et l'embrassa, brièvement mais avec beaucoup de sentiment. Puis il s'engagea dans le tunnel dans lequel elle aussi avait cru entendre ces pleurs fantômes.

Jo était soulagée de ne plus porter son sac. Plus légère, elle était capable de se déplacer avec plus de discrétion. Elle l'espérait.

Le plafond s'abaissa, sans toutefois être aussi bas que dans d'autres tunnels, heureusement. Alan avait sa lampe frontale allumée, mais elle laissa la sienne éteinte. Ses mains effleuraient les semelles de ses bottes, et elle gardait les yeux fixés sur sa silhouette obscure. Elle respirait de plus en plus fort à mesure que les pleurs croissaient en volume. Non, ça pouvait encore être un phénomène naturel, elle voulait y croire. Rod n'aurait certainement pas emprisonné une femme si près de la grotte publique.

Sauf que c'était assez loin pour que même les jeunes n'aient entendu qu'un faible bruit. Si le pauvre Jesse n'avait pas été attiré par le chien, Jo et Alan ne seraient pas là. Ils n'auraient pas trouvé le charnier qui allait répondre aux questions des parents éplorés de toutes ces jeunes femmes.

Une part de son esprit avait toujours du mal à accepter ce qu'elle avait vu. Elle avait grandi, elle avait guidé d'innombrables visites tout près d'ici. Elle n'aurait jamais *imaginé*... Et pourquoi l'aurait-elle fait ? La plupart du temps, Rod avait l'air normal. S'était-il vraiment inquiété pour Lucy ? Ou avait-il seulement voulu que Jo la fasse taire ?

Elle avait cessé de se concentrer. Son genou heurta un gros caillou, qui roula bruyamment.

Pas encore un crâne, non, pensa-t-elle dans le silence absolu qui suivit. Alan s'était figé ; les pleurs avaient cessé.

— Il y a quelqu'un ? appela une voix féminine effrayée, suppliante. Au secours ! Je vous en prie !

Jo voulait désespérément répondre, mais elle hésita. Dieu merci, parce que vinrent ensuite un rugissement de rage et un martèlement de pieds, accompagnés d'un faible halo de lumière dansant sur les parois inégales.

Alan commença à reculer, la forçant à faire de même. Le temps d'atteindre la salle et de se relever, elle avait mal partout.

— Vite, gronda Alan.

Elle ouvrit la bouche pour protester, mais se contenta d'obéir et de se laisser tomber pour ramper à nouveau.

Des coups de feu s'élevèrent derrière eux, terriblement forts. Alan grogna et tomba en avant, tandis que quelque chose claquait sur la roche. Ce n'était pas lui qui avait tiré, comprit-elle avec horreur. Il avait été touché !

14

C'était le chaos et il n'était plus possible de revenir en arrière. Alan savait qu'il ne pouvait plus compter sur son bras droit. Le Glock lui avait échappé. Tout en roulant sur lui-même et en cherchant son arme à tâtons, il continua de penser froidement. Il valait la peine d'essayer de convaincre Rod que tout ça n'était qu'un énorme malentendu. Jusqu'à ce qu'il l'ait en ligne de mire.

— Qu'est-ce que c'est que ça ? hurla-t-il.

Heureusement, il ne lui avait jamais parlé, il ne reconnaîtrait pas sa voix.

— Nous sommes des spéléologues amateurs ! Nous ne faisons rien de mal !

Un autre coup de feu résonna, et des éclats de calcaire volèrent dans tous les sens.

Si seulement Jo et lui avaient atteint la fille – les filles ? – une minute plus tôt, il aurait été préparé à l'irruption de Summerlin. En l'état actuel des choses, Alan n'avait pas besoin d'allumer sa lampe pour savoir que son T-shirt et sa combinaison étaient trempés de sang, et que s'il se levait, son bras droit pendrait comme un appendice inutile. Il était assez bon tireur de la main gauche, mais pas autant qu'avec la droite. S'il prenait l'initiative et échouait, Jo serait en danger – et durant les dernières heures, elle était devenue sa priorité.

— Allez, la houspilla-t-il. Il faut nous mettre à l'abri.

Ce qu'ils devaient faire, c'était sortir de la grotte et trouver de l'aide, assez vite pour empêcher ce dingue de tuer encore et d'effacer ses traces. Même s'il avait cru que Jo et lui pourraient revenir sur leurs pas, le trajet prendrait trop de temps. Il était urgent d'élaborer un plan B.

Elle lui prit la main.

— Tu saignes ! s'exclama-t-elle d'un ton angoissé.

— J'ai pris une balle. Allons-y.

Il dut fourrer le pistolet dans sa poche pour pouvoir attraper le sac de la bonne main. Et que faire dans cette obscurité pour tomber sur celui de Jo ? Ils n'avaient pas le temps. Il doutait qu'elle ait quelque chose d'essentiel dedans. Il la poussa devant lui, soulagé qu'elle semble savoir où aller. Se baisser, ramper, se faufiler dans le goulet tout en traînant son sac. Son épaule droite lui faisait un mal de chien. Inutile de s'attarder là-dessus. Il avait déjà été blessé et avait continué à être efficace.

Une faible lueur vacillait derrière eux. Le tireur n'allait pas les laisser filer. Soit il était fou, soit il avait deviné qu'il n'avait pas affaire à d'innocents aventuriers.

Avec un claquement retentissant, une autre balle effleura la paroi. Un éclat de roche piqua la joue d'Alan. Jo fit entendre un gémissement mais ne s'arrêta pas, avançant en trébuchant aussi vite qu'il pouvait la suivre. Un raclement, une exclamation étouffée et une éclaboussure s'élevèrent devant lui. Jo avait émergé du passage et était entrée dans le torrent.

— À gauche, souffla-t-il.

Il espérait de toutes ses forces que sa mémoire soit fidèle.

— Mais on est venus...

— Fais ce que je te dis.

Sous le feu, ses hommes suivaient ses ordres sans discuter. Jusqu'à ce qu'ils ne le fassent plus. *S'excuser auprès de Jo plus tard*, se dit-il. Sans lumière, il se retrouva à trois pattes dans l'eau. En essayant de se relever, il faillit perdre son sac.

Peux pas te le permettre, pensa-t-il froidement. En raison de l'endroit où ils allaient.

Jo n'avançait plus très vite. Comment l'aurait-elle pu sans lumière ? Son souvenir de ce trajet était trop vague pour qu'ils tâtonnent entièrement dans le noir. Le danger de tomber sur un obstacle mortel était plus grand que celui d'être touché par une balle.

— Allume ta lampe, dit-il d'une voix enrouée. Jette un coup d'œil devant.

Elle s'exécuta, et il cilla, essayant d'ajuster sa vision.

— On sort de l'eau.

Encore un coup de feu, celui-là se perdant Dieu sait où, mais il leur servit d'avertissement. Jo les replongea dans le noir sans attendre son ordre. Elle continua de marcher, bien qu'il entende le sifflement de sa respiration. Pas un manque de vitalité, pensa-t-il, mais la peur.

— On s'en va, on s'en va ! hurla Alan, tendant l'oreille au bruit derrière eux.

Il hésitait entre trouver une cachette ou se mettre en embuscade. Il aurait préféré cette dernière option, mais deux facteurs s'y opposaient : sa blessure, et le fait que l'homme qui les pourchassait connaissait mieux la grotte qu'eux. Il l'avait explorée dans tous les sens avant de choisir le lieu de sépulture de ses victimes. La question était : allait-il décider qu'il ne valait pas la peine de s'inquiéter des intrus ou allait-il continuer à les poursuivre ? Ou, pire encore, allait-il revenir se débarrasser de tout ce qui pouvait le faire condamner ?

Faute de réponse, tout ce qu'Alan pouvait faire était pousser Jo en avant, ignorer la douleur et l'engourdissement de son bras, et continuer à marcher. Ils devaient s'éloigner de ce salopard pour gagner un autre niveau de la grotte. Oui, et espérer que Jo ne reculerait pas devant une descente dans l'obscurité impénétrable le long d'une corde.

Tout ce que pouvait faire Jo était poursuivre son chemin à tâtons dans une galerie trop large pour pouvoir toucher les deux côtés à la fois. Elle aurait aimé qu'Alan prenne la tête mais savait pourquoi il restait en arrière.

Sa blessure était-elle grave ? Son grognement lui avait appris qu'il était blessé avant même qu'il le dise. S'il avait lâché son arme, avait-il pu la retrouver ? Elle aurait tout donné pour pouvoir le voir ne serait-ce qu'un instant, pour évaluer son état de ses propres yeux.

Avec sa main tendue pour seul guide, elle prenait garde à chacun de ses pas. Elle aurait pu facilement heurter une stalagmite ou trébucher sur un caillou. Si elle se blessait assez gravement pour les ralentir, Rod les tuerait, Jo n'avait aucun doute là-dessus.

Elle s'efforçait de ne pas se demander où Alan les conduisait. Et plus encore de ne pas penser à cette voix terrifiée.

« Il y a quelqu'un ? Au secours ! » Ce « je vous en prie » gémissant... Non ! Elle resterait paralysée si elle se concentrait sur autre chose que leur fuite.

La paroi rugueuse finit abruptement. Jo s'arrêta sans consulter Alan et alluma sa lampe frontale. Le passage s'incurvait et s'abaissait. De l'eau s'infiltrait par la crevasse au-dessus et coulait sur les parois, faisant presque briller le sol.

Éteignant sa lampe, elle se dit : *Attention, attention*, et s'élança en avant. Deux fois, elle fit un faux pas. La première, elle s'appuya contre la paroi humide en chancelant. La seconde, elle crut qu'elle allait tomber sur les fesses, mais un bras musclé la rattrapa et la remit sur pied.

— Ça va ? murmura-t-elle.

— Très bien. Continue.

D'ac... cord.

Elle tourna la tête et crut voir une faible lueur derrière eux, suffisante pour découper la haute silhouette d'Alan. Elle pria pour l'avoir imaginée.

L'air sentait le renfermé, et chacun de ses pas était plus bruyant qu'il n'aurait dû. Alan... non, elle l'entendait aussi, ainsi que l'incessant ruissellement de l'eau. Cette fuite ne pouvait pas avoir duré plus de quelques minutes – dix ? quinze ? – mais lui semblait interminable. Elle ignorait depuis combien de temps ils étaient en chemin. Rod les poursuivait-il vraiment ?

Comment aurait-il pu les laisser s'échapper ? pensa-t-elle, découragée. Même s'ils n'étaient que des spéléologues amateurs, s'ils arrivaient à sortir de la grotte, ils signaleraient les coups de feu. Cela mènerait la police à Rod. Il ne pouvait prendre le risque que la police s'intéresse à ses affaires.

Ses cuisses la brûlaient. Elle n'était pas sûre de sentir les doigts avec lesquels elle effleurait la paroi, mais comment pouvaient-ils être aussi froids alors qu'elle portait des gants ?

Derrière elle, Alan dit soudain :

— Accroche-toi à moi comme tu peux. Il faut que je passe le premier. On va probablement tomber sur un puits.

Un puits ? Comme un *trou* ? Montait-il ou... non, bien sûr que non. Ils ne pourraient pas l'escalader. Alors où descendait-il ? Alan le savait-il ? Et même si son ami et lui avaient exploré la grotte dans leur enfance, comment pouvait-il se fier à l'exactitude de ses souvenirs ?

Mais ce n'était pas le moment de poser la question. S'écartant, elle le laissa passer et agrippa le sac qu'il avait passé sur son épaule gauche. Ses doigts se refermèrent sur le rouleau de corde. Il s'était déjà remis en route, et elle dut presser le pas pour rester derrière lui.

C'était pour ça qu'il avait emporté la corde, comprit-elle avec malaise. Il ne s'attendait pas à en avoir besoin, mais il s'était préparé à tout. Elle avait vaguement su que la grotte avait plusieurs niveaux. C'était forcé, non ? L'ouverture principale béait à mi-hauteur du sommet. Elle avait toujours su que l'eau ruisselait par le haut. C'était comme ça que ces grottes s'étaient formées. Et non, l'eau ne faisait pas que ruisseler ;

selon la saison, elle dévalait la pente en tourbillonnant. Où avait-elle cru que toute cette eau allait ? Une part devait se déverser sur la pente exposée de la colline jusqu'à la rivière, mais il était plus logique qu'il y ait au moins un niveau inférieur dans la grotte, peut-être davantage.

La doline faisait-elle autrefois partie de ce labyrinthe ?

Elle trébucha et s'obligea à revenir à ce qu'elle faisait. Un pas, un regard inquiet par-dessus son épaule. Aucune trace de lumière. Si Rod était derrière eux, il ne pouvait se déplacer plus vite qu'eux, parce que même une petite torche aurait révélé sa position. Il pouvait en prendre le risque s'il ne soupçonnait pas que ces gens cherchaient l'origine d'un bruit de pleurs et un crâne qu'un garçon avait prétendu voir.

Un bruit d'éclaboussures sous ses pieds la ramena à l'instant présent. Elle avait de plus en plus de mal à distinguer son chemin. L'eau n'était plus une pellicule, elle devait faire quatre ou cinq centimètres de profondeur. En hiver et au début du printemps, ce torrent devait grossir au point d'être infranchissable. Étant donné l'obscurité complète et cette sensation de résistance contre ses pieds, elle ne pouvait être sûre de la hauteur de l'eau, mais quelle importance, de toute façon ? Sauf que les bruits d'éclaboussures pouvaient l'empêcher d'entendre leur poursuivant se rapprocher.

Alan fit halte et alluma sa lampe frontale.

Elle dut fermer les yeux pour éviter la clarté brutale. Il marmonna quelque chose pour lui-même et changea de direction. La lumière s'évanouit. Elle avança en trébuchant derrière lui, cillant pour dissiper l'impression rétinienne.

Il tomba sur le puits si soudainement qu'il eut une sacrée chance de ne pas mettre les pieds dedans. Alan doutait que Jo soit assez forte pour le sortir de là.

Tout en luttant contre le pic d'adrénaline, il n'eut pas d'autre choix que de rallumer sa lampe pour chercher une formation rocheuse assez solide pour y nouer sa corde. Il détestait devoir forcer Jo à faire ça, les risques qu'il prenait pour tous deux, mais cela n'en demeurait pas moins la meilleure option. Drew et lui l'avaient fait, longtemps auparavant. Ils n'avaient pas eu à réescalader la corde. La douleur ne contribuait cependant pas à la clarté de sa mémoire. Était-ce bien l'endroit dont il se souvenait ?

Mets Jo à l'abri quelque part et guette son beau-père. Peut-être serait-ce une option encore meilleure. Son instinct lui dit que non. Ils avaient besoin de renforts.

Le faisceau de sa lampe s'arrêta sur la base abîmée d'une colonne qui lui fit penser à une dent géante. Aussi vite que possible, il déroula la corde, alluma sa lampe frontale et se dépêcha de former un nœud de demi-cabestan. Sa main droite refusant de coopérer, il dut demander de l'aide à Jo. Ou bien elle connaissait les nœuds, ou elle comprenait ce qu'il essayait de faire. Bien que ses doigts soient moins rapides qu'il ne l'aurait voulu, ils y arrivèrent. Il fixa un mousqueton et tira. Lorsqu'il jeta son sac dans le trou, Jo s'exclama, mais il dit :

— Il n'y a rien de cassable dedans.

Puis il ajouta :

— Tu dois y aller maintenant.

Elle murmura :

— Je n'ai pas entendu le sac tomber.

— Il n'y a pas le choix, Jo. Je suis déjà descendu dans ce puits. Tu ne te tueras pas en lâchant la corde quand tu arriveras au bout.

Il vit sa terreur et pressa un baiser bref sur ses lèvres.

— Allume ta lampe dès que tu seras passée par-dessus bord.

Elle avait assez d'entraînement pour savoir comment descendre en rappel. Il ne voyait d'elle que son visage, empreint de peur et pourtant de résolution. Si elle se figeait de terreur… ils seraient coincés.

Il lui demanda d'éteindre sa lampe frontale avant d'y aller, et elle eut le courage de descendre dos dans l'abîme, sans le secours de la lampe.

Tout spéléologue savait que ce qu'ils faisaient était au mieux stupide, au pire suicidaire. Normalement, il aurait dû préparer des points d'ancrage, avoir plus de corde. Ce qu'il avait façonné – à la va-vite – s'appelait un rappel en S. Au fond le spéléologue pouvait reprendre sa corde en la tirant. Simple – mais ce genre de descente ne permettait pas de remonter, il n'y avait pas de retour possible. On ne pouvait que continuer. Dans ce cas, « continuer » ne menait pas à un mystère complet, mais était drôlement brumeux dans sa mémoire.

Il put suivre sa descente grâce au halo de lumière qui l'accompagnait. Lorsqu'elle cria : « Je suis au bout de la corde ! », il comprit à sa voix qu'elle ne voyait pas le fond du trou. En l'entendant dire : « Je lâche », il ferma les yeux et pria comme jamais auparavant dans sa vie. Le choc fut suivi d'un cri involontaire. Puis une voix tremblante dit :

— Ça va. Dépêche-toi.

Dieu merci. Il prit la suite, appuyant ses pieds contre la paroi du puits et laissant la corde glisser entre ses mains gantées – oui, il avait réussi à plier le coude et à placer les doigts de sa main droite là où ils devaient être – et se resserrer douloureusement autour de sa cuisse. Il se laissa tomber avec une hâte insensée dans l'abîme.

Pour ne pas rester au milieu du chemin, Jo avait reculé de quelques mètres dans ce qui avait l'air d'être une galerie. Tout irait bien une fois qu'il serait descendu, n'est-ce pas ? Rod n'avait sûrement pas de corde avec lui, et il ne pourrait pas arrêter Alan en tirant la corde à travers le mousqueton.

S'enveloppant de ses bras, elle inclina la tête en arrière pour lui donner de la lumière. Elle savait qu'il était en train de descendre à la manière dont le sac dansait. Alan était encore dans l'obscurité quand une lumière apparut au bord du puits.

Elle eut envie de hurler son nom, mais il n'était pas aveugle. Rod – si c'était bien lui – était accroupi, elle le distinguait nettement. S'il commençait à tirer...

Le sac, la corde et Alan chutèrent en même temps. Leur poursuivant avait coupé la corde, comprit-elle en avançant d'un pas. Alan était encore très haut. Comment allait-il survivre ?

Plus lourd que le sac, il atterrit presque au même moment, la corde s'abattant sur lui en le fouettant. Avec un temps de retard, Jo éteignit sa lampe frontale. Elle entendit un grognement, un mouvement – crut-elle – puis des coups de feu, si nombreux qu'elle mit ses mains sur ses oreilles.

La fusillade fut suivie d'un silence. Elle ne pouvait ni bouger ni émettre aucun son au risque de signaler qu'elle, au moins, avait survécu. Elle devait attendre avant d'oser espérer que le monstre était parti. Terriblement effrayée à l'idée de gémir, Jo avança à tâtons.

— Alan ? Alan ?

— Oui.

C'était sa voix, Dieu merci, mais elle était rauque de douleur.

— Tu es...

— Je... ne sais pas.

Ces mots lui firent mal. Elle alluma sa lampe. Il fallait qu'elle le voie. Il avait rebondi ou roulé à deux ou trois mètres, à l'écart du sac et de l'amas de corde. Le sac était déchiré par endroits. Alan saignait, mais peut-être pas plus qu'avant ? Jo l'ignorait. Elle tomba à genoux à côté de lui.

— Tu es blessé ?

— On ne peut pas rester ici. Il faut nous mettre hors de vue.

— Laisse-moi t'aider.

— Je vais rouler sur moi-même. Prends le sac. On en aura besoin.

Elle se releva et se précipita, frissonnant à la possibilité qu'on les observe d'en haut. Rod avait pu recharger le pistolet dont elle ignorait qu'il le possédait. Mais elle saisit le sac par une bretelle, ainsi qu'une poignée de corde et recula aussi vite que possible. Alan avait réussi à avancer un peu dans la galerie et s'était relevé en position assise, le dos contre la paroi.

Lorsqu'elle le rejoignit, il leva une main et essaya de mettre un doigt ganté dans l'un des trous du sac.

— Je crois qu'il est mort.

— Tu plaisantes, dit-elle avec incrédulité.

— Pourquoi pas ? répliqua-t-il en grimaçant.

Elle s'était trompée ; son visage saignait, mais seulement parce qu'il était éraflé. Le casque avait dû protéger sa tête quand il avait heurté le sol, mais elle voyait que sa lampe frontale avait été écrasée. Elle avait envie de rire et de pleurer à la fois. Elle se contenta de prendre la bonne main d'Alan et de la serrer. Il pressa la sienne si fort qu'il lui fit mal, mais elle ne voulait plus jamais la lâcher.

Se relever était déjà assez difficile. Piocher dans sa mémoire cotonneuse le souvenir de ce trajet au niveau inférieur de la grande Grotte Summerlin était encore plus dur. Les choses empirèrent quand Jo dit soudain :

— Je pense que c'était Lucy.

Il décida de ne rien jeter de ce qu'il y avait dans son sac. S'ils se perdaient, ils en auraient besoin. Puis il assimila les paroles de Jo.

— Quoi ?

— Je suis presque sûre que c'était Lucy, qui appelait à l'aide.

Elle se sentait misérable, c'était clair.

— Je t'ai dit qu'elle n'était pas dans son lit ce matin. Je pense... qu'elle refusait de renoncer. Il était de plus en plus furieux et... Si elle a bien trouvé la clé hier soir, et que Rod l'a surprise dans la grotte, comment aurait-il pu la laisser repartir ?

Oui, Alan pariait que c'était ce qui s'était passé. Si Lucy était allée assez loin pour découvrir Amy ou des menottes...

— De toute façon, Brody compte davantage pour lui. Je doute qu'il ait jamais aimé Lucy.

— On ne peut pas être sûrs à cent pour cent que le tueur n'est pas quelqu'un d'autre, lui rappela Alan. Rod t'a demandé de revenir à la maison...

Il s'interrompit.

— Je suppose qu'il croyait que je la raisonnerais, et que tout irait bien. Il pourrait continuer comme avant.

Elle croyait que c'était Rod qui les pourchassait, et Alan partageait cette idée. Il fallait être réaliste, un inconnu armé aurait-il pu se balader dans la grotte puis se retirer, certain de ne pas avoir été vu ? Cette visite-là n'avait pas eu lieu au milieu de la nuit.

Jo ne pleurait pas, mais il entendait une douleur profonde dans sa voix. S'il s'avérait qu'ils avaient tort, Alan imaginait le soulagement qu'elle éprouverait.

— Tout ce qu'on peut faire, c'est se dépêcher, dit-il, sachant que cela n'avait rien de rassurant.

Ils n'avaient pas de temps à perdre. Après un instant, elle demanda :

— Tu peux continuer ?

— J'ai fonctionné dans des états pires.

— Je peux faire quelque chose ?

— Peut-être jeter un coup d'œil à mon épaule. Autant la bander.

L'élancement qu'il éprouvait à la hanche et la douleur dans son cou (dont il soupçonnait que c'était une entorse cervicale) l'empêchaient au moins de ressentir les contusions qui se manifesteraient plus tard par des hématomes.

— Je ne sais pas à quoi je pensais !

Elle se remit maladroitement debout.

— Oh mon Dieu. Ton bras est trempé de sang. Et si tu te...

— Si je me vide de mon sang ? dit-il sèchement. Si c'était le cas, je serais déjà mort à l'heure qu'il est.

Tandis qu'elle tirait sur sa combinaison, il fit de son mieux pour l'aider à libérer son bras et son épaule. Mais il l'arrêta quand elle toucha les boutons de sa chemise en flanelle.

— Non, mieux vaut ne pas la remettre sur un gros bandage. Essayons juste de stabiliser mon épaule et continuons.

Il avait apporté une trousse de premiers secours, contenant d'épaisses compresses et de l'adhésif vétérinaire, dont elle se servit pour lui bander l'épaule avec une compétence honorble. Peut-être que tous ceux qui travaillaient dans la grotte prenaient des cours de premiers secours. Elle se rassit sur ses talons d'un air dubitatif.

— Je ne sais pas si ça te fera du bien. Une attelle aurait été mieux, mais...

Il avait besoin d'utiliser son bras dans la mesure du possible.

Il insista pour qu'ils boivent à la bouteille qui n'avait pas été percée par les balles et qu'ils mangent chacun une poignée d'oléagineux. Malheureusement, rien de tout ça ne leur donna un regain magique d'énergie. Alan avala aussi plusieurs antidouleurs, mais il faudrait du temps pour qu'ils fassent effet. Puis il fit mine de reprendre le sac.

— Non !

Jo le lui ôta des mains.

— C'est moi qui le porte.

Il aurait voulu argumenter mais il ne le put pas. Il enroula les deux morceaux de corde et les attacha au sac avec une languette de velcro. Il se forçait à se remettre debout quand Jo demanda franchement :

— Il y a une sortie ? Tu crois que tu peux la trouver ?

Étant donné le danger et leur stress extrême, mentir était sans doute le mieux qu'il puisse faire.

15

Qu'Alan ait été tout à fait honnête quant à leurs chances de s'échapper – et celles, même lointaines, de sauver Lucy –, Jo n'en était pas sûre. Tout ce qu'elle pouvait faire, c'était se fier à lui. Il l'avait emmenée jusque-là. Sa crainte était qu'ils n'aillent pas assez vite. Pourquoi Rod laisserait-il Lucy en vie ?

Alan avait prétendu qu'il y avait une sortie à moins d'une demi-heure. Malheureusement, cela les ferait déboucher sur la pente d'une colline tout aussi raide que celle où le lynx l'avait effrayée. Toutefois, il se rappelait un chemin de terre qu'utilisaient les pêcheurs pour suivre la rivière. « Drew et moi, on a fait une sacrée marche, avait-il ajouté sèchement. Il n'y avait pas de pêcheurs ce jour-là. »

Et il n'avait pas osé appeler son père pour qu'il vienne le chercher, avait-elle supposé.

Pour le moment, elle était émerveillée par la force qui permettait à un homme blessé par balle, qui avait perdu plus de sang qu'elle n'osait l'imaginer, qui s'était écrasé au sol après une chute qui aurait pu le tuer, de se déplacer aussi vite. D'une manière ou d'une autre, il s'était déjà relevé, tenant la torche d'une main et la guidant de l'autre, avec de rares hésitations à travers un labyrinthe de tunnels plus humides que ceux du dessus. Elle frissonna à l'idée du poids accru de la terre au-dessus d'eux, puis la repoussa.

En quelques endroits, Alan choisit une direction après

un long moment, et après avoir frotté sa main gantée sur le calcaire humide jusqu'à ce qu'il trouve apparemment... quelque chose. En lui jetant un coup d'œil, une fois, il dit : « Drew et moi, on a placé des repères quand on était gosses. »

Deux fois, il s'arrêta et dit : « Ce n'est pas ça », puis ils firent demi-tour jusqu'à l'intersection précédente. À plusieurs reprises ils traversèrent de vastes espaces, dont l'un s'apparentait à une salle d'exposition spectaculaire, avec des stalactites ressemblant à un magnifique rideau de scène et d'énormes colonnes, aussi merveilleuses que celles des temples grecs. Dans d'autres circonstances elle aurait pris des photos, mais pour le moment elle ne pouvait penser qu'à Lucy. Que se passait-il ? Combien de temps s'était écoulé ?

Puis elle s'arrêta, frappée par une révélation soudaine.

— Mon téléphone était dans mon sac.

Alan pivota vers elle, l'aveuglant presque avec sa lampe frontale.

— On pourra le retrouver plus tard.

— À moins qu'*il* ne l'ait pris.

— Il y a quelque chose dedans qui permet de t'identifier ?

La gorge serrée, elle secoua la tête.

— Rien en dehors de mon téléphone, mais il ne pourrait pas le déverrouiller. Tu as le tien, n'est-ce pas ?

— Oui.

Il tapota sa poche.

— Heureusement, parce que j'ai le numéro de Drew.

Jo acquiesça et le suivit quand il reprit la marche.

Il devait souffrir atrocement, à moins qu'un engourdissement bienheureux ne l'ait gagné. Avant d'y penser, Jo n'avait pas pris vraiment conscience qu'elle aussi avait mal partout, en raison des heures qu'ils avaient passées à marcher, à ramper, à s'accroupir, à descendre sur une corde, à éprouver de la peur. Rien de tout cela ne comptait comparé à ses craintes pour sa sœur.

Quand Alan s'arrêta, elle le heurta par-derrière. Ils étaient arrivés à… une cascade ? Non, vit-elle, un torrent tumultueux était une meilleure description. Et il ne semblait pas y avoir d'autre alternative que d'entrer dans l'eau.

Il se retourna.

— On arrive au bout, Jo, je te le promets. Mais c'est un passage difficile. Il va falloir laisser le cours d'eau nous emporter. On sera sous l'eau pendant quinze ou vingt secondes à chaque fois. La plupart du temps, il y aura de l'air.

La plupart du temps.

Elle se repassa ce qu'il venait de dire et la perspective n'en fut pas plus attrayante.

— Si tu penses que tu ne peux pas le faire, attends ici. Je reviendrai te chercher. Je te laisserai les torches et le sac. Il y a de la nourriture, des vêtements chauds…

Jo secoua la tête, bien qu'elle ne pense pas avoir jamais été plus effrayée.

— Non, je ne reste pas là.

Elle était assez petite pour que sa lampe frontale jette d'étranges ombres sur le visage d'Alan, mais elle lut un débat intense sur son visage. Puis il dit d'une voix rauque :

— Tu es une femme étonnante.

Elle se pencha en avant et lui passa les bras autour du corps. La nécessité de se dépêcher les empêcha de savourer cette proximité plus longtemps, mais c'était déjà ça.

— Il faut que je laisse mon sac, dit-il en s'accroupissant. Laisse-moi trouver…

Ce qu'il devait trouver, c'étaient des sachets imperméables. Elle comprit pourquoi quand il y introduisit son téléphone, puis son pistolet. À la réflexion, il ôta aussi sa montre et la laissa tomber dedans, avant de fourrer tous les sacs dans les poches de son pantalon cargo.

— D'accord, dit-il, toujours de cette voix enrouée. Je pense que tu devrais passer la première.

Parce qu'elle était plus petite, moins susceptible de rester coincée. Elle pourrait continuer s'il n'y arrivait pas, et aller chercher de l'aide pour Lucy. Vu le courant, pourrait-il revenir en arrière, s'il restait coincé ?

Il sait ce qu'il fait, se dit-elle. C'était une autre sorte de confiance. Aussi se contenta-t-elle de hocher la tête.

Le nez à peine hors de l'eau, Alan leva le bras pour tâter la pente du plafond de la grotte. Jo était passée ; au moins, elle ne s'agitait pas devant lui, cherchant désespérément de l'air.

Il inspira profondément et se propulsa en avant, poussant des pieds sur les parois et de la main sur le plafond.

Il dirait peut-être à Ed qu'il ne s'intéressait plus du tout à la plongée souterraine, pensa-t-il avec un zeste d'humour.

La distraction dura assez longtemps pour l'amener à la prochaine poche d'air. *S'il y a un enfer*, pensa-t-il, *ça doit ressembler à ça*. Ou pas. Il avait connu toutes sortes d'enfers durant ses opérations dans le monde.

Ses épaules le bloquèrent dans un passage particulièrement étroit, bien que là, Dieu merci, il puisse garder le nez et la bouche hors de l'eau. Se tortiller pour passer le goulet n'était pas facile quand une épaule et un bras ne réagissaient pas aux ordres, mais il y réussit et se laissa emporter par le courant.

Il revit le visage de Jo, brillamment éclairé, sa détermination à tout faire pour sauver sa sœur. Si elle pouvait l'aimer aussi comme ça... C'était trop tôt pour penser à cela, mais Alan savait que si elle mourait dans cette grotte, il ne pourrait pas le surmonter. Il ferait tout pour tuer le salopard qui lui avait volé sa mère et avait détruit ou abîmé tant d'autres vies.

Une nouvelle inspiration, un nouveau goulet à passer en flottant.

Quand il put relever la tête pour prendre de l'air, il découvrit non seulement qu'il y en avait beaucoup, mais que le torrent s'élargissait et que le plafond s'élevait. Il voyait, car la lumière du jour pénétrait dans la grotte. Au début, c'était une lueur diffuse, presque une illusion, puis elle devint de plus en plus vive. Roulant dans l'eau, les genoux heurtant les roches, il s'écrasa contre un gros obstacle. Une main se posa sur lui.

— Qu'est-ce qui t'a pris si longtemps ?

Se redressant sur les genoux et apercevant l'air angoissé de Jo, il dit :

— Je suis plus grand que toi. Je faisais office de bouchon coincé plutôt que de miette de liège sortant de la bouteille.

Un hoquet lui échappa, qui pouvait être un rire ou un sanglot, et elle secoua la tête.

— Regarde ! C'est magnifique !

Se relevant, il regarda. Elle avait raison. L'eau se déversait sur les roches grises en une cascade rutilante, vers les méandres de la rivière en dessous. Les arbres à feuillage caduc typiques du Missouri étaient d'un vert brillant. Le ciel montait au-dessus, d'un bleu pur. Et il y avait un chemin de terre le long de la rivière, exactement comme il s'en était souvenu. Mais le plus beau de tout était la femme épuisée, trempée et courbatue devant lui.

Alan l'étreignit avec une joie débordante et lui donna un baiser passionné, puis retira son gant avec ses dents et prit son téléphone dans sa poche. Jo lui ôta le petit sachet imperméable des mains et l'ouvrit. Il alla droit aux appels les plus récents et pressa le nom de Drew. Son ami – oui, il pensait qu'ils étaient à nouveau, ou encore, amis – répondit à la seconde sonnerie.

Jo dut aider Alan à descendre la pente raide de la colline. Il marmonna plusieurs jurons à l'adresse de son épaule et de son bras, dont il disait qu'il revenait à la vie, mais trop lentement. Il n'hésita pas à laisser Jo supporter une part de son poids quand c'était nécessaire.

Drew Frazier les attendait au pied de la colline, appuyé

contre un SUV du commissariat. Il était accompagné d'un second policier, mais pas l'adjoint Hudson, Dieu merci.

— Allons chez moi, dit Alan dès que Frazier lui donna une tape dans le dos. On parlera en chemin. Il faut que je me nettoie un peu.

Ils montèrent à l'arrière, arrosant les sièges et le sol d'eau. Alan parla presque tout le temps, Jo n'intervenant que quelques fois pour expliquer les raisons de sa détermination à explorer la partie interdite de la grotte.

Drew passa un appel pour faire bloquer les routes menant à la grotte, puis dit :

— J'ai demandé un mandat d'arrêt pendant que je vous attendais.

Naturellement, Alan minimisa ses blessures, et Jo n'en dit rien. Dix minutes plus tard, le SUV cahotait sur le chemin d'Alan et s'arrêtait devant la maison. Alan poussa Jo à l'intérieur en disant :

— Il n'y a qu'une salle de bains. Dès que j'aurai fini, elle sera à toi. Je vais te trouver des vêtements.

— D'accord. Je vais me dépêcher.

Et ce fut à ce moment-là qu'il lui révéla qu'elle devait rester là. Peu importait le rôle qu'elle avait joué jusque-là, peu importaient ses capacités, elle n'était pas flic et ne serait pas autorisée à participer à une descente de police.

— Tu n'es *plus* policier non plus ! lança-t-elle avec force.

— Drew essaie de me faire engager. Quelqu'un doit les conduire dedans.

— Je pourrais le faire, argumenta-t-elle. Et ce n'est pas moi qui devrais être aux urgences.

— Désolé.

Sa voix et son expression étaient catégoriques. Pourquoi gaspillait-elle sa salive ? Furieuse, elle fut pourtant soulagée qu'Alan et les autres hommes partent avant qu'elle sorte de la douche. Si Lucy était en vie, c'était de sa sœur qu'elle aurait besoin, pas d'un tas de *flics*.

Alan ne reprochait pas à Jo d'être royalement énervée qu'on lui tapote le dos en lui disant qu'elle ne pouvait pas les accompagner. Ce n'était pas juste après le courage dont elle avait fait preuve, et surtout sachant qu'elle aurait suivi les ordres. Peut-être était-ce aussi bien qu'il ne soit pas aux commandes, bien que la dernière chose qu'il veuille soit de la voir à nouveau dans la ligne de feu.

Il était vrai que Drew avait besoin de l'un d'eux pour les mener à la ou les captives et aux squelettes. Alan avait apprécié que Jo ne parle pas de son état, malgré son courroux. Ne pas achever ce qu'il avait commencé était impossible pour lui.

Il repoussa l'idée que c'était peut-être la même chose pour Jo. Elle n'avait pas la même formation que lui. Cela le rendait malade de savoir qu'il avait commis une grosse erreur en se laissant prendre au dépourvu. La question de savoir s'il avait pris la mauvaise décision allait le ronger pour toujours si le tueur avait rebroussé chemin parce qu'il en avait le temps et avait tué une autre femme, peut-être même sa propre fille.

Lorsque Alan émergea de la maison, vêtu d'un T-shirt à manches longues, d'un pantalon cargo et de bottes tactiques, son arme sur la hanche, Drew lui désigna le siège arrière.

Il parcourut le chemin d'accès aussi vite qu'il l'avait remonté. Par-dessus son épaule, il dit :

— Robarts t'a officiellement engagé comme adjoint.

Au cas où Alan devrait prendre part à un échange violent avec un sujet non identifié. Il hocha la tête en remerciement.

Une voiture de patrouille était garée de sorte à bloquer l'embranchement vers la grotte, et une deuxième attendait leur arrivée. Alan apprécia cette précaution. Si les flics s'y étaient rendus prématurément, leur vue aurait fait paniquer le tueur, s'il n'avait pas déjà pris la fuite. Et s'il s'emparait d'un enfant ? Il n'avait plus rien à perdre à ce stade.

Il se fondait sans doute sur l'hypothèse que les spéléologues qu'il avait pourchassés n'avaient rien à voir avec l'enquête – ou celle qu'il n'y avait pas de sortie au niveau inférieur de la grotte. Ou peut-être celle encore qu'il s'était débarrassé d'eux avec cette dernière salve.

Les adjoints en renfort se mirent à courir vers la maison. Quand Alan, Drew et un adjoint nommé Blake Norman pénétrèrent dans la boutique, ils ne virent personne ressemblant à Rod. Un inconnu s'occupait de la caisse, et un type aux cheveux longs, qui devait être un étudiant, rassemblait un groupe pour la visite suivante. Alan se dirigea droit vers lui.

— Où est Rod Summerlin ?

Les yeux écarquillés, le jeune répondit :

— Je ne sais pas. Qu'est-ce qui se passe ?

— Il ne guide pas une visite ?

— Non, c'est Brody qui guide celle qui doit revenir dans...

Il jeta un coup d'œil à l'horloge.

— ... dix minutes.

— D'accord.

Alan baissa la voix.

— Ces gens ne vont pas faire la visite. Remboursez-les. Nous stoppons les visites pour le reste de la journée. Prévenez-les qu'ils devront rester assis dans leurs voitures un petit moment aussi.

— Mais c'est Rod qui doit prendre cette décision...

Déchiffrant correctement le regard d'Alan, il hocha la tête.

Les mains sur les crosses de leurs armes, Drew et l'un des adjoints avaient disparu dans le petit corridor menant aux bureaux et aux toilettes. Ils revinrent quelques instants plus tard, secouant la tête.

Alan n'avait pas vu le pick-up de Rod sur le parking. Sa tension monta de plusieurs crans. Était-il possible qu'ils n'aient pas fait assez vite ?

Le type à la caisse remboursait les gens, qui semblaient plus curieux que contrariés.

— Je ne sais pas ce qui se passe, ne cessait-il de dire.

À un moment donné, deux adjoints pénétrèrent dans la

boutique pour dire qu'il n'y avait personne dans la maison, que le chien aboyait frénétiquement à l'intérieur et qu'il n'y avait pas non plus de véhicule. Drew leur ordonna de fouiller le parking, puis sortit au petit trot.

Aussi tendu qu'il l'était avant une opération, Alan *sentait* littéralement les secondes s'égrener. Il comprenait pourquoi ils tergiversaient ; ils ne pouvaient risquer que des touristes essuient des balles ou, pire, soient pris en otage. Mais il n'aimait pas devoir attendre.

Il entendit le groupe revenir de la visite avant même de le voir. Brody apparut le premier, croisa son regard et se dirigea droit vers lui.

— Qu'est-ce que font tous ces flics ici ?

— La grotte est fermée pour la journée. Dites-leur que la boutique ferme et qu'ils doivent retourner à leurs voitures.

Il s'attendait à une protestation qui ne vint pas. Brody fit l'annonce en présentant ses excuses. Il expliqua que le personnel devait collaborer avec une enquête de police. Ils seraient libres de partir dès que possible. Une fois qu'il eut refermé la porte, Brody pivota sur lui-même.

— Ça a un rapport avec Lucy ?

— Que savez-vous ? demanda Drew.

— Elle a disparu.

Il semblait presque affolé.

— Papa était furieux ce matin. Jo n'est pas là non plus, mais elle nous a dit qu'elle allait voir une amie aujourd'hui. Je me demande quand même...

Il s'interrompit.

— Vous vous demandez ? insista Alan.

— Si elle ne mentait pas. C'était comme si elle savait quelque chose qu'elle ne disait pas. Les choses ont été... vraiment tendues ici, ces derniers jours.

— Vous avez raison. C'est Jo qui a rassemblé les informations qui nous ont permis d'avoir un mandat d'arrêt, dit franchement Alan. Elle voulait être ici, mais nous ne pouvions pas l'y autoriser. Mais elle est en sûreté.

— Et Lucy ?

Le garçon chercha les yeux d'Alan.

— Nous ne savons pas.

Sommé de fournir la clé du portail, Brody secoua la tête.

— Je ne sais pas où papa la range.

Alan pariait qu'il existait plusieurs doubles de cette clé, dont l'un sur le porte-clés de papa.

— Vous savez où se trouve votre père ?

— Non. Il était... bizarre aujourd'hui.

Il fronça les sourcils.

— Dans son bureau, je suppose.

— Son pick-up n'a pas l'air d'être là. Vous l'avez vu partir ?

— Non. Peut-être que quelqu'un d'autre l'a vu ?

Mais il s'avéra qu'aucun des employés n'avait vu le patron depuis des heures, ce qui n'était pas étonnant. Ils n'étaient pas assez nombreux pour remarquer le pick-up de Rod, à moins que quelqu'un n'ait regardé par la fenêtre à ce moment-là. Drew laissa deux adjoints avec Brody. Leurs instructions étaient de surveiller le retour de Rod.

Où diable était ce pick-up ? Le beau-père de Jo n'était sûrement pas entré en voiture dans la grotte. Y avait-il une chance qu'ils se trompent tous quant à l'identité de celui qui les avait pourchassés dans l'obscurité ? Il n'y croyait pas.

Summerlin était peut-être en fuite. Connaissant son obsession pour son nom de famille et cette fichue grotte, Alan avait du mal à y croire. Rod devait savoir combien il était difficile de disparaître en laissant tout ce qui comptait derrière soi. Mais ils devaient vérifier ses comptes en banque.

En regardant Drew et l'adjoint Norman cisailler le cadenas du portail avec un coupe-boulon, Alan repoussa ses craintes. Une fois le portail ouvert, les autres s'écartèrent pour le laisser passer. Le silence paraissait menaçant, bien qu'il ne se soit pas attendu à des pleurs de ce côté. Pourtant... Rod aurait eu le temps de tuer Amy et – ou – Lucy.

À quelque distance de l'entrée, Alan murmura à Drew :

— Je suis presque sûr, d'après la description de Jo, que c'est ici que les gamins Summerlin organisaient leurs fêtes.

Drew tourna la tête pour examiner la salle à la lumière de la lampe attachée à son casque. De l'eau brilla dans la clarté.

Quelques minutes plus tard, Alan entendit un gémissement. Il se raidit, comme les deux autres. Tous trois tirèrent leur arme avant qu'Alan ne pénètre, courbé, dans une étroite galerie.

Bien qu'elle ait mal partout, Jo ne pouvait supporter de rester assise. La maison d'Alan était nue. Il y avait un fauteuil placé devant une télévision, mais qu'allait-elle faire, regarder une émission ? Trouver quelque chose à lire sur les étagères rudimentaires qu'elle avait été surprise de découvrir dans sa chambre ? Comme son téléphone était resté dans la grotte, Alan ne pouvait même pas l'appeler.

Elle enroula plusieurs fois la taille du pantalon de survêtement que lui avait donné Alan et dut quand même le tenir pour qu'il ne lui tombe pas sur les pieds. Son trajet la conduisit à la fenêtre d'un salon austère. Elle ne voyait que le coin du nouveau garage. Ce fut alors qu'elle fut frappée par l'idée qu'il lui restait bien une chose, à savoir sa voiture. Elle avait laissé les clés sous le paillasson.

Quel mal y aurait-il à aller en voiture à l'entrée de la grotte et à attendre que les hommes en ressortent ? Brody était certainement là, même si les employés avaient été renvoyés chez eux. Elle voulait désespérément savoir ce qui se passait et être là quand Lucy ressortirait vivante. Les besoins de Lucy étaient la priorité, même si Jo trahissait la confiance d'Alan en lui désobéissant.

Bon sang, soit Lucy était en vie, soit elle ne l'était pas. Jo savait qu'Alan reviendrait dès qu'il le pourrait.

En grognant, elle finit par explorer les étagères – même si elle ne pensait pas qu'une histoire, pour captivante qu'elle soit, réussirait à la distraire de cette attente atroce. Mais elle choisit un livre et s'assit à la table de la cuisine. Elle s'efforça de lire. Elle se versa même un verre de limonade et le sirota. Tout en attendant nerveusement un bruit de moteur.

L'horloge de la cuisinière ne marchait pas, et celle du micro-ondes n'avait apparemment pas été réglée. Elle pouvait tout de même mesurer le passage du temps. Quinze minutes. Une demi-heure. Une heure. Et elle qui avait trouvé que le temps s'étirait durant leur expédition !

Un bruit de verre cassé se fit entendre. Elle sauta sur ses pieds, électrisée. Quelqu'un s'introduisait dans la maison !

Elle courut à la porte de service et sauta de la véranda. Agrippant son pantalon, elle courut de toutes ses forces. Si elle pouvait arriver à sa voiture...

Faisant le tour de la maison, l'homme lui coupa la route. En un éclair, Jo comprit qu'elle ne pourrait pas y arriver. Un coup de feu arracha l'herbe à ses pieds, brisant son élan et lui volant de précieuses secondes.

Il se jeta sur elle comme un joueur de football américain, et elle s'écrasa face contre terre. Jo se débattit néanmoins et lutta avec frénésie jusqu'à ce qu'elle sente quelque chose se presser sur son cou. Le canon d'une arme.

Feins la surprise. L'innocence, comme Alan.

— Qui êtes-vous ? Que faites-vous ? cria-t-elle.

— Tu sais très bien qui je suis, dit son beau-père d'une voix gutturale.

Il respirait vite et fort.

— Et ce que je *fais*, c'est chercher la meilleure manière de te tuer.

— Tu as tué ma mère ! cria-t-elle, prise de rage.

— Oui. Dommage que je ne me sois pas occupé de toi

aussi, à l'époque, mais tu étais trop utile. Maintenant, tu as tout gâché.

Ce fut le visage d'Alan qu'elle vit quand elle ferma les yeux et pensa : *Je suis morte.*

16

Les hommes se déplaçaient en silence. Ils n'avaient pas besoin qu'Alan les guide, car il n'était pas difficile de suivre les bruits de pleurs. Ironiquement, ces pleurs remplissaient Alan d'euphorie. Ils étaient arrivés à temps. Quelque chose de bon sortirait de tout cela. Cette certitude lui était douce, après le fiasco de sa dernière opération.

Il put se redresser à une intersection. Mais en tournant à gauche, il dut se courber à nouveau. Il maintenait son Glock en position de tir, sa main droite soutenant à peine la gauche. Une puanteur assaillit ses narines, plus forte que les bouffées qu'il aspirait depuis quelques minutes.

En quelques pas, il atteignit un espace beaucoup plus large et le balaya de la pointe de son arme avant de fixer le regard sur les deux femmes qui le contemplaient. Non, les filles. Toutes deux étaient menottées à des anneaux fixés dans la paroi. L'une était nue et émaciée, couverte d'hématomes, recroquevillée en position fœtale. L'autre portait un jean et un sweat-shirt. Un côté de son visage était gonflé et décoloré, l'œil disparaissant dedans.

— Lucy ? dit-il.

Elle éclata en sanglots.

— Vous nous avez trouvées ! On pensait... tout à l'heure...

— C'était ta sœur et moi, dit-il aussi gentiment que possible. Est-ce ton père qui était là ?

Elle acquiesça, le visage chiffonné. *La pauvre gosse.*

— Manque de pot, nous avons dû faire le tour pour sortir de la grotte et pouvoir passer un appel.

Il inclina la tête vers Drew.

— Lucy Summerlin.

— Vous êtes l'adjoint Frazier, marmonna-t-elle.

Sans cacher sa surprise, Drew hocha gentiment la tête.

— Je ne peux pas dire à quel point je suis heureux de vous voir, toutes les deux.

Il posa le petit sac qu'il portait et en sortit une couverture de survie dont il enveloppa les épaules de l'autre jeune femme, qui était restée muette.

— Amy Kendall ? demanda-t-il d'une voix douce, bien que comme Alan, il n'ait pas pu manquer de la reconnaître.

Des larmes roulèrent sur les joues d'Amy.

— Vos parents vont être très heureux de vous revoir.

Lucy les observait, avec une expression farouche, qui rappela Jo à Alan. Elle aurait fait n'importe quoi pour protéger Amy. D'une certaine façon, c'était ce qu'elle avait fait, pensa-t-il.

Elle ignora l'adjoint Norman, qui semblait horrifié, mais apportait le coupe-boulon.

— Où est mon père ?

Alan s'accroupit devant elle.

— C'était ma prochaine question. Où l'as-tu vu pour la dernière fois ?

— Il vous poursuivait, répondit-elle. Nous avons entendu des coups de feu. Quand il est revenu, j'ai cru qu'il allait nous tuer. Il n'arrêtait pas de le dire.

Un frisson la secoua.

— Il s'énervait beaucoup contre moi, mais...

Voyant son trouble, il lui saisit le genou.

— C'est ton père.

— Oui. Sauf que...

Lucy leva des yeux remplis de tourment.

— Il a tué ma mère.

— Oui.

Il y aurait du temps pour parler, mais pas tout de suite.

— Que s'est-il passé quand il est revenu ?

Ses paupières battirent.

— Il a dit... que tout allait s'arranger. Il pensait s'être occupé des spéléologues qui étaient tombés sur cet endroit. Il allait s'en assurer.

— Tu peux me dire dans quelle direction il est parti ?

Elle hocha la tête.

— Sa lampe était allumée, vous voyez ? Il est sorti directement d'ici.

— Pour retourner à l'entrée.

Laissant ces filles traumatisées dans l'obscurité complète. Alan n'avait jamais autant haï quelqu'un. Pourtant, il se débrouilla pour paraître calme.

— D'accord.

Il se leva et se tourna vers Drew.

— Tu as entendu ?

— J'ai entendu. Howard ? Retourne appeler les secouristes. Lance un avis de recherche pour le pick-up de Summerlin et demande d'autres agents pour cerner la grotte. Tu pourras retrouver ton chemin, n'est-ce pas ?

Rongé par l'urgence et la crainte d'avoir laissé Jo non seulement seule, mais sans arme, Alan suggéra :

— Pourquoi pas moi, plutôt ? Il faut que je m'assure que Jo va bien.

L'inquiétude transforma le visage de son ami, qui comprit immédiatement. Ils auraient dû prévoir toutes les éventualités, au cas où Rod ne serait pas là.

— Vas-y. Non, attends. Prends mes clés. Appelle dès que tu auras un signal.

— Je le ferai.

Alan attrapa le trousseau de clés que lui lançait Drew et se dirigea vers l'arc de la galerie.

— Je vais dire à Brody d'attendre les secouristes pour les mener jusqu'ici.

La voix de Lucy le suivit.

— Papa… Il n'arrêtait pas de parler de Jo. Il disait que tout était sa faute, et que s'il la trouvait…

Alan en eut la gorge si serrée qu'il ne put répondre. Il se contenta de hocher la tête, avançant plus vite que ne le permettaient les galeries, qui n'avaient pas été aménagées pour le passage. La certitude que Jo avait besoin de lui le rendait fou.

— Où est Burke ?

Rod pressa plus fort le canon de son arme sur son cou.

— C'était vous deux qui étiez là-dedans ?

Qu'y avait-il à gagner à ne pas lui dire la vérité ? pensa Jo. Au moins, elle pourrait l'effrayer, nuire à sa mégalomanie.

— Oui. On a appelé le 911 dès qu'on est sortis. Il est parti avec plusieurs adjoints libérer Lucy.

Rod la repoussa brutalement sur le dos.

— Peut-être qu'elle est morte, aboya-t-il.

— Tu aurais tué ta propre fille ?

— Je ne le voulais pas.

Le chagrin envahit Jo. Il semblait l'avoir déjà fait.

— Tu es un monstre !

— Rien de tout ça ne serait arrivé si ta mère n'avait pas essayé de me quitter.

— Oh ! il y avait donc une raison !

Elle ne faisait aucun effort pour cacher son mépris. Il la gifla d'un revers de main, et sa tête partit en arrière, la douleur explosant dans sa pommette.

— Si elle était restée, je ne serais pas allé voir ailleurs.

Comment pouvait-il justifier ses crimes et sa méchanceté, au point de vouloir tuer son propre enfant ? Mais cette fois, Jo se tut.

Il plissa les yeux.

— Comment vous êtes sortis de la grotte ? J'ai étudié ce niveau. Il n'y a pas de sortie.

— Manifestement, il y en a une. Alan a exploré toutes les grottes quand il était petit. Et il a bonne mémoire. Il nous a conduits au-dehors.

— Ce n'est pas possible.

Sa voix s'était élevée.

— Si, si on est prêt à se mettre à l'eau et à retenir sa respiration un bon moment.

Elle eut presque plaisir à dire ça. Rod prétendait être un grand spéléologue, mais il ne savait pas nager. Il n'avait jamais envisagé d'apprendre à plonger, ni même à flotter.

Il jura avec méchanceté.

— Depuis combien de temps il est parti ?

— Comme si j'allais te le dire, cracha-t-elle.

Ce disant, elle se livrait à des calculs désespérés. Alan allait-il comprendre, quand il découvrirait l'absence de Rod, qu'il pouvait être chez lui ?

S'il vous plaît, supplia-t-elle silencieusement. *S'il vous plaît, faites qu'il soit en chemin.*

En émergeant de la grotte, Alan fit halte juste le temps de saisir le bras de Brody.

— Ta sœur est vivante. Elle va avoir besoin de toi.

En voyant le garçon s'élancer vers la grotte, Alan secoua la tête.

— Les secouristes sont en route. Il faut que tu les conduises à l'intérieur. Tu peux faire ça ?

— Où... ?

— Pas loin de la salle où vous faisiez vos fêtes. Prends la galerie du milieu. Tu sentiras une mauvaise odeur et tu entendras des voix.

Brody hocha la tête.

Alan appela le répartiteur de la police et transmit les informations nécessaires, tout en courant vers le véhicule de Drew. Ignorant les craquements de la radio, il accéléra dangereusement pour sortir du parking, sur une route qui n'avait pas de talus la séparant d'un à-pic de plusieurs centaines de mètres.

En arrivant à proximité de son chemin, il vit le capot du vieux pick-up de Rod, à peine visible dans le seul embranchement sur cette portion de route. Il ne l'aurait pas manqué sur leur trajet vers la grotte s'il avait été là. Pour l'instant, Alan se fichait de savoir où avait été Rod durant cet intervalle, seul lui importait ce qu'il découvrirait en arrivant chez lui. Devait-il mettre la sirène en marche ? Appeler des renforts ? Se garer et approcher discrètement ?

Prenant une décision, il remonta le chemin sur une courte distance, puis s'arrêta. Il appela à nouveau le répartiteur et expliqua que l'homme qu'ils cherchaient était là, chez lui, retenant probablement Jo captive.

— Je vais m'approcher discrètement pour jeter un coup d'œil. Si j'ai l'occasion de l'abattre, je le ferai, dit-il platement. Mais je veux des renforts dès que possible. Mais qu'ils soient silencieux, qu'ils s'éparpillent sur le terrain. Les sirènes et les bruits de moteur peuvent le pousser à la tuer.

— Oui, monsieur, dit le répartiteur. C'est... vraiment Rod Summerlin ?

— Oui.

Il coupa la communication, alla prendre le fusil Remington dans le râtelier de la voiture de patrouille, s'empara d'une boîte de munitions puis s'élança sur le chemin au petit trot. Avant la rangée d'arbres, il vira à gauche, pensant qu'il pourrait approcher à couvert de son pick-up et de la voiture de Jo, ainsi que du garage et des piles de planches. Les arbres étaient plus proches de la maison dans cette direction, aussi.

Une voix coléreuse flotta vers lui. Bon Dieu ! Jo devait être encore en vie. Contre qui d'autre le salopard aurait-il vociféré ? Ils devaient être dehors, ce qui était une mauvaise nouvelle. Il aurait pu se glisser dans la maison…

Puis il les vit, l'homme trapu plaquant Jo au milieu de la pelouse. Il avait son arme à la main, le canon pressé contre son cou. Terrifié, Alan comprit que le salopard le verrait ou l'entendrait approcher.

Les armes de poing n'étaient pas précises à trop grande distance. Malgré la tempête d'émotions qui montait dans sa poitrine, Alan possédait encore le détachement nécessaire pour faire des calculs. À moins que quelque chose ne change à court terme – Rod tirant Jo par les pieds, la poussant vers la maison, vers la grotte ou vers le chemin –, il ne serait pas possible de le menotter et de l'arrêter. La meilleure option était de le viser avec le fusil.

Ce qui serait faisable seulement s'il pouvait étendre son bras devant lui et s'il avait assez de contrôle musculaire pour presser la détente avec l'index d'une main qu'il sentait à peine.

Il s'était souvent exercé à tirer au Glock de la main gauche, mais jamais avec un fusil de précision. Il était plutôt bon au tir au fusil, mais il avait toujours travaillé avec une équipe qui comprenait un ou deux tireurs exceptionnels.

Qui n'étaient pas là.

Bon. À quelle distance pouvait-il approcher sans alerter Rod ? Alan survola le jardin de l'œil d'un SEAL se dirigeant vers sa cible.

Tout en chancelant et en tombant à genoux, Jo continua de parler. C'était sa seule tactique pour retarder l'inévitable.

— Pourquoi tu m'as demandé de revenir cet été ?

Si seulement elle pouvait le faire baisser son arme. Une rage renouvelée enflamma le visage carré de son beau-père.

— Parce que je pensais que tu ferais entendre raison à

Lucy, évidemment ! Une fichue histoire, et elle ne voulait rien entendre !

— C'était une histoire ?

Son rire était encore plus énervant que sa colère.

— J'ai traîné ce stupide adjoint aussi loin qu'il en avait le courage, et nous n'avons rien trouvé. Pourquoi ma propre fille pensait-elle que je mentais ?

Parce que tu mentais ?

— Parce qu'il y avait un crâne, hasarda-t-elle. Rusty devait l'avoir trouvé.

Il la dévisagea.

— Le chien ? Qu'est-ce qu'il faisait là ?

Rod montra les dents.

— Ne me dis pas qu'ils ont été assez stupides pour ça !

Il lâcha une série de grossiers jurons.

— Où est le crâne ? demanda Jo.

Il remua les épaules.

— Je l'ai jeté avec les autres.

À l'endroit même où irait son propre corps s'il pouvait faire ce qu'il voulait. Mais ce ne serait pas le cas. Avait-il saisi qu'il était au bout du rouleau ?

Bien sûr que oui. L'expression de ses yeux était parlante. Il avait l'intention de tuer avec délectation la belle-fille qu'il n'avait jamais voulue et dont il croyait maintenant qu'elle avait détruit sa vie pervertie. Mais elle vit aussi son malaise quand il survola des yeux leur environnement. Il n'aimait pas être aussi exposé.

— Bouge ! lança-t-il, la remettant sur pied et la poussant en avant.

Son corps était pressé contre le sien en sorte qu'il pouvait garder son arme sur elle. Allaient-ils vers la maison ? La grotte dont il croyait qu'elle devait être à lui ? Une fois dedans, elle n'aurait plus aucun espoir d'être sauvée.

Mieux valait mourir rapidement que de laisser ce monstre

la violer avant de lui mettre une balle dans la tête, puis de se tuer. Elle trébucha en criant :

— Tu me fais mal !

Une expression hideuse sur le visage, il pressa plus fort le canon de son arme sur sa joue, jusqu'à ce qu'elle gémisse involontairement.

— Tu veux mourir maintenant ? C'est ça ?

Non, elle ne voulait pas mourir, mais elle voulait encore moins lui donner une satisfaction quelconque. Il avait tué sa mère et très probablement sa sœur, il lui avait volé sa famille. Jo rassembla toute sa rage et sa haine, afin d'être prête à la moindre erreur de sa part.

Alan dut attendre qu'ils disparaissent dans la maison avant de s'élancer en courant, en restant à l'orée du bois. La porte de derrière était ouverte ; il pariait que Jo avait fui par là quand elle avait entendu Summerlin arriver.

Ne voyant aucun mouvement par les fenêtres, il prit un risque et courut jusqu'à la véranda, où il se plaqua à côté de la porte. Il adossa prudemment le fusil au mur. Il ne lui servirait à rien dans un espace restreint.

Une voix flotta vers lui. Celle de Jo.

— Si tu n'avais pas enlevé Amy, rien de tout ça ne serait arrivé. Je veux dire, Lucy était déjà révoltée, j'étais à la maison... Qu'est-ce qui t'a pris ?

Alan serra les mâchoires. Appâtait-elle le salopard pour le faire avouer, ou parlait-elle pour se donner du courage ?

Attention au retour de flamme.

Son beau-père dit quelque chose, mais sa voix grave était moins distincte. Alan savait qu'ils n'étaient pas dans la cuisine, aussi il agrippa le Glock de la main gauche, le soutint avec une main droite à peine réactive et se glissa dans la maison.

Il savait quelles lames du plancher grinçaient, aussi

put-il se déplacer silencieusement à travers la pièce. Le hoquet douloureux que lâcha Jo lui permit de préciser leur emplacement. Dans le salon. Deux pas de plus et, en jetant un coup d'œil au coin, il les vit.

Summerlin était pratiquement de dos. Le côté du visage de Jo était gonflé. Elle ne le verrait pas. Que ferait le salopard si Alan le défiait ? Se retournerait-il pour tirer sur lui ? Ou tirerait-il sur Jo ?

Il attendit. Autrefois, il était connu pour sa patience, mais quand il était question de Jo…

Bougeant à une vitesse prodigieuse, elle agrippa le bras de son beau-père et le repoussa jusqu'à ce que l'arme pointe vers le plafond. Alan saisit sa chance alors qu'elle tentait d'envoyer un coup de genou dans l'aine de Summerlin.

— Police !

Il pénétra dans la pièce.

— Mains en l'air !

Avec un cri de rage, Summerlin s'arracha à l'emprise de Jo et abaissa le canon. Vers elle. Alan pressa la détente.

Un seul coup suffit.

En entendant le claquement du coup de feu, Jo ne comprit pas pourquoi elle n'avait pas mal. L'instant suivant, le corps de Rod s'effondra sur elle, la maculant de sang. Elle le repoussa en hurlant et se figea en voyant l'état de sa tête.

— Jo !

Rugissant son prénom, Alan l'aida à se débarrasser du corps de son beau-père.

— Alan ?

Il tomba à genoux près d'elle, sans prêter attention au cadavre de Rod, à seulement un ou deux mètres. Elle n'aurait jamais imaginé voir un air aussi affolé sur son visage, comme si la perdre lui eût été intolérable. Elle lui prit la main.

— Tu l'as tué.

— Oui. Seigneur !

Il semblait vouloir lui ôter son sweat-shirt et emmêler ses doigts dans ses cheveux trempés de sang.

— Tu es blessée. Où es-tu blessée ?

— Non, je ne suis pas blessée.

Les courbatures et les hématomes ne comptaient pas.

— Je ne suis pas blessée. Il allait me tuer, mais je crois qu'il voulait…

Il comprit qu'elle ne pouvait pas prononcer les mots et lui pressa la main. Fort.

— J'imagine. C'est probablement ce qui t'a gardée en vie assez longtemps pour que j'arrive.

Jo se força à se redresser.

— Tu les as trouvées ?

Sa gorge se nouait.

— Les corps.

— Nous ne sommes pas allés jusqu'aux squelettes. Je suis revenu dès que nous avons découvert ta sœur et Amy, Jo. Elles sont vivantes.

— Il m'a dit qu'il les avait tuées.

Alan secoua la tête.

— Amy est en mauvais état, mais elle est jeune. Avec du soutien, elle s'en sortira.

Quelque chose comme un sourire souleva un coin de sa bouche.

— Je pense que Lucy est surtout furieuse.

Il grimaça alors.

— En état de choc. Son père lui a dit qu'il avait assassiné votre mère. Qu'il avait dû la tuer parce qu'elle ne voulait pas se calmer. Tout ça… va la rattraper tôt ou tard.

Un tonnerre de pas sur la véranda la fit sursauter, et elle comprit qu'un agent en uniforme était entré, son arme en position de tir. Il la baissa aussitôt, mais un bruit sur la véranda de derrière suggéra qu'un deuxième agent les rejoignait. Une sirène s'éleva sur la route, mais continua vers la ville.

Probablement l'ambulance.

Alan se laissa choir en position assise, l'air épuisé. Comment n'aurait-il pas eu l'air épuisé ? En un éclair, leur journée lui revint à l'esprit : Alan qui l'avait interceptée à l'entrée de la grotte, leur long trajet à travers le labyrinthe obscur, les squelettes, la confrontation avec Rod, les coups de feu, leur chute dans le puits. Leur évasion finale, et tout ce qui était arrivé depuis.

— Tu dois aller à l'hôpital, dit-elle, consciente que les deux policiers fixaient le corps de son beau-père.

— Oui. J'imagine qu'il y aura aussi des questions.

Ses yeux, toujours désespérés, croisèrent les siens.

— Tu viens avec moi ?

— Cette fois, tu ne pourras pas m'en empêcher.

Épilogue

La première personne que Jo vit dans la salle d'attente fut son frère, qui vint à sa rencontre les bras tendus. Son visage arborait des traces de larmes qu'il ne semblait pas avoir remarquées.

— Tu vas bien, marmonna-t-il à son oreille. Papa ne t'a pas trouvée.

Les yeux brûlants de larmes elle aussi, elle recula d'un pas.

— Si. Il est mort, Brody. Tu sais ce qu'il a fait ?

Son frère hocha la tête en déglutissant.

— Je suis content qu'il soit mort. Je l'aurais tué moi-même si j'avais pu.

Tous trois s'assirent, et Jo raconta à son frère ce qu'avait dit Rod, et qu'Alan l'avait abattu pour la sauver. Brody tendit la main à Alan.

— Vous les avez sauvées toutes les deux.

Alan lui adressa un sourire de guingois.

— Je pense que c'est ton entêtée de sœur qui a sauvé Lucy.

Puis il sourit plus largement.

— Tes deux sœurs sont plutôt têtues, quand on y pense.

Brody se mit à rire, d'un rire un peu hystérique, puis laissa tomber la tête et tira sur ses cheveux avec force.

— Je n'arrive pas à y croire.

— Où est Lucy ? interrogea Jo. Et... Amy ?

— On est en train de les examiner, dit Brody. Les infirmières m'ont mis à la porte, mais je parie qu'elles vous laisseront entrer. Les parents d'Amy sont là.

Jo fut momentanément distraite par un policier en uniforme qui venait d'entrer, regardant autour de lui. Son visage lui était familier. Elle devait avoir vu sa photo quelque part. Il se dirigea droit vers Alan.

— Je peux vous dire un mot ?

— Shérif.

Bien que Jo ait tendu la main pour l'arrêter, Alan se leva. Le shérif et lui s'éloignèrent et parlèrent quelques minutes, tandis que Jo les contemplait avec inquiétude. Mais lorsqu'elle vit que le sang avait trempé la chemise d'Alan, elle sauta sur ses pieds et alla les trouver.

— Excusez-moi. Alan a reçu une balle aujourd'hui. Il vaudrait mieux qu'ils aient trois chirurgiens, ici.

Le shérif parut surpris de son ton catégorique, mais il hocha la tête, les yeux toujours fixés sur elle. L'ignorant, elle escorta Alan jusqu'à la réception, puis l'accompagna comme si c'était son droit, jusqu'à ce qu'une infirmière le fasse rentrer dans un box des urgences. Lorsqu'il fut assis sur le lit, il dit néanmoins :

— Va voir ta sœur. C'est elle la priorité.

— Je...

Bonté divine, elle pleurait. Pourquoi maintenant ? Alan lui sourit avec une tendresse qui lui serra le cœur. Il lui tendit sa bonne main.

— Ils vont avoir besoin de toi, tu sais. Brody et Lucy.

En effet. Jo en avait déjà pris conscience. Elle aurait une chance de compenser les années où elle était restée au loin. Le lendemain, elle donnerait sa démission à l'école élémentaire de l'Illinois et essaierait de trouver du travail à Mayville. Elle n'eut même pas besoin de demander pour savoir qu'Alan comprenait. Ce qui l'effrayait, c'était de se demander ce qu'il allait faire *lui*.

— Je ne vais nulle part, dit-il comme s'il avait lu dans ses pensées. Moi aussi, j'ai besoin de toi.

Elle se jeta contre lui et le serra entre ses bras. C'était ce qu'ils avaient fait tant de fois durant cette journée cauchemardesque, échanger de la force et du réconfort. Elle essuya ses larmes, et probablement un peu de morve, sur sa chemise déjà dégoûtante.

Quand elle releva la tête, il contempla son visage humide et gonflé comme s'il n'avait pas remarqué l'infirmière et le médecin qui venaient de repousser le rideau. D'une voix rauque, il dit :

— Robarts a laissé entendre que je pourrais remplacer cet inspecteur inutile et proche de la retraite de toute façon. Mais même si ce n'est pas le cas, on trouvera une solution.

Des muscles tressaillirent sur sa mâchoire.

— Pour toi et moi. À supposer...

Elle n'eut pas besoin qu'il finisse sa phrase.

— Il n'y a rien que je désire davantage.

Ignorant leur public, elle l'embrassa.

Pas très bien, ni très longtemps, mais il parut s'en satisfaire, et elle sentit l'espoir la soulever lorsqu'elle courut retrouver sa sœur.